Clemens Berger
Das Streichelinstitut

Clemens Berger

Das Streichelinstitut

Roman

WALLSTEIN VERLAG

… denn die Menschen sind immer noch
besser als ihre Kultur …

Theodor W. Adorno

1 Die Blaue Lagune

Meine Zielgruppe war die desillusionierte Mittelschicht, das traurige, kulturell deklassierte Bürgertum, das ich Lumpenbourgeoisie nannte. Ich hätte keinen besseren Ort für mein Institut finden können als die Mondscheingasse in Wien-Neubau – nicht nur ihres Namens wegen.

Neubau, das war der Spielplatz der alternativen Bürgerkinder, welche die Grünen zur stärksten Partei im Bezirk gemacht hatten, eine Oase der Toleranz und Aufgeklärtheit. Es war haarsträubend, an solch einem Ort beschäftigt zu sein. Ich gab es bald auf, mit meinem Auto einen Parkplatz finden zu wollen, nach zwei, drei Wochen stundenlangen Fahrens im Kreis kapitulierte ich vor der radfahrerfreundlichen Politik und zwängte mich in überfüllte U-Bahnen, Tramways und Busse, wenn ich mir nicht zähneknirschend ein Gratis-Eingangrad mit ungepolstertem Sattel auslieh. Abgesehen von den ohnehin spärlichen Parkplätzen gab es so viele Behindertenparkplätze, dass ich kaum glauben mochte, es gebe so viele Behinderte in einem einzigen Bezirk. Ich fragte mich und Anna, die solche Scherze nicht sonderlich lustig fand, ob ich nicht auch einen Behindertenparkplatz beantragen sollte – wegen meiner Behinderung, mich nicht ins soziale Gefüge einpassen zu können. Mich tröstete die Vorstellung, dass es die guten Menschen in Magistrat und Bezirksrat nicht übers Herz brächten, den Antrag eines Menschen mit speziellen Bedürfnissen abzulehnen.

Die Mondscheingasse zweigt von der Neubaugasse ab, und diese *Straße der Spezialisten*, die ich *Straße der Scharlatane* nannte, konnte man nicht ohne Nasezuhalten entlanggehen. Überall roch es nach Räucherstäbchen, vor den Geschäften hingen bunte indische Kleider, wenn der Wind auch nur leicht wehte, bimmelten Glockenspiele; das Wasser, das in Auslagen über heilende Steine plätscherte, meinte man noch hundert Meter weiter zu hören. Hier gab es Sinnangebote und Lebensgefühle, Rebellion, Anderssein und Ganzheitsstimmung in Hülle und Fülle. Die Hüllen konnte man ebenerdig erstehen, für die Kopffüllungen musste man Stiegenhäuser und Aufzüge bemühen. Allein die Schilder neben den Hauseingängen! Von Yoga und seinen siebenhundertdreiundzwanzig Unterarten über Trommelkurse, Urschreitherapie, Kineseologie, Karten- und Tarotlegen, von Wahrsagern über Wünschelrutengeher, vom Rebirthing zum Schamanen war alles zu finden, was Halt unter unhaltbaren Zuständen geben sollte. Wie praktisch war dagegen meine bürgerliche Josefstadt, die ebenfalls kurz vorm Ergrünen war! Was konnte nützlicher sein als ein Institut zur Bekämpfung der Rechenschwäche auf der Lerchenfelder Straße?

In den Tagen, als ich mich mit meiner Institutsidee herumschlug, ging ich anders durch die Neubaugasse, die Gasse mit dem großen roten Herzen, das auf ein über ihren Eingang gespanntes Banner gedruckt war, beschwingter, belustigter, ja, geschäftstüchtig. Während Anna Seminare über Marx, Foucault oder Agamben hielt und von Studenten bewundert wurde, die ihr aus Tugendhaftigkeit nicht auf den Hintern zu sehen wagten, freute ich mich über die junge Frau, die mit einem seligen Lächeln und durchaus stäbchengeräuchert aus einem Geschäft trat. Ich freute mich über die, die mit großen Augen vor einer Auslage stand und im Kopf den Inhalt ihrer gestrickten Geldbörse überschlug. Ich freute mich über die, die die östliche Weisheit in sich aufsaugen wollten, über die, deren verächtlichstes Wort *Schulmedizin* lautete, über die, die Unbekannte zuerst nach Sternzeichen und Aszendenten befragten. Ich fand seltsamen Gefallen an denen, die frohlockten, die Mutter dessen, in den sie sich verliebt hätten, sei auch eine Indianerin. Zwar wusste ich nicht, was eine Indianerin in diesen Systemen bedeutete, doch ich beschloss, dazuzulernen, Augen und Ohren offenzuhalten, mich dem Übersinnlichen und Feinstofflichen aufzuschließen und nur noch in Lokale zu gehen, in denen man auf dem Boden sitzen konnte, um zu demonstrieren, was man von der steifen westlichen Lebensart hielt. Einmal blieb ich vor der Auslage der größten Buchhandlung stehen, in der über bunten Büchern ein Spiegel in Form einer riesigen goldenen Sonne hing. Ich trat so nah an die Auslage, dass mein Gesicht die Mitte der Sonne darstellte. Mein Antlitz strahlte, meine Kraftquelle schien Feuerzungen auszusenden, mein inneres Licht war entzündet. Ich freute mich über mein Zielpublikum. Allerdings würde ich ihm keine spirituellen Zugeständnisse machen. In Neubau musste man beinahe überlegen, ob man sonntags nicht doch einen Gottesdienst besuchen sollte.

Aber auch die Kultur suchte ihr Zuhause in dem einstmals verlotterten Bezirk. Alle paar Wochen eröffnete eine neue Galerie mit sehr ausgeweitetem Kunstbegriff, Maler, Grafikerinnen, Musiker, Architektinnen, Konzeptkünstler, Tänzerinnen, Schauspieler und Dichterinnen – alle zog es in den von der Mariahilfer und Lerchenfelder Straße umgrenzten Wienplanausschnitt. Sie tranken viel, sie kifften gern, sie koksten brav, sie versuchten, so promisk wie nur möglich zu leben, um ihren Eltern oder Lehrern oder denen, die etwas aus ihren Leben machen wollten, eine Nase zu drehen. Ich fragte mich oft, wie ihre Welten aussahen, wenn sie nach Hause kamen, allein oder mit jemandem, den sie am nächsten Tag schon nicht mehr sehen konnten. Ich fragte mich, wohin all die lokale Prominenz strömte, wenn sie morgens mit dröhnendem Kopf erwachte und ihrem Traum von internationalem Ruhm noch immer so fern war. Wer würde da nicht gern gestreichelt werden?

Es gibt ein Bild von Parmigianino, das *Selbstbildnis im Konvexspiegel* heißt. Darauf hat sich der Künstler ein Denkmal gesetzt, wie er, die Lider halb über den Augen hängend, das Gesicht leicht abgewandt, den Betrachter vergebend anblickt. Das dünne, leicht gewellte rötlichbraune Haar ist in der Mitte gescheitelt, verdeckt die Ohren und fällt bis zu den Wangenknochen. Die Nase ist kerzengerade, die schmalen Lippen ruhen aufeinander, da ist etwas Melancholisches, etwas Überzeugtes, etwas Wissendes. Der Raum im Hintergrund ist merkwürdig verzogen, links oben fällt Licht durch ein Fenster, das wie eine Dachluke aussieht. Das Rundherum ist kahl, der junge Künstler trägt einen Pelzmantel, die weißen Ärmelenden aufgebauscht. Im Vordergrund des Bildes, im Brennpunkt, ist die rechte Hand Parmigianinos, die vor ihm auf einem Tisch zu ruhen scheint, weiß, entspannt, elegant, vom Spiegel vergrößert und in die Länge gezogen; am kleinen Finger steckt ein schmaler Ring. Eine noble, sehr blasse Hand. Das ist das Werkzeug des Künstlers. Seht, damit werde ich meine Meisterwerke malen! Seht, damit werde ich meine Meisterwerke gemalt haben! Leben im Futurum Exactum.

Parmigianino war von einem Barbierspiegel und den seltsamen Effekten, die er hervorrief, *wie die Balken der Decken sich krümmen, Türen und alle Gebäude ganz seltsam sich verkürzen*, wie Vasari schreibt, so beeindruckt, dass er sich die Technik aneignete. Mit einundzwanzig Jahren schenkte er Clemens VII. das Bild als Visitenkarte. Der Papst war begeistert, vermachte es aber bald einem Dichter, von dem es über den Prager an den Wiener Hof kam.

Jedes Mal, wenn ich im Kunsthistorischen Museum war, blieb ich lange vor dem Selbstbildnis stehen. Nicht nur, weil ich mit sechzehn, siebzehn ähnlich ausgesehen hatte, das helle Gesicht an den Wangen und auf der Nase leicht gerötet, als sei etwas peinlich, was noch nicht ansatzweise verstanden wird; nicht nur, weil meine halblangen Haare damals die gleiche Konsistenz, die gleiche Welle (Dachrinne) und eine sehr ähnliche Farbe gehabt hatten; nicht nur, weil ich mich ähnlich spöttisch, abgewandt und skeptisch in Erinnerung hatte; und auch nicht nur, weil da kein Ansatz eines Bartes, kein unmissverständliches Zeichen war, ob aus dem jungen Mann nicht doch noch eine hübsche Frau werden könnte. Das Bild erzählt von einer Einsamkeit, einem dräuenden Vorwissen. Es hat etwas ungemein Zartes, das gleichzeitig äußerst entschlossen wirkt. Der so jung schon so grandios malte und seine Zeitgenossen entzückte, wollte später reich werden, Magier, Naturkünstler, Elementbezwinger, auf die andere Seite gelangen. Er versuchte sich in der Alchimie, an deren Folgen – eingeatmete Dämpfe, geschmolzene Metalle, geheime Versuche in abgedunkelten Räumen – er gestorben sein dürfte, mit siebenunddreißig Jahren, früh gealtert und dem Selbstbildnis nur noch sehr entfernt ähnlich.

So musste die Hand eines Streichlers aussehen! So musste sie gezeigt werden! Die Visitenkarte eines Berufsstreichlers musste für diesen jene Bände sprechen, in denen stand, wie gut, ja lebensgeisterweckend ihre Berührung tat. Seit der Rückkehr aus der Blauen Lagune hatte ich mich gefragt, ob ich mir schon vor der Eröffnung des Instituts eine Seite im potentiell weltweiten Netz einrichten lassen oder abwarten solle, ob dem Angebot eine gewisse Nachfrage entspreche. Ich versuchte, ökonomisch zu denken. Vorher, was sonst! Die Interessierten wollten sich vorher über die Seriosität meines Unternehmens informieren, noch vor dem Anruf, einer E-Mail, einer Terminanfrage sehen können, was sie davon zu halten haben. Erleichterung natürlich, Entspannung, Kontakt zum ureigensten Selbst!

Helfen sollte mir ein Bekannter, der Fotograf war, ein witziger Mensch mit langen Haaren, der sich ständig über seinen Bauch mokierte, der nicht halb so groß war, wie er spottete. Er fotografierte Politiker, Wirtschaftskapitäne, Künstlerinnen, Sportlerinnen, versuchte bei Großereignissen im richtigen, also für den Dargestellten falschen Moment abzudrücken. Durch ihn verstand ich, warum ein Foto geschossen wurde. Ich rief ihn an, erzählte von meiner Idee, er lachte lange und immer wieder, bevor wir einen Termin vereinbarten.

In meinem Streichelzimmer setzte ich mich auf das Sofa und stützte die Rechte vor mir auf die Lehne. Ich trug einen leichten grauen Anzug und mein schönstes weißes Hemd. Zwei Tage vor dem Fototermin hatte ich mich rasiert, um eine sanfte, gleichzeitig von ersten Stoppeln übersäte Haut zu erwirken; außerdem waren mir die Haare gewaschen und geschnitten worden. Aus Erfahrung musste ich erstens darüber schlafen und sie zweitens zumindest einmal beim Duschen nass gemacht haben, um das gewünschte Ergebnis zu erzielen.

Peter Kornfeld, der seine E-Mails, Kurznachrichten und Fotos mit Kornfeld unterschrieb, hatte seinen hellbraunen Porsche in der Mondscheingasse gegenüber meinem zukünftigen Institut und knapp vor dem türkischen Änderungsschneider geparkt. Als am Vorabend wunderbarerweise ein Parkplatz frei geworden war, der von keinem Rollstuhl bezeichnet war, hatte ich einen Nachbarn gebeten, sofort seinen Wagen aus der Garage zu holen und so lange den freien Platz zu besetzen, bis der rasende Kornfeld anrausche. Während er mich fotografierte, lief er immer wieder zum Fenster.

»Ist er nicht geil, Sebastian?«

»Bin ich nicht geil, Kornfeld?«

»Kann sein, aber schlag die Augen nicht so von unten auf, wir machen ja keine Partnerannonce.«

»Ich darf nicht ernst schauen, verstehst du, arrogant zu wirken wäre das Schlimmste, was sage ich, geschäftsschädigend!«

»Du hast doch Anna.«

»Ich hasse Anna nicht.«

»Schau normal, wie dein Maler, aber weniger traurig.«

Ein paar Stunden später saß ich mit Kornfeld an seinem Computer und sichtete die Fotos. Zwei Drittel waren sofort auszuschließen, weil ich bisweilen dümmlich, manchmal allzu anzüglich, meistens aber irgendwie teuflisch lachte. Wir tranken Kaffee und redeten Unsinn, als sein Mobiltelefon läutete.

»Scheiße! Ich werd gleich depressiv. Arschlöcher! Schick's mir durch, alle Preisträger, ja. Bitte, danke.«

Kornfeld vergrub das Gesicht in den Händen und seufzte, bevor er sehr laut lachte. Wieder hatte er nicht den Fotopreis der österreichischen Presseagentur gewonnen, obwohl man ihn in die engere Auswahl genommen und ihn unentwegt seiner guten Chancen versichert habe. Irgendein Nichtskönner sei bei irgendeiner Papstaudienz zufällig gut gestanden und habe zufällig genau in dem Moment geschossen, in dem ein Windstoß dem an einem Pult stehenden Stellvertreter Gottes auf Erden den roten Umhang ums Gesicht geweht habe, dass nur ein paar Büschel aufgewirbelter weißer Haare und ein schwarzer Brillenbügel an der Schläfe zu sehen seien. Kornfeld zeigte mir sein Bild, den Vorstand eines großen Konsortiums, einen gedrungenen Mann, den er vor einem Geweih an dessen Bürowand geschossen hatte, dass er wie ein Hirsch aussah. Mir gefiel das Foto, weil ich daran denken musste, wie ich im Sonnenspiegel der esoterischen Buchhandlung ausgesehen hatte. In diesem würde ich mich erst schießen lassen müssen, sollte ich mit einem vernünftigen Institut scheitern.

»Such dir eins aus und verschwind, ich muss mich beruhigen und dann wieder Geld verdienen. So eine Kacke!«

Was am nächsten Morgen in meinem Posteingang landete, gefiel mir außerordentlich. Es erstaunte mich, wie leicht der Effekt, den Parmigianino zwar nicht entdeckt, aber so kunstvoll für sich verwendet hatte, mit ein paar Knopfdrücken zu haben war. Der Hintergrund war dunkelweiß, wenn man so sagen kann, im Vordergrund war meine auf einer Lehne ruhende Hand zu sehen, gebräunt, entspannt, elegant, vergrößert und in die Länge gezogen. Anstatt des Ringes konnte man auf dem Knöchel des kleinen Fingers eine ovale, glatte Narbe sehen; ein eher mittelmäßiger Hautarzt hatte mir als Bub, während er halblustige Witze erzählt hatte, eine Warze weggebrannt. Ich blickte die Betrachterin entspannt, freundlich, etwas schelmisch und, wie ich hoffte, nur so anzüglich an, dass es geschäftsfördernd wirken könne. Den möglichen Eindruck auf mögliche Betrachter vernachlässigte ich.

Das war das Werkzeug des Streichlers. Seht, damit streichelt er seine Rücken, Gesichter und Hände! Seht, damit wird er seine Rücken, Gesichter und Hände gestreichelt haben! Curriculum vitae in futuro exacto. Ich hatte schöne Hände, lange, feine Glieder, zumindest hatte ich das von vielen Frauen zu hören bekommen; von Männern hatte ich eher zu hören bekommen, ich hätte zwei Linke – bloß den Menschen, der zwei Linke hatte, hatte mir keiner zeigen können. Frauen waren es gewesen, die meine Hand in ihre Hände genommen und im ernsten Scherz meine Handflächen gelesen hatten. Ich hätte ein langes Leben vor mir, hatten sie erklärt und mir meine Lebenslinie gezeigt. Ich hatte nie widersprochen oder die Seriosität dieser Methode auch nur scherzhaft in Zweifel gezogen. Erstens wegen der Frauen, zweitens wegen mir – oder umgekehrt. Nur die Frau, deren Namen ich vor Anna nicht erwähnen durfte, hatte gestutzt.

»Du hast eine sehr lange Lebenslinie, Sebastian. Aber da, schau, ist sie unterbrochen.«

Mihail war Bulgare, der Bekannte eines Bekannten aus einem Lokal, in dem ich abends zu oft zu viel trank, wenn ich nicht bei Anna oder sie nicht bei mir war, weil es mich ohne Anna so sehr nach Gesellschaft verlangte, auch nach der einfältigsten. Seit der Rückkehr aus der Blauen Lagune war ich nur einmal zum Essen dort gewesen, um mit Mihail über meine Visitenkarte zu sprechen und demonstrativ direkt gepressten Apfelsaft mit Leitungswasser zu trinken. Er hatte die Seite meines Bekannten entworfen, er hielt sie auf dem Laufenden, mir wollte er schnell und günstig zu meiner verhelfen. Er trank viel Bier, rauchte gierig und hatte seine Augen ununterbrochen auf den Bildschirm eines sehr kleinen Laptops gerichtet. »Multitasking«, sagte er und kicherte dabei in sich hinein. Ich warf meinem Bekannten einen fragenden Blick zu, er nickte grinsend.

Wählte man die Seite an, sah man das Bild mit der Hand, sonst nichts. Klickte man darauf, kam man auf die Hauptseite, auf die man auch kam, wenn man das Bild lange (staunend oder bewundernd) angesehen hatte, ohne etwas zu tun. Die schwarzweiße Hauptseite war einfach und elegant gehalten, im Hintergrund konnte man mein leicht verfremdetes Streichelzimmer erahnen. Es gab einen ersten Punkt, der die erste Regel, die Anna aufgestellt hatte, *Kein Sex, niemals*, das Streicheln und seine wissenschaftlich nachgewiesenen Vorteile vorstellte, einen zweiten Punkt mit Einheiten und Preisen, an einem dritten Punkt konnte man die Lage des Instituts auf einem Wienplanausschnitt sehen, und im vierten Punkt waren Telefonnummer, E-Mail-Adresse sowie mein Künstlername angegeben: Severin Horvath.

Wie schön man die positiven Effekte des Streichelns neurowissenschaftlich erklären konnte! Ein schwedisches Forscherteam hatte Erstaunliches herausgefunden und die ersten Befunde eines Wissenschaftlers aus den Vereinigten Staaten, der vor fünfzig Jahren Versuche an Ratten durchgeführt hatte, eindrucksvoll bestätigt. Am Ende meiner Ausführungen hatte ich den Streicheleintrag aus Wikipedia sowie zwei Zeitungsartikel über die schwedischen Entdeckungen verlinkt, wie man sagt. Ich lernte täglich dazu.

Es gibt bestimmte Nervenfasern der Haut, die sogenannten taktilen C-Fasern, deren Signale ausschließlich in einen Bereich des Gehirns geleitet werden, der von Wärme, optisch hervorgerufener romantischer Liebe (so verliebte ich mich mindestens dreimal täglich!) und vor allem sexueller

Erregung aktiviert wird. Die schwedischen Forscher hatten eine Dreiundfünfzigjährige untersucht, der von der Nase abwärts die für Hautempfindungen verantwortlichen Nervenfasern fehlten. Wenn man ihr mit einem sieben Zentimeter breiten Aquarellpinsel über Unterarme und Handrücken strich, konnte man zwar messen, dass sie weder Intensität noch Ort der Berührung empfinden konnte, wohl aber einen angenehmen Reiz in jenem Teil des Gehirns, der für all diese wunderbaren Phänomene empfänglich war. Zu diesem Zweck hatte man sie und vierundzwanzig sogenannte normale Individuen in einen Scanner geschoben, der die Signale und deren Intensität im Gehirn aufzeichnete – rot eingekreiste blaue Punkte in den Lappen, einmal vor und einmal nach der Streicheleinheit. Am Ende eines kurzen Artikels in *Nature Neuroscience*, den ich sehr genau lesen musste, um das für mich Bedeutsame herauszufiltern, und aus dem ich auch lernte, das Streicheln der von Natur aus haarlosen Hautteile stimuliere keine derart wunderbaren Regionen im Gehirn, erklärten die Autoren, sie hätten keine mit ihrer Untersuchung unvereinbaren finanziellen Interessen. Natürlich, sie kannten mich auch nicht! Ich überlegte, ihnen zu schreiben. Sie sollten in Gottes Namen weiterforschen, Gehirn um Gehirn scannen und noch mehr schlagkräftige Beweise für die überaus positiven Effekte des Streichelns menschlicher Tiere heranschaffen!

Versuche an Ratten, deren hormonelle Stresschemie jener der menschlichen Tiere gleicht, hatten ergeben, dass diejenigen Ratten, die vom Team täglich gestreichelt und Schrägstrich oder von ihren Müttern sorgsam geleckt worden waren, sich in Stresssituationen weitaus gelassener verhielten als Tiere, denen man keine Streicheleinheiten hatte angedeihen lassen. Außerdem fanden sie, war die aufregende Situation vorbei, schneller in den (als angenehm angenommenen) Ausgangszustand zurück. *Die als Babys zärtlich umsorgten Ratten,* las ich in der Berliner Zeitung, *zeigten unter Stress sehr viel weniger Unruhe und Angst. Als man sie in eine enge Schachtel sperrte, ließen sie sich wenig Erregung anmerken. Und als man sie mitten auf eine große, freie Fläche platzierte, begannen sie munter, das Territorium zu erkunden. Verängstigte Tiere verkrochen sich in eine Ecke.* Mich irritierte nur ein Satz: *Nun liegen erstmals nachprüfbare Ergebnisse dafür vor, dass die frühen Streicheleinheiten die Funktion des Gehirns dauerhaft beeinflussen.* Bislang hatte ich die Funktion meines Gehirns als äußerst erfreulich empfunden. Ich konnte mich nicht erinnern, als Kind übermäßig gestreichelt worden zu sein.

Ich hatte eine eigenartige Freude an der Tatsache, dass menschliche Tiere und Ratten auf Streicheln nicht nur ähnlich reagierten, sondern dass ihre Gehirne beinahe zum Verwechseln ähnlich strukturiert waren; ein paar hundert Jahre zuvor wäre man für die bloße Vermutung dieses Sachverhalts zum Tode verurteilt worden. Allerdings leiten die sogenannten taktilen C-Fasern die Streichelreize mit einer Geschwindigkeit von etwa einem Meter pro Sekunde ins Gehirn, was der Neurowissenschaft sehr langsam erscheint. Gut Ding braucht also nicht nur Weile, es ist zuallererst nachhaltig. Und das war wiederum das Wort, um das sich alle Bemühungen und Hoffnungen und Beschwörungen des zeitgenössischen Kapitalismus drehten. Ich würde mich mit ihm gegen ihn um Nachhaltigkeit bemühen.

Mihail brauchte viel länger als versprochen. Er war zum zweiten Mal Vater geworden, arbeitete viel und verdiente mit mir nicht gerade das, was die gelernten Österreicher eine goldene Nase nannten, wobei sie bei der Nase an eine bestimmte Gruppe von Menschen dachten. Üblicherweise unterhielten wir uns über Skype, aber plötzlich war er wie vom Äther verschluckt. Ich hätte ihn würgen wollen. Es kam ihm nicht einmal ungeheuerlich vor, mir im Nachhinein zu erklären, er, der mit seinen Computern nachgerade verwachsen war, habe einen Monat lang keinen Zugang zum Netz gehabt. Als die Seite fertig war, betrachtete ich meine Handflächen. Ich war mir sicher, seinetwegen einen nicht unbeträchtlichen Teil meiner Lebenslinie eingebüßt zu haben.

Die kleine Wohnung in der Mondscheingasse hatte ich liebevoll eingerichtet, ja sanft, wie es einem Streichler von Berufs wegen geziemt. Im Vorzimmer hatte ich ein Plakat aufgehängt, auf das ich Verse August von Platens hatte drucken lassen. Ich musste mich nicht fürchten, irgendeiner der vielleicht mich aufsuchenden Männer könnte eine heimliche Selbstaussage bezüglich einer Homosexualität herauslesen. Lumpenbourgeoisie, wie gesagt, geschichtsvergessene. Vom Besitz mochte etwas geblieben sein, er mochte sich vervielfacht haben, nur die Bildung war dahin. Sollte dennoch ein Klient im Streit zwischen dem Juden Heine und dem Schwulen Platen Partei ergreifen, würde ich »Halleluja« rufen.

Mein Geist, bewegt von innerlichem Streite,
Empfand so sehr in diesem kurzen Leben,
Wie leicht es ist, die Heimat aufzugeben,
Allein wie schwer, zu finden eine zweite.

Abgesehen von ein paar Fotografien, die ich hatte ausarbeiten lassen (ein kleines Mädchen mit Strohhut am Strand des Toten Meeres, mobiltelefonierende Beduinen in der Felsenstadt Petra, ein in der Pariser Metro erschöpft schlafender Freund, das Minarett der Damaszener Omayadenmoschee, von dem dereinst Jesus steigen wird, um den Antichrist zu besiegen, ein roter Rettungsring auf einem Steg über dem Plattensee, der Blick aus Annas Schlafzimmer), waren die Wände nackt. Im Vorzimmer hatte ich einen Kleiderständer aufgestellt, das Kabinett hatte ich zum Warteraum umgestaltet – zwei Lehnstühle, ein Sofa, ein niedriges Tischchen, ein Regal mit Büchern an der Wand, Körbe mit Zeitschriften und Kunstkatalogen auf dem Boden. Ich rechnete damit, die meiste Zeit selbst in diesem Raum zu sitzen, und zwar wartend. Das Streichelzimmer war beinahe leer. Neben das Fenster stellte ich meine Stereoanlage, zwei Boxen standen in entgegengesetzten Ecken, an die Wand war ein dunkelgrünes Sofa gerückt, das mir ein Freund geschenkt hatte, der nach Neapel gezogen war. Für die Wände wollte ich mir noch etwas einfallen lassen, als ich vor einem Café an der Burggasse die erste Anzeige formulierte.

Fehlen Ihnen Nähe, Zärtlichkeit, sanfte Berührung? Severin streichelt in der Mondscheingasse. Einheiten im Fünfundvierzigminutentakt. Keine Berührungen unter der Gürtellinie. Streichelinstitut Caress_caress. *www.streichelinstitut.com, severin@streichelinstitut.com, Telefonnummer.*

Ich sandte die Kleinanzeige der linksliberalen Wiener Stadtzeitung, die ich zweimal jährlich äußerst befremdet durchblätterte. Ich konnte ihre Leser an deren Taschen erkennen, und ich wusste, was sie lasen, um sich mit ihren Meinungen immer auf der richtigen Seite wiederfinden zu können. Aus Abneigung wurde Zielgruppe. Anna meinte, ich formulierte eine neue Sozialfaschismusthese.

Auch Anna war nicht immer gerecht.

Wir kannten einander noch nicht lange, als wir nach Tunesien flogen. Meist gingen wir ins Theater, ins Kino, aßen zu Abend und schliefen miteinander. Ich war einverstanden mit diesem unausgesprochenen Arrangement, mehr als einverstanden, so sehr erhob es mich, mit dieser Frau sein zu dürfen. Ich lächelte über die eifersüchtigen Blicke der gutaussehenden Männer und gefiel mir in den abschätzigen von Annas intellektuellen Bekannten, wenn ich von Fußball, Schlägereien und Straßengeschichten sprach und schönen Frauen mit schmachtendem Gesichtsausdruck hinterhersah. Was sie von einer Woche am Meer halte, vom Feilschen auf Basaren, vom Sitzen in überfüllten Bussen und klapprigen Zügen? Ich wollte einmal, bloß einmal, selbst wenn es im Desaster enden sollte, ausschließlich mit ihr sein. Wir könnten viel Spaß haben, antwortete Anna und lachte dabei, dass ich nicht wusste, ob ich mitlachen sollte. Nachdem wir zum ersten Mal miteinander geschlafen hatten und umschlungen nebeneinander im Bett gelegen waren, hatte ich gesagt, wir könnten viel Spaß miteinander haben – seit jeher vertraute ich eher meinem Körper als meinem Geist. Anna hatte gelacht und mir Monate später verraten, wie abgeschmackt sie das empfunden habe. Wir saßen auf dem Franziskanerplatz, die Sonne schien Anna schräg ins Gesicht, ich hielt mich für den glücklichsten Menschen der Welt.

Ich war der glücklichste Mensch der Welt, als wir unsere Koffer in einem kleinen Zimmer einer weitläufigen Ferienanlage mit zweistöckigen Bungalows abstellten und an den Strand gingen. Es war Mitte Mai, Wolken verdeckten die Sonne, trotzdem war es warm. Anna nahm meine Hand, das hatte sie noch nie getan, wir stapften wortlos und müde durch den Sand. Ich erinnerte mich an meine erste Freundin, als ich zwölf war und wir Hand in Hand aus der Stadt zum Moor spaziert waren. Mit jemandem gehen, hatte es geheißen, damals, in diesem anderen Leben, als Computer noch mit Disketten und Kassetten gefüttert wurden. Sebastian, hieß es, geht mit Nadja, und das war das Schönste, was gesagt werden konnte. Nadja, dieses Mädchen mit den großen braunen Augen, das einen so starken eigenen Kopf hatte, dass es wehtun konnte – und immer wieder wehtat. Ich träumte noch immer von ihr, in unregelmäßig regelmäßigen Abständen tauchte sie mit einer Wucht in mir auf, dass ich nach dem Aufwachen ganz benommen war. Einmal, als ich Anna gerade in einem Foucaultseminar zu bewundern begann, in dem sie als Tutorin tätig war, wachte ich an meinem Geburtstag auf, trank mit Kristina einen Kaffee und verließ meine Wohnung, um mich in einen Park zu setzen. Ich sei melancholisch an Geburtstagen, hatte ich erklärt, und bräuchte ein paar Stunden für mich. Erst als ich mit ein paar Shrimpsbrötchen im Volksgarten saß und auf mir namentlich unbekannte Blumen blickte, konnte ich über den Geburtstagstraum nachdenken.

Ich war in einem Taxi gesessen, das vor dem Flughafen hielt, wo mich Nadja begrüßte, die auch älter geworden war, noch schöner, noch profilierter, aber noch immer die Nadja, die ich auch damals nicht gekannt hatte. Wir küssten und umarmten einander, als wäre es ein Wunder, einander wieder getroffen zu haben, verwundet, aber lebendig. Wir weinten vor Glück, vor Freude, vor Trauer über die verstrichene Zeit, und gingen dann ganz selbstverständlich zu einem Schalter. Da war eine Vorstellung von Erlösung, da schwang ein Wiedergutwerden mit, dass ich mir im Volksgarten, die Sonne schien, auf einer Bank neben mir rauchten zwei Bauarbeiter einen Joint, die Tränen aus den Augen wischen musste. Da war diese Erleichterung gewesen, den richtigen, den passenden Menschen, von dem ich immer gewusst hatte, dass es ihn gab, wiedergetroffen zu haben. Als wäre es ein Wunder, ohne ihn überhaupt gelebt haben zu können. Als wären all die Jahre Vorbereitung, Durchhalten, gute Miene zum bösen Spiel gewesen. Als gäbe es einen Zeitpunkt, einen Moment, an dem man wüsste, man träfe einander, ohne Anruf, ohne E-Mail, eine geheime Verabredung.

Und jetzt ging ich mit Anna, die meine Hand hielt, bisweilen kam uns ein Mensch entgegen, aber ansonsten war der Strand leer, waren die Zigarettenverkäufer und Kitschhändler ebenso wie die Kamelführer zu Hause geblieben oder anderswo, im Suk von Sousse oder Monastir, in Hammamet oder Kairouan.

Haben die Frauen, die wir umwerben, nicht Schwestern, die sie nicht mehr gekannt haben?, hatte Walter Benjamin kurz vor seinem Tod an der spanischen Grenze geschrieben, die einen Tag, nachdem er das Zyankali geschluckt hatte, wieder geöffnet worden war. Den Satz hatte ich in mein inneres Stammbuch geschrieben. Einen zweiten hatte ich der Werbung entliehen: *Ich komme aus dem Land der Sonne.*

»Ich bin ein Einzelkind.«

»Kann man den Satz umdrehen? Männer? Brüder?«

»Dann heißt dein Bruder Martin.«

»Du hast es mit den Heiligen.«

Anna blieb stehen, neben uns versperrte eine kleine Betonhütte die Sicht, vor der Tretboote übereinander gestapelt waren. Sie drehte sich zu mir und sah mich an. Ich kam mir wie ein vorlauter Schüler vor, über dessen Schicksal in diesem Moment abgestimmt werde.

»Ich liebe *dich*.«

Ich sagte nicht: »Ich weiß.« Ich sagte nicht: »Ich auch.« Ich war zu glücklich, um überhaupt etwas sagen zu können. *Diese* Frau liebte *mich*, zumindest jetzt, in diesem Moment. Das war Weihnachten, Ostern, Geburtstag, Silvester und Rapids Meisterschaftsgewinn in einem. Ich sah Anna an und nickte, bevor ich sie küsste. Dann gingen wir weiter, Hand in Hand, schweigend, in dieser schweigenden Verbindung, die mir Einverständnis bedeutete. Ich konnte nicht anders, das war mein Umgang mit den Augenblicken meines Lebens, die bei mir bleiben würden. Nietzsche fiel mir ein, das große Ja, *amor fati*, an einem Punkt. Und alles, was zu diesem Punkt geführt habe, sei notwendig gewesen. Ich war einverstanden, mit mir, neben, mit Anna. Es war so, wie es war. Es war zwar nicht gut so, allein auch das war gut: Es war so. Amen. Überschrift: Der schönste Tag meines Lebens. Erster Satz: Ich wusste nicht, wie mir geschah.

Zum Abendessen tranken wir eine Flasche Rotwein, dann saßen wir noch kurz mit einer Wasserpfeife im sogenannten maurischen Café, bevor wir aufs Zimmer verschwanden. Ich ließ mich aufs Bett fallen, müde und aufgekratzt, Anna kam in einem knielangen schwarzen Rock und einem durchbrochenen schwarzen BH aus dem Badezimmer.

»Macht man das hier so?«

Sie begann zu tanzen, schnelle, kreisförmige Bewegungen, dann drehte sie mir ihren Hintern zu und schüttelte ihn, dass ich mich fragte, wie sie so schnell und taktvoll trippeln konnte.

»Zum Glück sehen dich deine Studentinnen im Genderseminar nicht.«

Anna streifte langsam, viel zu langsam, die Träger über ihre Schultern, sie lächelte und spitzte den Mund, während sie sich an die Brüste fasste, nach vorn beugte, die Körbchen des Halters aneinander presste und die Lippen schürzte. Ich wollte aufstehen, aber ein kurzes Aufrichten ihres Zeigefingers genügte, um mich wieder nach hinten sinken zu lassen.

»Zeig mir den Wegweiser, der in die Richtung geht, die er weist!«

Ich hatte genug Wein getrunken, um noch reizbarer zu sein. Ich konnte nicht liegen bleiben, ich wollte Anna berühren, aber es ging nicht. Ich hatte schon dutzende Male mit ihr geschlafen und wollte sie nach jedem Mal nur noch mehr – *das* hatte ich noch nie erlebt.

»Du willst mich süchtig machen.«

Sie zog den Rock über die Taille, ich sagte mir »Halleluja«, sie zog ihn wieder zurück, und wieder über die Hüfte, und wieder zurück.

»Wie du dich so zum Objekt des männlichen Blicks machen kannst.«

Anna legte ihren Zeigefinger über den Mund, zog ihren Rock langsam aus, dann stand sie in einem knappen schwarzen Höschen und ihrem BH vor mir. Ich weiß nicht, was in diesen Augenblicken geschah, die Balkontür war offen, das Wasser im Swimmingpool spiegelglatt, Zikaden zirpten. Ich sagte mir: »Ich will nur sie.« Ich kannte den Satz nicht. Ich kannte den Gedanken, als einziger mit einer Frau sein zu wollen, aber gleichzeitig hatte ich keiner Verlockung nicht nachgeben, keine begehrenswerte Frau nicht ins Bett (oder wohin auch immer) zu bringen versuchen können. Aber als mir Anna ihren Hintern zudrehte, ihren Oberkörper nach vorn beugte, als ich nun doch laut »Halleluja!«

rief, spürte ich, dass alles, was ich bis dahin über Beziehungen und Sex gedacht hatte, falsch war – Sandkastenspiel, Ideologie um der Ideologie, Nonkonformismus um des Nonkonformismus willen. Ich wollte diesen Arsch und diese Muschi und diese Brüste, ich wollte diesen Körper und diesen Kopf für mich, und zwar nur für mich. Und ich würde umgekehrt keinen anderen Arsch, keine andere Muschi, keine anderen Brüste, keinen anderen Körper und keinen anderen Kopf wollen. Es war keine Entscheidung, die ich traf. Es war eine Entscheidung, die mich traf. Ich lag auf dem Bett, Anna tanzte wieder, sie drehte sich zu mir, ging in die Knie, leckte sich lachend die Lippen, als mir Mirjam und Katharina und Romana und all die anderen Frauen einfielen, mit denen ich nach Kristina und vor Anna – ja was?

Ich kam mir schäbig vor. Und nicht, weil ich sie in meinem Bett heulen, auf der Couch schreien, am Telefon schluchzen oder ihre Wut in E-Mails tippen sah, wie unzuverlässig ich sei, wie rücksichtslos, hinter jedem Rock her, und wenn es kein Rock sei, könnten es zur Abwechslung auch einmal Jeans sein. Ich kam mir nicht schäbig vor, weil sie mich dann, wenn ich mich zu erklären versuchte, einen in Wirklichkeit noch viel schlimmeren, weil aufgeklärten Macho nannten, einen Sexisten, oder, wenn sie dieses Wort nicht kannten, einen blöden Egoisten. Ich schämte mich vor mir, und also vor Anna, mich überhaupt mit ihnen abgegeben zu haben.

Ich hätte vor Freude weinen können, als Anna ihren Slip abstreifte und langsam auf mich zukam, aber ich spürte mit einem Mal auch die Verzweiflung in diesen Geschichten, den verbissenen Wunsch, zumindest körperlich jemandem nahe zu sein. Als mich Anna sanft und bestimmt aufs Bett drückte, sah ich, wie ich Mirjam und Katharina und Romana und all den anderen, deretwegen ich jedes Mal mein Bett frisch hatte überziehen müssen, wenn sie auf dem Weg zu mir gewesen waren und sich vielleicht als meine Freundinnen gefühlt hatten, nicht einmal ein klein wenig von mir preisgegeben hatte. Ich hätte weinen können, aber ich konnte nicht.

Später, wenn wir miteinander schliefen, flüsterten wir einander gern »Kannst du dich erinnern?« ins Ohr, »an den Stuhl vorm Bett, wie du mir deine Brüste vors Gesicht hieltest? Der Balkon, weißt du noch, wie still es war, wie still wir auf einmal waren, ich an der Brüstung, du hinter mir, bis der Muezzin zum Gebet zu rufen begann? Und wie ein zweiter einsetzte, und ein dritter, und wie sie wetteiferten, beten sei besser als schlafen? Und wie wir auch nicht schliefen und etwas Gebetsähnliches taten? Weißt du noch? Das Weitweg, das uns so faszinierte? Und meine Hand über deinem Mund, im Freien, gute Luft, wenig Menschen? Und wie du wolltest, dass ich in dir einschliefe?«

Es war bereits hell, die Muezzins schwiegen wieder, die Gläubigen hatten zum Gott, der groß ist, zum Gott, außer dem es keinen Gott gibt, gebetet, die ersten Sonnenhungrigen hatten ihre Liegen am Pool mit Handtüchern markiert, als wir still wurden. Anna lag neben mir, sie seufzte leise. Sie lag auf dem Bauch, leicht seitlich, den Kopf mir ab- und dem offenen Balkon zugewandt, das rechte Bein angewinkelt. Ich ließ meine Hand über ihren Rücken fahren, ganz sanft, beinahe unmerklich. Dann strich ich ihre Seite entlang, fuhr ihren Hintern mit den Fingerkuppen nach, die Innenschenkel entlang, bis ich wieder an der Schulter war, meine Finger ihren Nacken entlang strichen. Ich war nicht mehr ich. Ich war nicht mehr nur ich. Ich spürte, was ihr gefiel, ein leises Seufzen, eine tiefere Atmung, die mich länger dort als da, eher so als so verweilen ließ. Meine Hand, meine Finger, ihre Kuppen und Nägel waren die Seismographen, die Annas Wohlgefühl verzeichneten und sich nach ihm zu richteten versuchten. Ich konnte fühlen, wie gut ihr das tat, ohne Worte, bald schon ohne Seufzer, nur Stöße aus der Nase, hin und wieder, luftgefüllte Lungen, die den Rücken wölbten. Auf einmal, ich weiß nicht, wie viel Zeit vergangen war, das Frühstücksbuffet hatte schon geschlossen, atmete Anna gleichmäßig und leise. Ich dachte, sie schlafe, und ließ meine Hand auf ihrem Rücken ruhen.

»Das machst du aber gut.«

»Irgendwas muss ich ja können.«

»Dass du so sanft sein kannst.«

»Gell?«

»Das hast du schon oft gemacht, nicht?«

»Nicht.«

»Du könntest reich werden damit, Sebastian, sehr reich.«

»Ich hatte nie etwas anderes vor, als sehr, sehr reich zu werden. Aber ich habe kein Talent dazu. *Du* musst reich werden, Schätzchen, verstehst du? So reich, dass du mich anstellen kannst, mit Sozial- und Krankenversicherung, ein lebenslanges Stipendium sozusagen, ein Wohlfühlbeamter ganz für dich allein. Du kannst unterrichten, Vorträge halten, Seminare leiten, bahnbrechende Studien veröffentlichen, an die Sorbonne gehen oder nach Paramaribo, mich darfst du immer mitnehmen. Ich brauche nicht viel zum Leben. Guten Wein, schöne Kleider, ein angemessenes Taschengeld, lustige Bücher und Filme, und wenn du dich aufs Bett legst, streichle ich dich.«

»Eine Königin?«

»Göttin!«

»Aber dann sehen alle, wie gut es mir geht, dann wollen sie wissen, warum es mir so gut geht, und dann sehen sie diesen Mann im Hintergrund. Nur das, was sie glauben, ist viel zu banal für feine Menschen wie –«

»Bitte?!«

»Allein der Sex kann es nicht sein, das geht nicht, du weißt ja nicht, wie gut es mir gehen kann, wenn es mir gut geht. So gut, dass es noch etwas anderes sein muss, ein Mysterium, ein Geheimnis, etwas Unsagbares, etwas sagenhaft Unsagbares.«

»Und ich armer Proletarier werde verliehen, weil ich so teuer bin, dass es selbst dir Löcher ins Konto frisst, und muss alle deine hübschen Freundinnen und Kolleginnen, die nackt vor mir auf dem Bett liegen, streicheln. Das bringe ich nicht übers Herz, Anna, so bin ich nicht. Ich bin ein monogamer monomaner Monotheist.«

»Ich werde dich anstellen. Du wirst mein persönliches Streichelinstitut leiten.«

Und damit war das Wort in der Welt. Damit war eine Idee zwischen uns, die wir in den folgenden Monaten ausfeilen, überholen, ausschmücken, ins Groteske steigern sollten. Einmal war Anna die Besitzerin des Instituts, das einen Angestellten hatte, nämlich mich, und damit auch meine Besitzerin. Sie kam bisweilen vorbei, um mit strenger Miene und in die Hüften gestemmten Armen nach dem Rechten zu sehen, sie stand vor der Tür, öffnete sie einen Spaltbreit und sah mir beim Streicheln zu. Ein anderes Mal war sie meine Sklavin, die zu Hause in Reizwäsche auf mich wartete und an ihrem Laptop über die im Streichelzimmer angebrachte Webcam über alles im Bilde war. Dann wieder war sie meine Partnerin, die im Nebenzimmer Herren streichelte, junge Studenten mit traurigen Blicken und geile alte Böcke, die nicht glauben konnten, mit ihrem Geld nicht mehr als eine Streicheleinheit zu bekommen. Dann war Anna wiederum meine Assistentin, die zusah, wie ich die Damen und jungen Frauen streichelte, mir dabei zur Hand gehen durfte und von mir lernen sollte.

Unsere Phantasien kreisten stets um Klientinnen; die Handvoll Männer, die Anna im Nebenzimmer streichelte, hatten keine fünf Minuten Auftrittszeit in unserem Kopftheater. Es waren immer schöne Frauen, die wir uns vorstellten, elegante Damen, die mit Ende Vierzig noch äußerst reizend waren, junge Frauen, die mit ihren Körpern nicht so recht umzugehen wussten und insgesamt etwas schüchtern waren, Halbgöttinnen, die aus keinem nachvollziehbaren Grund verlassen worden waren, Schauspielerinnen, die keinem Mann mehr trauten und es sich lieber dort gutgehen ließen, wo die Rollen eindeutig waren.

Und immer sah Anna dabei zu. Der Gedanke des Zusehens erregte sie ungemein, und es kam nicht nur einmal vor, dass sie mir mit weit aufgerissenen Augen und gepressten Worten eine Schauspielerin oder eine elegante Dame ins Kopftheater setzte, während wir miteinander schliefen. Die Blaue Lagune und das erste Gebot waren noch zwei Sommer entfernt, als die Frauen, die Anna und ich ins Institut kommen ließen, mich erfolgreich zu mehr als bloßem Streicheln bewegten. Anna wurde umso wilder und erregter, je genauer sie sich mit mir vorstellte, wie ich eine Klientin zum Höhepunkt brächte. Und mich erregte nichts mehr als Annas Erregung.

Es war am Strand, als Anna zum ersten Mal auch mitmachen wollte. Wir lagen unter einem Strohschirm am tunesischen Meer, für den wir ebenso wenig wie für die Sonnenliegen bezahlen mussten. Mohamed, ein kleiner stämmiger Mann, überwachte die Ausgabe und das Aufstellen der Liegen, er kassierte die Gebühren und verdiente ein wenig dabei. Ich hatte mich am ersten Strandtag ausführlich mit ihm unterhalten, vielleicht war es deswegen, vielleicht weil er Anna so anhimmelte, dass er uns Liegen und Schirm einfach so überließ. Ich setzte mich gern zu ihm in den Schatten, er trug ein weißes T-Shirt, auf dem *Kreml Bar* stand, und hielt stundenlang den Kopf mit geschlossenen Augen in die Luft. Er komme nächsten Monat in den cage d'ôr, sagte er, werde also heiraten. Am liebsten gehe er in den Wald, um ein Schaf zu grillen; er versprach, mich einmal mitzunehmen. Ich erzählte ihm von mir, wir tranken Cola oder saßen schweigend nebeneinander. Bei der Abreise fragte er verschämt, ob er meine Badehose haben dürfe. Ich gab sie ihm mit einem seltsamen Gefühl.

Es waren wenige Menschen am Strand, ein paar Meter

weiter wehte ein riesiger Che auf einem Banner, ein Kamelführer hielt vor den beiden jungen Inderinnen, die Engländerinnen waren. Sie waren am selben Tag wie wir angekommen. Sie sahen atemberaubend aus, wir hielten sie für verwöhnte reiche Gören, was wir an der Art und Weise, wie sie sich bewegten und mit dem Personal umgingen, wie sie die anderen Gäste, uns eingeschlossen, missachteten, zu sehen glaubten. Sie scherzten mit dem Tunesier, der das Kamel wenige Meter vor dem Meer an einer Leine durch den Sand führte; der Sattel und die Überwürfe des Tiers waren mit ähnlich glitzernden Pailletten versehen wie die dünnen Strandkleider der Inderinnen, die Engländerinnen waren. Eine stieg lachend auf den Rücken eines Kamels, rutschte nach vorn und hielt sich an seinem Hals fest. Ihre Freundin oder Schwester lachte neben dem Tunesier und hörte gar nicht mehr zu filmen auf. Ich hatte mein Buch beiseite gelegt und mir eine Zigarette angezündet, Anna hatte sich aufgesetzt und nestelte an ihrer Kamera herum.

»Gute Klientinnen?«

»Ausgezeichnete.«

»Da würde ich auch gern mitmischen.«

»Beim Streicheln?«

»Danach.«

»Und woran genau denkst du da?«

»Wir würden mit ihr spielen.«

»Mit einer nur?«

»Sei nicht maßlos, Sebastian.«

»Ich muss mich auf den Bauch legen, Anna.«

Auch in der Blauen Lagune hatte ich mich auf den Bauch legen müssen, als ich drei Sommer später neben Anna lag und sie streichelte. Die Blaue Lagune war nicht nur ein Film, den ich mit elf immer wieder angesehen hatte, ein erotisches Versprechen, ein ahnungsvolles Erwachen, die Unterwasseraufnahme eines Paares, das sich nackt und schwimmend im Meer näher kommt, bis vor der nahesten

Nähe ausgeblendet wird. Die Blaue Lagune war der Ort, an dem ich eine Lebensentscheidung traf, ein für unseren Geschmack zu gepflegter Strand in einer türkischen Bucht, in Ölüdeniz, wo Anna und ich vermutet hatten, er sei für Österreicher und Deutsche angelegt, aus irgendeinem Grund aber auf einmal von Engländern okkupiert worden.

Über uns kreisten Menschen unter Flügeln, gelbe, rote, blaue Pünktchen, sie waren von den Bergen im Hintergrund abgesprungen, allein oder zu zweit; Ikarus' Fehler sei gewesen, meinte Anna, die Flügel um alles in der Welt auf dem Körper befestigen zu wollen. Vor uns lag das Meer, türkis und glatt, Engländer (medium rare) paddelten Kanus durchs Wasser, und Anna kam wieder auf meinen vermeintlich wunden Punkt zurück, auf einen der wundesten meiner wunden Punkte. Wenn ich schon nicht meine Dissertation schriebe, gebe es zwei andere Möglichkeiten: Entweder wir zögen zusammen, oder ich suchte mir eine Arbeit. Als ich eine der drei Möglichkeiten zu verfolgen versprach, einen Schluck Bier trank, mir eine Zigarette anzündete, nach meinem Buch griff und mich auf den Rücken legte, sagte sie noch, es gebe sehr wohl eine vierte Möglichkeit, die sie nicht wolle – und ich wohl ebenso wenig. Ich begriff, ich würde mich entscheiden müssen, um Anna nicht zu verlieren. Ich musste ein neues Leben beginnen. (Was war so falsch am alten?)

Ich tastete mit meiner Rechten nach ihr und begann ihren Rücken zu streicheln, langsam, das Rückgrat von unten entlang nach oben, zu den Schultern, in die Nackenmulden, von dort die Seite hinunter, langsam, sachte, dann mit Nachdruck, bis ich die Hand umdrehte, mit abgewinkelten Fingern die Nägel über ihre Haut streifen ließ, mich immer näher an ihre rechte Brust herantastete, mich wieder in konzentrischen Kreisen entfernte, ehe ich doch die Außenseite ihrer Brust entlang strich, wie zufällig, sehr unabsichtlich. »Aber *das* ginge nicht«, sagte sie, »das wäre Teil der ersten Regel.« Anna setzte sich auf, sie war wunderschön.

Sie schlug mir mit der flachen Hand auf die linke Pobacke. »Die erste Regel wäre: Kein Sex, niemals.«

In der Blauen Lagune hatten wir einen glücklichen Menschen kennengelernt. Ich war mit Anna ins Meer gegangen, ich hatte schrille Kehllaute ausgestoßen, wie ich sie von ägyptischen Hafenarbeitern in einem Hinterhofcafé in Aqaba gehört hatte, nachdem Ägypten ein Fußballspiel gegen Libyen umgedreht hatte. Der glückliche Mensch, von dem wir noch nicht wussten, dass er ein glücklicher Mensch war, hatte eine Minute später, nicht weit von mir, laut zu lachen begonnen, wie jemand, der das Lachen aus Takt lieber für sich behalten hätte. »Are you a bird?«, fragte er. »Yes«, antwortete ich, »a rare and very exquisite bird.« Er war aus Istanbul, Ende Fünfzig, seit kurzem Rentner, ein offenes, freundliches Gesicht mit hellblauen Augen. Ob ich mit einem Paraglider geflogen sei? Er würde das gern ausprobieren, aber er habe soviel gearbeitet, dass er jetzt im Ruhestand nicht das Pech haben wolle, zu früh zu sterben. Das leuchtete mir ein.

Ein paar Tage später saß ich auf dem Rand einer Sonnenliege neben dem glücklichen Menschen, seine Frau lag im Schatten und telefonierte mit der Zwillinge erwartenden Tochter in Istanbul, wir kauten getrocknete Sonnenblumenkerne. Er war *doorman* im Kempinski in Istanbul gewesen, ein alter Palast, das erste, teuerste, prunkvollste Hotel der Stadt. Er hatte sie alle kennengelernt, die Mächtigen, Reichen und Schönen, die großen Männer und Frauen, denen der Mensch auf der Straße nicht näher komme. Robert de Niro nannte er als ersten, George W. Bush als zweiten, Ali Rafsandjani als dritten. Er sei nicht nur in ihrer Nähe gewesen, habe ihnen nicht nur Türen aufgehalten und alle Wünsche von den Augen abzulesen versucht, er habe vieles mitbekommen. Eine berühmte Dame habe ihm einmal geraten, ein Buch über seine Beobachtungen zu schreiben – das würde groß rauskommen. Aber dann wäre er noch am Tag der Veröffentlichung ermordet worden! Nach der vielen Plackerei wolle er jetzt jeden Moment genießen. Dann sagte er: »If I was born again I would lead the same life once again.« Das war der Satz eines glücklichen Menschen.

Als wir auf Annas Laptop die Fotos unserer Reihe betrachteten, bemerkte Anna, wie gelöst ich neben dem glücklichen Menschen aussähe, als sei mir ein Licht aufgegangen. Wir saßen da, auf seiner Liege, jeder einen Sonnenblumenkern zwischen den Schneidezähnen, die Arme einander um die Schultern gelegt und lachten. Im Hintergrund bauten ein Junge und ein Mädchen eine Sandburg.

»Du hast ihm bestimmt noch immer nicht geschrieben.«

»Er hat mir schon geantwortet.«

»Du verblüffst mich, Basilisk. Was schreibt er denn?«

»Dass es ihm gutgeht, dass er die Blaue Lagune malt, dass ich mich nicht von meiner Idee abbringen lassen darf.«

»Welche Idee?«

»Meine Idee, Anna, unsere.«

Vor einigen Jahren hatte der glückliche Mensch zu malen begonnen. Löwen, Pferde, Natur; Aquarelle, Bleistiftzeichnungen, Ölgemälde. Er schrieb mir die Adresse seiner Website auf, die ihm sein Schwiegersohn gestaltet hatte, ein angeblich fähiger Programmierer, der für die Website seines Schwiegervaters allerdings bloß zwanzig Minuten Zeit gehabt haben dürfte. Jetzt könne er, hatte der glückliche Mensch aus dem Kempinski am Strand von Ölüdeniz gesagt, der Welt seine Bilder zeigen! Was das Türkisch erschwerte; andererseits musste man nur die Menüpunkte anklicken, um die Löwen im Profil, die Pferde im Grünen und an der Tränke, die Stillleben und den Cezannschen Bauern mit der Pfeife im Kornfeld zu sehen. »But my friend«, sagte der glückliche Mensch und biss die Schale eines Sonnenblumenkerns auf, »I must tell you«, er senkte seine Stimme und legte eine Pause ein, »you will be shocked«, bevor er eine noch längere Pause einlegte und dann aus der Brust sprach: »by its beauty.«

Ich war schockiert, aber auf eine andere Weise als seine Frau, der er die Bilder als erster gezeigt hatte und die von seinem Talent schockiert gewesen sein soll. *Shocked by beauty*. Er konnte gut malen, der glückliche Mensch, technisch, daran bestand kein Zweifel. Mir fiel ein Freund meiner Eltern ein, ein katholischer Priester, der zu sagen pflegte, der Hirt müsse sein, wo die Herde saufe, der das Saufen aber, anders als die Herde, nie übertrieb. Der Priester war ein kluger Mann, der sich für Sterne interessierte, für die Natur und ihre Wissenschaft, für andere Länder und andere Kulturen, aber nicht sonderlich für Theologie und gar nicht für Kunst. Ihm war Künstler, wer ein Pferd malen konnte. So gesehen war der glückliche Mensch einer. Ich war von dem Gedanken schockiert, dass diese Bilder die Bilder eines glücklichen Menschen sein könnten. Anna hatte von Selbstberuhigung gesprochen, von Menschenleere, Geschichtslosigkeit, Ideologie einer guten Natur, von unschuldigem Sosein, unbeeindruckt von der Geschichte der Menschen. Aber der glückliche Mensch war ein glücklicher Mensch, und uns stellte sich die Frage, ob er ein Schauspieler sei oder was er getan und gedacht habe, um ein glücklicher Mensch in unglücklichen Zeiten zu werden.

Die Frage, was ich arbeitete, war noch schwerer zu beantworten. Ich versuchte es trotzdem. Die Frage müsse lauten, was ich täte. Und was davon Arbeit sei und was Freizeit, beides nicht strikt voneinander zu trennen. Dass ich die Welt beobachtete, dass ich ein kritisch teilnehmender Beobachter sein wolle, dass ich mich mit allerhand beschäftigte und mich in erster Linie als Geisterschreiber für andere verdingte – und mindestens genauso gern das täte, was andere in dem Land, aus dem ich käme, als Nichtstun bezeichneten. Erst im Nachhinein wunderte ich mich über meine Offenheit. Der glückliche Mensch wünschte mir Glück. Ob ich über die Runden käme? Ich antwortete nicht ganz wahrheitsgemäß, es gehe mehr schlecht denn recht, und dass genau das eine Auseinandersetzung sei, die Anna und ich gerade führten. Sie wolle nicht länger zusehen, wie sich die ökonomische Schlinge immer enger um meinen Hals ziehe.

Hätte ich eine Psychotherapeutin gehabt, mich zweimal wöchentlich für fünfundvierzig Minuten nicht auf meine, sondern auf eine fremde Couch gelegt, hätte ich mich mit dem glücklichen Menschen über Robert de Niro oder den Unterschied im Umgang mit dem Hotelpersonal zwischen George W. Bush und Ali Rafsandjani unterhalten können. Ich hätte ihn gefragt, ob er für Fenerbahçe, Galatasaray oder Beşiktaş sei, wie es rieche, wenn er auf die Straße trete, ob er zu Allah bete oder seine Frau vergöttere, ob er die Juden für die Inkarnation des Bösen oder für Menschen halte. Aber das war es nicht, was mich beschäftigte, wenn ich neben Anna im Dolmuş saß oder mit ihr auf einem Motorroller die Küsten und Berge abfuhr.

»I got this idea for something like a business.«

»What would that be?«

»I can't talk about it until I really start it.«

»Stick with it. You only live once.«

Das waren Sätze, die glückliche Menschen sagen, Menschen, denen es gelungen ist, ein geglücktes Leben zu führen. Reich war er nicht, der ehemalige *doorman* aus dem Kempinski, dessen Füße krank vom vielen Stehen und Gehen geworden waren, der deswegen ein paar Jahre vor seinem Ruhestand die Großen Menschen in einer Limousine durch Istanbul hatte chauffieren dürfen. Business, wie das klang aus meinem Mund. Aber das Wort war in der Welt. Etwas, das man tut, um beschäftigt zu sein, um in geschäftigen Kontakt mit anderen zu treten. Business, aus dem Mund eines Antikapitalisten. Aber das Wort war in der Bucht. Ich fragte mich, wie es ein Gemälde dieser Bucht durchwirken müsste.

»Ich habe heute eine Wohnung angesehen.«

»Wie willst du dir die leisten?«

»Vielleicht beginne ich, Katzen zu malen.«

»Wo, um Himmels willen?«

»In der Gasse, deretwegen du mir noch ein Abendessen schuldest.«

Anna drehte sich zu mir, küsste mich auf den Mund und sah mich mit großen Augen an.

»Ich habe keine Ahnung, was du meinen könntest.«

Ich weiß nicht, wann ich zum ersten Mal jemanden streichelte. Ich kann mich an keine Reaktion erinnern, die auch nur annähernd an jene Annas herankäme. So hatte ich das tatsächlich noch nie getan. Ich hatte auch noch nie jemanden so geliebt wie Anna – ausgenommen mich vielleicht, in guten Zeiten.

Ich streichelte immer nur zum Trost. Ich streichelte die Mädchen, die weinten, weil sie beim Handball verloren hatten, weil ihre Großmutter gestorben, weil ich böse gewesen war. Ich streichelte mein Meerschweinchen, solange es neu in meinem Leben war und mich belustigte. Ich streichelte manchmal einen Hund, bisweilen eine Katze, allein die menschlichen Tiere waren mir immer näher. In Wirklichkeit freute ich mich, dass es etwas gab, das ich anscheinend konnte; etwas, wozu ich talentiert war. All meine Verweigerungen und Renitenzen – hatten sie nicht auch damit zu tun, dass ich sehr vieles nicht konnte? Ich konnte lesen und schreiben, denken und sprechen, ich konnte Judo und einen Ball leidlich mit Händen und Füßen behandeln, und ich konnte das, was man Sex nennt; Anna hätte noch Trinken und Tagträumen hinzugefügt. Ich weiß nicht, ob ich es war oder Anna, aber nicht lange, nachdem es in unseren Wohnungen eine Zahnbürste für den anderen gab, scherzten wir schon, ich könnte Pornostar werden – auf diese Weise müssten wir tatsächlich reich werden können. Ich spielte mit, natürlich, der Gedanke hatte auch etwas Reizendes, zumal ich tatsächlich nicht wusste, wie ich Geld verdienen sollte. Es gab eine Zeit, da sahen wir uns mindestens einmal die Woche Pornos an, die wir unter anderem danach bewerteten, ob sie zu Rot- oder Weißwein passten. Während wir sie halbernst analysierten, aus der Perspektive des Geschlechterverhältnisses und der des Kamerablicks, erregten sie uns noch mehr, als wir einander ohnehin eingestanden. Allein auch hier waren es in erster Linie Filme mit einem Mann und zwei Frauen, die unsere Phantasie am nachdrücklichsten entfachten. Annas Stimme vibrierte, wenn sie mich fragte, ob ich das jetzt auch so gut fände und was ich mir dabei noch vorstellte.

Als Jugendlicher, der gerade erst Nadja geküsst und ein wenig berührt hatte, fand ich beim Durchstöbern der Videokassetten meiner Eltern ein paar, auf denen in erster Linie nackte Frauen zu sehen waren. An zwei Szenen erinnere ich mich besonders gut: In einer steigt eine Frau in beigem Mantel, ohne Strümpfe, entschlossenen Schrittes, die Wendeltreppe eines Turms hinauf, vielleicht eines Leuchtturms. Oben, in einem runden Raum, wartet ein Mann. Kein Wort wird gesprochen, nur leise, drängende Musik im Hintergrund. Die Frau zieht ihren Mantel aus und schreitet langsam auf den Mann zu. Ihre Brüste sind groß und prall, sie hat etwas sehr Würdiges, äußerst Bestimmtes, und obwohl der Mann sie dann über einen Tisch beugt und von hinten nimmt, bevor sie sich anzieht und die Treppen wieder klackend hinuntersteigt, hat sie etwas absolut Unnahbares. In der anderen Szene, die über zwei Jahrzehnte in mir überstanden hat, führt ein Schriftsteller, der vorher eine Strandpromenade entlanggelaufen war, eine sehr schöne Frau, deren Augen mit einem leichten Tuch verbunden sind, in eine Wohnung. Auf einem Fauteuil sitzt, in rotes Leder gekleidet, eine schlanke, zierliche Frau mit kurzem schwarzem Haar und sehr kleinen Brüsten; auf einem Stuhl neben ihr ein etwas dümmlich aussehender Mann in schwarzer Lederhose. Der Schriftsteller führt die Frau mit den verbundenen Augen, deren große Brüste sich unter einer weißen Bluse abzeichnen, zum Fauteuil, wo sie sich vor der Kurzhaarigen niederzuknien hat. Die lässt sich von der Knienden ausziehen, zuerst von ihren Fingern, dann, als auch die Kniende ausgezogen ist, von ihrer Zunge überall verwöhnen. Der Schriftsteller setzt sich rauchend in den Hintergrund, während der mit dem dümmlichen Gesicht eine Hand der Sichtberaubten auf die Ausbuchtung seiner Lederhose legt und die Kurzhaarige Befehle zu erteilen beginnt. Die Frau mit den großen Brüsten, die nichts sieht, ist zuerst schüchtern, beinahe verschreckt folgt sie den Anweisungen der Kurzhaarigen, bis es sie widerwillig, wie es scheint, immer stärker zu erregen beginnt.

»Und was hast du getan?«

Ich weiß noch, wie Anna aussah, als sie mir diese Frage stellte. Wir lagen im Schafbergbad, auf jener Wiese, wo viel gelesen und gelernt wurde, nicht auf der, wo man flirtete. Unter uns funkelten die Dächer Wiens, ein dichter grauer Film begann sich über die Stadt zu legen, nicht weit entfernt donnerte es, neben uns sprachen zwei Studentinnen über Fragen des Wirtschaftsrechts. Anna, die so gut wie nie rauchte, zog an einer Zigarette. Ich bewunderte die Eleganz, mit der sie rauchte. Da war nichts von den hastigen Zügen, mit denen ich etwas in mir zu dämpfen suchte. Sie hatte die Fingerkuppen leicht abgewinkelt, und jeder Zug war von einem leicht schmatzenden Geräusch begleitet. Sie trug einen schwarzen Bikini und saß im Schneidersitz, Zeige- und Mittelfinger an die Schläfe gelehnt, aus der schräg eine Zigarette zu stehen schien.

»Dreimal darfst du raten.«

»Dir die Nase schneuzen?«

»Warm.«

»Transpirieren?«

»Auch warm.«

»Ausbrechen!«

»Heiß.«

»Wer wäre ich?«

»Einmal die, einmal die.«

Ich kann mich nicht erinnern, jemals aufgeklärt worden zu sein. Ich habe kein verlegenes Herumdrücken meiner Eltern im Gedächtnis, auch keine Bilder von älteren Kindern, die mir gesagt oder gezeigt hätten, was wie zu tun sei, damit und damit nicht. Nur ein Nachbarjunge stellte einmal auf dem Heimweg entlang der Eisenbahngeleise fest, ich war zehn, er dreizehn, er sei sich sicher, Frauen spürten beim Sex viel mehr als Männer. Ich kann mich auch an keine Biologiestunde erinnern, in der die Sexualität des menschlichen Tieres durchgenommen worden wäre. In der Unterstufe allerdings erfand der junge Religionslehrer den sogenannten Fragekasten, eine Schuhschachtel mit Schlitz, in die wir beschriftete Zettel werfen konnten. »Keine Frage ist unerlaubt! Keine Frage blöd! Es gibt nur blöde Antworten!« Dennoch gab es den Fragekasten nicht sehr lange; die Fragen der Elfjährigen waren dem Religionslehrer offenbar doch etwas unangenehm. »Muss ich mich jeden Tag unter der Vorhaut waschen?« Stirnrunzelnd las er die Frage vor, während ein Freund eine Bank weiter sich sehr bemühte, nicht laut loszuprusten. »Aber natürlich! Der Penis ist ein Körperteil wie alle anderen auch, den man selbstverständlich täglich waschen soll.« »Ist es eine Sünde, dass mein Freund bei der Selbstbefriedigung aufs Fell seiner Katze ejakuliert? Ist es erlaubt, sich zu befriedigen, während man vor der Schlafzimmertür seiner Eltern hockt und ihnen beim Sex zuhört, weil man sich auch etwas anderes vorstellen kann?« So viele Fragen, so viele Antworten.

Ich habe meine Eltern nie beim Geschlechtsverkehr ertappt, habe nie, wie ein Freund nach dem Urlaub, voller Verwirrung den anderen anvertrauen müssen, was ich nachts auf dem Weg zum Klo durch die angelehnte Tür zu sehen bekommen hätte. Allein ich stellte mir als Volksschüler vor, wie meine Lehrerin mit mir auf die Toilette ginge, meinen Penis beim Urinieren hielte und ihn dann auch ein wenig in den Mund nähme. Mich faszinierte wenig mehr als die Illustrierten meiner Großmutter, die ihr mein Großvater wöchentlich stapelweise von einem schwerhörigen Trafikanten auslieh. Wenn ich bei ihr zu Mittag aß, verschanzte ich mich nach dem Beiseitelegen des Bestecks sofort mit den Zeitschriften im Fernsehzimmer. Von den Ratgeber- und Postkastenseiten blätterte ich nur weiter, wenn sie ins Zimmer kam. Fragen Sie Frau Andrea. Fragen Sie Frau Bettina. Fragen Sie Frau Martina. Und was die Leute alles wissen wollten! Warum ein Mann nicht mehr mit seiner Frau schlafen wolle (weil sie schnarcht?), warum eine Hausfrau immer ihre Nachbarin aus der Dusche kommen zu sehen begehre (weil sie schön ist?), ob es normal sei, dass ein Sohn vom Fußball immer so spät nach Hause komme, weil er mit seinen Mitspielern so lange unter der Dusche stehe (sagt er doch nur!). Frau Andrea, Frau Bettina und Frau Martina hatten auf alles Antworten. Bisweilen sah man auch Porträtaufnahmen, die diese Priesterinnen des Zwischenmenschlichen, diese allwissenden Orakel des Menschenmysteriums zeigen sollten. Erst nach ihrem Tod fragte ich mich, ob es nicht dieselben Seiten in den Illustrierten waren, in denen meine Großmutter und ich gleich verstohlen wie aufmerksam lasen; wobei ich las, was ich noch erwartete, und sie, was Möglichkeit geblieben war.

Und dann erst die Versandhauskataloge! Heiliger Otto! Ruhmreiche Quelle! Herrlicher Kastner und Öhler! Ich liebte sie! Ich verehrte sie! Sie trieben mir schwer verständliche Schauer durch den Körper! Wenn meine Großmutter mit mir im Zimmer war, gab ich vor, mich für Kleidung zu interessieren, für Schweizermesser, Zelte, ferngesteuerte Autos, für Uhren und Kassettenrecorder, für alles, was Buben interessieren sollte. Aber kaum war ich allein, blätterte ich schon zu den Busenhaltern weiter. Was für ein Wort! Wie blöd klang Büste im Vergleich! Büsten waren steinerne Köpfe ernster vollbärtiger Männer. Busenhalter! Welch Vielfalt! So viele Farben! So viele Muster! So viele Modelle! Und nackte Buchstaben: A, B, C, D, manchmal sogar verdoppelt. Und ich kannte nur den ÖFB- und den UEFA-Cup! Verschlüsse vorne und Verschlüsse hinten! Und dazu all die Frauen, die sie an sich fotografieren, die sich von ihnen die Busen halten ließen! Schwarz, weiß, rot, türkis, beige. Und von Seite zu Seite wurden die Modelle gewagter, durchsichtiger, bis die rätselhafteste und aufregendste von allen kam. Ich hatte kein Wort dafür, natürlich nicht, woher auch. Aber irgendwo schnappte ich es doch auf. Nirgendwo verweilte ich lieber als bei der – Reizwäsche. Baumwolle! Kunststoff! Leder! Da waren Gurte und transparente Teile, Spitzen und halterlose Strümpfe. Was sollte mir ein Schweizermesser? Was eine Armbanduhr mit Taschenrechner? Das war das Ziel! Wie diese Frauen aus dem Katalog blickten! Nirgendwo verweilte ich lieber, auch nicht auf den nächsten Seiten, die erstaunlich genug waren. Präservative hießen jene Luftballons in allen Farben, dünn, hauchdünn, genoppt oder gerippt, die man dort, wo ich lebte, Ollagummis nannte. Ich wusste nicht, was man mit ihnen zu tun habe, aber ich wusste, dass sie Elemente von etwas Großartigem waren. Wie stolz ich war, wie erwachsen, als ich mir zum ersten Mal Kondome im Drogeriemarkt kaufte! Ich versteckte sie über meinem Bett, ich roch an ihnen, legte sie behutsam in die grüne Plastikschachtel zurück. Ich betrachtete sie als höchst wertvolles Gut, getraute mich nicht die Verpackung aufzureißen. Welches Produkt hatte schon ein so weit entferntes Ablaufdatum! Und neben den Gummis Gummistäbe! Glasstäbe! In allen Größen, in vielen Farben, die einen schienen weicher, die anderen härter zu sein; manche hatten einen zweiten, kürzeren Ast. Da hatten ja welche Motoren! (Ein paar Jahre später holte ein Bekannter einen solchen Stab aus dem Schlafzimmerschrank seiner Mutter und präsentierte ihn mir triumphierend, bevor er den Motor anwarf und damit seinen Unterarm massierte.) Ich wusste nicht, wozu sie gut seien, was man – und wer – mit ihnen tue, aber ich spürte, dass es sehr geheimnisvoll und äußerst wichtig war.

Ich wusste noch nicht, was wo hingehöre, was wohin passen könne und wozu, als ich zu onanieren begann. Da war eine blaue Couch im Wohnzimmer, vor die ich mich gern legte, um einen vermeintlich besseren Blick auf den Fernsehbildschirm zu haben. Ich drehte mich auf den Bauch, winkelte die Beine an und rieb mit meiner Rechten mein kleines schlaffes Glied. Da war ich und die … So begann mein Kopftheater, ich rieb und rieb, mein Gewicht drückte auf Hand und Glied, nur meine Eltern fanden das weniger erfreulich. »Du sollst nicht wetzen!« Ich hatte etwas gelernt: Was ich tat, hieß wetzen, und das tat man nicht. Also verlegte ich das, was man nicht tat und so gut tat, in mein Bett, und ich musste nur lange genug reiben, die Geschichten nur weiterspinnen, bis ein wundersames Ereignis eintrat. Ich begann zu zittern, ein unbekanntes, großartiges, mit nichts zu vergleichendes Glücksgefühl durchströmte meinen Körper vom Glied zum Kopf, das alle Feinde und Anfeindungen für einen wunderbar langen Moment aus ihm verbannte. Aber ich konnte nicht weitermachen. Da war nichts zu sehen, mein Glied sah aus wie vorher, vielleicht etwas geröteter, bisweilen verschwelt, aber ich hatte einen Punkt erreicht, unverständlich und schön, an dem ich vor lauter Hochgefühl aufhören, zumindest eine Pause einlegen musste. Das war das Geheimnis. Wahr war nur, was man selbst nicht verstand.

»Ich sag's ja: Du bist nicht normal.«

Anna lachte, ich öffnete die Augen und setzte mich auf.

»Hast du die Jungen oben auf der Wiese gesehen?«

Sie nickte.

»Die Mädchen sind mit elf schon rasiert.«

»Mit elf müssen sich viele noch nicht rasieren.«

»Die zeigen ihre Brüste her, die wackeln mit den Ärschen, da sagt eine Elfjährige zur anderen: Ich hab Schluss gemacht, er ist ur die Niete.«

»Alex hatte sein erstes Mal mit elf!«

»Ich will nicht wissen, was die mit sieben gemacht haben. Dagegen bin ich normal!«

»Blastilin!«

Anna strich meinen Schenkel entlang und griff mir ans Geschlecht.

Ich hatte Anna nicht gesagt, dass zwei Mädchen in knappen Bikinis zu mir gekommen waren, als sie auf der Toilette gewesen war. »Entschuldigen Sie«, hatte das eine gesagt, »könnten Sie uns einen Euro für ein Eis geben?« »Wir sind über den Zaun geklettert«, hatte das andere gesagt, »und konnten nichts einstecken.« Sie waren vor mir gestanden, von einem Bein aufs andere getreten und hatten gekichert. »Wenn das so ist«, hatte ich gesagt und ihnen zwei Euro gegeben. »Danke«, hatte das erste gesagt, »das ist ururursüß von Ihnen.« »Entschuldigung«, hatte das zweite gesagt, »haben Sie vielleicht auch eine Zigarette?« Ich hatte ihnen zwei Zigaretten gegeben, sie hatten sich bedankt und gesagt, ich sei ururursüß, dann waren sie gegangen. Ich hatte Anna auch nicht gesagt, was ich eigentlich hätte sagen wollen. Stattdessen hatte ich ihnen nachgerufen, wie alt sie denn seien. »Vierzehn«, hatte das eine gerufen, »warum?« das andere. Urlieb! Ursüß!

Blastilin. Das war einer der Namen, die Anna mir gegeben hatte. Pastille, Bastille, Bastion, Basilisk, Pastis, (Bastard). All die Namen, die ich von Frauen und Mädchen bekommen hatte – und kaum einer war von zweien gleich verwendet worden. Sie hatten mehr Phantasie, sie konnten besser mit Worten spielen. Meine Freunde hatte mich Bastian oder Basti genannt, meine Feinde Wastl oder Sepp oder Deppastian.

»Ich würde gern Blastilin bleiben. Könnten Sie Ihre Hand zurückziehen, Frau Doktor?«

Ein hagerer älterer Mann mit ledergegerbter Haut und einer goldenen Kette um den Hals händigte uns Schläger, Protokolle und Kugelschreiber aus. Es war so heiß, dass außer ein paar hyperaktiven dunklen Buben niemand auf die Idee kam, Minigolf zu spielen. Hinter uns stand der Turm der Thomas-Morus-Kirche, die Minigolfanlage im obersten Teil des Bads lief parallel zum Utopiaweg. *Utopia* hatten wir gemeinsam gelesen, als Anna den Text in einem Seminar besprechen wollte. Am meisten hatte ich mich an der Idee entzündet, Verbrecher durch das Umhängen von Goldketten zu bestrafen, während alle anderen Leinenroben trugen, was mir auch nicht behagte, vor allem wenn ich mir Frauen darin vorstellen musste. Was Anna über das Buch gesagt hatte, hatte ich in mein Notizbuch geschrieben und mich gefragt, welche zerebralen Verknüpfungen mir fehlten (sie war als Kind mehr gestreichelt worden!), um so frei denken zu können. Der Mann vom Buffet, der auch für die Schläger zuständig war, schimpfte mit uns am liebsten über die Sozialdemokratie; wir lenkten ihn auch gern in diese Richtung. Für Anna war die Sozialdemokratie mit der Gewährung der Kredite für den Ersten Weltkrieg gestorben, obwohl wir bisweilen rätselten, ob er nicht vielleicht doch das rechte Pack wählte.

Anna spielte nicht besser als ich, aber ihre Nerven waren stärker. Nach dem neunten Loch war ich schon ein paar Schläge im Rückstand, was mich so aufregte, dass ich den Schläger zu schmeißen begann.

»Dafür kannst du streicheln.«

Anna versenkte den letzten Ball mit dem ersten Schlag, schrieb grinsend eine Eins ins Protokoll und ging damit zu unserem hageren Freund. Er schenkte ihr einen weißen Spritzer für ihre Leistung, ich kaufte mir einen. Er lachte.

»No, hamma valurn?«

»Dafür kann ich streicheln.«

»Man mag es kaum glauben.« Anna ballte die Fäuste und riss die Arme in die Höhe. »Aber wer würde glauben, dass ich ihn um neun Punkte abhänge?«

»Ein Streichelinstitut«, sagte die Beamtin, »soso. Mit asiatischen Mitarbeiterinnen?«

Sie blickte mich wie ein eben entdecktes Tier an. Ich hoffte, sie würde nie bei mir als Klientin auftauchen. Andererseits wusste ich auch, dass ich mir das nicht würde aussuchen können. Immerhin gab es allerlei Antidiskriminierungsrichtlinien, und ich konnte niemanden abweisen, weil ich ihn oder sie aus körperlichen oder ideologischen Gründen abstoßend fand – oder weil ich ihn oder sie, wie man zu Recht sagt, nicht riechen konnte. Während die Beamtin in ihren Unterlagen blätterte, musste ich mir unentwegt vorstellen, wie sie sich auf die Couch in meinem Streichelzimmer legen, sich ausziehen und für ihre Hilfe bei der Beschaffung des Gewerbescheins das verlangen würde, wofür asiatische Mitarbeiterinnen offenbar standen. Eine Hand streichelte bekanntlich die andere. Wenn es bloß das gewesen wäre!

»Also ein Massageinstitut?«

»Streicheln ist nicht Massieren.«

Sie sah mich entgeistert an, nickte langsam und griff wieder nach ihren Papieren. Sie saß vor einem Computer, vom oberen Bildschirmrand blickten mehrere Plüschtiere auf die Tastatur. Je länger ich mich umsah, desto mehr Bären, Schildkröten, Hasen und Katzen entdeckte ich. Ein Plüschzoo, eine Streichelmenagerie, eine Oase der Sanftmut. An der Wand hing ein Katzenkalender, neben dem Mousepad, auf dem eine Maus abgebildet war, stand ein Tellerchen mit einem angeknabberten Aufstrichbrot. Wenn das keine Klientin war! Bloß warum begann ich mir sofort Strategien zu überlegen, die diese Plüschtieransammlung und den Katzenkalender einbezogen? Dass ich mit weinerlicher Stimme sprechen müsste, sollte es Probleme geben, dass ich in diesem Fall mit meinem Tonfall, meinen Worten, meinem Gesichtsausdruck, meinen hektisch über das Gesicht streichenden Fingern an ihre Menschlichkeit, ihre Liebe zu aller Kreatur appellieren sollte. Warum fühlte ich mich schon wieder als Delinquent? Ich hatte nichts Unrechtes getan, im Gegenteil, ich tat etwas sehr Rechtes: Ich hatte vor, ein *homo oeconomicus* zu werden, ein nützliches Mitglied des um Nachhaltigkeit bemühten menschlichen Marktes.

Es war immer dasselbe. Wenn ich einem Grenzbeamten meinen Pass durchs heruntergelassene Wagenfenster reichte, bekam ich auf der Stelle Angst, ihn nicht mehr zurückzubekommen. Wenn ich meine Koffer vom Förderband nahm und in Richtung Flughafenausgang schritt, fürchtete ich mich, jeden Moment von einem Zollbeamten zum Öffnen meines Gepäcks aufgefordert zu werden. Wenn ich einen Polizisten auf der Straße oder im Auto neben mir sah, überkam mich augenblicklich das Gefühl, etwas verbergen und daher besonders arglos aussehen zu müssen. Andererseits stimmte es auch. Ich hatte, zumindest wenn es mir ratsam erschien, meine Ablehnung der herrschenden Ordnung zu verbergen.

Vielleicht war ich immer schon gegen sie. Vielleicht war ich aber auch immer schon für etwas, das sie verunmöglichte. Ich wollte keine lächerlichen Lieder mit läppischen Texten in einem Sesselkreis mit Kindergartenkindern und einer Nonne (die keine war, wie ich später erstaunt herausfand) singen, ich hatte in der Volksschule zumindest einmal die Woche im Ungarischunterricht nach der letzten Stunde nachzusitzen, mir kam alles hoch, wenn ein Polizist auf irgendeinem Supermarktparkplatz einer hässlichen italienischen Industriestadt in meine Einkaufstasche blicken wollte. Als ich einmal, von Damaskus kommend und nicht ahnend, dass ich ein paar Stunden später Észter kennenlernen würde, in Budapest landete, pflanzte sich ein Zollbeamter vor mir auf. Ob ich etwas zu verzollen hätte? Nein. Ob ich Zigaretten bei mir hätte? Ja, zwei Schachteln. Ich solle meinen Koffer öffnen. Nein!!! Ich verstand nicht, was jemand in meinem Koffer zu suchen habe, warum mir jemand wegnehmen wolle, was ich gekauft hatte. Natürlich hatte ich zu viele Zigaretten bei mir. Sollte ich meinen Koffer nicht freiwillig öffnen, meinte der Beamte, dann. Ich zog meinen bösesten Blick auf, wofür ich nicht viel tun musste, dann öffnete ich den Koffer. Auf der Wäsche lag eine Stange Zigaretten, die ich in einem Duty-Free-Shop an der jordanischen Grenze zu einem Spottpreis gekauft hatte, damit auch die armen syrischen Militärs, die ihn nebenbei betrieben, etwas dazuverdienten. Ob er zufrieden sei? »Danke«, sagte der Beamte, ohne weiterzusuchen. Er hätte noch zwei Stangen Zigaretten gefunden.

Noch bevor ich zum Ausgang kam, tippte mir jemand von hinten auf die Schulter. Natürlich! Der Beamte hatte Verstärkung geholt, jemand, der über einen bemüht bösen Blick nur schmunzeln konnte, würde mich in ein kleines Zimmer bitten, meinen Koffer durchwühlen, die Zigaretten beschlagnahmen, mir eine Strafe aufbrummen. Ich würde wütend werden, die Beamten beschimpfen, sie würden nicht gut Englisch können, zu wenig Deutsch, mein Ungarisch bestand aus Blödheiten, Kraftausdrücken und Schimpfwörtern, schon hätten wir eine Beamtenbeleidigung. Sie würden meinen Pass nicht beschlagnahmen, wir waren immerhin nicht in Syrien, aber überprüfen müssen, was leider sehr lange dauern würde, Netzwerkprobleme, Unregelmäßigkeiten, Passwortumstellungen. Nur diesmal würde ich besser reagieren, sollte man eine Pistole auf mich richten. Diesmal würde ich nicht, wie mit sechzehn, als mir ein Drogenfahnder in Zivil auf dem Grazer Flughafen bei den Stufen zur Toilette auf meine Frage nach seinem Ausweis die Pistole gezeigt hatte, ihn ein Arschloch oder einen Wichser nennen, was mir eine Vorstrafe und ein paar Stunden ohne Reisepass eingebracht hatte. Diesmal würde ich sagen, das könne schlecht für sie ausgehen. Erstens hätte ich gute Freunde, die die Geschichte an die Öffentlichkeit bringen könnten, jaja, die Juden und die Kommunisten, zweitens könnte ich mich besonnen geben, Bürger der Europäischen Union, Grund- und Menschenrechte undsoweiter. Vielleicht würde ich aber auch von meiner Liebe zu Ungarn und der großen ungarischen Kultur erzählen und Zeilen aus Hammerschlags *Ungarischer Schöpfungsgeschichte* deklamieren:

Wie Erde bissel trocken war / Hat angefangt zu reiten / Held Attila mit Hunnenschar / Um Kultur zu verbreiten.

»Basti!«

Was konnte schlimmer sein, als auf die Wachstube mitgenommen zu werden? Jemandem aus der Vergangenheit zu begegnen, der noch immer ungebrochen in ihr zu leben und nur dort anschließen zu müssen meint, wo sich die Wege einmal versehentlich getrennt haben.

»Alex! Was machst du da?«

Ich umarmte ihn, klopfte ihm auf die Schultern, umarmte ihn wieder. Ich freute mich, ich fürchtete mich, ich schien noch immer ungebrochen in der Zeit zu leben, als wir fünfmal wöchentlich nebeneinander unter der Dusche gestanden waren.

»Herr Sebastian?«

Hatte die Beamtin mit mir gesprochen?

»Entschuldigen Sie. Ich bin müde.«

»Unser Problem ist, dass es in Wien kein Streichelinstitut gibt.«

»Darum eröffne ich auch eines.«

»Und deswegen können wir es wie bei einem Massageinstitut –«

»Aber kein Sex, unter keinen Umständen, verstehen Sie?«

»Wie ein Massageinstitut, das auch ein Massageinstitut ist. Das kommt Ihrer Unternehmung am nächsten.«

»Können Sie Massage- und Streichelinstitut eintragen?«

»Können schon, theoretisch.«

Oh Gott, das war es! Das war die Falle! Da drohte schon der dezente Hinweis auf ein fälliges Entgegenkommen meinerseits, in Ausübung meines außergewöhnlichen Berufs!

»Aber?«

»Was bezwecken Sie mit dem Streicheln?«

»Wohlgefühl, Erleichterung, Entspannung. Es gibt ja so viele einsame Menschen in der Großstadt, Sie können sich gar nicht vorstellen, wie –«

»Also Lebensberatung. Der Gewerbeschein für Lebensberatung ist günstiger.«

»Wie all die Hobbypsychologinnen, Kartenlegerinnen und Kaffeesudleserinnen?«

»Wenn Sie es so nennen wollen: Ja.«

»Schön, ich kann in der Umgebung leben.«

»Meinen Sie das ernst?«

»Sehe ich aus, als ob ich scherze?«

»Ehrlich gesagt: Ja.«

Sie konnte es gar nicht glauben, weil sie es zu schön fand. So etwas konnte es in dieser Welt nicht geben. Unter anderen Umständen ja, aber unter diesen Umständen musste irgendwo eine Kamera versteckt sein, und die Freundinnen, die wie sie jeden Abend fernsahen, würden lachen und die Köpfe darüber schütteln, wie sie auf so etwas habe hereinfallen können. Würde sie regelmäßig gestreichelt, könnten ihre Plüschtiere in den Keller geräumt, ins Stofftiermuseum geschickt oder in die Freiheit entlassen werden. Nie waren ihre Träume erfüllt worden. Und jetzt ein Streichelinstitut – das klang wie ein Traum, aus dem man bestenfalls erwachen konnte! Sie nahm das angeknabberte Brot von ihrem Teller und biss ein Stück ab. Sie aß tatsächlich vor mir, kaute, schluckte, suchte mit der Zunge zwischen den Zähnen nach Essensresten. In Ausübung ihres Dienstes. Sie musste sich sehr frei fühlen in der Gegenwart eines Streichlers von Berufs wegen.

»Ich meine es ernst.«

»Gut.«

Die Beamtin fertigte das Dokument aus, druckte es, ich unterschrieb. Sie erklärte, was ich noch zu tun hätte, dann wünschte sie mir viel Glück. Ich wünschte ihr ebenfalls viel Glück.

Ich war beschwingt, als ich aus dem klassizistischen Magistratsgebäude trat. Ich hatte das Gefühl, etwas Neues beginne. Mit dem Gewerbeschein in meiner ledernen

Aktentasche ging ich zur Neubaugasse, ich pfiff vor mich hin. Das Wort, das in allen möglichen Diktionen und Klangfarben in meinem Kopf widerhallte, lautete *Lebensberatung*. Ich sagte den Hobbypsychologinnen, Kartenlegerinnen und Kaffeesudleserinnen den Kampf an. Das Marktsegment war zwar nicht klein, so groß hingegen auch wieder nicht, vielleicht kamen die Freiheitlichen doch noch ins Kanzleramt. Der Juli hatte begonnen, die Hitze schien in der Stadt zu stehen, überall schwitzende, verlangsamte, um Luft ringende Menschen. Ich liebte den Sommer, ich liebte die Hitze, ich liebte die Tage, an denen alle anderen jammerten, es sei nicht auszuhalten, sie könnten nicht schlafen, müssten teure Ventilatoren kaufen, die auch keine Erleichterung brächten. Gelobt sei der Klimawandel! Was konnte Wien besser bekommen als *global warming*?

Ich war an einem sonnigen Sonntag geboren worden. Ich war ein Sonnenkind. Meine Großmutter hatte mich ihren Sonnenschein genannt, und ich brauchte nur den Kopf in die Sonne zu halten, um drei Viertel meiner Probleme zu vergessen. Ich kam aus einem Land, an dessen Grenzen auf großen blauen Schildern *Willkommen im Land der Sonne* stand. Ich hatte einmal an einem Strand eine gute Stunde damit zugebracht, das Wort Sonntag Runden in meinem Kopf drehen zu lassen: ein sonniger Tag, ein Tag der Sonne, ein Sonnentag, an dem alles anders war, man nicht arbeitete, man nicht zum Einkaufen auf die Straßen ging, sondern bloß so, um zu schlendern, zu flanieren, Menschen kennenzulernen, sich auszutauschen und festzustellen, dass doch jeder Tag ein Sonntag sein sollte, weil das so hässlich klang: Werktag. Und was sah ich auf der Neubaugasse? Sich Luft zufächernde Zielgruppe!

Ich bog in die Mondscheingasse, in meine Mondscheingasse, vorbei am Theater der Jugend, vorbei an schönen und teuren Damenschuhen, vorbei am Postamt, vorbei an einer sogenannten internationalen Universität, die so schäbig aussah, dass man nur an Scharlatanerie und Minderbemittelte aus gutem Hause denken konnte, die hier irgendwelche Wirtschaftsdiplome und eigens erfundene Titel erwerben konnten. Dann schnitt die Zollergasse in die Mondscheingasse, die gleich mit einem vegetarischen Lokal weiterging: Strickpullover im Sommer, sehr dünne Menschen, bunte Kleider, hagere Gestalten, lustige Frisuren, aber auch randlose Brillen, zurückgenommene Eleganz, niedrige Cholesterinwerte – alles Zielgruppe! Als ich an meinem absinthgrün gestrichenen Haus vorbeiging, wünschte ich mir und meinem Institut das Beste.

Auf dem Siebensternplatz setzte ich mich vor ein Café und bestellte Gin Tonic. Ich war aufgeregt, voller Erwartung. Am gespanntesten erwartete ich Annas Reaktion; ich hatte ihr noch nichts erzählt. Mochte sie denken, ich lebte in den Tag hinein, wie man sagte. Mochte sie denken, ich schriebe für andere Dissertationen, um meine eigene auf den Sanktnimmerleinstag verschieben zu können. Mochte sie denken, ich sei zu stur, um jenen minimalen Kompromiss einzugehen, der zum Überleben unabdingbar schien. Sie mochte sogar denken, ich meinte es diesmal ernst mit meiner Doktorarbeit. Ich holte die Zeitung, die Anna und ich eigentlich verachteten, obwohl sie bisweilen für sie schrieb. Jetzt wollte ich versuchen, auch so zu sein. Ein bisschen gegen Rassismus, auf der Hut vor den Nazis, für die gleiche Wertschätzung aller sogenannten Kulturen, tolerant und voller Mitleid und Empathie und immer auf der moralisch sicheren Seite. Es gelang mir nicht. Ich fand zu viele Rechtschreibfehler, die fehlenden Kommata zählte ich ohnehin nicht, ungelenke Sätze, die keinen Sinn ergaben, von Agenturen übernommene, schlecht gekürzte Artikel. Ich bestellte einen zweiten Gin Tonic und beobachtete die Menschen. Die einen gingen die Straße entlang, andere kamen aus der Bank, wieder andere aus einer Trafik. Da waren ein Frisierladen, ein kommunistisches Café, in das ich wegen *dieser* kommunistischen Partei nicht ging, ein Frauentheater und ein arabisches Lokal, dem die Sonne am längsten schien. Menschen stiegen aus der Straßenbahn, andere warteten auf den Bus, ich begann Einteilungen vorzunehmen. Da war meine Zielgruppe: die, denen man ansah, dass sie etwas suchten, wonach alle suchten, und zwar schon lange, und denen es guttäte, gestreichelt zu werden. Von ihnen sah ich viele. Weniger sah ich von denen, die ich gern als Klientinnen in Empfang genommen hätte. Und die sahen nicht aus, als lechzten sie nach einem fremden Mann, der sie in einem kleinen Zimmer streichelte. Allein ich hoffte auf genau diese Konstellation. »Bitte, bitte, lieber Gott, mach, dass zumindest hin und wieder eine solche Klientin bei mir auftaucht, ja, so wie die, die gerade an der Bushaltestelle steht.« Und wer sagte, schöne Menschen hätten es leicht, nur weil sie es leichter hatten? Ich hatte es doch auch nicht leicht, obwohl ich am ehesten meinem Aussehen vertraute und darauf, dass in diesen Fragen die meisten so oberflächlich wie ich seien. Das Sichtbare und das Unsichtbare. Darum würde es gehen. Ich war so aufgeregt, dass ich einen dritten Gin Tonic bestellte.

Ich erreichte Anna am Telefon; ihr Seminar war gerade zu Ende gegangen.

»Heute um acht bei den Kroaten.«

»Klingt gut.«

»Es gibt etwas zu feiern.«

»Haben sie einen Freiheitlichen ermordet?«

»Wie kannst du nur so reden? Wir sind doch alle Menschen. Bis dann.«

Beim dritten Gin Tonic fragte ich mich, warum mir vorher inmitten der Plüschtiere und im Angesicht des Katzenkalenders Alex eingefallen war.

»Etwas Uneinrenkbares einzurenken versuchen.«

Sprach Alex, vorm Ausgang des Budapester Flughafens. Kein Akzent, keine Unbeholfenheit, kein sogenanntes Hochdeutsch, weil der Meinung, so mit mir sprechen zu müssen. (Wie die Beamtin, die bald in meinem Wartezimmer sitzen und Satisfaktion verlangen würde!) Ein Meter neunzig, kurz geschnittenes schwarzes Haar, Dreitagebart, große braune Augen. Er trug einen braunen Cordanzug, der schön und teuer war, genagelte Lederschuhe.

»Die Liebe?«

»Der Wahnsinn!«

Ich sah mich einen Gegner austricksen, nach rechts ziehen, den Verteidiger ausspielen und den Ball zur Mitte flanken. Da wartete Alex, auf dem Rücken die Nummer Neun wie seine Vorbilder Polster und Krankl, ich sah ihn in die Flanke springen, mich auf ihn zulaufen, ihn mir entgegen springen, mich umfallen, wir würden wieder gewinnen.

Ich fragte mich, ob ich noch einen vierten Gin Tonic trinken und dann in mein zukünftiges Institut zum Ausrasten gehen sollte. Ich blieb an dem Wort *ausrasten* hängen und versuchte der Verbindung zwischen Ausruhen und Aus-der-Haut-Fahren auf die Schliche zu kommen, als mein Telefon läutete.

»Es gibt das also doch: Telepathie!«

»Was meinst du?«

Ich saß unweit meines Streichelinstituts in der Welt der Esoterik und Symbole, wo jede Zweite und jeder Dritte das Horoskop konsultierte, ob er oder sie überhaupt aufstehen solle, ich dachte an Alex, der kaum anrief und den ich kaum anrief, und schon rief er an. Vielleicht schaffte ich es doch noch, einer von ihnen zu werden.

»Ich hab gerade sehr intensiv an den Zufall in Budapest gedacht.«

»Észter lässt dich grüßen.«

»Lass sie auch grüßen. Was gibt's?«

»Ich bin wieder in Wien. Lass uns ein Achterl trinken!«

»Ich hab derzeit viel zu tun, erzähl ich dir nächste Woche. Du wirst staunen.«

»Du heiratest?«

»Nächste Woche, Alex. Baba.«

Ich rief die Kellnerin und zahlte. Die Menschen schwitzten noch immer, ich teilte sie noch immer in Zielgruppe (emotional zu kurz Gekommene), Wunschgruppe (Kýrie éleison) und Unerreichbare (Gestreichelte) ein, als mich ein Drang nach Alleinsein in mein Institut gehen ließ. Es war nicht der Gin Tonic. »Jetzt trinkst du schon zu Mittag«, hörte ich Anna sagen, »Gewerbeschein, willkommene Ausrede.«

An der Vorzimmerwand lehnte, in Kunststoff verpackt, das Bild des glücklichen Menschen. Allein der Transport musste ein kleines Vermögen gekostet haben; die Bucht, eine Ausmalung des Wortes Idyll, hatte ihn unbeschadet überstanden. Ich packte das Bild aus und trug es in mein Streichelzimmer. Fand ich es lustig, ironisch oder gar respektvoll? Ich schlug Nägel in die Wand und hängte das Ölgemälde darauf. Ich hatte einen Kloß im Hals, einen Gewerbeschein für Lebensberatung in der Tasche und widerstreitende Bilder im Kopf.

Ja, da war die Bucht vor mir, die Blaue Lagune, in der ich mit Anna gelegen war, mit ihr gestritten und aus Angst vor ihrem Vielleicht-nicht-mehr-mit-mir-sein-wollen-wenn-nicht meine Dissertation zu schreiben versprochen hatte. Es war nicht die Blaue Lagune – es war die des glücklichen Menschen. Natürlich war das Bild schrecklich. Aber vielleicht war es ehrlich. Es war auf jeden Fall ehrlicher als ich. Andererseits wollte die Welt belogen sein.

Ich weiß nicht, wie oft und an wie vielen Orten ich wie vielen Menschen gesagt hatte, Ehrlichkeit sei ein Mangel an Phantasie. Auch Anna, natürlich auch ihr, aber sie war der Mensch, zu dem ich erstmals ehrlich *und* phantasievoll zugleich sein wollte. Ich legte mich auf die Couch, verschränkte die Hände hinterm Kopf. Dachte ich auch schon in Symbolen? Meine Erinnerungen ein Omen? Wofür? Konnte ich mich doch so schnell assimilieren? Sollte ich mein Horoskop lesen? Mir afghanische Wurzeln auf die Chakren legen?

Bei Tapolca wachte ich auf, Alex trommelte seine Finger gegen das Lenkrad und fuhr über die holprige Landstraße, als wäre er auf der Flucht; ich schickte Anna eine Kurzmitteilung, ich würde einen Tag später in Wien sein, weil ich lustigerweise einen alten Freund auf dem Flughafen getroffen hatte. Der Himmel war blau, keine Wolken, so weit das Auge blickte, ringsum Hügelstümpfe, lange erloschene Vulkane, Weinrieden überall, ein gräulicher Dunstschleier hing über dem See. Als Alex den Motor vor einem weiß gekalkten Bauernhaus abstellte, kam eine junge Frau aus der Tür. Das war Judit. Die zwei flüchtigen Küsse auf seine Wangen ließen es nicht aussehen, als wäre noch etwas einzurenken.

Das Haus, in das wir traten, war ein altes Bauernhaus, wie ich es aus dem Land der Sonne kannte. Ein massiver Holztisch, eine neue Küche, ein schöner Steinboden. Der Anbau, in den man durch den alten Trakt gelangte, war erst vor kurzem umgebaut worden. Ein großer, heller Raum, in dem nur die hölzernen Dachverstrebungen an eine mühevolle Vergangenheit erinnerten. Von diesem Zimmer führte uns Judit in einen kleinen, sorgfältig gepflegten Garten voller Blumen und Kakteen. Unter einer Weinlaube stand ein Tisch, an dem Észter saß.

»Jó napot kívánok«, sagte ich.

»Guten Tag«, antwortete sie.

Während Alex und Judit einander anschwiegen, er sie bisweilen mit einem »Erinnerst du dich?« in eine Vergangenheit zu locken versuchte, die sie umgestaltet zu haben schien, kam es mir von Anfang an vor, als spräche ich ohne Umwege zu Észter, als betrachtete sie mich umgekehrt als alten Bekannten, den sie seltsamerweise noch nie getroffen habe. Es war nicht nur ihre Schönheit, das glatte schwarze Haar, das bis knapp über die Schultern fiel, die großen dunklen Augen, die muskulösen Schultern; es waren auch nicht bloß die Innenseiten der Oberarme, die definierten Muskeln, die zu hüpfen schienen, wenn sie sich durchs

Haar fuhr; es waren auch nicht allein die kleinen festen Brüste, die langen Beine und der kleine Hintern, die ich unter meiner verspiegelten Sonnenbrille am Ufer des Plattensees so sehr bewunderte.

Észter war ein Mensch, der alles um sich aufregend erscheinen ließ. Die Vulkanstümpfe im Hintergrund schienen noch geheimnisvoller, sie kündeten von einer Zeit, die wir uns nicht einmal vorstellen konnten. Die leicht abschüssigen Weinhänge schienen noch grüner, wenn Észter in ihnen etwas zeigen wollte, und der Geruch der Rieden unter einer Sonne, die die Luft in ihnen flirren ließ, erinnerte mich an eine Zeit, aus der ich mit ihr sprechen zu können meinte. Neben ihr schien der Plattensee ein unbekanntes Meer zu sein, und noch der grauenhafteste Graue Mönch schmeckte wie ein beinahe gelungener Weißwein. Es war nicht, weil Alex mir erzählt hatte, Judit komme aus einer jüdischen Familie (was hieß das schon über Észter?), und es war auch nicht, weil ich mich interessant machen wollte, dass ich ununterbrochen von Damaskus erzählte, von der jordanischen Wüste, vom Desert Highway, neben dem neue Pipelines gebaut wurden, vom Bombenkrater im Zentrum Beiruts, vom Toten Meer, in dem ich erstmals auf der anderen Seite auf dem Wasser getrieben war. Ich erzählte Észter, wie man mir auf der syrischen Botschaft in Wien meinen Reisepass zurückgeworfen hatte, nachdem der Beamte den Stempel vom Ben-Gurion-Flughafen entdeckt und mich mit einem »So kommen Sie bei uns nicht rein« zum Magistrat geschickt hatte, damit ich mir einen neuen, reinen Pass ausstellen ließe. Ich erzählte von den besoffenen Saudis in Aqaba, die mit schwerem amerikanischen Akzent lallten, von den SMS tippenden Beduinen in Petra, vom syrischen Präsidentenpalast, der mich in seiner Abgeschottetheit auf einem Hügel an Kafka erinnert hatte. Ich war ja noch nicht angekommen, musste meine Gedanken zu ordnen, die vielen Eindrücke auszudrücken versuchen. Észter erzählte von Paris, wo sie Politikwissenschaften studierte, aber bald schon, als wir nebeneinander auf einem Leintuch lagen, das Judit uns für den Strand eingepackt hatte, wühlten wir in Kindheiten. Ich sang ihr das Lied vor, das die Kinder im Ungarischunterricht beim Tanzen gesungen hatten, während ich in der letzten Reihe sitzen und Benimmsätze hatte schreiben müssen. Ich sang irgendwelche Worte, die es so bestimmt nicht gab, eher Laute, wie ich sie im Kopf hatte. Észter lachte. Ja, das sei ein seltsames altes Kinderlied. Alex und Judit saßen an einem Tisch vor dem Buffet, Judit trank weiße Spritzer, Alex Weißwein. Sie sprachen kaum.

Es war die Spiegelbildlichkeit, die mich faszinierte. Ich war vor dem großen Drahtzaun aufgewachsen, an den Sonntagen meiner Kindheit hatte ich an ihm und den Wachtürmen vorbei in das Land geblickt, das genauso aussah wie auf der Seite, auf der ich mit meinen Eltern spazieren ging und mit meinen Freundinnen und Freunden in den Wald lief, um vor Wildschweinen zu erschrecken. Ich konnte mir nicht vorstellen, dass da drüben alles böse und grau und geknechtet sein sollte. Im Sommer war ich mit meinem Großvater und meiner Großmutter, die nicht nur für sich einen Stapel Illustrierter in der Strandtasche hatte, an den Plattensee gefahren. Die ungarischen Freunde meiner Großeltern hatten ein Plastikauto, das mir bemerkenswert erschien, schlechtere Zähne und sonnengegerbte Gesichter – ansonsten kamen sie mir nicht sonderlich geknechtet vor. Sie luden uns zu Kesselgulasch und autoreifengroßem Langos ein, nachts saßen wir vor dem Lagerfeuer und grillten Speck, ich schlief auf dem Dachboden eines Weinkellers und blies in die hohle Hand, um den Knoblauch zu riechen, den keine Zahnpaste übertünchen konnte. Wollte man in dem kleinen strohbedeckten Weinkeller, den meine Eltern ein paar Jahre lang an der Grenze zur Volksrepublik Ungarn gemietet hatten, auf die Toilette, musste man sich wie hier im Freien auf ein hölzernes Plumpsklo setzen, die Nase zuhalten und trotzdem gegen einen Brechreiz ankämpfen.

Észter war in Budapest aufgewachsen. Ihr Vater war ein Maler, der an der pannonischen Krankheit laborierte, die ich aus Beobachtung und Eigenem nur zu gut kannte: zu viele Ideen bei zuviel Alkohol inmitten der alles grundierenden Melancholie der ewigen Weite und der aberwitzigen Ausbruchversuche aus ihr: Mulatság. War er bei der Macht in Gnade, durfte er die Sommer mit Frau und Kind im Künstlerheim von Szigliget verbringen. Észter zeigte mir auf ihrem Mobiltelefon ein paar seiner Bilder, die ich wenige Monate später gern in mein Streichelinstitut gehängt hätte. Wir hätten einander also schon in einem früheren Leben begegnet sein können, Észter und ich. Hätten wir nicht: Ich wäre mit Taucherbrille und Schnorchel an einem Kleinkind mit Schwimmflügeln vorbeigeschwommen, nach dem ich mich nur umgedreht hätte, hätte es zu ertrinken gedroht.

Judit und Alex waren betrunken, als wir durch enge Gässlein an kleinen Häusern und alten Kellern vorbei hügelaufwärts dem Vulkanstumpf entgegenstapften. Judit und Alex waren so betrunken, dass sie miteinander scherzten, als wären sie einander nicht wenige Stunden zuvor wie verfeindete Fremde gegenübergesessen, argwöhnisch auf jeden Fehler des Gegenübers lauernd. Zumindest bei Judit hatten die weißen Spritzer in diese Richtung gewirkt.

»Willst du reich werden?«

Észter drehte sich grinsend zu mir.

»Warum nicht?«

»Wir könnten alte Keller kaufen und sie von ausgebrannten Managern renovieren lassen. Sie müssten viel Geld für einen Abenteuerurlaub bezahlen, in dem sie das richtige, echte, entbehrungsreiche Leben kennenlernen können.«

»Recharge your batteries!«

»Die müssten im Garten schlafen, Beton mischen, Böden verlegen, nichttragende Wände abreißen, alles auf ihren internationalen Standard bringen.«

»Und dann könnten wir ihnen die Keller verkaufen.«

»Oder noch reicheren Menschen.«

»Und wir würden hin und wieder zusehen. Die Fische müssten sie selbst fangen, in den Wäldern Tiere jagen, wenn sie Fleisch bräuchten, ansonsten gäbe es nur Brot, Butter, Gemüse, das sie im Garten ziehen müssten, Wasser –«

»Traubisoda –«

»Und sonntags vielleicht ein paar Eier.«

Gegen einen kleinen Aufpreis boten wir den Ausgebrannten auch Yogakurse, Brüllen im Wald und morgendliches Meditieren an; mir tat der Bauch vor Lachen weh. Judit und Alex ließen sich anstecken, Alex würde mit den Männern Holz hacken, Judit ihnen aus weiter Entfernung abends jeweils eine Brust zeigen. Dann standen wir oben, unter uns der Plattensee, über dem ein dunstiger Nebel schwebte. Der Himmel war dunkelblau, ich war irritiert.

»Was hast du?«

»Nichts.«

»Du bist traurig.«

Ja, ich war traurig. Und ich wusste nicht, warum. Ich ahnte, warum, aber das war vage, ungreifbar. Was sollte ich sagen? Was konnte ich sagen?

»Wenn ich glücklich sein müsste, schaffe ich es nicht.«

»Du denkst an eine Frau.«

Ich muss Észter entgeistert angesehen haben, denn sie begann helllaut zu lachen. (Meine Großmutter hatte immer *helllaut lachen* gesagt.) Sie schüttelte den Kopf und verdrehte die Augen, als wäre ich dreiundzwanzig und sie dreiunddreißig.

»Du bist nicht bei den Zigeunerinnen aufgewachsen?«

»Nein, aber meine Großmutter betete immer so komisch nach vorn wippend, und wenn ich meine Eltern fragte, sagten sie, Oma sei schon sehr alt.«

»Darüber sprechen wir jetzt aber nicht?«

»Und auch nicht über deinen Großvater.«

»Der hat zumindest später den Zigeunerinnen am Monatsende Geld für Zigaretten geliehen.«

»Wiedergutmachung?«
»Wie soll ich es sonst sehen?«
»Freundlichkeit? Menschlichkeit?«
»Nach dem Vorher?«
»Vielleicht deswegen.«
»Und wie nennt man das?«
»Anpassungsfähigkeit.«

Dort, woher ich komme, gibt es zwei Sorten von Menschen. Die einen leiden an der pannonischen Krankheit, ohne an ihr zu leiden, bevor es zu spät ist, was ihnen etwas Lustiges, Menschliches, Tragikkomisches verleiht, während die anderen ihr mit allen Mitteln zu entkommen trachten. Alle Mittel sind alle Mittel der Assimilation, ob am Bau oder im Büro: Man will es allen recht machen und auf die Schulter geklopft bekommen, weil man der Krankheit der Ebene (die ich der Krankheit der Berge bei weitem vorziehe) entkommen ist. Man nennt sie bescheiden, pflegeleicht, natürlich.

Alex litt nicht an der Krankheit, auch wenn er nach dem Abendessen, unter der Weinlaube im Garten, mit Judit weiter trank. Man merkte, dass er nicht oft trank. Er stemmte sich dagegen, versuchte die Haltung zu wahren, was ihm zusehends misslang, wobei ich bezweifelte, dass Judit, der diese Haltung gelten sollte, auf seine Haltung überhaupt noch etwas gab. Sie lachte nur mehr – wie jemand, der kurz vorm Weinen war. Zugegeben, Alex trug den Anzug, den das Büro, in dem er saß, verlangte. Natürlich war er tiefer als ich in das verstrickt, was uns knechtete. Aber wenn ich ihn aus den Augenwinkeln beobachtete, während ich mit Észter Unsinn plapperte, sah ich den Alex, den ich kannte, mit dem ich soviel Zeit verbracht, mit dem ich eine gemeinsame Geschichte hatte. Sein Vater war Briefträger, wobei er die Briefe nicht ausgetragen, sondern mit einem Moped ausgefahren hatte, seine Mutter war Hebamme gewesen. Er hatte eine Elektrikerlehre abgeschlossen, war dann nach Wien gegangen und hatte abends die Matura nachgeholt. Er wohnte nicht in Favoriten, um sofort mit Anbruch des Wochenendes auf der Triester Straße Richtung Bekanntes, Allzubekanntes unterwegs zu sein. Ich sah aber auch etwas anderes in seinen Augen, in bestimmten fahrigen Bewegungen, was ich nur zu gut zu kennen meinte. Auf einmal verspürte ich das Gefühl, Alex in die Arme schließen und sagen zu wollen: »Ja, Alex, ich weiß.« Ich verspürte das Gefühl, ihm über die Wangen streicheln zu wollen: »Ist ja gut.«

»Was passiert jetzt?«

Judit und Alex waren aufgestanden, hatten uns eine gute Nacht gewünscht und waren hintereinander, Judit zuerst, dann Alex, im Haus verschwunden.

»Weiß ich nicht. Sie wollte Alex, weil er ihr so fremd war. Dann lernte sie einen kennen, der ihr viel näher war. Und das ist ihr jetzt vielleicht schon wieder zu nahe.«

»Ein Bett oder getrennte Betten?«

»Vielleicht beides, in der Reihenfolge.«

Es war kurz vor Mitternacht und immer noch heiß. Wie hell die Sterne waren. Wie viele es von ihnen gab. Ich kannte nur den Großen Wagen, konnte mit seiner Hilfe den Polarstern finden. Dass ich in der Nacht zuvor auf einem Balkon im Qura al-Assad, etwas außerhalb von Damaskus, die Sterne gesehen hatte, im Garten des protzigen Nachbarhauses hatte ein saudischer Autohändler in seinem Zelt geschlafen, kam mir beinahe unglaublich vor. Wenn ich kurz abdriftete, sah ich das Licht immer noch schräg durch das schwarze Wellblech in den Suk fallen, über dem kleine Sterne zu funkeln schienen, wo einmal französische Artillerie ins Schwarze getroffen hatte, roch ich noch immer Minze und Kardamom, sah ich auch die schwarz gekleideten jungen Männer der Partei Gottes, die mit einem wie mir Schluss machen würden – und mit Észter sowieso. Die schiere Möglichkeit, so weite Wege in so kurzer Zeit zurücklegen zu können, verblüffte mich immer wieder.

»Wo ich herkomme, gibt es ja nur Pferdefuhrwerke«, hätte ich Anna gesagt.

Észter und ich packten unsere Gläser und die Flasche Grauer Mönch, die Judits Eltern, ob sie wollten oder nicht, einmal jährlich vom Bürgermeister des Dorfes geschenkt bekamen, und stellten sie zwischen die beiden Sonnenliegen in die Mitte des Gartens. Nachdem wir angestoßen hatten, lehnten wir uns weit nach hinten.

»Weißt du, dass du wunderschön bist?«

»Warum sagst du das jetzt?«

»Weil ich es dir sagen will. Weil du es dir merken sollst.«

»Bei mir ist es auch wegen einem Mann.«

»Auch?«

»Idiot!« Észter schloss die Augen, ihr Mund stand offen.

»Tut mir leid.«

»Genau. Drei Sätze: Ich kann nicht anders. Tut mir leid. Ich liebe dich. Und von einem Tag auf den nächsten verschwunden.«

»Wie lange ist das her?«

»Sechs Monate und ein paar Tage. Neun Tage.«

»Wie lange wart ihr?«

»Anderthalb Jahre.«

»Wie alt war er?«

»Wie du, in etwa.«

»Wahrscheinlich der größte Fehler seines Lebens.«

»Warum sagst du das?«

»Weil ich es mir nicht anders vorstellen kann. Und ich kann mir vieles vorstellen.«

»Du und deine Frau – wie lange?«

»Zweimal anderthalb Jahre.«

»Willst du mir etwas von ihr erzählen?«

»Ich liebe sie, sehr.«

»Das ist komisch, oder?«

»Was?«

»Die Situation.«

»Schon.«

»Und absurd.«

»Auch.«

»Und traurig.«

»Wie meinst du das?«

»Du weißt, wie ich das meine.«

Ich wusste, wie sie das meinte. Und sie hatte Recht. Aber mit mir war etwas geschehen, mir war mit Anna etwas geschehen, was ich nicht ungeschehen machen wollte. Aber auf einmal wusste ich auch das andere wieder, mit Észter, wegen Észter.

»Warum sagst du nichts?«

Ich sagte nichts, weil mir Adorno eingefallen war. Weil mir in diesem Moment ausgerechnet Adorno und die *Minima Moralia* eingefallen waren, weil ich mich darüber freute und gleichzeitig ärgerte. *Das ist das Phänomen des Besetztseins: daß ein geliebter Mensch sich uns versagt nicht wegen innerer Antagonismen und Hemmungen, wegen zuviel Kälte oder zuviel verdrängter Wärme, sondern weil bereits eine Beziehung besteht, die eine neue ausschließt. Die abstrakte Zeitordnung spielt in Wahrheit die Rolle, die man der Hierarchie der Gefühle zuschreiben möchte. Es liegt im Vergebensein, außer der Freiheit von Wahl und Entschluß, auch ein ganz Zufälliges, das dem Anspruch der Freiheit durchaus zu widersprechen scheint.*

»So gesehen sind wir beide irgendwie besetzt. Setz dich auf. Ich will dich sehen.«

Észter saß auf der Sonnenliege, ich setzte mich auf, unsere Knie berührten einander.

»Wenn ich nicht besetzt wäre, würde ich auf der Stelle um deine Hand anhalten.«

»Wir sehen uns nicht wieder.«

»Und du? Nach dem Sommer? Paris?«

»Wohnung ausräumen, übersiedeln. – Sebastian.«

»Ja?«

»Jetzt sind nur wir da. Schwimmflügel, Taucherbrille. Ich war sechs Monate ganz allein, sechs Monate und neun Tage.«

»Du musst nicht mehr sagen.«

»Was denkst du?«

»Ich finde dich wunderschön, insgesamt, und ich spüre etwas wie –«

»Psst.«

Észter schloss die Augen und schob ihren Kopf unmerklich nach vorn, das Kinn leicht nach oben geneigt. Ich küsste sie auf die Wange, auf den Hals, aufs Kinn, ich küsste ihre Nase, bevor ich mit meinen Lippen ihre öffnete. Wir küssten einander langsam, sanft, dann gierig und gefräßig, als könnten wir auf einmal nachholen, was wir in all den Jahren versäumt hatten. Wir zogen einander langsam aus, ich sagte ihr, warum ich am Strand die Sonnenbrille auch beim Reden nicht abgenommen hätte, sie sagte, sie habe schon, als ich in den Garten gekommen sei, gespürt, dass etwas geschehen würde. Sie *war* wunderschön, insgesamt. Wir lagen und saßen auf ihrer Sonnenliege und dem Rasen und schliefen so wütend und zärtlich miteinander, dass es schon wieder hell wurde, als unsere Rücken nebeneinander auf dem Gras zu liegen kamen.

Ich weiß nicht, wer begonnen hatte, Észter oder ich, aber wir weinten beide. Nicht laut, sehr verhalten, ein Aufziehen bisweilen, ein leises Seufzen, fast verschämt. Das letzte Mal hatte ich geweint, als Paul in Neapel mit bleichem Gesicht in mein Zimmer gekommen war und gesagt hatte, Walter habe sich das Leben genommen. Er scherze wohl? Damit scherze man nicht. Aber bald schon hatte ich aus Wut geheult, Walter war zweiundzwanzig gewesen, so klug, so witzig, wie ein Renaissanceengel hatte er ausgesehen, und doch hatte man immer das Gefühl gehabt, ihn beschützen zu müssen. Bei vielen Philosophiestudenten hätte es mich nicht gewundert, wenn ich gehört hätte, sie seien aus dem Fenster gesprungen; aber Walter hatte sich das

Leben eben gerade nicht genommen, sondern es weggeworfen. Jetzt erst bemerkte ich, dass ich Észter streichelte, dass meine Hand ihre Seite entlangfuhr, ihre Wangen, dass ich mit den Fingerkuppen die Tränen aus ihrem Gesicht wischte.

»Was ist? Das ist so gut.«

»Ich kann nicht, Észter.«

»Verstehe.«

Sie setzte sich auf und beugte sich über mich. Ihre Haare hingen in Strähnen vom Kopf, sie waren verklebt von Tränen und Schweiß. Die Spitzen kitzelten mein Gesicht, ich lachte leise, Észter schüttelte den Kopf, die Haarspitzen wurden zu Nadeln, kleine Stiche, mein Gesicht wurde immer feuchter. Jetzt lachte auch Észter, laut, sie stemmte sich mit den Händen auf meine Brust, warf den Kopf nach hinten und ließ ihn wieder herabsausen, ihre Haarspitzen auf meiner Haut, mein Gesicht im Schweißnieseln. Dann küsste sie mich auf den Mund.

»Lass uns schlafen gehen. Du weißt, wo dein Zimmer ist?«

»Judit hat's mir gezeigt.«

Wir wichen einander nicht aus beim Frühstück. Alex kochte Kaffee, wir saßen unter der Laube und redeten nicht viel. Judit war wie am Vortag, bevor sie zu trinken begonnen hatte; Alex versuchte, sie mit Scherzen in ein Gespräch zu ziehen, er gab es bald wieder auf. Észter lächelte mich an, wenn unsere Augen einander trafen, ich riss die Augen weit auf, presste die Lippen aufeinander und nickte. Ich trank viel zu viele Espressi und aß weiße Weintrauben dazu. Die Luft sirrte, bisweilen war von der Hauptstraße ein Auto zu hören.

Alex sah mich an, ich nickte, wir holten die Koffer aus unseren Zimmern und verstauten sie draußen vor dem Haus in seinem Wagen. Kurz zuckte ich zusammen, als ich die Tasche mit den Geschenken für Anna auf meinen

Koffer legte. Er sah mich betrübt an, ich hob die Augenbrauen.

»Später«, sagte er.

Ich küsste Judit auf die Wange, bedankte mich für eine schöne Zeit, dann ließ ich sie mit Alex im Garten zurück. Észter kam zu mir, legte mir kurz den Arm um die Hüften und schmiegte ihren Kopf an meinen Hals. Vor dem Haus blieben wir stehen.

»Gehst du schwimmen dann?«

»Mit Schwimmflügeln, ja.« Sie lachte. »Hoffentlich geht's bald ohne.«

»Wollen wir –«

Észter schüttelte den Kopf.

»Hab's gut, Észter.«

Ich küsste sie auf den Mund, dann umarmten wir einander lange, schaukelnd, wippend. Wie gut sie roch. Ich strich über ihren Hinterkopf, als müsste nur sie getröstet werden, fuhr ihr durchs Haar, Észter kam ganz nah an mein Ohr.

»Ich sag sowas sonst nicht: Aber wenn es sein soll, werden wir uns wieder begegnen.«

»Amen.«

Ich konnte nicht anders. Ich sagte »Amen«, schüttelte den Kopf und verdrehte die Augen. Zumindest hatte ich nicht gesagt, das stimme schon, *wir* sähen *uns* bestimmt: sie sich, ich mich, und zwar täglich.

»Ich dich auch.«

Zuerst kam Judit aus der Tür, dann Alex. Er umarmte Észter, sprach noch ein paar ungarische Worte, die ich nicht verstand und auf die Judit nicht antwortete, dann stiegen wir in den Wagen, Alex legte den Rückwärtsgang ein und fuhr in die Gasse. Als ich mich an der Kreuzung zur Hauptstraße noch einmal umdrehte, sah ich Észter allein vor dem Haus stehen. Sie winkte, wir bogen in die Landstraße, ich steckte meinen Kopf aus dem Fenster, sie stand noch immer da, ich winkte zurück, schon verstellte ein Haus die Sicht. Auf einer Ortstafel war Hegymagas durchgestrichen.

Ich hatte mich auf die Couch legen müssen, in der Hoffnung, mich so beruhigen zu können. Aber die beiden Tage in Hegymagas hatten sich mir eingebrannt, dass es beinahe gespenstisch war. Ich hatte niemandem davon erzählt. Was Alex mitbekommen hatte, wusste ich nicht. Immerhin hatte er Augen und Ohren.

Ich fragte mich, ob ich mir die Geschichte nicht doch im Nachhinein so zurechtgelegt hätte, dass sie mich entlastete, zu einem Engel machte, der einen anderen unter seine Flügel genommen habe. Bei Adorno geht es ja weiter: *wird einem Menschen ein neuer vorgezogen, so tut man jenem allemal Böses an, indem die Vergangenheit des gemeinsamen Lebens annulliert, Erfahrung selber gleichsam durchstrichen wird. Die Irreversibilität der Zeit gibt ein objektives moralisches Kriterium ab.* Ich hatte Anna keinen neuen Menschen vorgezogen. Ich hatte nie wieder von Észter gehört, zumindest nicht in der Wirklichkeit. Aber auch das stimmte nicht. Gleich, wie viel Zeit vergangen war, gleich, wie sehr ich Anna liebte, es gab eine Wirklichkeit in mir, die Észter hieß. Allein das war kein objektives moralisches Kriterium. Es hieß nicht, dass ich sie besser als Anna fand, oder schöner, oder interessanter, oder oder oder. Ich konnte sie mit Anna nicht vergleichen, hatte das auch nie getan. Aber hatte ich ihr allemal Böses angetan?

Ich glaubte schon, obwohl ich nicht wusste, wie. Ich hatte Worte und Vorstellungen wie *betrügen* oder *fremdgehen* nie verstanden, solange sie auf mich gemünzt waren. Ich hatte meistens die Gewohnheit, bisweilen die Eitelkeit und sehr selten, wie bei meinen Eltern, die Liebe gesehen. Ich hatte in den über drei Jahren, die ich mit Anna lebte, mit keiner anderen Frau geschlafen; nicht, weil ich es als böse oder verräterisch empfunden hätte, sondern weil ich es nicht gewollt hatte. Hätte es Anna nicht gegeben, hätte ich alles in der Welt unternommen, um mit Észter sein zu können. Hätte es Anna nicht gegeben, hätte ich mir andererseits wahrscheinlich noch immer eingeredet, man könne wunderbar mit zwei, drei Frauen gleichzeitig sein, und mit jeder anders – was wiederum hieß, dass ich ohne Anna ein Sebastian gewesen wäre, der Észter vielleicht gar nicht interessiert hätte. Dass es nicht nur einen Menschen gab, quälte mich nicht; dass zwei Menschen einander ausschlossen, dafür umso mehr. Hätte mir Anna eines Tages zu erklären versucht, es gebe da jemanden, den sie nicht mit mir vergleichen könne, den sie aber auch liebe, ich hätte mich in mir versteckt und »Na dann« gesagt, ihr die Seite einhundertundachtunddreißig aus den *Minima Moralia* empfohlen und wäre zähneknirschend aus ihrem Leben gegangen.

Andererseits fand ich nichts in mir, was sich wie Unrecht anließ. Vielleicht weil es von allem Anfang an einmalig gewesen war. Aber ich hatte das Richtige getan, für mich und Észter, und ich hätte es wieder so getan. Das hatte mit Anna nichts zu tun. Ich wollte keinen dieser Momente nicht erlebt haben. Es musste eine Sprache geben, um Anna davon erzählen zu können, und zwar so, dass sie es auch als richtig empfände. Hätte sie es als richtig empfunden, wäre ich mir allerdings halb- bis viertelgeliebt vorgekommen, andererseits durfte ich Anna nicht mein undemokratisches Geschlechterdifferenzverständnis unterstellen. Ich überlegte seit dem Tag, an dem mich Alex vor der Votivkirche hatte aussteigen lassen, wie ich mit ihr darüber sprechen könnte. Wenn mir dann unsere Dreierphantasien in den Kopf kamen, fragte ich mich, ob ich verrückt sei.

Ich lag auf der Couch, mein Kopf schmerzte, ich sah auf die Blaue Lagune des glücklichen Menschen und fragte mich, ob ich mir diese Fragen stellte, weil ich katholisch erzogen worden war. Aber ich hatte von meinen Eltern nie die Geschichten von Himmel und Hölle gehört, in die man komme, wenn man Verbotenes tue. Da gab es kein Fegefeuer und keinen strengen Gott mit Rauschebart, der aus den Wolken auf die Erde blickte. Ich ging noch in den Kindergarten, als zu Hause das Telefon klingelte und eine aufgebrachte Mutter sich darüber beschwerte, dass Sebastian ihrer Tochter erklärt habe, es gebe kein Christkind – Weihnachten sei unwiderruflich zerstört. Ich war nicht ausgeschimpft worden dafür. Ich hatte nie zur Beichte gehen müssen, außer im Gymnasium, und da hatten wir über einen rotgesichtigen kleinen Priester derart lachen müssen, dass er uns der Bibliothek verwies, in der wir hätten beichten sollen. Meine Eltern hatten mir weder die Todsünden eingebläut noch mich vor den verderblichen Lüsten des Fleisches gewarnt. Ich hatte zu beten gelernt, aber zu einem gütigen Gott, mit dem man sprechen, den man um Hilfe bitten konnte.

Allein das, was ich auf der Couch tat, war etwas, das ich seit sehr langem tat. Auf einmal war das Wort in meinem Kopf, an das ich jahrelang nicht mehr gedacht und mit dem man mir neue Bahnen ins Gehirn gefräst hatte: *Gewissenserforschung*. Meine Eltern hatten mich angeleitet, vor dem Schlafengehen, allein in meinem Bett, mein Gewissen zu erforschen. Ich sollte noch einmal meinen Tag vor mir ablaufen lassen, die Geschehnisse seit dem Aufwachen betrachten, sehen, was ich gut, und überdenken, was ich weniger gut gemacht hatte. Das war der Anfang! Halleluja! Auf einmal meinte ich den Anfang zu kennen, einen Anfang. Während ich in meinem Bett gelegen war, hatte ich mir in meiner Sprache meine Taten, Untaten, Reaktionen und Unterlassungen zu erzählen und an einem anderen Gesetz, einer anderen, einer gerechteren Gerechtigkeit zu messen gelernt.

Ich stand auf, kramte eine CD von Kevin Rowland hervor und legte sie ein. *Because the greatest*, ich sang mit, *love of all,* ich riss den Mund weit auf, *is happening to me*, ich legte mich auf die Couch, ich hatte noch Zeit und schloss die Augen, *learning to love yourself is the greatest love of all.*

Wie ich mich freute, als ich Anna die Straße entlangkommen sah. Ich lief ihr entgegen und umarmte sie. Ich hob sie in die Luft, wirbelte sie herum, küsste sie auf die Ohren.

»Hast du im Lotto gewonnen?«

»Komm!«

Wir saßen an einem Fenstertisch, hinter meinem Rücken bereitete ein Koch mit Haube und dichtem Schnauzbart, der an einen Zeichentrickgallier erinnerte, den Fisch zu. Ich bestellte eine Flasche Plavac, einen Vorspeisenteller und eine Fischplatte für zwei Personen. Kurz hatte ich überlegt, zwei davon zu bestellen, dann aber über mich selbst lachen müssen.

Der Kellner brachte den Wein. Die Dame müsse ihn kosten, sagte ich, ich tränke kaum. Anna schlug die Hände vorm Gesicht zusammen; »Heiland der Welt!«, hätte meine Großmutter gerufen, »bist denn du auch von wo?« Als er verschwand, stießen wir an.

»Basilisk, worauf trinken wir?«

»Ich habe etwas zu feiern, also haben wir etwas zu feiern. Üblicherweise müsstest du zahlen, aber weil ich nicht so bin und bald reich sein werde, zahle ich.«

»Warum müsste ich zahlen?«

»Wir waren einmal im Winter in Neustift spazieren, die Weinhänge entlang, wie immer. Wie schön es wäre, wenn die Sonne schiene. Sonne, Mond und Sterne.«

»Kann mich nicht erinnern.«

»Du hattest deine neuen Stiefel und den blauen Ledermantel an und meintest, da gebe es eine Gasse, die du schon allein wegen ihres Namens so schön fändest.«

»Ich soll das gesagt haben?«

»Die Mondscheintgasse, hast du gesagt.«

»Die heißt ja –«

»Ja, wie sie heißt, habe *ich* gesagt. Aber *du* hast gesagt: Ich bin mir ganz sicher, Zitat, dass da etwas Stimmiges und etwas Unstimmiges ist: *Mondscheintgasse*.«

Anna sah mich mit großen Augen an und schürzte die Lippen. Sie zog die Schultern hoch und schüttelte langsam den Kopf, als wäre nichts in ihm.

»Gedächtnislücke.«

»Kurz und gut, sie heißt Mondscheingasse, du hast um ein Essen gewettet, aber heute erkläre ich deine Schuld für getilgt.«

»Und wir feiern jetzt erstens deine großartige Erinnerung und zweitens deine unendliche Großzügigkeit?«

Ich nahm den Schein aus meiner Tasche und hielt ihn mir kurz vor die Brust, bevor ich ihn umdrehte, auf den Tisch legte und meine Hände darüber faltete.

»Weißt du, was das ist?«

»Nein.«

»Weil du von diesen Dingen praktisch keine Ahnung hast!«

»Theoretisch schon?«

Ich nickte.

»Kleiner Hinweis, Basilisk, dafür steigt meine Schuld wieder.«

Ich zog einen Zettel aus meiner Hosentasche und las vor: *Informiert er sich* – ich zeigte auf mich – *so tut er sich Gewalt an, denkt gegen seine Impulse und ist obendrein in Gefahr, selber so gemein zu werden wie das, womit er sich abgibt, denn die Ökonomie duldet keinen Spaß, und wer sie auch nur verstehen will, muß* – hier malte ich Gänsefüßchen in die Luft – *»ökonomisch denken«.*

»Gib mir den Zettel.«

»Wie sagt man?«

»Sofort.«

Das war der Moment. Ich reichte Anna meinen Gewerbeschein für Lebensberatung, brachte mein Gesicht in Ordnung, befahl mir, keine Miene zu verziehen (Miene und Mine: wo war da wieder die Verbindung?), und sah, wie Anna die Augen zusammenkniff und sie flink über das Gedruckte wandern ließ. Sie blickte mich kurz an. Sie überflog noch einmal den Schein, dann grinste sie, schüttelte den Kopf, sehr sachte; sie kicherte tonlos, ich hörte die Luft in Stößen aus ihrer Nase gepresst werden, bevor sie helllaut lachte.

»Er eröffnet ein Streichelinstitut«, sagte Anna dem verdutzten Kellner, der die Vorspeisenplatte und einen Korb Weißbrot brachte. Er lächelte, als habe sie sich einen Scherz mit ihm erlaubt, zumal sie den Satz vor lauter Lachen dreimal von vorne hatte beginnen müssen. Sie hielt ihm den Gewerbeschein vor die Augen, was mir nicht sehr recht war. In meiner anderen Hosentasche hatte ich Visitenkarten, auf denen Severin Horvath stand.

»So richtig mit Streicheln und so?«

Anna nickte.

»Ich werde es der Kellnerin sagen.«

»Er streichelt auch Männer.«

»Macht meine Frau. Den Koch vielleicht.«

Das wollte ich mir schon wieder nicht vorstellen, und nicht nur, weil er täglich stundenlang Fische wusch, aufschnitt, putzte und brutzelte. Anna lachte und warf mir einen Kussmund zu. Der Kellner kam mit der Kellnerin und vier Gläsern Slibowitz zurück, den man normalerweise mit der Rechnung bekam. Er erhob sein Glas.

»Auf das Streichelinstitut!«

Anna hob ihr Glas, die Kellnerin (Wunschgruppe) hob ihr Glas, ich hob mein Glas.

»Auf das Streichelinstitut!«

Sagte Anna, sagte die Kellnerin, sagte ich als Letzter. Wir tranken aus, die beiden verschwanden. Ich blickte mich um, ein paar Menschen wandten ihre Blicke wieder ab.

»Du weißt, dass du daran schuld –«

»Mitschuld –«

»Mitschuld bist. Und du weißt, dass du meine Supervisorin bist.«

»Und Korrektorin.«

Wir aßen, bis nicht ein Stück gehackter Mangold und auch keine noch so kleine Kartoffel mehr auf der Platte lagen. Anna erzählte von ihrem Seminar, einer Tagung in Berlin, auf der sie einen Vortrag zur Gouvernementalität halten sollte. Als wir den Kellner zum Zahlen riefen, standen zwei Frauen von einem Tisch auf. Eine blieb auf dem Weg zum Ausgang vor mir stehen.

»Wo ist Ihr Institut denn?«

»In der Mondscheintgasse«, antwortete Anna für mich.

»Sind Sie eine Klientin?«

»Auch, sozusagen, ja.«

»Hätten Sie vielleicht eine Karte? Nicht für mich, aber eine Freundin, der würde ich sie gern zeigen.«

Ich zog eine Visitenkarte aus der Hosentasche, Anna schüttelte ungläubig den Kopf, die Frau nahm sie und bedankte sich.

»Feiern Sie ein Jubiläum?«

»Nicht ganz. Wir feiern die Eröffnung.«

Sie lächelte und ging. Anna und ich tranken noch den Slibowitz zur Rechnung, bevor wir zu ihr fuhren. Ich bezahlte das Taxi. Ich war ein nützliches Mitglied des menschlichen Marktes. Die Gefahr, selbst so gemein zu werden wie das, womit man sich abgibt. Nicht man, ich.

Am nächsten Morgen wachte ich vor Anna auf. Ich duschte mich kalt, kochte Kaffee und zwei Eier, schnitt zwei süße Croissants entzwei und bestrich sie mit Butter. Ich schnitt Tomaten und eine Avocado, schenkte zwei Gläser mit Orangensaft voll und öffnete ein Piccolofläschchen Sekt. Dann rief ich: »Tagwache! Die Ökonomie duldet keinen Schlaf!«

»Du bist noch nicht Jungunternehmer des Jahres!«

Nach dem Duschen saß mir Anna in ihrem weißen Bademantel gegenüber. Während ich die Zuckerkristalle vom Croissant biss, bat ich sie, den Mantel um die Brust etwas zu lockern, damit ich mehr Motivation für meine Arbeit hätte. Anna streckte die Arme weit von sich, ich verstand die Wendung *an sich halten müssen*.

»Der Kapitalismus ist keine Kinderjause. Von nun an einmal die Woche, nach dem Zähneputzen und vor dem Einschlafen. Und Licht aus.«

»Damit wären wir noch immer über dem Durchschnitt.«

»Ich spreche von Versuchen.«

Wir stiegen gemeinsam in die U-Bahn. *Ich fuhr zur Arbeit.* Ich fuhr mit und neben Anna zur Arbeit, und auf einmal fiel mir ein, dass das ein Teil ihres Lebens war, an den ich nie gedacht hatte, der mir bis zu diesem Tag verdeckt geblieben war, mit dem ich mich recht eigentlich nicht einmal beschäftigt hatte. Ja, die Seminare, Arbeiten, Prüfungen, die Vorbereitungen und Kommissionen. Aber ich hatte nie die schöne kluge Frau gesehen, die mit der U-Bahn zur Universität fährt, vielleicht müde, weil ich sie nicht hatte einschlafen lassen, vielleicht schlecht gelaunt, weil die Studentinnen und Studenten in diesem Semester ihre Texte nicht lasen, fröhlich, verstimmt, bei Sonne, bei Regen, bei Schnee, meine Anna auf dem Weg zur Arbeit. Ich blätterte in der kostenlosen U-Bahnzeitung und betrachtete Anna verstohlen. Irgendwie kam sie mir noch schöner, noch klüger, noch geheimnisvoller vor – vor allem geheimnisvoller.

»Ist noch nichts über den Jungunternehmer des Jahres zu lesen?«

»Kauf das Sozialfaschistenblatt! Heute ist Mittwoch. Kleinanzeigen.«

Bei der Pilgramgasse küsste ich Anna auf die Nase, sie wünschte mir frohes Schaffen, ich stieg aus. Natürlich hätte ich den Naschmarkt hinunterspazieren können, riechen und sehen, Obst, Früchte, Gemüse, Fleisch, Wurst, Oliven, Brot, Fisch, die besten Salamis, leckerer Prosciutto, feiner Humus, knusprige Falafeln, eingelegte Tomaten, Wein, guter Wein, sehr guter Wein. Ich hätte zum zweiten Frühstück einen großen, schön ungesunden Döner essen, mich nachher mit einem Espresso, deutschen und französischen Zeitungen vor ein Café setzen und die Frauen beim Einkaufen beobachten können. Ich hätte die Touristen bestimmen, den Männern Berufe zuordnen, den Pärchen Geschichten unterstellen können. Allein ich hatte einen Auftrag. »Stick with it. You only live once.« Ja, glücklicher Mensch, du hast Recht. Ich war ihm im Wort. Ich war mir im Wort. Ich war Annas und meiner Phantasie im Wort. Wir mussten Judokämpfer sein, uns dem Angriff des Gegners nicht entgegenstellen, sondern sich in ihn eindrehen, seine Kraft und Bewegung durch eine kleine Drehung in eine andere Richtung lenken. Den meisten Menschen im Bus schien das gleichgültig zu sein. Oder ging es mir doch nur um mich und vielleicht noch um Anna? Ich war ein rechtschaffener Mensch geworden, ich hatte die Gewissenserforschung ins Bett zu verweisen.

Am Siebensternplatz stieg ich aus. Nein, kein Gin Tonic, kein Versuch, eine Zeitung zu lesen, die mich aufbrachte, auch kein weiterer Espresso. In der Trafik kaufte ich die linksliberale Wiener Wochenzeitung und ging, *Die Arbeiter von Wien* auf den Lippen, in die Mondscheingasse. Ich öffnete die Fenster meines Wartezimmers, lehnte mich hinaus und blickte auf die steinernen Löwenköpfe an der gegenüberliegenden Fassade. Dann legte ich Violinkonzerte von Paganini ein und setzte mich auf die Couch. In der Zeitung fand ich das Streichelinstitut *Caress_caress* unter den Kleinanzeigen der Hobbypsychologinnen, Kartenlegerinnen und Kaffeesudleserinnen, neben Annoncen partnerschaftswilliger, kultivierter, weltoffener, vorurteilsloser, vegetarischer Akademiker. Ich legte mein Mobiltelefon auf das schwarze Beistelltischchen und wartete.

2 Im Streichelzimmer

Der erste unbekannte Teilnehmer rief an, als ich in meinem Wartezimmer auf dem Sofa lag, Paganini hörte und mich fragte, was ich tun sollte, wenn mich ein Anruf nach Paris lockte. Was sollte ich Anna erzählen? Wie konnte ich ihr erklären, dass ich zu einer jungen Frau nach Frankreich fliegen müsste, ja wollte, die mich zu sehen wünschte, der mich zu sehen gut täte, die mich zu sehen vielleicht sogar retten würde?

Natürlich hätte ich sagen können, ein Freund habe mich eingeladen. Ich hätte sagen können, Gérard sei wegen des Regens aus der Bretagne wieder nach Paris gezogen, mir wegen der Umzugskartons nicht mehr böse, ich wolle ein paar Tage mit ihm verbringen. Ich hätte auch sagen können, ich wolle einen französischen Psychoanalytiker treffen, der ein Buch über das Haut-Ich geschrieben hatte, das sich mit vielen Fragen beschäftigte, mit denen ich tagtäglich in meinem Institut konfrontiert war, Fragen, die ich in einer Dissertation zu beantworten versuchen könnte, die man von mir nicht erwartet hätte. Ich hätte genauso gut sagen können, ich flöge nach Neapel, um Paul zu besuchen, ein paar Tage um die Piazza del Gesù Nuovo herumzustreunen, vom Castel Sant Elmo hinunter auf die Stadt und hinüber zum Vesuv zu blicken, im Funicolare Taschentücher von fliegenden Händlern zu kaufen, mit dem Auto die Amalfiküste entlangzufahren, nach Capri überzusetzen, nach Ischia, nicht nach Procida, dorthin erst wieder mit ihr. Bei jeder anderen Frau, die ich gekannt hatte, wäre mir das nicht sonderlich schwer gefallen. Wenn es nicht sein musste, wollte ich Anna nicht belügen.

»Herr Horvath?«

Der unbekannte Teilnehmer war tatsächlich ein unbekannter Teilnehmer. Warum unterdrückte er seine Nummer?

»Hätten Sie heute noch einen Termin für mich?«

»Moment.«

Wie lange dauerte es, um in einem vollen Terminkalender zu blättern? Ich kritzelte *Terminkalender* auf einen leeren Zettel. Es durfte sich nicht anhören, als wartete ich sehnsüchtig auf Klienten, als hätte ich jederzeit für ihn Zeit. Sollte ich ihm absagen? Ein Mann als erster Besucher des Instituts konnte ein schlechtes Omen sein. Wahrscheinlich hatte er mein Foto gesehen und schon einen Film im Kopf laufen, wie man sagt, eher einen pornographischen als einen erotischen. Ich beschloss, nüchtern zu denken. Der Kapitalismus machte die Menschen gleich, nicht der Kommunismus.

»Fünfzehn Uhr dreißig?«

»Da muss ich zwar früher weg, aber es lässt sich einrichten.«

»Ich könnte Ihnen noch sechzehn Uhr dreißig anbieten, wie ich gerade sehe, hat eine –«

»Fünfzehn Uhr dreißig ist gut.«

»Wie war der Name noch mal?«

»Nemeth.«

In den sechs Stunden, bevor Herr Nemeth kam, läutete meine Telefon viermal wegen des Instituts. Gelobt seien die kostenlosen Anzeigen bei den Sozialfaschisten! Wie aufgeregt ich war. Nach jedem Telefonat machte ich mir Notizen in einem kleinen schwarzen Büchlein, das die Geschichte meiner Idee dokumentieren sollte. In Wirklichkeit war es das Unbekannte, das Andrängen des Unbekannten, was meinen Stift über die Seiten fliegen ließ. Ich hatte mich um alles Mögliche gekümmert, aber ich hatte mich noch nicht annähernd eingestellt auf das, was kommen würde. Was würde denn kommen? Wer würde denn kommen? Würde denn jemand kommen?

Am sechsten September Zweitausendundsechs waren es nach Herrn Nemeths Anruf vier Frauen, die sich wegen des Instituts erkundigten. Bei jeder fragte ich mich, ob sie bloß die Anzeige in der Zeitung gelesen oder auch meine Visitenkarte im potentiell weltweiten Netz gesehen hatte.

Die erste Anruferin, die sich Sanja nannte, hatte eine *schöne, tiefe* Stimme, *klare Diktion*, und wollte wissen, ob ich auch Kassen akzeptierte. Sie studiere Theaterwissenschaften und habe kein Geld. Das war mir sympathisch, aber ich musste sie enttäuschen, zumindest was die Kassen betraf, noch gab es mich nicht auf Krankenschein. Sanja meinte, es sich überlegen zu wollen und demnächst wieder anzurufen. Ich stellte sie mir als eigentlich hübsches Mädchen vor, dessen Schönheit sich erfolgreich in einer alternativen Kunstrebellinnenuniform versteckte. Als sie auch eine Woche später noch nicht zurückgerufen hatte, fragte ich mich, ob es an meiner Stimme oder ihrem Konto liege. Nach Sanja rief eine Frau Meier (e! i!) an, und ich konnte mich nicht der Vermutung erwehren, dass es sich bei dieser Frau Meier, ob mit *ei* oder *ay*, um die Magistratsbeamtin handelte, die ihre Stimme eher unbeholfen verstellte. Während sie mich nach Methode (keine spezielle), Ausbildung (Philosophiestudium, langjährige Streichelerfahrung, auch wissenschaftliche), Preismodalitäten (keine Kassen, keine Ermäßigungen) und einem Freitagtermin (elf Uhr) befragte, sah ich die Plüschtiere über dem Monitor, den Katzenkalender an der Wand, und als Frau Meier einmal schluckte, bezog ich das nicht auf den Preis einer Streicheleinheit, sondern auf das Abbeißen von einem kleinen Sonnenblumenkernbrot mit Grünkernpaste. *Etwas unangenehme, schrille Stimme, verspannt, unklare, aber desto bestimmtere Sprache.* Eine *sehr angenehme, tiefe, erotische* Stimme, *dezidiert bürgerliche Diktion*, stellte sich als Frau Dr. Fischer vor. Sie habe schon vieles probiert, was sie jetzt sage, sei keine Geringschätzung, sie habe schon für soviel Blödsinn soviel Geld ausgegeben, dass sie das, und das sei bitteschön nicht abwertend gemeint, auch noch probieren könne. Im Übrigen habe sie immer Zeit, eher früh, bis vor zehn Uhr, oder ab sechzehn Uhr. Ich bot Frau Dr. Fischer den Termin um sechzehn Uhr dreißig an, sie griff zu. »Auf Wiederhören«, sagte sie, »was sage ich, auf Wieder-, nein, Erstmalsehen!« Sie lachte; es war ansteckend. Kurz vor fünfzehn Uhr dreißig rief eine Karin an, *sehr leise, schüchtern, verlegen*, ob es bei mir auch etwas wie ein Erstgespräch gebe (nein), ob hinter dem Streicheln etwas stecke, also eine Philosophie (Materialismus!) oder eine Theorie (etliche kritische!) oder eine Weltanschauung (meine!). Ich erklärte Karin, dass ich keine Heilslehren und schon gar keine sogenannten ganzheitlichen Konzepte verfolgte, sondern einfach Menschen streichelte, damit sie sich entspannen, fallen lassen, Stress bewältigen könnten – und weil ich diese Worte so ernst und seriös aussprach, lachte ich auf, allerdings fing ich mich rasch wieder und erklärte, ich hätte unwillkürlich an etwas Lustiges denken müssen, ein Bekannter hätte sich nämlich beim Suppenessen die Nase gebrochen, weil er derart mit dem Stuhl gewippt hätte, dass dieser nach hinten und er nach vorne auf den Teller gekippt wäre. Im Übrigen würde ich gern auf meine Visitenkarte verweisen, eine Klientin warte schon, da sei mehr über den Hintergrund zu erfahren. Menschen seien aber keine Ratten, sagte Karin, ihre Stimme brach, ihrer Meinung nach sollte ich diese Passage aus dem Netz nehmen, viele Menschen würde das abschrecken. Ich stimmte ihr zu, dass Menschen, zumindest die meisten, keine Ratten seien, dass man aber in Rattengehirnen menschliche Mechanismen verfolgen könne. Aber sie sei gegen Tierversuche, und sich auf sie beziehen, heiße sie gutheißen, und. Ich wünschte ihr einen schönen Tag, meine Klientin könne nicht länger warten. Karin wollte es sich überlegen.

Als die Gegensprechanlage um Punkt fünfzehn Uhr dreißig läutete, drückte ich den Knopf, blickte in den Spiegel, fuhr mir durchs Haar, öffnete die Eingangstür und blieb unter dem Türrahmen zwischen Streichel- und Wartezimmer stehen. »Kommen Sie weiter!«, rief ich und machte ein paar Schritte in den Raum; anscheinend stand schon jemand im Vorzimmer. Was hieß jemand? Mein erster Klient! »Platen?«, fragte ein hagerer Mann mit Seitenscheitel. Er steckte in einem schwarzen Anzug, sah sich um und deutete auf die gerahmten Verse an meiner Wand. »Schön, dass sich junge Leute für so was noch interessieren.« Dafür hätte ich Herrn Nemeth umarmen wollen. Allein er sah nicht wie jemand aus, der sich gern umarmen ließ.

»Nett haben Sie es hier.«

»Sie können gleich reinkommen, die letzte Klientin musste schon früher weg.«

Er nickte, ich sagte »Nach Ihnen«, Herr Nemeth ging in das Streichelzimmer. Ich zog die Flügeltür hinter ihm zu und bat ihn, seine Aktentasche abzustellen und sich aufs Sofa zu setzen. Ich durfte mir auf keinen Fall anmerken lassen, dass er mein erster Klient, dass er nach Anna und seit langem überhaupt der erste Mensch war, den ich streicheln würde. Herr Nemeth saß auf dem Rand des Sofas, nach vorn gebeugt, die Hände über den Knien gefaltet. Im Hintergrund spielte Glenn Gould die Goldbergvariationen, ich nahm meinen Sessel und setzte mich ihm gegenüber.

»Was führt Sie zu mir?«

»Ich wollte das mal, ja, wieder erleben – gestreichelt zu werden.«

Herr Nemeth sah nicht schwul aus, aber er sah auch nicht wie jemand aus, der sich für Frauen interessierte. Das Sichtbare und das Unsichtbare. Kein Ring an einem Finger. Er sprach leise und idiomfrei.

»Wieder erleben?«

»Ja, wieder erleben.«

»Ist das lange her?«

Er nickte.

»Eine Frau?«

»Mein Vater. Könnten Sie dann?«

Herr Nemeth sah mich erwartungsvoll an. Ich wusste nicht, was ich tun sollte. Ich lächelte. Wie unvorbereitet ich war! Ich nickte bedächtig, als zöge ich etwas in Erwägung, das nichts damit zu tun hätte, dass ich keine Ahnung hatte, was nun. Seltsam, dass mich die Situation, wie er dasaß und auf etwas wartete, von dem ich ungefähr, aber nicht genau wusste, was es war, an die Situation nach einem Rendezvous, einem Abendessen, einer Flasche Wein, einem Kino- oder Theaterbesuch erinnerte, wenn niemand schon gehen wollte, und schon gar nicht so.

»Wie hat er Sie denn gestreichelt?«

»Er setzte sich zu mir aufs Bett, legte seinen Arm um meine Schulter, ja, und streichelte mich – Kopf, Rücken, ja.«

Ich stand auf, Herr Nemeth schloss die Augen, beim Küssen habe man die Augen nicht offen, hatte es beim Schmusen im Schwimmbad geheißen, ich setzte mich neben ihn, legte meinen Arm um seine Schulter und fragte mich, ob ich ihn fragen solle, ob er sein Sakko ausziehen wolle. Die Antwort gab ich mir selbst: Einer wie Herr Nemeth hätte das von sich aus getan, zumindest angesprochen. Ich strich ihm über den Rücken, Herr Nemeth war sehr dünn, aber drahtig, entweder aß er nicht viel oder lief jeden zweiten Tag einige Kilometer im Prater; ich konnte ihn mir nicht auf dem Laufband eines Fitnessstudios vorstellen. Mich verwunderte, wie schnell er sich entspannte, wie rasch er seinen Kopf auf meine Schulter sinken ließ, wie bald er ruhig und gleichmäßig zu atmen begann. Hätte ich ihn auf dem Siebensternplatz nach dem zweiten Gin Tonic gesehen, hätte ich mir gedacht, ein Mensch, der so korrekt aussehe, so streng der Welt und sich gegenüber, so verantwortungsbewusst wem oder was gegenüber immer, bräuchte Monate, um unverkrampft einen Fremden an sich heranzulassen, Jahre, um überhaupt etwas an sich heranzulassen. Dann streichelte ich Herrn Nemeth, der bestimmt Nemeth hieß, den Hinterkopf, langsam, mit leichtem Druck der Fingerspitzen, bevor ich ihm über die Schläfe strich, sie kreisend rieb, massierte. Als ich die ersten Tränen wegwischte, fragte ich ihn, ob er mir etwas über seinen Vater erzählen wolle.

»Er war kein Nazi, im Gegenteil.«

»Im Gegenteil?«

»Ja, im Gegenteil.«

Herr Nemeth setzte sich auf, holte ein Taschentuch aus seinem Sakko und trocknete seine Tränen. Er schneuzte sich, fuhr sich durchs Haar und steckte das zerknüllte Taschentuch wieder ein.

»Das sind jetzt bald vierzig Minuten gewesen, nicht wahr?«

Ich hatte keine Uhr. Weder an der Hand noch an der Wand. Ich zog mein Mobiltelefon aus der Tasche. Es war kurz nach sechzehn Uhr.

»Lebt er noch?«

»Könnte man nicht sagen, wenn man unter Leben leben versteht.«

»Krank?«

»Hören Sie, Herr Horvath. Wenn ich reden wollte, würde ich mir einen Therapeuten suchen.«

Herr Nemeth stand auf, richtete seinen Kragen und packte seine Aktentasche. Mit einem Mal schien er etwas Leichtes, Gelassenes, allemal Sympathisches zu haben. Er zog einen Hunderteuroschein aus einer Spange, in der viele Hunderteuroscheine zu stecken schienen, das stimme schon so, und verabschiedete sich.

Ich hörte ihn die Tür leise hinter sich zuziehen, dann musste ich mich ans Fenster stellen und auf die Mondscheingasse blicken. Kurz fragte ich mich, ob ich Herrn Nemeth fotografieren solle, um das Foto später mit der Bildunterschrift *Mein erster Klient (Im Mondenschein op. 1)* an eine Wand hängen zu können, nur war aus der Entfernung auf den Bildern, die ich mit meinem Mobiltelefon aufnahm, viel zu wenig zu erkennen. Ich lehnte mich weit aus dem Fenster, bereit, mich jeden Moment zurückzuziehen, aber als Herr Nemeth aus dem Haus trat, drehte er sich einfach nach links und ging mit schnellen Schritten in Richtung Siebensternplatz, wie jemand, der von einem wichtigen Geschäftstermin zum nächsten eilt. Ich setzte mich ins Wartezimmer und schrieb *Uhr* auf meinen Zettel, bevor ich das kleine schwarze Büchlein aufschlug, um mir Notizen zu meinem ersten Klienten zu machen.

Ich war noch beim Schreiben, als es klingelte. Ich drückte den Knopf der Gegensprechanlage, lief ins Streichelzimmer zurück und verstaute mein schwarzes Büchlein unter den CDs. Frau Dr. Fischer war Wunschgruppe, Wunschgruppe der Wunschgruppe, eine große, schlanke, sehr gebräunte Dame Anfang Vierzig, die noch besser aussah als die eleganten Damen, die Anna und ich in unserem Kopftheater hatten auftreten lassen. Sie trug einen schwarzen Rock und eine beige Bluse, schwarze Schuhe mit hohen Absätzen, die wahrscheinlich teurer waren als die Einrichtung meines Instituts. Sie hatte lange, sehr glatte braune Haare mit ein paar weißen, nicht grauen Strähnen, passend zu der großen weißen Sonnenbrille, die auf ihren Kopf geschoben war. Ihre Augen waren groß und grünlich, der schmale Wimpernstrich schräg, was den Anschein erweckte, sie hätte ständig die Brauen hochgezogen. Auf der Straße hätte ich sie angelächelt und genickt, nur um zu sehen.

»Guten Tag, Herr Severin.«

»Kommen Sie bitte weiter.«

Frau Dr. Fischer reichte mir lächelnd die Hand, dann deutete sie mit ihrem Kopf in Richtung Streichelzimmer. Ich nickte, sie schritt mir klackend voran. Ich versuchte, nicht an die Frau aus dem Erotikfilm zu denken, den ich mir als Jugendlicher an Sonntagen heimlich angesehen hatte. Ich wohne in keinem Turm, sagte ich mir, sie scheint einen schönen großen Busen zu haben, aber das hat auch nichts zu bedeuten, andererseits will sie von mir gestreichelt werden, andererseits liebe ich Anna wie keinen Menschen zuvor, andererseits bin ich für so eine Frau höchstens ein hübscher, bedauernswerter junger Mann, der andere streicheln muss, um sich einmal am Tag eine warme Mahlzeit leisten zu können.

»Machen Sie das schon lange?«

»Kann man so sagen.«

»Professionell?«

»Kann man nicht so sagen – lange, meine ich.«

Frau Dr. Fischer blieb vor der Couch stehen und begann zu lachen.

»Soll ich mich so drauflegen?«

»Wie Sie wollen.«

»Haben Sie kein Leintuch oder so? Ich weiß ja nicht, wer da vor mir lag. Verstehen Sie mich nicht falsch, aber –«

»Soll ich ehrlich sein?«

»Was sonst?«

»Das ist mein erster Tag, Sie sind meine zweite Klientin, die erste saß nur heulend auf dem Sofa. Schauen Sie.«

Ich holte den Zettel, stellte mich neben sie und zeigte mit dem Finger auf zwei Punkte. *Terminkalender, Uhr.*

»Ich darf das Sofa also einweihen?«

Sie knöpfte ihre Bluse auf. Ich tat, als sei das das Normalste von der Welt, während ich versuchte, gleichzeitig hinzusehen und nichts zu sehen. Sie trug einen durchbrochenen weißen Busenhalter, den ich mir mit elf in einem Versandhauskatalog drei Stunden lang angesehen hätte. Ich fragte mich, welchen Sport sie treibe und wie oft. Dass man in ihrem Alter noch so aussehen konnte, hatte ich für eine Erfindung der Unterhaltungsindustrie unter Mithilfe der plastischen Chirurgie gehalten. Zum Glück ließ sie den Rock an, dann legte sie sich aufs Sofa, seitlich, den Kopf der Wand zugedreht. Das war doch, was ich wollte. War das, was ich wollte? Ich sagte mir: Und führe mich nicht in Versuchung. Am liebsten hätte ich ihre Schultern geküsst und mein Geschlecht gegen ihren Hintern gepresst. Denn dein ist das Reich und die Kraft und die Herrlichkeit. Aber ich war ein Dienstleister, dessen Dienste genau abgesteckt waren.

»Fangen Sie dann an?«

»Wie werden Sie denn gern gestreichelt?«

»Sind Sie der Streichler oder ich? Und sagen Sie nicht, Sie wissen nicht, wie man eine Frau anfasst. Ach ja.« Sie drehte sich noch einmal um und sah mich an. »Kommt nach mir noch jemand?«

»Nein.«

»Dann hören Sie auf, wenn es mir reicht. Bitte!«

Sie drehte ihre Vorderseite wieder der Wand, die Rückseite mir zu, ich begann an den Schultern, sehr sanft, drehte meine Hand um und ließ die Fingerglieder über ihre Haut streichen, das Genick entlang, die Wirbelsäule hinunter. Wie gut sie roch. Wie straff ihre Haut war. Wie muskulös für eine Dame. Ich schloss die Augen und ließ meine Hände treiben, Frau Dr. Fischer seufzte bisweilen leise, sagte »Ja« oder »So«, »Genau« oder »Jaja«, was mich länger und nachdrücklicher ihre Seite entlangfahren ließ. Nur um die Brüste machte ich einen weiten Bogen.

Seit ich denken konnte, roch ich Frauen, sog ihre Gerüche ein, beschnupperte sie. Ich hatte die Angewohnheit nicht verloren, ganz tief einzuatmen, wenn eine schöne Frau auf der Straße, in der U-Bahn, in einem Geschäft an mir vorbeiging, als könnte ich sie damit in mich saugen, von ihr kosten, einen Teil in mich aufnehmen. Dabei schloss ich die Augen, und wenn ich sie wieder öffnete, musste ich für einen Beobachter wie ein verliebter Schwachkopf aussehen, der sich wie ein verliebter Schwachkopf in einem Zeichentrickfilm benahm, dem die Augen blinkten und rote Herzchen von der Brust übers Gesicht und vorbei am Kopf himmelwärts zogen. Ein paar Wochen zuvor hatte ich im Musikverein ein Konzert verlassen müssen, weil die Frau neben mir nicht nur salzburgisch gekleidet gewesen war, sondern nach Waldduft gerochen hatte, aber so, wie Klosprays riechen. Ich hatte mich sehr auf Béla Bartók gefreut gehabt, allein es war mir unmöglich gewesen, mich von der Musik mitnehmen zu lassen, nur noch die Arme und Kopfbewegungen des Dirigenten, die Gesichter und Handwerke der Musiker zu sehen und nichts zu denken – ich hatte den Waldduft nicht nicht riechen können. Als ich in Sorrent sehr kurz und heftig in die Frau verliebt war, deren Namen ich vor Anna nicht erwähnen durfte, hatte mir ein Freund eine E-Mail geschrieben, in der stand, er werde sich mit der Frau, um die er solange geworben habe, nicht mehr treffen, er könne sie nicht riechen. Ich wisse, was er meine. Ich las der Frau, deren Namen ich vor Anna nicht erwähnen durfte, die Zeilen vor, sie sah mich stirnrunzelnd an und fragte: »So was schreibt ihr einander?« Ja, ich konnte ihn verstehen, aber bei jemandem wie Frau Dr. Fischer wusste ich, ohne es zu wissen, dass sie auch und gerade *dort* gut roch.

Während ich sie mit geschlossenen Augen streichelte, fiel mir ein, wahrscheinlich um nicht an sie und die Situation denken zu müssen, wie ich früher, im Urlaub mit meinen Eltern, ein Spiel mit mir gespielt hatte, das darin bestand, beim Flanieren jedes Mal meine Finger zu schnippen, leise, kaum hörbar, an der Hosennaht, wenn ein Mädchen oder eine Frau an mir vorbeiging, mit dem oder der ich mir alles vorstellen wollte. Spielte ich dieses Spiel noch immer, hätte ich bei Frau Dr. Fischer zweimal geschnippt, wäre sie an mir, dem tief Einatmenden, vorbeigegangen.

»Ende der Vorstellung. Sonst will ich gar nicht mehr aufstehen.«

Meine erste Klientin setzte sich auf und rieb sich die Augen. Sie sah noch einmal um zehn Jahre jünger aus. Schon war ich mir nicht mehr sicher, ob sie ihr Studium bereits abgeschlossen habe. Ihr Gesicht war entspannt, sie hatte ein Lächeln um die Lippen, sie war bezaubernd. Sie schlüpfte in die Bluse zurück, knöpfte sie zu und ließ mich dabei nicht aus den Augen. Ich versuchte, mir nichts anmerken zu lassen, lächelte so unverbindlich wie möglich.

Dann nahm sie ihre Geldbörse aus der Handtasche, ich blickte auf ihre Armbanduhr, es war siebzehn Uhr. Sie gab mir einhundertfünfzig Euro.

»Schon gut, sagen Sie nichts. Ich will montags um neun kommen. Bestellen Sie den Nächsten erst für elf! Wir machen das schon.«

»Dann werde ich wohl, warten Sie.«

Ich holte den Zettel und schrieb, neben ihr stehend, *Leintuch* darauf.

»Geben Sie mal her!«

Sie lächelte, nahm mir Stift und Zettel aus der Hand, malte Punkte übers *u* und fügte *er* an, bevor sie mir die Hand reichte und klackend Richtung Ausgang schritt.

»Ich habe vorhin am Telefon nichts gesagt.«

Als sie draußen war, ging ich zur Stereoanlage und legte Coco Rosie ein. *I once fell in love with you just because the sky turned from grey into blue.* Der Himmel war sehr blau, ich liebte Anna auch bei Wolken, es war Spätsommer, ich hatte zweihundertfünfzig Euro ohne Rechnung verdient. Natürlich verdiente man anfangs äußerst wenig. Das würde auch das Finanzamt einsehen müssen, was sich bei harter, unnachgiebiger und konsequenter Arbeit allerdings sehr bald ändern würde. Großes Kapitalistenehrenwort!

Dann setzte ich mich mit meinem schwarzen Büchlein vor das Café auf dem Siebensternplatz, trank einen Espresso und einen Gin Tonic und füllte einige Seiten mit Vermutungen über Frau Dr. Fischer.

Ich war erschöpft, glücklich erschöpft. Es war nicht so, dass ich noch nie gearbeitet hätte, wie einige Menschen, die sich meine Freunde nannten, hinter vorgehaltenen Händen munkelten. Als Jugendlicher hatte ich bei der Stadtgemeinde gearbeitet, jeden Sommer einen Monat lang unter der Sonne des Balkans Straßen geteert, Kanäle ausgehoben und mit dem sogenannten Hupferl durchschritten, einer Art Pressluftbohrer, der nicht bohrte, sondern planierte, und eigentlich mit mir als seinem Fortsatz vorwärts hüpfte. Auf dem Mittwochsmarkt hatte ich mich auf der Ladefläche eines Müllwagens von lachenden Kollegen in orangen Uniformen mit zerquetschtem Obst, angebissenen Würsten und faulem Gemüse bewerfen lassen. Ich hatte straßenlang Laternen zuerst abgespachtelt, obwohl mir das Geräusch eine permanente Gänsehaut verursacht hatte, dann frisch gestrichen, eine nach der anderen, die Leiter hinter mir herziehend. Ich hatte das Bett der Pinka gemäht, bei einer Unterführung nicht acht gegeben und mir den Kopf an der Betonkante geschlagen, dass ich ein kleines Loch im Schädel davontrug, aus dem Blut sickerte, über dem bis heute keine Haare wachsen. Ich hatte die Straße geteert, während der Arbeiter, dem ich zugeteilt war, im Auto vor mir herfuhr, eine Zigarette nach der anderen rauchte und »Sepp« aus dem Fenster rief, »schneller, gemma, Herr Gimnasiast.« Ich hatte die Gärtner geliebt, denen ich viel zu selten zugeteilt war, mit denen man nur mähen, Bäume und Pflanzen gießen und durch die Gegend fahren musste, was Verstecken-fahren genannt wurde. Während meines Studiums hatte ich ein paar Monate lang im sogenannten *newsroom* des Österreichischen Rundfunks *night-monitoring* betrieben, von den letzten Nachrichten um Mitternacht bis sieben Uhr morgens Tonnen von Zeitungsartikeln und Texten für mich und die Revolution ausgedruckt, gewartet, bis der Hausmeister, ein hagerer Mensch mit sehr wenigen Zähnen, stumm, ohne Antwort auf meinen Gruß, eine Mischung aus Gespenst und Impulstäter, mit seiner Taschenlampe durch den *newsroom* gegangen war, mir einen Joint gerollt, ihn auf dem Balkon geraucht und so einen Störfall in einem japanischen Atomkraftwerk übersehen. Ich hatte von der Frau, deren Namen ich vor Anna nicht erwähnen durfte, in Innenräumen zu werken gelernt, was mich später einige Zeit meiner Wohnung fernblieben ließ; jedenfalls liebte ich es, Wände zu weißen, Böden zu schleifen, Parkett zu verlegen, Lack von

Fenster- und Türrahmen zu brennen, dass er sich blähte, um abgeschabt zu werden. Wann immer ein Bekannter oder eine Freundin umzog, war ich zur Stelle, um Zwischenwände abzureißen, zu hämmern und zu nageln, und dann benötigte ich nicht mehr als zwei, drei Leberkäsesemmeln und Bier, um am Ende des Tages mit einem erschöpften und glücklichen Gesichtsausdruck nach Hause zu gehen. Ansonsten hatte ich getan, was die gelernten Österreicher nicht als Arbeit anzusehen gewillt waren, zumindest war ich nirgendwo beschäftigt gewesen, hatte niemanden Chefin, Boss oder Vorgesetzten nennen müssen. Und nun sollte ich ein Unternehmer des eigenen Ichs werden, das sich selbst ausbeutet, Vorgesetzter und Untergebener, Herr und Knecht in einem. Die zweihundertfünfzig Euro hatte ich schon mal zwanzig gerechnet und das Ergebnis noch einmal mit dem Rechner meines Mobiltelefons überprüft.

Ich schrieb Anna eine Kurzmitteilung, dass ich zu ihr kommen und kochen würde, dann fuhr ich zum Naschmarkt, kaufte Zwiebeln, Tomaten, Fenchel, Sardinen, Pinienkerne und Basilikum und setzte mich in die U-Bahn. Ich erkannte die Leute, die von der Arbeit nach Hause fuhren. Ich war dabei, einer von ihnen zu werden.

Anna war noch nicht zu Hause. Ich schaltete das Radio ein und begann die Hurenpasta, *alla puttanesca*, nach meinem Rezept zuzubereiten. Als nützliches Mitglied des um Nachhaltigkeit bemühten menschlichen Marktes durfte ich die Nachrichten anders hören als bisher. Sie berührten mich nachdrücklicher. Nun war ich auch in dieser Welt der Zahlen, Fakten und Verhandlungen zuungunsten derer, über die verhandelt wurde, angekommen. Die Steuererhöhungen und Steuersenkungen betrafen einen arbeitenden Menschen, seitdem er damit rechnen musste, seine Einkünfte einem Finanzamt offenzulegen, schlagartig in ungewohnt neuer Form. Fast hätte ich mir die Frage gestellt, ob der heimische Arbeitsmarkt überhaupt noch nicht-heimische, also unheimliche Arbeitskräfte vertrage. Realistisch denken, vernünftig, immer im Rahmen des Möglichen. Ich lachte, als ich dergleichen in mir für Anna formulierte. Überhaupt war der größte Teil meiner in mir gesprochenen Sätze und Gedanken an Anna gerichtet, während mich die einzigen Einwände gegen meine Weltsicht und Lebensführung in ihrer Stimme heimsuchten. Bei schlechter Laune hätte sie gesagt, ich machte mich lieber über etwas lustig, als es zu durchdenken. Bei guter Laune hätte sie gelacht. Ich liebte fast nichts mehr, als Anna zum Lachen zu bringen – außer mit ihr zu lachen.

Anna sah mürrisch aus, als sie sich an den Tisch setzte, nachdem sie die Eingangstür hinter sich zugeschmettert hatte. Ich fand sie wunderschön, wenn sie verärgert war. Ich fand sie auch wunderschön, wenn sie entspannt war. Nur wenn sie verärgert war, zuckten ihre Lider so unbeschreiblich, und das rührte mich stärker als alles andere. Die Pasta war schon fertig, ich hatte eine Flasche Wein geöffnet und stieß mit ihr an. Sie stocherte in den Nudeln, dass man die Gabelspitzen auf dem Porzellan hörte. Ich aß, sagte nichts, tat als ob ich nichts bemerkte, als ob ich nichts zu erzählen hätte, als ob ich nicht meine eigene Aktie geworden wäre, und plapperte vor mich hin. Was ich über Darfur im Radio gehört habe, welcher Schwachsinn im Volkstheater zu sehen sei, dass es morgen noch einmal wärmer werden solle.

»Du siehst aber fröhlich aus.«

Anna lachte, schüttelte den Kopf, verschluckte sich fast und nahm einen großen Schluck Blaufränkisch.

»Ich hab mich furchtbar geärgert.«

»Dekan?«

Sie schüttelte den Kopf.

»Dr. Brehm?«

Sie schüttelte den Kopf.

»Konservative Studentinnen?«

»Revolutionäre Studenten! Solche gottverlassenen Holzköpfe! So blöd waren wir nie, sag mir, Sebastian, dass wir nie so blöd waren! Obwohl, dein Foucaultentlarvungsreferat. Das sind die organisierten. Gut, die tragen auch die ganze Last der Welt auf ihren Schultern. Eine falsche Ansicht, und schon ist man Schuld am Elend der Welt.«

»Hast du das Proletariat oder die Weltrevolution verraten?« Sie blähte die Backen.

»Einer sollte ein Referat über Negri halten. Sprechen konnte er nicht, las alles mit zitternden Fingern vom Blatt ab, auf der Rückseite beschriebene Flugblätter mit Che Guevara-Konterfei!«

»Verrat am Klassenkampf?«

Sie winkte ab.

»Militärischer Mensch, kaum Haare, Mitte dreißig, sehr angespannter Körper, bemüht laute Stimme, Minister nach der Übernahme der Staatsmacht.«

»Was hast du ihm gesagt?«

»Herr Kollege, es ist zwar rührend, dass Sie Ihr Referat von Zetteln mit Chekopf ablesen. Aber wir lesen Texte und sprechen darüber. Wir zerren sie vor kein Tribunal zur Bekämpfung antidoktrinärer Umtriebe.«

Anna kicherte, ich beugte mich über den Tisch und küsste sie. Dafür liebte ich sie. Ich hätte sie gern dabei gesehen. Allein der Gedanke an die Szene trieb mir Tränen in die Augen. Ich hätte wahrscheinlich gesagt, er sei ein Idiot, der nicht verstehe, was er lese, und nachplappere, was andere Ahnungslose dekretiert hätten, die auch nicht verstünden, was sie läsen, Chefideologen einer Zehnmenschenpartei, deren größte Lust darin bestehe, Parteiausschlussverfahren anzustreben. Außerdem habe er wohl vor dreieinhalb Jahren zum letzten Mal Sex gehabt, und der sei politisch korrekt gewesen; ich verstünde das schon, würde aber trotzdem um etwas mehr Differenziertheit bitten.

»Wie war dein erster Tag?«

»Ich habe zweihundertfünfzig Euro verdient, Süße.«

»Kam also jemand?«

»Wir haben doch die erste Regel.«

»Bastille!«

»Vier Anrufe, zwei Klienten, eine am Freitag.«

»Und wer?«

Ich erzählte Anna von Herrn Nemeth, wie merkwürdig meine erste Streicheleinheit gewesen sei. Ich erzählte ihr von meinen Vermutungen über ihn. Anna meinte, das passe schon ins Bild, ich hätte ja auch irgendwo etwas Väterliches, vor allem in meinen Meinungen – den Georgier habe man nicht grundlos Vater der Völker genannt. Dann wollte sie wissen, wer nach ihm gekommen sei.

»Du wirst es nicht glauben.«

Ich ließ einen pausbäckigen rechten Politiker in mein Institut gekommen sein, dem sein Führer die Liebe entzogen hatte, weil er lieber mit Sechzehnjährigen in Provinzdiscos schmuste. Der Bündnisobmann war ganz niedergeschlagen, trug eine verspiegelte Sonnenbrille, um ja nicht erkannt zu werden. Außer sich, dass er, der Koffer- und Wasserträger seines Herrn, der sich dutzende Male auf den Schädel habe scheißen lassen, »auf den Schädel scheißen!«, wozu er immer brav gelächelt habe, aus der Gnade gefallen war. Er brauche eine Streicheleinheit. Was sage er, eine doppelte. Eigentlich müsste er in einen Streichelzoo, durch den täglich dutzende Volksschulklassen geschleust würden. Alle seien sie böse zu ihm: sein Führer, die Medien, die Menschen in der U-Bahn, die ihn auslachten, dass er schon gar nicht mehr wie ein volksverbundener Mensch die öffentlichen Verkehrsmittel benutzen könne, die Menschen, die von ihren Tischen aufstünden, wenn er sich mit Bewunderern an den Nebentisch setze, und die Köpfe darüber schüttelten, dass man hier, Zitat, schon jedes Gsindel hineinlasse. Und immer schon böse gewesen, alle: die Mama, der Papa, der Sozialistenopa. Und die Jugokinder in der Schule hätten ihm in der Pause die Jause weggenommen, die Mama ihm gerichtet hatte, Wurstbrote und geschälte Äpfel, und die Wienerkinder hätten ihm auf dem Heimweg aufgelauert. Ich streichelte so gut, so beruhigend, ob ich nicht sein Freund werden wolle? Dann könnte ich Minister werden, oder Pressesprecher, oder Klubobmann. Seine Frau streichle ihn auch nicht mehr, und sein Kind habe etwas wie eine körperliche Abneigung gegen ihn entwickelt. Und die anderen Rechten, die sich abgespalten hatten, seien so unerträglich böse. Die sängen das Deutschlandlied manchmal und hätten keine Berührungsangst mit den Glatzen, wirklich, Deutschland, Deutschland über alles. Und schürten die Ängste der Bevölkerung vor den Fremden, ohne konstruktive Lösungen anzubieten. Und darüber sei er auch sehr, sehr traurig. Weil ja alle im Endeffekt doch nur Menschen mit ihren Fehlern und Schwächen und gut versteckten Liebenswürdigkeiten seien.

»Dafür hat er eine schöne Fönfrisur«, sagte Anna.

Wir lachten, ich rieb mir die Augen, Anna hielt sich immer wieder den Bauch. Hätte sie jetzt gesagt, »Sebastian, scheiß auf dein Institut, kündige deine Wohnung, melde dein Mobiltelefon ab, gehen wir nach Puerto Rico, oder nach Budapest, oder nach Tunis«, ich hätte »Ja« gesagt.

»Also, wer war Nummer zwei?«

»Frau Dr. Fischer.«

»Wie alt?«

»Fünfundvierzig, etwa.«

»Hausfrau, Geschäftsfrau oder Dame?«

»Letzteres.«

»Gutaussehend?«

»Nicht übel.«

»Wie gutaussehend, Sebastian?«

»Ziemlich.«

»Würde sie mir gefallen?«

»Möglich.«

»Vielleicht will sie ja mehr, die Frau Doktor, dann denk an mich – an uns.«

»Ich bin ein keuscher Dienstleister, Anna, in meiner Oase geht es um Entspannung, nicht um Lust.«

»Jetzt hast du noch immer keine Webcam in deinem Zimmer installiert.«

Wir lagen auf einem breiten Wasserbett im Ruheraum eines Thermalbads, ich war von einem Aufguss zum nächsten gelaufen, während Anna geschwommen war und sich hatte massieren lassen. Anna las ein Buch von Giorgio Agamben, sie lag auf dem Rücken und klappte es zu. Vom Spätsommer war nichts geblieben.

»Ich kann dich doch nicht sehen lassen, wie ich soviel Geld verdiene.«

»Vielleicht brauchst du bald eine Assistentin.«

»Könnte ich mir die leisten?«

»Du hast dich verändert, Sebastian.«

»Natürlich.«

»Du bist mir manchmal fremd, versteh mich nicht falsch, aber ich kenne dich. Du verbirgst etwas vor mir.«

Natürlich hatte ich mich verändert. Das war doch von der Blauen Lagune an der Fluchtpunkt gewesen, etwas zu tun, um Geld zu verdienen und gleichzeitig unsere Theorie, unsere Analyse, unsere Phantasie in eine Wirklichkeit umzusetzen. Ja, ich verdiente gut, viel besser als erhofft, ich staunte jetzt schon, wenn ich meinen Kontostand ansah und ihn mit konservativen Prognosen in die Zukunft schickte. Ich musste nicht mehr ständig überlegen, ob ich mir dies oder jenes leisten könne, und wenn ich etwas sah, von dem ich annahm, es würde Anna gefallen, kaufte ich es. Wenn jemand Geld brauchte, lieh ich es ihm ohne viel Aufhebens, wenn jemand nicht viel hatte, beglich ich nebenbei die Rechnung. Zugegeben, ich verbrachte viel Zeit in einem Fitnessstudio, um meinen Kopf frei zu bekommen, worüber ich vor ein paar Monaten noch gelacht hätte, um mich nicht den Fragen meines Körpers stellen zu müssen. Es stimmte, ich war manchmal müde, zumindest müder als gewöhnlich, wenn ich nach Hause ging und Stunden mit Menschen in meinem Zimmer verbracht hatte, von denen ich die meisten nicht auf ein Glas Rotwein hätte treffen wollen. Aber ich trank selten, und wenn, dann in Maßen, ich rauchte erheblich weniger, schon weil ich in meinem Institut nicht rauchen wollte und auch gar nicht die Zeit dazu hatte. Ja, ich blieb manchmal zu Hause und fuhr nicht mehr in der letzten U-Bahn zu Anna, wenn sie es wünschte, weil sie mir etwas vorlesen, etwas zeigen oder noch einen Film ansehen wollte. Das war der Preis der Zivilisation, ein Zugeständnis an den Kapitalismus, ein Tribut an die Religion, die wir uns nicht ausgesucht hatten, im Gegenteil.

Allein, ich mochte mein neues Leben. Ich war frischer, schneller, fühlte mich gut, wenn ich mich nach einem langen Tag im Institut, nach Laufen und Muskelspiel im Fitnessstudio in die Sauna legte und die Augen schloss. Ich war dabei, noch einmal erwachsen zu werden. Nur fühlte ich mich jünger als zuvor, die Lieder meiner Jugend drängten in meinen Kopf, ich träumte von Menschen, an die ich lange nicht mehr gedacht hatte, von denen ich üblicherweise nur im Ausland träumte, wenn ich allein und sehr bei mir war. Ich erinnerte mich an vieles wieder, woran ich seit Ewigkeiten nicht gedacht hatte; und es waren weniger die Schläge als die Küsse. Natürlich gab es Frauen, mit denen ich gern im Dampfbad saß, schon allein, weil sie so anders waren, sich tatsächlich vornehmlich um ihre Körper kümmerten, was denen tatsächlich sehr gut bekam. Und natürlich saß ich deshalb noch lieber in der Biosauna, wo es schön hell war, man sich hinlegte und die Augen schloss. (Ich war nicht *Man*.) Aber ich liebte Anna weiterhin und ungebrochen mehr als jeden Menschen zuvor. Recht eigentlich liebte ich sie noch inniger, und zwar gerade weil ich so viele andere Menschen kennenlernte, die ich früher nicht kennengelernt hätte, an denen ich vorbeigegangen wäre, die ich nach ein paar gewechselten Sätzen hätte stehen lassen.

Ich arbeitete, ich war tätig, und nicht nur für mich. Allein, ich war auch ein Clown geworden, ein Harlekin vielleicht. Bisweilen kam ich mir wie ein Callboy vor, das Gefühl war nicht besonders angenehm. Ich verlangte viel Geld für das, was ich tat, aber es tat den Menschen gut. Sie sagten es mir, sie schrieben es mir, ich spürte es an ihren Blicken, ihren Atmungen, ihren Stimmen. Sie erzählten mir ihre Geschichten, zeigten mir unaufgefordert Fotos ihrer Lieben. Sie lachten, sie weinten, sie erhofften und sahen in mir etwas, das mehr als ich war.

Und trotzdem sah ich, was ich alles nicht getan hatte. Ich war kein Fußballer geworden und hatte es auf eine Verletzung geschoben. Ich war nicht an der Universität gelandet und hatte es auf die Institution geschoben. Ich hatte kein Buch geschrieben und hatte es auf den rechten Moment verschoben. Ich hatte keine Dissertation verfasst und schob es auf die Herausforderungen des Streichlers der Bedürftigen. Ich war ein Verschieber. Ein Verschieber bei den Eisenbahnen hatte es einfacher. Er musste nur Geleise verstellen. Anders als die gelernten Österreicher schrie ich nicht »Pfui«, sondern freute mich, wenn er früher in den Ruhestand durfte.

Anna verdiente zwar weniger als ich, aber sie unterrichtete an der Universität. Sie las mit jungen und älteren Menschen Texte, um die Welt besser zu verstehen, unsere Zeit, um ihr Sosein nicht hinzunehmen, um andere Möglichkeiten der Wirklichkeit zu finden, wiederzufinden, neu zu formulieren. Sie schrieb ihre Texte, die im potentiell weltweiten Netz heftig diskutiert wurden, hielt beachtete Vorträge, las in Bibliotheken all die Bücher, für die ich keine Zeit mehr hatte. Meine Freunde riefen *mich* an, um von Annas Essays zu schwärmen; meine Freundinnen schrieben *mir* E-Mails, um auf Annasätze einzugehen, die sie besonders gestochen fanden. Sie war konsequenter als ich, hartnäckiger, unnachgiebiger. Ich war doch immer nur das schlampige Genie gewesen, genial selten, schlampig immer. Sie war sich und uns im Wort.

Ja, mir hatte es gut getan, mir tat es immer noch gut, etwas Anderes zu tun, nicht ständig bloß in Theorien zu leben, in einem fort um das Heil der Welt besorgt zu sein, aber ich hatte auch immer öfter das Gefühl, mehr von mir herzugeben, als mir lieb sei, mehr zu geben, als ich könne. Manchmal, wenn ich allein in meinem Bett schlief, wachte ich auf, tastete mich zur Toilette und war verwirrt. Ich hatte ein Streichelinstitut? Ich hatte einen Beruf? Ich arbeitete Montag bis Freitag? Ich freute mich aufs Wochenende? Ich streichelte fremde Menschen, um ihnen Gutes zu tun und mir Geld zu verdienen? War das ich? Ich war es! Tat twam asi. Ob Sebastian oder Severin, machte keinen großen Unterschied. Der Kapitalismus hatte eine eigene Gravität. Aber es war auch nicht alles von der Gravität des Kapitalismus bestimmt.

»Du kennst ja die Geschichte, wo Herr Keuner einem alten Bekannten begegnet, den er lange nicht mehr gesehen hat. Der Bekannte sagt: Du hast dich aber gar nicht verändert. Und dann heißt es, Herr K. erbleichte.«

»Das meine ich nicht, Sebastian.«

»Ich würde ins Gefängnis gehen für dich.«

»Das meine ich auch nicht.«

»Was meinst du dann?«

Anna setzte sich auf und holte ein Notizbuch aus ihrer Tasche. Sie suchte eine bestimmte Seite und reichte es mir.

»Das habe ich vor einer Woche geschrieben, als du nicht kommen konntest. Weil du so müde warst.«

Als Sebastian sein Institut eröffnete, stand es nicht gut um unsere Beziehung. Er war launisch, unzufrieden, dann wieder hochtrabend, über den Dingen, in denen er doch immer hatte sein wollen, boshaft, fatalistisch, dann wieder rührend naiv und leicht zu begeistern, kindisch und unbeschwert, als lebten wir in den Letzten Tagen. Er rauchte viel, trank zuviel, mit Menschen, die ihm nicht gut taten, er stichelte, ätzte, war verschlossen, weit weg oder untergetaucht, dann wieder bloß um sich kreisend, der König des Moments, der Zauberer, der die Kaninchen aus den Ärmeln schüttelte, und dabei konsequent die Dinge, die er eigent-

lich tun sollte, von sich wegschob. Je mehr er das Seine aufschob und mit dem Schreiben für andere Geld verdiente, desto zynischer wurde er. Er ärgerte, reizte mich, warf mir Unerhörtes an den Kopf. Ich wusste oft nicht, ob er scherzte oder wirklich schon so blöd geworden war, wie er blöder Menschen Reden imitierte.

Ob er mich noch sähe, fragte ich ihn auf einem Balkon in der Türkei, nachdem er mich gefragt hatte, warum ich denn weinte, und dann in einem seiner hilflosen Scherze gesagt hatte: Womit willst du mich diesmal emotional erpressen?

Unter anderen Umständen hätte ich gelacht. Unter anderen, also unseren Umständen, wären seine Worte eine Travestie gewesen, ein Spiel mit den Diskursen, mit denen und gegen die wir groß geworden waren – oder klein, wie man es sehen will. Aber Sebastian entfernte sich immer weiter, provozierte um des Provozierens willen, war meist nur noch sarkastisch, bestenfalls hinterfotzig, sah überall Widerhaken und Fallen und verratene Träume. Ich wollte ihm keine Rute ins Fenster stellen, ich bin ja kein Krampus – höchstens ein kleiner, bisweilen, um kein Engel zu sein. Aber ich sagte ihm, was ich ihm schon lange sagen wollte, was ich ihm in mir schon lange sagte und in allen möglichen Varianten durchgespielt hatte, um ihn nicht zu verletzen, aber auch auf die Gefahren hinzuweisen, die ich sah. Und jetzt sprudelte alles aus mir heraus, wie es mir in diesem Moment, Mai Zweitausendundsechs, auf einem Balkon in Çaliş, vom Meer nur durch eine schmale Strandpromenade und das hoteleigene Restaurant getrennt, unter dessen Sonnenschirmen die Kellner im Dunklen Bier tranken, um später zu viert in einem Abstellraum im Keller einschlafen zu können. Ich liebte seine Verrücktheiten, seine Ausgelassenheit, seinen Witz, seinen Blick auf die Welt, natürlich auch sein Aussehen, seinen Eros. Aber all das verdüsterte sich zusehends, wurde verdeckt, überlagert von einer destruktiven Seite, die ihn anknabberte, anfraß, verhinderte – und damit auch mich. Es brachte Geld, es brachte Erkenntnisse, die ihm zugute kamen und einmal noch mehr zugute kommen würden. Bloß war es fatal, dass er schon zwei Dissertationen geschrieben hatte, zügig und umsichtig, aber vor seiner eigenen wortlos zurückschreckte. Er musste nicht meinen Weg gehen, er musste nicht auch gegen andere junge Kolleginnen und Kollegen um einen Lehrauftrag kämpfen, Ellenbogen gegen Menschen ausfahren, wenn auch fein und gut versteckt und zwangsläufig, die man eigentlich nicht beiseite schieben wollte. Er musste nicht auf Institutskonferenzen Rede und Antwort stehen, er musste nicht für die Beschreibung dessen, was er lehren, was er sich gemeinsam mit anderen aneignen wollte, eine Sprache finden, die das Kollegium ansprechen würde. Er musste sich nicht mit den Zumutungen der Reformen der Reformen herumschlagen, dass man das Wort, das einmal so verheißungsvoll geklungen hatte, fürchtete, ja hasste, wenn man es nur hörte.

Aber er hätte etwas getan, und wenn er es nur für sich getan hätte; aber das gab es in diesem Fall ja nicht, etwas nur für sich tun. Ich konnte es mitunter nicht mehr ansehen, wie er sich in Gesellschaften in den Mittelpunkt redete, die Welt, den historischen Augenblick, in dem wir uns befanden, erklärte, anderen über den Mund fuhr, ihnen das Wort im Munde umdrehte, dass es hässlich, niederträchtig, beinahe schmutzig klang. Ich lachte nicht mehr, wenn er von Glas zu Glas monomanischer wurde, unantastbar, der große Unbeugsame, wie ihm von Glas zu Glas jegliche Selbstkritik abhanden, abmunden kam.

Ich weinte, ich war empört, ich war verletzt. Ich stand auf und ging ins Zimmer. Kommst du dann bitte wieder!, rief er, ich nahm mein Notizbuch und setzte mich neben ihn. Einen Monat zuvor hatte ich in einem Seminar programmatische Aussagen Thomas Manns betrachtet, eine davon hatte ich für Sebastian aufgeschrieben. Wir verehrten Thomas Mann aus unterschiedlichen Gründen, er hatte sich Naphta ausgesucht und mir Settembrini zugeordnet, obwohl er sich nur höchst ungern von dessen Invektiven gegen Österreich getrennt hatte, von den Diatriben gegen Wien, das Welthindernis Hofburg, von dem die Demokratie weniger zu erhoffen habe als vom Kreml. Ich las ihm vor, was ich sagen wollte, ohne Einleitung, ohne Kontext, die Worte für sich allein:

Ich glaube nicht, dass der Alkohol Stimmung macht, ich glaube nicht an die Stimmung, die er macht, ich glaube überhaupt nicht sehr an Stimmung. (…) Ein Zustand, in dem die Hemmungen ausgeschaltet, die Selbstkritik betäubt, die gute künstlerische Haltung in Frage gestellt wäre, ein unbesonnener und hektischer Zustand scheinbaren Allvermögens und trügerischer Leichtigkeit wäre mir höchst verdächtig. (…) Stimmung ist Ausgeschlafenheit, Frische, tägliche Arbeit, Spazierengehen, reine Luft, wenig Menschen, Friede, Friede …

Sebastian sagte nichts, zündete sich eine Zigarette an der anderen an und blickte aufs Meer. Wo war er jetzt? Ich wiederholte, was ich im Notizbuch unterstrichen hatte. Hemmungen ausgeschaltet. Selbstkritik betäubt. Scheinbares Allvermögen. Trügerische Leichtigkeit.

Tägliche Arbeit, wiederholte Sebastian und rollte das r wie ein Obernazi in einem antinazistischen Film, Friede, hauchend sagte er: Friede.

Er war also bei mir. Er war auch da, aber etwas hinderte ihn, darüber zu sprechen. Stattdessen fing er damit an, dass Krieg sei, und nicht nur im Irak, und nicht nur in New York, und nicht nur in Israel und Palästina, und nicht nur in Tschetschenien und Ruanda, sondern ein Klassenkampf, den die Habenden gegen die Habenichtse führten, ein Krieg, der nicht mehr erklärt werde, und gleichzeitig ein Krieg um die Frage, was das sei, ein gutes, ein geglücktes Leben. Er kramte Kant hervor und den ewigen Frieden, und wie diese Konzeption verschiedener Republiken im Gleichgewicht bei Fukuyama, dem Ende der Geschichte und der kapitalistischen liberalen Demokratie als der Natur des Menschen angemessene Organisationsform mündete.

Aber das wollte ich nicht hören, das war auch schon ein alter Hut, da stimmten wir im Grunde ohnehin überein. Das war immerhin meine Dissertation gewesen!

Friede zwischen zwei Menschen, sagte ich, die kämpfen, aber mit sich und einander friedlich umgehen wollen.

Wann hatte ich ihn zum letzten Mal weinen gesehen? Bei Filmen hatte er Tränen in den Augen, bei traurigen Büchern, beim Jubel irgendwelcher junger Männer nach gewonnen Fußballspielen. Aber weinen? Jetzt weinte Sebastian. Zuerst kämpfte er gegen die Tränen an, dann schluchzte er, konnte nicht mehr aufhören damit. Ich, versuchte er immer wieder zu beginnen, aber schon blieb ihm die Luft zum Sprechen weg. Ich nahm seine Hand, streichelte sie, die Sterne waren so hell, wie ich sie lange nicht mehr gesehen hatte. Frische Luft, wenig Menschen.

Ich bin so unzufrieden, sagte er, so böse auf mich. Du kennst mich, du hast Recht. Er vergrub sein Gesicht in den Händen und massierte mit den Zeigefingern seine Schläfen. Ich nahm ihn an der Hand, zog ihn hinter mir ins Zimmer und warf ihn aufs Bett. Wir schliefen miteinander, als müssten wir einen Krieg beenden. Am nächsten Morgen, beim Frühstück, war Sebastian fröhlich, als hätten wir vorm Schlafengehen einen Film von Billy Wilder gesehen. Wenn ich zurück bin, sagte er, schreibe ich meine Dissertation.

»Was willst du? Ich bin wieder in den Dingen! Oft tiefer, als mir lieb ist. Ich trinke kaum, bin ausgeglichener. Außerdem ist das überzeichnet.«

Ich weiß nicht, ob ich mich missverstanden oder allzu verstanden fühlte, jedenfalls ärgerte ich mich. Ich war irritiert, aufgebracht, die Menschen ringsum lasen dummes Zeug. Bei Marx hieß es so treffend, man müsse die versteinerten Verhältnisse zum Tanzen zwingen, indem man ihnen ihre eigene Melodie vorspiele. War das meine Melodie? Klang ich so? Hatte ich in Annas Ohren so geklungen? Vor ein paar Monaten?

»Du hast eine Flasche Wein getrunken, mindestens, und warst nicht einmal besoffen.«

»Ich musste etwas betäuben, und weiter?«

»Du verbirgst etwas vor mir.«

»Du wirst jetzt aber nicht eifersüchtig? Du weißt, wie ich das hasse.«

»Und jetzt Auftritt Kristina und die Straßenbahn und dass sie dich wegen einer Blonden anschrie, dabei hast du gar keine blonde Frau in der Straßenbahn gesehen.«

»Gern streichle ich nur dich.«

»Ich muss an all die anderen denken, die du auch streichelst. Zwangsläufig.«

»Das ist Routine, Liebling, Handwerk.«

»Ich will zusehen.«

»Das ist doch –«

»Was ist das? Wirst du spießig, nur weil du Kapitalist geworden bist?«

»Wie stellst du dir das vor?«

»Die letzte Klientin, niemand im Wartezimmer, du legst Musik auf, ich spähe hin und wieder durch den Türspalt.«

»Meinetwegen.«

»Ich will Irene Fischer sehen.«

»Sebastian«, sagte Romana, »ich wusste gar nicht, dass du streicheln kannst.«

»Severin.«

»Du bist das mieseste Schwein, das mir je begegnet ist. Und jetzt werde ich dich dafür bezahlen, dass du zärtlich zu mir bist.«

Romana saß im Wartezimmer, hinter ihr hingen meine Fotos, von denen ich ihr in einer anderen Zeit, in einem anderen Leben, einige gezeigt hatte, weil ich nicht gewusst hatte, was reden mit ihr. Sie sah besser aus als zuletzt, fröhlicher, gesünder. Zuletzt war im Hof des Museumsquartiers gewesen, als ich mich nach dem siebenundvierzigsten klärenden Gespräch von ihr verabschieden wollte. »Wir haben aber schon guten Sex gehabt«, sagte sie, »ja«, antwortete ich, »doch.« Dann schrie sie mich an, nachdem ich abgelehnt hatte, mit zu ihr zu kommen oder sie zu mir mitzunehmen; nett, freundlich, ich glaubte nicht, das sei eine gute Idee. »Du kotzt mich an! Arschloch, blödes!« Ich hatte mich umgedreht und war kopfschüttelnd gegangen. Wie erleichtert ich gewesen war. So ging man nicht miteinander um, nicht unter zivilisierten Menschen. Ich würde ihr sagen können, dass sie mich beschimpft habe, dass man mich nicht so behandle, dass sie mich bitteschön in Ruhe lassen solle, und zwar für immer. Wir hatten dann noch einmal telefoniert, es war so sinnlos gewesen wie all die klärenden Gespräche zuvor über nichts, was wirklich geklärt hätte werden können. Monate später hatte mir ein Bekannter erzählt, Romana sei für ihre Dissertation nach Japan gegangen. Ich müsse mich nicht mehr fürchten, sie könne meine Gegensprechanlage malträtieren, während ich Anna für mich zu gewinnen versuchte.

»Romana, ich weiß, dass ich schrecklich war teilweise, ich habe mich entschuldigt, etliche Male, lassen wir das.«

Sie stand auf, ihr Gesicht zuckte. Jetzt konnte sie mich entweder lieben oder hassen. Es war noch unentschieden, sie ließ mich nicht aus den Augen. Andererseits kannte ich sie überhaupt nicht, hatte ich mir auch nie etwas daraus gemacht, sie kennenzulernen. Und für sie war ich ein witziger, emotional verarmter Mensch, mit dem sie irgendwann sehr guten Sex gehabt hatte. Drei Monate? Vier? Sieben?

»Willst du mich rauswerfen? Dann musst du die Polizei rufen. Oder soll ich warten, bis jemand kommt, und dir eine Szene machen?«

»Romana, das ist lange her.«

»Ich hab auch lange darunter gelitten.«

Als ob die Zeit zurückgedreht wäre. Ich spürte eine Müdigkeit in mir, den unendlichen Unwillen, auch nur den Mund aufzutun, mich mit ihr auseinanderzusetzen, geschweige denn, mit Romana zu streiten. Sollte ich von vorne beginnen? Das achtundneunzig Mal Gesagte ein neunundneunzigstes Mal sagen? Dass ich ihr nie, von allem Anfang an nicht, etwas versprochen hatte? Dass ich immer, von allem Anfang an, klargestellt hatte, zumindest seit dem Zeitpunkt, als sie mir ins Ohr geflüstert hatte, ob ich mir mehr mit ihr vorstellen könne, ich wolle keine Beziehung? Dass ich dazu nicht imstande sei, erstens, und keine Lust darauf hätte, zweitens? Sollte ich wieder mit der Freiheit anfangen, und mit einem noch unverdauten Schrecken? Sollte ich wieder sagen, dass wir viel zu unterschiedlich seien? Dass sie jetzt vielleicht promoviert habe, aber mich vor drei Jahren nach dem Namen des Mannes auf einem Bild gefragt habe, der Karl Marx war? Sollte ich ihr sagen, dass das für mich der Punkt gewesen sei, an dem ich gewusst hätte, dass es nie mehr werden könne als Filme schauen, essen gehen, miteinander schlafen?

»Ich will dir nicht alles noch einmal sagen.«

»Soll ich vorher zahlen oder später?«

»Romana, ich habe eine Freundin, die ich liebe, ein anderes Leben, du hast mich vielleicht nicht in meiner besten Phase kennengelernt, und das soll keine Entschuldigung sein.«

»Ich hab auch einen Freund, den ich liebe.«

»Was soll das dann?«

»Vorher oder nachher?«

»Nachher. Wie du meinst. Komm!«

Ich war wütend. Am liebsten hätte ich sie gewürgt, angeschrien, geohrfeigt. Wie gern hätte ich ihr gesagt, dass sie diesmal Recht daran tue, trotzdem Sport zu treiben und nicht nur zu essen, auch wenn sie einen Freund habe. Weiter so, du bist auf dem richtigen Weg! Ich hätte ihr gern gesagt, dass es für sie vielleicht guter Sex gewesen sei, vielleicht der beste, den sie je gehabt habe, für mich aber nicht. Dass ich mich eigentlich an nichts mehr erinnern könne außer an ihre schöne Wohnung am Türkenschanzpark und den Primitivo ihres Vaters. Dass ich ihre Unsicherheit gehasst hatte. Dass ich ihre Unterwürfigkeit gehasst hatte. Dass ich das »Passt dir das?« und »Soll ich leiser?« und »Willst du was anderes hören?« gehasst hatte. Dass ich ihre Bewunderung nicht hatte ausstehen können. Dass ich ihren Geschmack geschmacklos gefunden hatte. Dass ich nicht gewusst hatte, worüber ich mit ihr sprechen solle und daher ständig lustig gewesen sei – in Anführungszeichen. Ein objektives moralisches Kriterium. Erfahrung gleichsam durchstrichen.

Ich ging ins Streichelzimmer, sie kam mir nach und schloss die Tür hinter sich. Ich setzte mich auf den Stuhl gegenüber dem Sofa, sie legte sich darauf. Die lockigen roten Haare, das war das Schönste gewesen.

Sie zog ihre geschmacklose grüne Bluse aus, darunter trug sie einen dunkelblauen Mädchen-BH, den sie gar nicht gebraucht hätte. Ich musste an ein Mädchen im Schwimmbad denken, in das alle verliebt gewesen waren, und das bis dreizehn immer nur eine Badehose getragen hatte. Romana legte sich aufs Sofa, sie fragte nicht einmal nach einem Leintuch, verschränkte die Arme vor sich auf der Lehne und stützte ihr Kinn darauf ab.

»Streichle mich am Rücken! Wenn ich dir alles zugetraut hätte. Dass du Politiker wirst oder zum Mond fliegst oder ein Lügeninstitut gründest – aber dass du zärtlich sein kannst, niemals.«

Ich streichelte sie. Ja, ich streichelte sie wie jede andere Klientin auch. Ich streichelte ihren Rücken, ihren Hals, fuhr ihr über den Nacken und durchs Haar. Ich würde ihr nicht die Fingernägel ins Fleisch drücken, ich würde sie nicht mit den Handkanten behacken, ich würde mir nicht den Finger in die Nase bohren und den Rotz in ihren Haaren verschmieren. Ich war ein Dienstleister, ich hatte schon viel unappetitlichere Menschen gestreichelt, ich würde das zu Ende führen, vielleicht auch, weil ich doch irgendwie ein schlechtes Gewissen hatte. Hässlich bist du, dachte ich, dumm, pubertär noch immer, das Einzelkind, das nicht gelernt hat, etwas nicht zu bekommen. Reicher Papi, reiche

Mami, behütet, behütet, behütet. Mit dreißig noch jeden Sonntag mit Mami und Papi zu Mittag essen, aufs Land fahren, spazieren gehen, die Oper besuchen. Lieb sein, brav sein, aber innerlich so wütend, dass nur der Alkohol hilft. Vielleicht war es das, was uns verbunden hatte.

»Du hast damals gesagt, du hättest mit keiner anderen was gehabt.«

»Ich habe nichts geantwortet.«

»Du hast noch immer diese Schauspielerin getroffen, und mit Mirjam hast du's auch getrieben. Den Rest will ich gar nicht wissen.«

Woher kannte sie Mirjam? Das waren zwei so verschiedene Welten, dass ich mir nicht vorstellen konnte, wen Romana kannte, der oder die jemanden kannte, der oder die Mirjam kannte. Vielleicht Sophie, Romanas langweilige Freundin, die sich einbildete, sogenannte Installationen fabrizieren zu müssen.

»Und was bitte ändert das?«

»Nichts. Du bist unehrlich. Ein Lügner. Falsch, hinterhältig, mies.«

Und du bist langweilig, dachte ich, anziehend nur in einem Club, in dem man betrunken und bekifft ist. Du bist paranoid, leidest unter Impulsdurchbrüchen und schwitzt viel zu stark. Ich blickte auf die Uhr auf meinem Tisch. Zehn Minuten waren vergangen.

»Weißt du was, Romana? Ich schweige, und du darfst jetzt ohne Aufpreis dreißig Minuten lang alles sagen, was du mir immer schon sagen wolltest.«

Ich stand auf und holte aus einer Lade eine Baseballmütze, die ein Student vergessen hatte. Ich setzte sie auf.

»Ich trage die Büßermütze. Also!«

Tarnkappe, dachte ich, Severin, ein anderer, hat nichts mit mir, alles mit ihr zu tun. Psychotherapie vielleicht schon vergebens. Herr, beschleunige die Zeit. Paulus fiel mir ein, der zweite Brief an die Korinther, das große *Als ob* angesichts des Untergangs der Welt, wie man sie kenne.

Und darüber und darum ohne Sorge sein. Das wollte ich auch. Und die Gestalt dieser Welt verging täglich. Herr, dränge die Zeit noch weiter zusammen! Ich versuchte, die Textstelle so exakt wie möglich in mir zu sprechen, nach Agambens Übersetzung. Und die Angewiderten als ob nicht Angewiderte.

»Du hast immer gelogen, Sebastian, nur gelogen. Du hast mich verarscht, du hast mich die ganze Zeit über verarscht. Wer bist du eigentlich, Sebastian? Wer bist du?! Du darfst antworten!«

»Das kleine Ich bin Ich. War mein Lieblingsbuch in der Volksschule. Hab auch mit meiner Großmutter zu Hause das kleine Ich bin Ich gebastelt, das wir eigentlich im Handarbeitsunterricht hätten basteln sollen.«

»Ich glaube, du bist ein ganz trauriger Mensch, Sebastian, ich glaube, du bist sehr, sehr einsam.«

(Wollte ich gerade von dir sagen.)

»Du säufst, du kiffst, du schläfst kaum, du wirfst dich im Schlaf hin und her. Dir kann es nicht gut gehen.«

(Weil du neben mir lagst.)

»Du hast so viele Freunde, was sage ich, so viele Freundinnen, du kennst die ganze Welt, aber dich kennst du nicht.«

»Ertappt.«

»Und wie schön du bist. Und wie klug. Und wie du dir alles erlauben darfst. Sag, dass es dir leid tut! Sag, dass du ein Arschloch warst! Und sag mir, warum du mich die ganze Zeit verarscht hast! Ich bin nämlich kein Arschloch!«

Das stimmt, dachte ich, bist du nicht. Ich schüttelte nur noch den Kopf, während ich Romana streichelte, als wäre sie eine Klientin, die ich morgen gern wieder sähe. Ich war nicht mehr wütend, es war sinnlos, ich war nur noch müde, sehr, sehr müde. Paul hatte damals gemeint, halb im Scherz, dreiviertel ernst, ich solle aufpassen, dass sie nicht eines Tages mit einem Messer vor der Tür stehe. Immerhin sei sie, halb im Scherz, dreiviertel ernst, aus dem Osten. Ich doch auch, hatte ich geantwortet. Wie oft hatte sie auf mich einschlagen wollen? Wie oft hatte ich ihre Fäuste auffangen und festhalten müssen? Ich wusste es nicht mehr. Ich wollte es nicht mehr wissen.

»So, Madame, Ende der Vorstellung.«

Romana setzte sich auf und sah mich an, als hätte ich zugegeben, eigentlich auf dem Mars geboren und also kein Mensch zu sein. Sie zog ihre grüne, geschmacklose Bluse wieder an, griff in ihre Hosentasche und stand auf. Sie warf einen zerknüllten Hunderteuroschein aufs Sofa, drehte sich um und ging. Zwischen Wartezimmer und Vorraum, kurz vor dem Ausgang, hörte ich sie noch einmal:

»Der Rest ist für deine neue Hure. Kauf ihr was Schönes!«

Nein, ich war ein zivilisierter Mensch. Nein, ich würde mit keiner Vase nach ihr werfen. Nein, ich würde sie nicht erwürgen und dafür ins Gefängnis gehen.

»Du solltest dir ein stärkeres Deo besorgen.«

»Leck mich!«

Wollte ich schon nach dem ersten Mal nicht mehr.

Dachte ich. Sagte ich nicht. Ehrlichkeit war auch ein Mangel an Takt. Und Takt war eine Distanzbestimmung. Minima Moralia.

Es war seltsam ohne mein Telefon. Ich wusste nicht, wer anrief, sah nur Nummern, keine Namen. Etliche Nummern waren auf immer verschwunden – wie jene der Frau, deren Namen ich vor Anna nicht erwähnen durfte. Und doch hatte ich die ersten Tage genossen, war ich mir wie ein neuer, freier Mensch vorgekommen, der einfach so durch die Stadt gehen konnte, ohne alle Augenblicke daran erinnert zu werden, wer gerade wissen wollte, wo man war. Nicht dass ich nicht zuallererst gefragt hätte, wo sie oder er sei, wenn ich jemanden in Wien anrief.

Wenn ich die jungen Leute beobachtete, die ununterbrochen telefonierten und eine Kurznachricht nach der nächsten tippten, musste ich daran denken, wie anders meine Freunde und ich unsere Treffpunkte ausgemacht hatten. Wenn ich Alex zu Hause nicht erreicht hatte, hatte ich noch bei Georg anrufen können; wenn er nicht bei Georg gewesen war, hatte ich in unserem Café angerufen. Und wenn er auch dort nicht gewesen war, hatte ich mich aufs Fahrrad gesetzt und war unsere Orte abgefahren. Nun konnte man, wenn man wollte, jederzeit wissen, wo sich Alex befand. Wenn beim Schifahren einer die falsche Abzweigung genommen hatte, hatte man ihn allerdings bis nach Liftschluss nicht mehr getroffen.

Ich hatte eine Pause, eine Klientin hatte im letzten Moment abgesagt. Ich musste mich entspannen, bevor Irene Fischer kam. Ich setzte mich in mein Café auf dem Siebensternplatz, holte eine Zeitung und bestellte einen Cappuccino. Es piepte, eine Kurznachricht. Eine Nummer, kein Name. *Geht es dir noch gut, Severin/Sebastian?* Wer war das wieder? Kein Name, kein Kürzel. Es würde Wochen dauern, bis ich meine Nummern wieder beisammen hätte. Das sei nicht weiter schlimm, hatte Paul gemeint, wer etwas von mir wolle, rufe ohnehin an. Das würde die Spreu vom Weizen trennen.

Es war meine Nummer. Die Kurzmitteilung war von meiner Nummer abgeschickt worden, sie stand über dem *Geht es dir noch gut, Severin/Sebastian?* »Das ist ja unglaublich«, sagte ich, laut, allein an meinem Tisch, und schüttelte den Kopf. Ich rief einen Bekannten an, der für meinen Telefonanbieter arbeitete. Er hatte dergleichen noch nie gehört und versprach, sich umgehend bei den Technikern zu erkundigen. Ich hatte eine Kurzmitteilung von mir erhalten, die ich mir nicht geschrieben hatte! Gut, mein Mobiltelefon war weg, jemand dürfte es gestohlen haben. Allein ich hatte sofort die Nummer sperren lassen, und am nächsten Tag, als ich, um ein neues Telefon zu holen und meine Nummer reaktivieren zu lassen, im Geschäft des Anbieters gestanden war, hatte mir ein Angestellter erklärt, die alte SIM-Karte sei gleichsam tot, überdies habe er nachgesehen: Niemand habe in der einen Stunde, bevor ich meine Nummer hätte sperren lassen, von ihr aus telefoniert. Ich rief die Auskunft an, eine Frauenstimme meldete sich.

»Halten Sie mich bitte nicht für verrückt – aber ich habe eine SMS von meiner Nummer bekommen. Was könnte das sein?«

»Wissen Sie, man kann sich schon selbst SMS schicken.«

»Ich schicke mir eher selten selbst SMS.«

»Mehr kann ich Ihnen im Moment nicht sagen.«

Ich musste schmunzeln. Ich stellte mir eine Frau in einem Callcenter vor, die einen Anruf bekam, in dem jemand relativ aufgebracht sagte, er habe eine Kurzmitteilung von sich selbst erhalten. Andererseits war das noch immer besser, als es der Kellnerin zu erzählen. Aber ich hatte auch gesagt, sie solle mich nicht für verrückt halten. Vielleicht sagten Verrückte oft, man solle sie nicht für verrückt halten. Ich öffnete die Kurzmitteilung noch einmal, vielleicht war ich überarbeitet, vielleicht an Legasthenie erkrankt, *Fata Mobiliana*, und sah mir die Details an: Es war meine Nummer!

Ich rief zurück; natürlich klappte das nicht. Hätte ich mir selbst eine Nachricht geschickt, wäre sie freundlicher ausgefallen. *Ich mag dich*. Oder: *Du fehlst mir*. Oder: *Du streichelst das Beste aus mir heraus*. Ich hätte auch zurückschreiben können, wäre dann aber nur auf das gekommen, was mir die Dame am Telefon gesagt hatte. Andererseits waren zehn Cent nicht viel. Ich antwortete *Ja*, es piepte, ich hatte mir *Ja* getextet.

Irene Fischer lachte, als ich ihr die Geschichte erzählte. Sie lag auf einem frischen weißen Leintuch, den Kopf der Wand, Rücken und Hintern mir zugewandt. Ich streichelte sie nachdenklich, war eher bei mir als bei ihr.

»Das war der, der dein Telefon gestohlen hat.«

»Und warum würde der an seine Nummer eine Nachricht schicken, die mir gilt? Dann müsste er sie ja selbst bekommen. Außerdem gibt es die Nummer nur einmal. Wenn du mich anrufst, kommt der Ruf bei mir an.«

»Jedenfalls erlaubt sich jemand einen Scherz mit dir.«

»Ach nein?«

»Ich tippe auf einen eifersüchtigen Mann. Was hast du angestellt?«

»Nichts, ich bin ein braver Dienstleister.«

Irene drehte sich um und setzte sich auf. Sie fasste lächelnd an den Verschluss ihres Busenhalters.

»Stört es dich? «

»Störend würde ich es nicht nennen, aber ablenkend.«

»Vielleicht ist das ja der Zweck?«

»Du weißt, dass ich eine Freundin habe, Irene.«

»Ich sehe auch, wie du mich ansiehst.«

»Darum seh ich dich auch nur an.«

Sie öffnete den Verschluss, zog langsam zuerst den linken, dann den rechten Träger über die Schulter, bevor es schnell ging. Halleluja! Das war die Frau aus dem Erotikfilm! Ich lebte in einem Turm, das Stiegenhaus war eine Wendeltreppe! Ich entdeckte keine Schnitte an den Unterseiten ihrer Brüste. Sie war ein Triumph der Natur – oder Gottes, wie man wollte.

»Seh ich da was?«

»Läuft dir nicht das Wasser im Mund zusammen, wenn ich eine Zitrone vor dir ausquetsche? Leg dich bitte hin, Irene.«

Irene Fischer sah mich bemitleidend, ein wenig spöttisch an. Ich hatte das Spöttische zu übersehen, ich war viel zu leicht provozierbar, zumal ihr Wimpernstrich den Eindruck verstärkte. Sie sieht dich mitleidig an, sagte ich mir, als Irene sich hinlegte – nicht seitlich, sondern auf den Rücken. Aber Mitleid war auch eine Provokation, eine Geste von oben herab. Sie brauchte kein Mitleid mit mir zu haben. Wie reizend sie war. Ich hätte jeden Mann, der sie abgelehnt hätte und nicht schwul, dem Zölibat verpflichtet oder impotent war, einen Idioten genannt. Ich hätte die Idiotie auf schiere Dummheit oder nackte Angst bezogen. Irene Fischer lag in einem kurzen schwarzen Rock vor mir, ihre Brustwarzen halbsteif, und blickte mich – erstaunt an. Dann schloss sie die Augen. Hätte Anna das sehen können!

»Streichle mich am Oberkörper, Sebastian.«

Ich beugte mich über sie, streichelte sie am Bauch, um den Nabel. Irgendwo hatte ich einmal gelesen, im fernen Osten meditierten manche Männer selbst während des Beischlafs (was für ein Wort!) und dachten dabei an etwas ganz Anderes, um nicht zu kommen. Ich hätte meditieren, an etwas ganz Anderes denken müssen, an feministische Geschlechtskonstruktionstheorien oder einen langen einsamen Spaziergang durch eine Winterlandschaft, um gar nicht erst dorthin zu gelangen, wo manche Männer im fernen Osten zu meditieren begannen. Allein, ich war wieder im Schwimmbad, und je mehr ich daran dachte, dass ich nicht daran denken sollte, damit ich mit den anderen ins Wasser gehen könnte, desto aussichtsloser wurde es.

Sollte sie haben, was sie wünschte. Ich wollte mir nicht anhören müssen, wie großzügig sie mich bezahle, und dass ich vor lauter tugendhaften Moralvorstellungen dafür nicht einmal ihre Brüste berühren wolle. Ich wollte sie berühren, ich wollte sie nicht berühren, ich berührte sie. Etwas rührte sich an mir, Irene Fischer öffnete bisweilen die Augen, nur um zu lächeln, ihren Blick zu meiner Hose pendeln zu lassen und kurz die Augenbrauen zu heben. Dann drehte sie sich zur Seite, ich streichelte ihren Rücken, sie seufzte leise, sagte »Ja« und »gut« und »genau so«.

»Du warst es nicht?«

»Was?«

»Die SMS.«

»Warum sollte ich?«

»Weil du Spaß daran hast, mich zu verwirren.«

»Du verwirrst dich selbst.«

Auf einmal schämte ich mich. Vor wem? Weswegen? Ich schämte mich, während ich sie schweigend streichelte und gar nicht so recht glauben konnte, dass diese Frau nackt vor mir lag. Irene Fischer sagte auch nichts; sie atmete nur. Ich wollte nicht, dass sie mich ansähe, ich spürte, dass ich rot geworden war. Wie lange war ich schon nicht mehr rot geworden? Im Gymnasium hatte mein Gesicht immer diese grausamste aller Farben angenommen, wenn die größeren Mädchen, die ich verstohlen beäugte und die mir wie unerreichbare Wesen vorkamen, geheimnisvoll und geheimniskundig, sich einen Spaß mit mir erlaubten, mit mir zu flirten vorgaben, mir sagten, wie hübsch ich sei, ihr Traummann, aber leider, leider noch ein wenig zu klein. Ich wollte nicht, dass Irene etwas in meiner Stimme hörte, Aufregung, Scham, Verlegenheit.

»Ich habe da eine DVD in dem Säckchen«, sagte Irene Fischer, nachdem sie bezahlt hatte und sich zu verabschieden anschickte. »Eine Einführung in eine sehr reizende Form des Streichelns. Sieh's dir an. Wenn du mich einmal so streichelst, würde ich das honorieren. Bis nächste Woche.«

Sie küsste mich auf die Wangen und ging. Ich verrichtete die grausamste Arbeit der Welt. Ich fragte mich, ob ich mir diesen Dienst noch lange leisten könne. Wie wäre ein Leben als Liebhaber einer reichen, schönen Dame? Abhängig, uneigentlich, heteronom. Redete ich mir ein. Das Institut könnte ich schließen, meine Dissertation schreiben, vorm Palmenhaus Zeitungen lesen und Kaffee trinken. Versuchte ich, nicht gedacht zu haben.

Ich fand auch noch die dritte Kurzmitteilung amüsant. Vielleicht war amüsant nicht das richtige Wort, aber ich fand die Angelegenheit spannend, überraschend, unwirklich wirklich, sie passte zu meinem neuen Leben. Andererseits begann ich mich zu fragen, wer mir *Überlege dir gut, was du tust* schrieb.

Meine Freunde sahen mich mit großen Augen an. Typisch, dass dergleichen mir passiere. Ob ich nicht ein gewisses Unbehagen verspürte, eine leise Furcht, zumindest irritiert sei? Ich wusste es nicht. Ich hatte mir die Frage noch nicht gestellt. Ich schrieb die Nachrichten eine nach der anderen in mein schwarzes Büchlein, notierte, wann und wo ich sie erhalten hatte. Wie ich mich dabei fühlte, wollte Paul wissen. Ich wusste es nicht. Ich wusste es tatsächlich nicht. Ich überflog, was ich neben und zwischen die Fallgeschichten geschrieben hatte, wie ich die Aufzeichnungen über Streicheleinheiten für meine interessantesten Klientinnen und Klienten nannte. Auffallend war, dass ich mit keinem Wort erwähnt hatte, was ich dabei fühlte, was sich in mir tat, wie es mir damit ging, wie man sagt. Ich wusste es immer noch nicht, als ich neben Anna auf ihrem Sofa lag und mit ihr überlegte.

Als Bub hatte ich mir einmal eingebildet, Tagebuch führen zu müsse. Ein Wunderkind, das mit sechzehn schon Arzt war, tat das in einer Fernsehserie, noch dazu an seinem Computer. Bloß wusste ich von allem Anfang an nicht, was ich schreiben sollte. Zwar verzeichnete ich äußere Ereignisse, was wo geschehen war, aber über mich war nichts zu erfahren. Nach ein paar Wochen brach ich das Tagebuch mit dem Tod meines Meerschweinchens ab, und ich sollte nie wieder Worte unter Daten in ein Buch schreiben. Nicht, dass in meinem Leben nichts geschehen wäre. Aber etwas in mir sträubte sich beharrlich, diese Geschehnisse in Worten niederzuschreiben, nachzuerzählen, mich auseinanderzunehmen. Ich fand das abgeschmackt, unehrlich, unproportional. Die erste Freundin, mit der ich länger zusammen war, führte manisch Tagebuch, ich konnte nicht anders, als mich ständig über sie lustig zu machen. Sie schrieb alles auf, was passierte, jede Kleinigkeit, als hätte sie erst dann, wenn sie jedes noch so unbedeutende Detail aufschrieb, es tatsächlich erlebt. Wenn sie für ein paar Tage keine Zeit für ihre Einträge fand, verbarrikadierte sie sich am Wochenende in ihrem Zimmer, um alles nachzuholen und aufzuschreiben, was aufzuschreiben sie nicht vergessen durfte.

Eine junge Studentin aus Teheran, die sich von mir in regelmäßig unregelmäßigen Abständen den Rücken streicheln ließ, schrieb, wenn sie mit jemandem telefonierte, gleichzeitig mit, was gesprochen wurde, wie sie überhaupt die meisten Gespräche, die sie führte, niederschrieb. Dafür schlief sie nicht viel, sehr wenig eher, ich führte es darauf zurück, dass sie doch in einem sehr anderen Land lebte, in dem die einen gelernten Österreicher, wenn sie aufgeschlossene Menschen sein wollten, ihr Haar berührten, um zu sehen, ob es echt sei, während die anderen auf der Straße Angst hatten, sie würde mit ihrem Einkauf davonlaufen, wenn sie einem gebrechlichen Menschen Hilfe beim Tragen anbot.

»Ärgerst du dich, wenn du dir wieder schreibst? Oder findest du das lustig?«

»Es ist eigentlich unmöglich.«

Die einen meinten, jemand schicke versehentlich Nachrichten an eine falsche Nummer. Von meiner Nummer an meine Nummer? Andere sagten, es müsse sich um einen technischen Fehler handeln, immerhin würden bisweilen Nummern versehentlich doppelt vergeben. Das musste allerdings ein relativ seltsamer Mensch sein, der sich täglich eine Kurzmitteilung sandte, in der er sich mehr oder weniger unverhohlen drohte. Außerdem hatte ich mich noch einmal bei meinem Telefonanbieter erkundigt: In den letzten Wochen war nur eine Kurzmitteilung von meiner Nummer an meine Nummer verschickt worden. Und das war ich selbst gewesen, was ich der Frau am anderen Ende geflissentlich verschwiegen hatte. Die meisten waren der Ansicht, der Absender müsse gleichzeitig der Dieb sein, jedenfalls der Mensch, der derzeit mein (Ex)-Mobiltelefon in Händen halte. Bloß warum sollte der an seine Nummer, was noch dazu ausgeschlossen war, weil sie nur einmal existierte, Kurzmitteilungen schreiben, die mir galten? Noch dazu, wo ich ihm drohen sollte!

Er. Von allem Anfang an hatte ich immer nur an einen Mann gedacht gehabt.

»Vielleicht eine von deinen – wie soll ich sie nennen?«

»Verzweiflungstaten.«

»Könnte doch sein.«

»Könnte schon sein. Aber erstens traue ich es keiner zu, und zweitens glaube ich nicht, dass eine noch immer so wütend auf mich ist.«

Außer Romana, dachte ich, aber das sagte ich nicht, weil ich Anna mit dieser Geschichte verschonen wollte, weil ich mich mit dieser Geschichte verschonen wollte. Andererseits musste er oder meinetwegen sie über technische Fähigkeiten verfügen, die nur als äußerst avanciert zu bezeichnen wären. Immerhin gelang es diesem Menschen, mir mit meiner Nummer an meine Nummer zu schreiben.

»Vielleicht hat sich deine Persönlichkeit gespalten.«

»Das ist nicht lustig, Anna.«

»Ich finde es auch nicht lustig. Aber es gibt Hinweise. Du streichelst mich nach dem Sex noch immer, als streicheltest du nicht den ganzen Tag lang andere Frauen.«

»Und mittlerweile bin ich soweit, dass ich mir selbst einen Schrecken einjagen will?«

»Könnte sein, hoffe nicht.«

»Vielleicht bist es ja du.«

»Weil ich sonst keine Sorgen habe.«

»Wegen der Bestrafung.«

»Wie bitte?«

»Weil ich nicht so blöd bin und dir auf die Schliche kommen würde, Anna. Und dafür müsste ich dich fürchterlich bestrafen. Und das wiederum wäre genau, was du erreichen wolltest.«

»Ich bin's.«

»So leicht verrätst du dich nicht.« Ich küsste ihre Nasenspitze. »Verwisch die Spuren gut. Ich hab eine ausgezeichnete Nase.«

»Du wirst jetzt aber nicht paranoid?«

»Sollte ich?«

»Ich wäre gefährdet.«

»Um ehrlich zu sein, Anna, ein bisschen mulmig ist mir schon.«

Nur war es ein Mysterium im Wortsinne, etwas Unerklärliches, das man einfach hinnehmen musste, das einem keine andere Wahl ließ, als an es zu glauben. In der Mittagspause, in der ich in dem vegetarischen Lokal etwas sehr Leckeres aß, um meine Zielgruppe zu studieren, hatte ich die dritte Nachricht (*Wer bist du?* Und wer bin *ich*? Hm.) gelesen und sofort den Bekannten angerufen, der für meinen Anbieter arbeitete. Er hatte mit den Technikern gesprochen, die auch keine Erklärung hatten und die Geschichte offenbar nicht glaubten. Eine Möglichkeit gab es allerdings: Jemand stieg im potentiell weltweiten Netz in mein Mobiltelefonkonto ein und verschickte von dort aus eine Nachricht an mich. Dazu hätte er oder meinetwegen sie aber mein Passwort kennen müssen, auf das selbst Anna nicht gekommen wäre.

Am nächsten Morgen brüllte mich jemand in Annas Hof aus einem schrecklichen Traum. Anna lag neben mir, die Decke bis unters Kinn gezogen, friedlich, das Gebrüll drang nicht zu ihr durch.

In dem Traum war ich jahrelang an einem Nicht-Ort gefangen gewesen, über den ich nach dem Aufwachen nichts mehr wusste. Ich war anscheinend freigelassen worden und nach Hause gekommen; es fühlte sich erst wie Heimkehr an, war aber bald schon das Gegenteil. Ich fand mich in einer Überwachungsgesellschaft wieder, in der ich, ohne zu wissen, warum, ein Außenseiter war, gebrandmarkt. Man begegnete mir voller Misstrauen und Vorbehalt; vor allem die Bekannten, vor allem die Menschen, die ich aus einer anderen Zeit kannte, grüßten mich höchstens scheu, um zügig weiterzugehen. Ich wusste weder, warum ich so lange gefangen gewesen war, noch was es jetzt war, das die anderen Abstand von mir halten ließ. Überall war Angst, in den Blicken, den Gängen, den Bewegungen der Menschen. Ich war in der Stadt, die mir einmal die Welt gewesen war, stand auf einem Parkplatz neben dem Konsum, dort, wo einmal, wie mir neben der immer noch tief schlafenden Anna einfiel, die Nazis aufmarschiert waren, kurz bevor man den kommunistischen Leiter des Kaufhauses erschossen hatte. Meine Eltern fielen mir ein, ich war so lange weg gewesen, von allem abgeschnitten, ich hatte mit niemandem telefonieren können, jetzt aber, auf dem Parkplatz neben dem Konsum, den es schon lange nicht mehr gab, hatte ich auf einmal mein Mobiltelefon wieder. Aber da waren junge Männer, die ich nicht kannte, die mir auf der Straße den Weg versperrten und es mir wieder wegnahmen. Einer, der es anscheinend gut mit mir meinte, erklärte, ich bekäme eine neue Nummer, die alte sei ohnehin viel zu teuer, alle hätten nun neue Nummern. Er nahm einen Zettel, schrieb ein paar Zahlen darauf und reichte ihn mir. Auf dem Parkplatz standen viele Menschen in Grüppchen beisammen, es war sehr leise, kaum jemand sprach, man flüsterte. Ich rief zu Hause an, meine Mutter hob ab, sie war irgendwie erfreut, andererseits äußerst reserviert. Nach einiger Zeit erst getraute ich mich zu fragen, wie es allen gehe, ich dachte, meine Großeltern seien längst verstorben, was nach so langer Zeit nur natürlich gewesen wäre. Sie sagte bloß, es gehe. Dann war ich mit einem Mal mit einem Mann und mehreren Frauen in einem Zimmer. Man wollte mich in dieses Zimmer sperren, nur irgendwie gelang es mir, die Frau neben mir umzustimmen, indem ich direkt zu ihr sprach, von einem menschlichen Tier, das Angst hat, zu einem anderen, das diese Angst nehmen kann – vielleicht küssten wir einander auch, vielleicht streichelte ich sie, jedenfalls durfte ich wieder gehen. Jetzt telefonierte ich mit meinem Vater, der genauso seltsam distanziert war; zumindest er, hatte ich gehofft, müsste sich über alle Maßen freuen, dass ich zurück und am Leben sei. Aber vielleicht wurden sie abgehört, vielleicht mussten sie sprechen, wie sie sprachen, um sich und mich nicht in noch größere Gefahr zu bringen. Jedenfalls fragte weder mein Vater noch meine Mutter, wann ich nach Hause käme. Auf einmal sah ich Nadja, geknickt, aber schön, sie freute sich, ich heulte los, alles brach aus mir heraus, wir umarmten einander lange und innig, ich spürte ihre Tränen auf meinen Wangen. Dann musste ich schon wieder weiter, wieder weg, wieder fliehen, durch die Gassen, aus der Stadt, bis mich jemand im Hof aus dieser Welt brüllte.

Nachdem Anna erwacht war, erzählte ich ihr sofort von meinem Traum. Sie war noch zu müde, um einzuhaken, zu verschlafen, um nachzufragen, sie sagte »arg« und »Du Ärmster« und »schön«, als ich zu Nadja kam. Da fiel mir ein, wer mir die Nummer aufgeschrieben hatte.

»Sebastian Schwarz!«

»Was sagst du?«

»Der hat mir die Nummer aufgeschrieben, Sebastian Schwarz, verstehst du, er Sebastian, ich Sebastian, ist ja eine Identitätsgeschichte. Ich bekomme von mir Nachrichten, der Name ist die Nummer. Aber was heißt das?«

»Wer ist Sebastian Schwarz?«

»So ein wohlhabendes Söhnchen, aber kein schlechter Typ.«

»Ein Sebastian sagt dem anderen, er solle sich eine neue Nummer nehmen?«

»Ich werde mein Passwort ändern.«

»Oder willst du dir damit etwas sagen?«

»Anna, bitte, geh duschen!«

Ich setzte mich an ihren Computer, stieg in mein Mobiltelefonkonto ein, schickte Anna eine Nachricht mit drei Worten, bevor ich mein Passwort änderte. Wir frühstückten, Anna musste in die Bibliothek, ich fuhr zu meinem Institut.

Abends saß ich mit Alex in einem kleinen neapolitanischen Lokal in der Josefstadt. Ich fühlte mich auf eine naive, unreflektierte, überidentifizierende Weise zu Hause – die

Schwarzweißfotografien an den Wänden, ein rauchender Vesuv, der Hafen mit den Frachtschiffen, der Vomero, die vielen alten Schlüssel und Pulcinellas. Wir hatten uns in der Mittagspause über E-Mails verabredet; auch seine Nummer hatte ich nicht mehr. Während wir Antipasti aßen, erzählte ich Alex von den merkwürdigen Kurznachrichten. Als ich zum neunundvierzigsten Mal die gleiche Geschichte erzählte, fiel mir zum ersten Mal auf, dass ich sie jedem Menschen erzählte, der mir über den Weg lief und den ich ein wenig besser kannte.

»Vielleicht ist es eine schöne junge Frau aus Paris?«

»Probier's mit dem nächsten.«

»Was ist damals passiert? Észter wollte Judit nichts erzählen – und Judit ist immerhin ihre beste Freundin. Sie hat gesagt, so habe sie Észter noch nie gesehen. Ich habe dich auch noch nie so gesehen wie auf der Heimfahrt.«

»Wie hast du mich denn gesehen?«

»Versunken, anderswo. Du wolltest zwar wissen, was mit mir und Judit sei, du hast pflichtgemäß nachgefragt. Aber du warst nicht da. Als hättest du im Finale das Eigentor geschossen, wegen dem wir verloren haben.«

»Du übertreibst.«

»Észter hat mir gesagt, dass du so gut warst.«

Ich verdrehte die Augen.

»Ja, was ist dann passiert?«

»Ich weiß es nicht, Alex.«

»Sie erinnert mich an Nadja.«

»Was du nicht sagst.«

»Soll ich was ausmachen? Für die Weihnachtsferien?«

»Ich liebe Anna.«

»Drei Tage?«

»Nein, Alex, danke, wirklich nicht.«

»Sebastian, hallo?«

Ich wollte nicht seltsam sein, es tat mir leid. Ich mochte Alex, ich hätte ihm gern erzählt, was geschehen war, aber da war etwas in mir, das mir darüber zu sprechen verbot, wegen Észter, wegen mir, wegen dem, was ich so schwer Wir nennen konnte. Außerdem hatte ich immer noch vor, mit Anna zu reden, probte ich in mir immer noch Sprachen und Dialoge, in denen und mit denen ich ihr die wahre Geschichte erzählen könnte. Und die wahre Geschichte war: Ich hatte Észter geliebt und mit ihr geschlafen, und wenn mich nicht alles täuschte, hatte es sich mit ihr ähnlich verhalten. Ich musste daran denken, wie ich als Junge, als ich mit Alex auf der ständigen Suche nach Abenteuern durch die Straßen gezogen war und mit ihm in einer Mannschaft Fußball gespielt, Zigaretten in meinem Zimmer versteckt hatte. Da stand ein Schreibtisch vor dem Fenster, an dem ich nicht meine Aufgaben machte, aber unter den ich kroch, um die Zigarettenschachtel in dem Hohlraum hinter den Schreibtischladen zu verstecken, von dem weder meine Eltern noch unsere Putzfrau wissen konnten. Ich hatte den sichersten, unzugänglichsten, absurd geheimen Ort für mein Versteck gewählt; Alex hatte seine Zigaretten einfach in seiner Hosen- oder Jacken- oder Sporttasche. Wenn unsere Mannschaft ins Wiener Praterstadion fuhr, rauchte ich im Stadion keine Zigarette, weil ich befürchtete, die Kamera würde mich bei ihrem Schwenk über die Ränge filmen und meine Eltern mich zu Hause rauchen sehen. Im Stadion waren fünfundfünfzigtausend Menschen, meine Mutter sah nie, mein Vater kaum Fußballspiele im Fernsehen an, meine Freunde verspotteten mich, ob ich Angst vor dem Trainer hätte, der sähe uns doch gar nicht.

Wie also sollte ich Alex von Észter und der Nacht in Hegymagas erzählen? Ich hätte ihn doch umgekehrt auch zu einem Verhinderer seiner Selbst erklärt, hätte er mir erzählt, da sei eine Frau, die er liebe, und eine Frau, die er noch länger liebe, und deshalb wolle er erstere auch nicht für drei Tage an einem weit entfernten Ort sehen.

»Ich soll dir etwas ausrichten.«

Alex schmunzelte, als er das sagte, er trank einen Schluck Corvo Rosso und sah mich an.

»Vom wem?«

»Von Észter.«

»Hast du sie gesehen?«

»Ich hab dir ja gesagt, dass sie dich grüßen lässt.«

»Wie sah sie aus?«

»Gut.«

»Wie geht es ihr?«

»Gut, sagt sie, besser, sagt Judit. Ich soll dir sagen, vielleicht solltet ihr doch einen Keller kaufen.«

»Was noch?«

»Das war alles. Hast du ihre Nummer?«

»Nein.«

»Soll ich sie dir geben?«

Ich schüttelte den Kopf.

»Kann ich ihr etwas ausrichten?«

»Lass mich nachdenken.«

Wir aßen gemeinsam Pasta und Calamari, scherzten mit dem Kellner, der wie ein Neapolitaner aussah, dessen Familie aber aus Tunesien stammte, und ich erzählte Alex, wie ich einmal, vor der sogenannten Osterweiterung der Europäischen Union, von Neapel mit dem Zug nach Wien gefahren war, und wie mir ein Pole im Abteil gegenübergesessen war, der unentwegt den Kopf geschüttelt und gesagt hatte, das solle Europa sein, und Polen und Tschechien und seinetwegen Ungarn nicht, das sei doch Afrika! Ich hatte ihm von seiner Perspektive aus nur zustimmen können und mich gefragt, ob ich diese Stadt nicht gerade deswegen so gern hatte, weil sie meinem Gegenüber wie Afrika vorkam, was immer das sein mochte. Ich fragte Alex nach Judit.

Alex liebte Judit, er liebte Judit mehr als jede Frau zuvor, sie konnte ihn glücklich machen, und sie konnte ihn zerstören. Bisweilen kroch er ihretwegen auf dem berüchtigten Zahnfleisch daher, einmal ziehe sie ihn so nah an sich, dass er sich nicht mehr wie ein einzelner Mensch vorkomme, dann stoße sie ihn wieder von sich, als sei er ein Unmensch, das letzte Arschloch überhaupt. Er kam einfach nicht von ihr los. Er wollte nicht von ihr loskommen. Er fragte sich, ob er härter sein, nicht nach ihrer Pfeife tanzen solle, aber er konnte nicht anders, er war ihr ausgeliefert. Sie musste ihn nur fragen, ob er sie sehen wolle, schon saß er im Auto, selbst wenn er wusste, dass sie ihn am nächsten Morgen schon wie einen besitzergreifenden Eindringling ansehen würde. Was ich ihm riete?

Ich konnte Alex nichts raten. Ich wusste nur, dass man in dem Moment verloren war, in dem man nur noch in Strategien dachte, in dem man fieberhaft überlegte, ob man nett sein solle oder abweisend, ob man das sagen solle oder doch eher jenes, aber immer vor dem Hintergrund, dass das falsche Wort gleichzeitig das letzte sein könnte.

»Weinen Leute bei dir? Wenn du sie streichelst?«

»Schon, ja.«

»Weißt du, ich hab mir das vorgestellt, jetzt nicht mit dir, aber wenn mich jemand streicheln würde, bloß so, ich würde wie ein junger Hund heulen.«

»Was liebst du an Judit?«

»Alles.«

»Du kannst nicht alles an ihr lieben.«

»Was meinst du mit verloren?«

»Sehr viele Streicheleinheiten, um wieder Land sehen zu können.«

Jetzt heulte Alex. Er war nicht zu halten, vergrub den Kopf zwischen den Händen, sagte »Entschuldigung« und »Tut mir leid«, bevor er noch lauter schluchzte. Er schien in sich zusammenzusacken, sein Rücken bog sich nach hinten, das Kinn sank zur Brust. Ich hatte ihn einmal weinen gesehen, da hatte nicht ich im Finale ein Eigentor geschossen, sondern wir waren in einem Halbfinale gegen eine bessere Dorfmannschaft untergegangen, Alex hatte geheult und seinen Onkel, der ihn am Spielfeldrand verhöhnte, auf dem Weg in die Kabine angespuckt. Dass er sich zum ersten Mal, so seltsam das klinge, angekommen fühle; dass es bei ihm ja nie so gewesen sei wie bei mir; dass ich seine Eltern vielleicht lässig gefunden hätte, weil er tun und lassen konnte, was er wollte, nur hätten sie auch getan und gelassen, was sie wollten; dass er immer so gern bei mir gewesen sei, weil es so normal gewesen sei, so friedlich, so freundlich, meine Eltern immer hätten wissen wollen, wie es ihm gehe. Ich nickte, hörte zu, ich konnte nicht mehr tun. Er schluchzte noch immer, der Kellner kam und fragte, ob wir Grappa wollten, Alex nickte heftig. Wir tranken den Schnaps, Alex entschuldigte sich noch einmal, dann wollte er das Thema wechseln.

»Wenn etwas ist, Alex, du kannst mich immer anrufen. Könntest.«

Ich holte mein Mobiltelefon aus der Sakkotasche, der Akku war leer.

»Ruf mich kurz an und sprich auf die Box, dann hab ich deine Nummer wieder.«

Alex nahm sein Telefon, wählte, hielt es ans Ohr. »Hallo«, sagte er, »wer ist da?« Ich schüttelte den Kopf, stieß ihn an, bedeutete weiterzureden. »Ich will mit Sebastian sprechen«, sagte er. »Der ist nicht da? Wo ist er denn? Spanien? In Wien?« Dann war das Gespräch beendet.

»Das ist jetzt aber nicht wahr? Wer war das um Himmels willen?«

»Es war laut im Hintergrund, eine Frau, glaub ich, ja, eine Frau. Sie sagte, der ist nicht da, sie sei in Spanien, Sebastian müsse in Wien sein.«

Jetzt war mir die Geschichte unheimlich. Jetzt fand ich sie nicht mehr amüsant. Jetzt fühlte ich ein größeres Unbehagen. Spanien? Ich kannte keine Frau, die jetzt in Spanien war. Andererseits konnte ich es nicht wissen.

Ich rief den Kellner.

»Bring uns noch drei Grappa, bitte. Und kannst du mir einen Gefallen tun? Bitte? Hol dein Handy!«

Der Kellner kam mit drei Grappa, ich erzählte im Schnelldurchgang, was geschehen war. Dass die Frau nicht mehr abheben werde, wenn Alex noch einmal anrufe. Dass ich also um sein Telefon bitte, um mich kurz anzurufen. Ich weiß nicht, ob er mich für betrunken oder verrückt hielt, aber der Kellner war ein freundlicher Mensch und gab mir sein Mobiltelefon. Ich wählte meine Nummer, es läutete nicht, ich kam direkt in meine Sprachbox.

»Das gibt's jetzt alles nicht mehr.«

»Auf dein Telefon«, sagte Alex.

»Auf die Liebe«, sagte der Kellner.

»Aufs auf«, sagte ich.

Dann gingen Alex und ich noch ein Stück gemeinsam, schweigend, jeder in einer aufwühlenden Geschichte, obwohl ich nicht mit ihm tauschen wollte. Wir umarmten einander zum Abschied, ich versprach, mich bald wieder zu melden. Er könne mich jederzeit, sagte ich noch einmal, jederzeit anrufen.

»Was soll ich Észter ausrichten?«

»Sag ihr, ich weiß nicht, ob ich so reich werden will, obwohl.«

»Das ist alles?«

»Ja, aber vergiss das Obwohl nicht.«

Yoni und Lingam-Massage stand auf der Hülle der DVD, die vom sehr schönen Körper einer dunklen Frau geziert wurde, deren Hand sanft eine von außen kommende, ihre Scham verdeckende Hand berührte. Lorbeerkranz, empfohlen vom Deutschen Tantraverband. Ich öffnete eine Flasche Rotwein, schenkte ein Glas voll und legte die DVD ein. Indisch, esoterisch, so hatte ich Irene Fischer nicht eingeschätzt gehabt. Andererseits waren das doch die Lotussitze und andere akrobatische Verrenkungen, die Mädchen hierzulande früher im Turnunterricht gelernt hatten, Leibesübungen: die Brücke etwa. Ich konnte zwischen Yoni- und Lingam-Massage wählen. Das erste Standbild zeigte eine Frau, die von einem Mann, das zweite einen Mann, der von einer Frau massiert wurde. Natürlich hätte ich am liebsten eine Frau gesehen, die von einer Frau massiert wurde. Ich wählte die Yoni-Massage. Das also wünschte sich Irene Fischer von mir.

Eine ausnehmend schöne, dunkle Frau mit feinen, langen Gliedern, mittelgroßem, sehr straffen Busen und dunklen Brustwarzen wurde von einem sehr deutsch aussehenden Mann massiert, dessen Frisur einem Helm glich, und der, hätte er in Wien anstatt Berlin gelebt, seine gesamte Freizeit in der Neubaugasse und nicht am Prenzlauer Berg verbracht hätte. Ich musste anfangs lachen, die sanfte, tiefe, einfühlsame Stimme des Kommentators, der von Entspannung und Respekt und Loslassen sprach, der leise, plätschernde Zimmerbrunnen im Hintergrund, das immer wieder auflodernde Feuerchen in einer Schale in der Ecke, die brennenden Kerzen rund um die Matte, auf der die Schöne lag, der ernste Blick des Deutschen. Die Shakti, die der Kommentator alternierend Empfängerin nannte, hatte die Augen geschlossen, der Deutsche streichelte die Innenseiten ihrer Schenkel, mit dem Strich, gegen den Strich, der Kommentator erläuterte, was gerade wie getan wurde. Und Yin, und wieder Yang, ganz sanft, ganz ruhig entlangfahren, und dann beginnen wir, ganz behutsam, ganz vorsichtig, die Yoni zu begrüßen.

Yoni klang wie Juni, Sonnenschein, und es war schnell klar, dass damit das primäre weibliche Geschlecht gemeint war. Das Zusehen erregte mich nicht. Ich grinste, ich schüttelte den Kopf, ich wartete. Alles dauerte viel zu lange, war so langsam. Aber ich sah an der Shakti, wie gut es ihr tat. Bisweilen stöhnte sie, biss sich auf die Lippen, aber da war auch schon der Deutsche zur Stelle und legte eine Hand auf ihr Herzchakra. Beruhigen, sagte der Kommentator, den ich mir nicht vorstellen wollte, ein bunt gekleideter Mann mit Hennatattoos und einem Schutzmedaillon um den Hals in einem Aufnahmestudio wahrscheinlich. Noch einmal: Es gehe bei der Yoni-Massage nicht um Erregung, sondern um das lebendige Fühlen und Genießen, um Einssein, Einfühlen. Es gebe nicht nur den einen Weg. Alles könne, nichts müsse sein. Bei manchen Shaktis führe die Intimmassage zu einer sehr starken Erregung, bei anderen wandere die Energie anderswohin.

Was der Deutsche tat, sah äußerst professionell aus. Er massierte die Yoni der Schönen, jeden Einzelteil gesondert, er rieb sie überall mit Öl ein und drang auch mit seinem Finger, seinen Fingern in sie ein. Alles Massage, kein Sex, es ging nicht um Erregung, sondern um eine tiefe Entspannung, eine Begegnung mit sich und seiner Geschichte, die, wie der Kommentator erläuterte, heftige Emotionen hervorrufen könne. Ich hatte auf Schnellvorlauf gestellt, der Deutsche hatte die Schöne eine Dreiviertelstunde lang massiert, ich zollte ihm Respekt, indem ich ihm zuprostete.

Jetzt sah ich mir auch noch die Lingam-Massage an und hatte ein zweites Wort gelernt, das ich nicht vergessen würde. Auch hier ging es nicht um Erregung, diesmal war der Deutsche der Empfänger und die Shakti von vorhin die Geberin. Eine Dreiviertelstunde lang streichelte, knetete, ölte sie seinen Lingam, und tatsächlich: Er war und blieb entspannt. Wenn das die Weisheit des Ostens war, musste ich diese Form der Entspannung als schwere Störung, hartnäckige Realitätsverweigerung, extreme Unempfindlichkeit oder zumindest erstaunliche Lebensverneinung deuten. Kein Speichelfluss im Angesicht einer ausgequetschten Zitrone. Dagegen war selbst Franz von Assisi, der im Winter in eiskaltes Wasser sprang, um Bruder Esel zu züchtigen und von Dummheiten abzuhalten, ein sogenannter Lustmolch.

Irene Fischer hatte Recht. Das war kein Sex, zumindest nicht in unserem, also meinem und ihrem Verständnis. Kein Koitus, kein Genitalverkehr, nichts. Reine Massage, allergründlichstes Streicheln, tiefe Entspannung. Ich war beeindruckt. Ich hätte gern eine Lingam-Massage ohne Plätschern und Panflöten im Hintergrund bekommen, bei der es auch, wie der Kommentator sagte, zu einem Samenerguss kommen könne. Nichts musste sein, es gab nicht nur einen

Weg. Allerdings war ich nicht der Deutsche, der sich schon zum Frühstück das erste Räucherstäbchen anzündete, und andererseits war Irene Fischer nicht die Empfängerin, die sich von der Linken auf dem Herzchakra beruhigen ließ, während zwei, drei Finger der Rechten alle paar Minuten um fünfundvierzig Grad in ihrer geölten Yoni gedreht wurden.

Wenn sie spielen wollte, bitteschön. Kein spöttischer, kein mitleidiger Blick, auf Augenhöhe. Es wäre gelogen, zu behaupten, dass ich nur an das Honorar gedacht hätte. Geld spiele keine Rolle, hörte ich Irene Fischer sagen, als ich die DVD aus dem Abspielgerät nahm. So hatte ich es bis zur Gründung meines Instituts auch gesehen. So sah ich es noch immer, weil ich keines hatte. Zumindest im Vergleich zu Irene Fischer. Im Vergleich zu einem durchschnittlichen indischen Yoni-Masseur war ich allerdings steinreich.

»Zieh dich aus«, sagte ich zu Irene Fischer, »ganz.«

Sie sagte kein Wort, zog ihre Bluse aus, streifte ihren Rock ab, dann öffnete sie den Verschluss ihres Busenhalters, zog ihren Slip über die Füße und legte sich auf den Rücken. Halleluja! Ich hatte den schönsten und den grausamsten Beruf der Welt; bisweilen war ich tatsächlich ein Glückspilz, wie die Frau, deren Namen ich vor Anna nicht erwähnen durfte, in einem anderen Leben gemeint hatte. Ich zog den Stöpsel aus dem Glasflacon, ließ mir etwas Öl in die Hände laufen und verstrich es zwischen meinen Handflächen, bevor ich in langen, weiten, gegenläufigen Kreisen Irenes Bauch zu streicheln begann.

»Sebastian, wie auf dem Video.«

»Aber es bleibt dabei.«

»Bitte.«

Ich stand auf und zog mich aus, Irene hob die Augenbrauen und grinste, dann kniete ich mich zwischen ihre Beine, ihre Kniekehlen über meinen Oberschenkeln. Ich träufelte mir Öl auf die Finger, strich ihren Bauch entlang zu den Brüsten, langsam, bestimmt, dann massierte ich ihre Brüste, von Innen nach Außen, von Außen nach Innen, eine nach der anderen. Sie ruhten glitschig vor mir, es war kein Vorspiel, es zielte nicht auf Erregung ab. Ich umkreiste ihre Brustwarzen mit der Nagelspitze, rieb sie mit der Fingerkuppe, sie wurden steif, Irene seufzte. Sie begann schneller zu atmen, aber noch immer ruhig, entspannt, ihr Gesicht war wunderschön, sie summte leise. Ich hätte gern gewusst, wo sie gerade war, und mit wem, und warum. Ich musste nach hinten rutschen, Irene öffnete die Augen, blickte auf mein Geschlecht. Sie ließ ihre Zunge schnalzen.

»Aha.«

»Psst.«

Sie schloss die Augen, streckte den Hals durch, und ich begann mit den Fingerspitzen knapp über ihrer Scham zu klopfen, bevor ich beide Hände darüber legte, die Finger sanft in ihr Fleisch presste und Irene schwerer atmete. Ich begrüßte ihre Yoni, wie mich der Mann mit der Helmfrisur gelehrt hatte; das Wort musste tatsächlich mit seiner deutschen Aussprache verwandt sein, ein blauer Himmel, wolkenlos, viel Sonne. Mir fiel ein Wort des heiligen Augustinus ein, wonach es sich mit Gott so verhalte wie mit der Sonne, die die Dinge vor uns bescheine, während wir ihr den Rücken zudrehten. Wir stünden mit offenen Mündern vor ihnen, betrachteten sie voller Bewunderung, weil sie sich uns in einem Glanz offenbarten, dessen Quelle wir nicht sahen. So musste es sich mit manchen Dingen und menschlichen Tieren verhalten. Bei manchem musste ein Gott seine Finger – oder was auch immer – im Spiel haben.

Irene hatte die Augen geschlossen, den Mund leicht geöffnet, ich war wahnsinnig erregt. Ich versuchte nicht einmal, meine Erregung zu verbergen, keine Meditation, kein Denken an etwas ganz Anderes, nichts fernöstlich Abschweifendes. Das wäre erstens nicht möglich gewesen, und zweitens hätte sich meine Erregung nur noch weiter gesteigert. Ich hatte mir vorgenommen gehabt, zu Hause, beim Spazieren, in der U-Bahn, als ich überlegt hatte, ob und wie ich Irenes Wunsch entsprechen könne, die Kommentatorenstimme zu imitieren, über die Situation zu spotten, sie ins Lächerliche, Alberne, Groteske zu ziehen, um sie erträglicher zu machen. Ich konnte nicht. Ich spürte, was ich mit und in Irene tat, und in gewisser Weise war es, als täte ich es mir selbst. Was mich beim Zusehen zum Grinsen gebracht hatte, ließ in Wirklichkeit mein Herz schneller schlagen.

Ich träufelte mir noch einmal Öl auf die Finger, klopfte sie gegen Irenes Schamlippen, langsam zuerst, sachte, dann fester, drängender. Mit den Fingerkuppen strich ich, die inneren Schamlippen durch die Spalte zwischen meinen Fingern gleiten lassend, ihre Yoni hinunter, es gab nicht nur einen Weg, bevor ich sie verkehrt herum wieder hinaufstrich, Yin und Yang, langsam, sachte, sehr ölig, dann stärker und schneller. Irene stöhnte leise, ihre Innenschenkel begannen zu zucken. Vielleicht war es das, was man Perversion nannte: Etwas nicht zu tun, was beide gern täten, das von allem Anfang an zu wissen, und gerade daran Gefallen zu finden. Ich klopfte mit ausgestreckten Fingern gegen ihre sich nach außen wölbenden Schamlippen; ich nannte anklopfen, was mir der Deutsche anhand der Schönen gezeigt hatte, Irene blies die Luft durch die zusammengepressten Zähne. Dann rieb ich abwechselnd die äußeren Schamlippen behutsam zwischen Daumen und Zeigefinger, zartes, dünnes Fleisch. Irene biss sich auf die Lippen, ihr Bauch begann sich zu wölben, ich atmete tief ein und aus, während ich die Wände ihrer Yoni mit einem Finger umkreiste. Ich öffnete ihre Schamlippen, wie mich der Deutsche gelehrt hatte, und rieb ihre Klitoris, beinahe absichtslos, sanfte, kreisende Bewegungen der Fingerkuppe, bevor ich wieder anklopfte, fester diesmal, fordernder. Ich schmierte frisches Öl auf die Hände, Irene stöhnte, ich drang mit der Kuppe des Daumens in sie ein, Zentimeter um Zentimeter weiter.

»Denkst du an die Shakti?«

»Ich bin bei dir.«

Dann drang ich mit dem Zeigefinger in sie ein, gerade, langsam, Stück für Stück, gleichförmige Bewegungen, die ich in gleichmäßigem Takt um fünfundvierzig Grad verlagerte, bis ein zweiter Finger dazu stieß, ein dritter. Irene stöhnte heftiger, sie biss sich auf die Lippen, als sie kurz hinausrutschten, schleckte ich heimlich meine Finger ab, ich legte die freie Hand zwischen ihre Brüste, drückte gegen das Brustbein, ihr Bauch bebte, ihre Schenkel zitterten, die Yoni zuckte und schloss sich enger um meine Finger. Ihr Mund war offen, die Lippen bewegten sich schnell, formten Worte, die in ihr waren, die sie zu jemandem oder sich oder mir sprach, die ich aber nicht verstand. Tränen rannen ihr über die Wangen, wenige, zäh, eine schlierende Spur. Jetzt erst sah ich, dass Irene weinte. Ich wusste nicht, ob aus Freude oder Schmerz – tiefe emotionale Reaktionen, vielleicht eine Mischung aus beidem. In diesem Moment meinte ich sie zu kennen. In diesem Moment liebte ich Irene Fischer. Da war etwas in ihr, das verletzt worden war, etwas, das von ihren Lippen geformt wurde, aber nicht über sie kam. Aber vielleicht war es auch ganz anders. Ich stieß meine Finger fester in sie, tiefer, Irene presste den Atem aus sich, ihr Körper wölbte und senkte sich, die Hand auf dem Herzchakra beruhigte nichts mehr. Sie kam mit einem lauten, langgezogenen Schrei, den sie vergeblich zu dämpfen versuchte.

Ich zog meine Finger zurück, griff nach dem Waschlappen und tauchte ihn, wie mich der Deutsche gelehrt hatte, in warmes Wasser. Ich legte den Waschlappen über ihre Yoni, presste meine Hand auf ihr Brustbein, Irene öffnete die Augen. Sie lächelte mich an, sie war weit weg oder sehr nah, aber da war auch etwas wie Wut, mehr als bloßes Verlangen in ihrem Blick, zusammengebissene Zähne. Sie stieß meine Hand weg, griff nach dem Waschlappen.

»Steh auf, ich berühre dich nicht, mein indischer Katholik.«

Ich stand auf, stellte mich vor das Sofa, Irene setzte sich auf, nahm meinen Schwanz mit dem Waschlappen und massierte ihn mit langen, gezielten Bewegungen – nicht gerade so, wie es die von Nehmerin zu Geberin mutierte Schöne in dem Lehrvideo getan hatte. Sie hielt ihren Zeigefinger vor den Mund.

»Sag nichts, schließ die Augen.«

Ich schloss die Augen, ich dachte an nichts, da war keine erste Regel, nichts gebrochen, ich war einfach da, es war gut, ich *war*. Mit dem Waschlappen fuhr Irene meinen Schwanz auf und ab, ich stöhnte, brummte, zog die Luft ein.

»Ich berühre dich nicht, Sebastian, ich wasche dich nur.«

»Irene, wo?«

Ich öffnete kurz die Augen, sie grinste.

Ich kam so stark wie lange nicht mehr. Als wollte alles aus mir, was ich seit Ewigkeiten hatte zurückhalten müssen. Ich hielt die Augen lange geschlossen, und als ich dann Irene ansah und wir in Gelächter ausbrachen, wusste ich, dass mein Nachbar damals mit seinen dreizehn Jahren auf dem Heimweg entlang der Bahngeleise Recht gehabt hatte.

Irene verschwand im Bad, ich hörte das Wasser herabprasseln, die quiekenden, schmatzenden Geräusche der Duschkabine, das Rutschen ihrer Füße, dann war ich allein. Ich hätte mit ihr geschlafen, wenn sie danach gefragt hätte, ein Wort, und ich hätte Anna und die erste Regel vergessen gehabt. Vielleicht war ich froh, dass es nicht geschehen war. Ich wollte darüber nicht nachdenken. Ich öffnete das Fenster, steckte mir eine Zigarette an und blickte auf die Mondscheingasse. Ein Mann führte seinen Hund an der Leine, zwei Mädchen trugen ihre Schultaschen nach Hause, der Rauch stieg in die Luft, die Asche zog es in Flankchen nach oben, bevor sie kreisend zu sinken und sich nach unten zu schrauben begannen. Ich atmete tief aus.

»Sie dürfen sich waschen, Herr Horvath. Auch wenn nur Ihre Hände bekleckert sind.«

Ich hatte Irene nicht ins Zimmer kommen gehört. Sie stand hinter mir und summte ein Lied. Ich sagte nichts, lächelte nur, stellte mich unter die Dusche und ließ heißes Wasser kommen. Da war so vieles, das ich ihr gern gesagt hätte, jetzt, in diesem Moment, nach dem Sonnenaufgang. Ich hätte ihr etwas von mir erzählen, ihr etwas erklären, vielleicht etwas anbieten wollen. Was war das? War das der Mensch, der so war? Oder der Mann? Oder ein Mann in diesen Verhältnissen? Waren es diese Verhältnisse? Oder war ich es?

Als ich aus der Dusche kam, saß Irene Fischer angezogen im Wartezimmer. Sie sah sehr frisch aus, hatte die Arme hinter dem Kopf verschränkt, aufgeräumt, wie man sagt. Die Tür zum Streichelzimmer stand offen.

»Das ist vielleicht ein hässliches Bild.«

»Ein glücklicher Mensch hat es mir geschenkt.«

»Gibt es das, einen glücklichen Menschen?«

»Auf alle Fälle.«

»Bist du glücklich jetzt?«

»Ich weiß nicht.«

»Traurig?«

»Auf keinen Fall.«

Irene stand auf, kam auf mich zu und küsste mich auf den Mund.

»Pass auf dich auf, Sebastian. Ich kann die nächsten beiden Wochen nicht. Ich melde mich, und das –«

»Ist jetzt nicht so –«

»Dein Honorar überweise ich dir.«

Sie strich mir über den Kopf, blickte mich an, dann ging sie klackend davon. Sie drehte sich noch einmal in der Tür um und winkte mir. Ich legte mich auf das Sofa im Wartezimmer, legte Brahms' *Ungarische Tänze* auf und betrachtete die Blaue Lagune. Ja, es war potthässlich, das Bild. Da waren wir gelegen, Anna und ich. Und ja, es gab das, Glück. Ich kannte es, ich verlor es bisweilen, es flog mir wieder zu. Aber jetzt war ich verwirrt. Jetzt war ich außer mir. Jetzt hatte ich wieder, ob ich wollte oder nicht, mein Gewissen solange zu erforschen, bis es rein war. Als mir Anna eine Kurzmitteilung schickte, ob ich abends mit ihr ins Akademietheater gehen wolle, zog sich etwas in mir zusammen. Vielleicht hatte Romana trotz allem irgendwie Recht.

»Können wir mit der Supervision beginnen, Frau Doktor?«

Es war spät geworden, Anna und ich saßen auf einer Wiese auf dem Wilhelminenberg, hinter uns lag das Schloss, auf dessen Terrasse wir Kaffee getrunken hatten, etwas weiter daneben stand die Jugendherberge mit der Minigolfbahn, die wir auf meinen Wunsch diesmal nicht bespielt hatten. Über der Stadt hing noch immer ein Dunst, die Gewitterwolken hatten sich zerstreut, vom Wienerwald kam frische, nasse Luft. Jenseits der Donau schien es zu regnen, über Würfeln und Quadern erhoben sich ein paar Türme. Da unten hatte ich an einem (gelobten) Tag Anna zum ersten Mal (leidenschaftlichst) geküsst, und seitdem war ich (prinzipiell) glücklich.

Seit ich mein Institut betrieb, hatte ich Wien kaum verlassen. Ich war zwar einmal über ein Wochenende in Prag gewesen und ein andermal mit Anna nach Rovinj gefahren, wo wir uns wie immer eine Wohnung in einem engen Gässlein zu mieten vorgestellt hatten, was wir tun würden und was nicht. Aber verglichen mit meinem früheren Leben, war ich sesshaft geworden.

»Was tust du, Basilisk?«

»Ich streichle Menschen, es bekommt ihnen gut, ich verdiene Geld damit.«

»Was heißt das, Geld verdienen?«

»Fünfundvierzig Minuten sind fünfundsiebzig Euro wert, das sind in etwa – zwischen zwanzig und fünfundzwanzig Achtel Wein in alten Einheiten.«

»Wie kann man das vergleichen, Herr Kollege?«

»Das« – ich zog einen Geldschein aus meiner Tasche – »ist das allgemeine Äquivalent.«

»Genauer bitte!«

»Ein gesellschaftliches Verhältnis. Dadurch, dass wir unsere Arbeitskraft veräußern, Herz, Hirn, Nerven, Fasern, Muskeln, wird das, was wir herstellen, messbar. So kann ich mein Produkt, also das Wohlfühlen, Miauen und Seufzen, gegen ein anderes, etwa eine Webcam, eintauschen. Als Arbeitskraftverkäufer sind wir alle gleich.«

»Jetzt bist du aber dein eigener Ausbeuter, da ist kein Besitzer, der dir nur soviel gibt, wie du zum Leben brauchst, und den Rest selbst einsteckt.«

»Ich bin bei mir selbst angestellt, also beute ich mich selbst aus, das heißt, das, was mehr ist, steckt ein anderer von mir ein. Ich zahle Steuern und Abgaben, ansonsten bin ich mein eigener Herr und Knecht.«

»Was tust du mit den Menschen?«

»Ich glaube, ich tue ihnen gut.«

»Nur ihnen? Was hat es mit diesen Oasen auf sich?«

»Gut, es geht ihnen besser, sie sind entspannter, das wird ihre Vorgesetzten, so sie nicht ihre eigenen Vorgesetzten sind, freuen, weil sie dann nützlicher und pflegeleichter und funktionsfähiger sind.«

Anna grinste und verschränkte die Arme vor der Brust.

»Sie geben also zu, ein Konterrevolutionär zu sein, Genosse Basilisk? Ein weiterer Helfer am Krankenbett des Kapitalismus?«

Wir lachten, Anna lehnte ihren Kopf an meine Schulter.

Vielleicht war ich das wirklich geworden. Ich war mir nicht mehr sicher. Natürlich war da Irene Fischer, die wahnsinnig reich war. Natürlich war da Herr Nemeth, dem die Marktwirtschaft als etwas Natürliches erschien. Natürlich waren da all die Menschen, die sich nur entspannen und fallen lassen wollten, um am nächsten Tag desto verwertbarer für Angelegenheiten zu sein, die sie recht eigentlich nichts angingen. Aber ich sagte ihnen nicht, ihre Probleme lägen nur in ihnen. Ich sagte ihnen nicht, sie könnten alles erreichen, wenn sie es nur stark genug wollten. Ich deckte ihnen auch keine Karten auf, nach denen sie sich richten konnten. Ich versprach ihnen nicht das Ewige Glück durch Selbstvergessenheit. Aber ich dachte immer öfter an einen Satz Adornos, demzufolge es von vielen Menschen schon eine Unverschämtheit sei, *Ich* zu sagen.

»Eher ein Reformist.«

»Ein renegatischer Reformist.«

»Und du lehnst dich an mich wie eine biedere Monogamistin, die sich blindlings der heterosexistischen Matrix unterworfen hat.«

Anna küsste mich auf den Hals.

»Gehen wir einmal weg, Basilisk? Nur wir beide, irgendwohin, weit weg?«

»Gute Idee andererseits.«

Das war andererseits, was ich immer einmal hören wollte. Seit ich klein war, hatte ich diesen Tagtraum, wegzugehen, anderswohin, ins Unbekannte, um zu bleiben. Ich war stundenlang in meinem Bett gelegen, nachdem ich mein kleines Glied gerieben und mein Gewissen erforscht hatte, und hatte mir vorgestellt, am Meer zu leben, unter Sonne und blauem Himmel, in einer hellen Stadt, wo die Menschen freundlich waren und offen, wo man sich nicht verstecken, wo man nichts von sich vor sich und vor den anderen verstecken musste. Das war vielleicht der einzige Traum meines Lebens. Als ich ganz klein war, hatte ich von meinem Fenster aus auf eine Straßenrampe geblickt. Wenn ich abends die roten Bremslichter der Autos gesehen hatte, war ich davon überzeugt gewesen, sie würden auf der Autobahnauffahrt nach Wien leuchten, während es doch nur eine Bundesstraße in das nächste Dorf gewesen war.

Ich wusste, dass das Projektionen waren. Ich wusste, dass das Klischees waren. Aber ich wusste auch, dass es so sein konnte. Wann immer ich am Meer war, fühlte ich mich zu Hause. Ich hörte es rauschen, die Möwen kreischen, sah die Wellen sich schäumend am Ufer brechen. Eine Bekannte hatte mir einmal Kindheitsfotos gezeigt und mich gefragt, woher ich sei, vom Land oder vom Meer. Vom Meer, hatte ich geantwortet, und als ich von meiner Kindheit erzählt hatte, hatte sie mich böse angesehen. »Warum sagst du, du wärst vom Meer?« Ich hatte gar nicht lügen wollen, auch nicht kreativ unehrlich sein. Als ich mich in ihrer Wohnung umgeblickt hatte, hatte ich sie für eine Esoterikerin gehalten, die die Frage metaphorisch meinte.

Wie mich die Geschichte vom verlorenen Sohn berührt hatte! Er musste weggehen, er konnte nicht bleiben, da war alles zu eng, zu vorgezeichnet, zu vorhersehbar. Also brach er auf, hinaus in die Welt, brachte mit falschen Freunden all sein Geld durch und bezahlte mit sich. Er schlief bei den Schweinen, er wurde verachtet und geschlagen, er lief in Lumpen herum, und als er nach so langer Zeit nach Hause kam, um sich als Diener anzutragen, breitete der Vater seine Arme aus, ließ das schönste Tier schlachten und richtete eine Feier aus, dass der zurückgebliebene Bruder im Angesicht so großer Ungerechtigkeit nur die Zähne zusammenbeißen konnten. Aber das war die Gerechtigkeit. Das war die gerechtere Gerechtigkeit, die sich nicht um die herkömmlichen Vorstellungen derselben kümmerte, sondern sich auf das Besondere einließ. Natürlich konnte man die Geschichte konservativ lesen. Natürlich konnte man sagen, es gehe darum, dass der Sohn reumütig unters väterliche Gesetz heimkehre.

Aber das väterliche Gesetz hatte sich geändert. Der Sohn, der aufgebrochen war, um das wirkliche Leben zu finden, die Freiheit, die Gemeinschaft, das Abenteuer, kurz das Glück, hätte niemals mit diesen ausgebreiteten Armen gerechnet. Sonst hätte er sich nicht vor dem Vater auf den Boden geworfen, den Kopf ganz tief auf der Erde. Was ihn empfing, war keine Vergebung, sondern Freude und Liebe. Und genau das war es gewesen, was mich in meinem Bett hatte weinen und glücklich unglücklich sein lassen – die Vorstellung, dem Bekannten dereinst anders zu begegnen, ohne Reue, ohne Scham, ohne Vergebung, freudig und glücklich, so wie ich war, vielleicht so wie ich geworden sein würde: ein Streichler.

»Wo bist du, wenn du streichelst?«

»Jemanden oder dich?«

»Jemanden.«

»Bei den Schweinen, geschlagen, zerlumpt, auch wenn ich einen Anzug trage.«

»Wohin willst du zurückkehren?«

»Ich weiß nicht, ob zurückkehren das richtige Wort ist.«

»Versuch es.«

»Wie ist das bei dir?«

»Versuch es!«

»Hier, jetzt, mit dir, Anna, das ist es.«

Eine dicke Frau versuchte schimpfend, zwei hässliche Hunde im Zaum zu halten, in manchen Zimmern der Jugendherberge brannte schon Licht, von der Terrasse des Schlosses waren Stimmen zu hören, Anna drückte sich an mich, ich war – glücklich.

»Aber ich will keinen renegatischen Reformisten.«

»Und ich keine biedere Monogamistin.«

Zuerst hatte ich mich gewundert, als Herr Nemeth eine Woche nach meiner (und seiner) Institutseröffnung angerufen und um einen Termin in sieben Tagen gebeten hatte. Von da an kam er alle vierzehn Tage mittwochs um fünfzehn Uhr dreißig, was mich schon sehr bald nicht mehr wunderte.

Ich nannte ihn bei mir Kant oder Immanuel, weil ich meine Uhr nach ihm stellen konnte. »Wie geht es deinem Kant?«, fragte Anna gelegentlich, und ich antwortete für gewöhnlich, er sei noch immer auf der Suche nach dem Ewigen Frieden, lasse sich von seinem Diener immer noch vor dem Schlafengehen doppelt einwickeln, schockiere immer noch Tischgesellschaften, indem er recht ungezwungen von seinen Verdauungsbeobachtungen berichte. Einmal erzählte ich, er habe seinen Diener entlassen, weil der arme Martin Lampe geheiratet und zu trinken begonnen habe, ein andermal erzählte ich Anna, Kant habe mir eine knifflige Frage gestellt: Wie habe sich eine Gesellschaft auf einer Insel, die dieselbe zu verlassen beschlossen habe, zu dem letzten in ihrem Kerker zum Tode verurteilten Mörder zu verhalten?

Sie müsse ihn töten, erklärte mir Kant, das Gesetz befolgen, um sich nicht an ihm zu vergehen und kein Blut ungesühnt an den Händen kleben zu lassen. Das hatte ich einmal als kritischen Abstoßpunkt für ein Plädoyer für die Todesstrafe verwenden wollen, mit dem ich mir viel Geld zu verdienen und die unmündigen Toleranten aufzuklären erhofft hatte. Die einen Philosophiestudenten wurden Taxifahrer, die anderen landeten in der Psychiatrie, manche gingen in die Marktforschung, Anna blieb im Institut, die Pragmatiker berieten Politiker. Einer wurde Streichler.

Mein Kant war, soviel getraute ich mir trotz allem zu mutmaßen, wie alle rechtschaffenen Menschen gegen die Todesstrafe. Er hätte wahrscheinlich die individuelle Geschichte des Verbrechers ins Treffen geführt, was einem alles habe angetan werden müssen, damit er etwas tue, wofür andere seinen Tod forderten. Wahrscheinlich hätte mein Kant die Justizirrtümer, die Klassen- und Rassenjustiz bemüht. Wahrscheinlich hätte er gemeint, wer sich anmaße, einem anderen das Leben zu nehmen, weil der einem oder mehreren das Leben genommen habe, stelle sich auf die gleiche Stufe wie dieser. Das waren die Argumente, mit denen sich jeder strebsame Mittelschüler ein Sehr Gut auf die Deutsch- oder Englischschularbeit ausrechnen durfte.

Dafür konnte ich mir andererseits gut vorstellen, dass auch mein Kant immer den gleichen Wein und immer die gleiche Menge davon trank, dass er immer um die gleiche Zeit aß, um die gleiche Zeit zu Bett ging und um die gleiche Zeit aufstand. Tatsächlich trug Herr Nemeth immer den gleichen schwarzen Anzug, dass ich mich anfangs gefragt hatte, ob er immer denselben trage, oder ob der einfach im gleichmäßigen Kreislauf der Termine und Dinge für jeden zweiten Dienstag vorgesehen sei. Später war ich mir sicher, dass Herr Nemeth bloß viele Exemplare eines Modells besaß. Andererseits wusste ich nicht, wie er an einem Montag aussah. Und dass er an einem Sonntag anders als einem Mittwoch aussah, nahm ich mit an Sicherheit grenzender Wahrscheinlichkeit an.

Ich mochte Herrn Nemeth, lächelte über seine Schrulligkeit, spöttelte bisweilen über seine Pedanterie, aber trotzdem war da etwas an ihm, was mich seine Gegenwart schätzen ließ. Er hatte etwas gut versteckt Schelmisches; so gut versteckt, dass ich es nicht einmal an etwas Konkretem festmachen konnte. Er sprach weder laut noch leise, dafür äußerst präzise. Er sprach nie viel, antwortete hin und wieder knapp auf meine Fragen, ansonsten blieb er dabei, die Augen zu schließen, sich von mir umarmen und am Kopf streicheln zu lassen, bevor ihm Tränen in die Augen schossen. Einmal mehr, dann wieder weniger, aber immer kamen Tränen. Ich fragte mich schon, ob er auch das genau geplant und sorgfältig dosiert habe, um über die Runden zu kommen. Denn über die kam er, und noch dazu gut, wie es aussah. Anders als bei vielen meiner Klientinnen und Klienten hatte ich bei Herrn Nemeth nie das Gefühl, er sei unglücklich, verirrt, werde von jeder Kleinigkeit aus der Bahn geworfen. Mir war, als komme er sehr gezielt und mit einem äußerst präzisen Kalkül zu mir, das ihm vierzehntäglich in homöopathischen Dosen Tränen entlockte, um sich zu versichern, dass er das nicht verlernt habe, dass er sich spüre, dass er trotz der Geschäfte und Termine und all der Redlichkeiten immer noch ein menschliches Tier sei.

Anfangs hatte ich gedacht, Herr Nemeth weine wegen seines Vaters, wegen der verlorenen Zeit, wegen der unwiderruflich vergangenen Kindheit mit ihren Gewissheiten und Sicherheiten. Aber dann musste ich mir eingestehen, dass ich ihn trotz allem nicht kannte, und zwar so gut wie gar nicht, und zuviel von mir auf ihn projizierte. Herr Nemeths Vater litt an Alzheimer im Endstadium, er vegetierte nur noch vor sich hin, kannte weder seinen Sohn noch sich selbst. Er wusste nicht, wie er hieß, er wusste nicht, wann er geboren war, er wusste ja nicht einmal, was *heißen* und *geboren sein* hieß. Er wusste nicht, wer er war, und er wusste nicht, was das bedeuten konnte, jemand zu sein. Aber irgendetwas war noch in ihm, das ihn mit gesenktem Haupt und verkrampften Fäusten, die immer etwas umschlossen, einen Kamm oder auch nur einen Fetzen, von früh bis spät durch das Heim wandern ließ, Tag für Tag, Runde um Runde, wenn er nicht gerade schlief oder wie eine Leiche vor dem Fernsehgerät im Aufenthaltsraum lag, wobei er weder den Aufenthaltsraum noch das Fernsehgerät wahrnahm. Als die Krankheit ausgebrochen war, hatte er noch gedacht, die Menschen auf dem Bildschirm wären in seinem Zimmer. Bisweilen riss Herr Nemeths Vater andere alte Männer an den Haaren, manchmal brachen wüste Verwünschungen auf Krankenschwestern herein, dann kamen wieder alte Sprichworte aus seinem Mund, bis ihm in der Mitte des Satzes der Satz verloren ging, abmunden kam, wie Anna gesagt hätte. Ansonsten war er in einer Welt, von der nichts nach außen dringen konnte. Und trotzdem war ich mir nicht mehr sicher, dass Herr Nemeth in erster Linie seinetwegen weinte.

Es war Anfang Dezember, als sich Herr Nemeth gerade so viel über die Krankheit seines Vaters entlocken ließ, dass ich mir ein vages Bild zeichnen, dass ich mein Bild, das ich ohnehin schon zu zeichnen begonnen hatte, abrunden konnte. Ich war immer wieder verblüfft, wie präzise das, was man die innere Uhr nennt, bei Herrn Nemeth funktionierte. Ich fragte mich, ob er die Uhr und alles, was mit dem Messen der Zeit zusammenhing, die Disziplin, das Arbeitsregime, die verwaltete Welt, soweit verinnerlicht habe, dass er zehn Minuten vor dem Ende der Einheit die Augen öffnete, um sie mit einem Taschentuch zu trocknen, das er aus seiner linken Sakkotasche zog, bevor er ein paar Worte mit mir wechselte.

»Ich wünsche mir immer öfter, ja, dass er stirbt.«

Ich nickte.

»Aber er ist körperlich gesund.«

Ich zog die Brauen hoch.

»Und dann fühle ich mich wieder schuldig, wenn ich ihm, der mich, ja, gemacht hat, ja, den Tod wünsche.«

»Haben Sie jemanden, mit –«

»Ich habe eine Schwester, die das ähnlich sieht. Schöne Woche, Herr Horvath, bis übernächsten Dienstag.«

Am übernächsten Dienstag, wenige Tage vor Weihnachten, öffnete Herr Nemeth die Augen fünf Minuten früher als gewöhnlich und wischte sich ein paar Tränen aus ihnen.

Gerade an diesem Tag hatte ich mich über ihn geärgert, ein Anflug von Wut, der mehr als bloßer Unmut war. Mir war zu kalt, ich vermisste die Sonne, am liebsten wäre ich unverzüglich in den Süden geflogen und hätte mich an einen Strand gelegt, die Arme im Nacken verschränkt und gelächelt. Aber das war nicht mehr so einfach. Das war alles nicht mehr so einfach. Es war auch zuvor nicht so einfach gewesen, weil mir das nötige Geld gefehlt hatte, das ich aber irgendwie doch immer aufgetrieben hatte. Irgendwo auf der Welt war dann auch stets ein Zimmer, ein Bett, ein Sofa für mich frei gewesen. Das nötige Geld besaß ich mittlerweile, dafür konnte ich es nicht verwenden. Ich würde auch bald den Preis der Zivilisation annehmen müssen: einmal jährlich für zwei Wochen weg, um abzuschalten. Ich hasste das Wort, es war mir höchst verdächtig. Man schaltete nur ab, was einen nervte.

Natürlich verspottete ich Herrn Nemeth bei mir als Kant, weil ich mittlerweile selbst ein einigermaßen beständiges Leben führte. Ich stand montags bis freitags zwischen sieben und acht Uhr wie ein braver Österreicher auf, ging jeden zweiten, zumindest jeden dritten Tag ins Fitnessstudio, um den körperlichen und geistigen Anforderungen an mich gerecht zu werden; selbst meine Mahlzeiten nahm ich unter der Woche, also unter sie gebeugt, zu den immer gleichen Zeiten ein, dass man schon fast nicht mehr von Essen, sondern tatsächlich von Mahlzeiteneinnehmen sprechen musste.

Andererseits bewunderte ich diese Nemethsche/Kantsche Disziplin, gerade weil ich wusste, dass ich dieses Leben nicht für immer führen würde, nicht für immer würde führen können; dass dieses Leben meinem Wesen, was immer das war, widersprach. In Wirklichkeit wartete ich nur auf den Ausbruch, auf den Exodus aus dem Immergleichen, auf die Tage, an denen mir alles zum Hals hinaushängen und ich bis in die Morgenstunden durch Wien ziehen würde, von Bar zu Club, von Café zu Party, von aufgeregten Wortverwicklungen zu – ja, wozu?

Was ich tat, war doch auch und gerade der Versuch gewesen, mein Leben in etwas geregeltere, gesündere, zuträglichere Bahnen zu lenken. Was kann ich denn noch erleben?, fragte ich mich, um mich zu beruhigen, um mir einzureden, ich hätte mit Mitte Dreißig alles schon hinter mir – die Bars, den Alkohol, die Drogen, die One-Night-Stands, den Kater am nächsten Morgen, die Anrufe, die ich nicht annehmen wollte, die Nummern, die ich nur nicht aus dem Telefon löschte, um nicht versehentlich abzuheben, den Gram, wenn jemand umgekehrt meine Anrufe einfach nicht mehr annahm. Was habe ich denn davon?, fragte ich mich, um mir zu bedeuten, dass ich ohnehin nichts lieber wollte als ein Kind mit Anna. Aber davon hatte Anna noch nie gesprochen.

Ich war mit vielen Regeln und Grenzen aufgewachsen. Natürlich waren Regeln nur da, um gebrochen zu werden. Natürlich waren Grenzen nur da, um überschritten zu werden. Ich hatte als Jugendlicher immer vor meinen Freunden zu Hause sein müssen; genau deshalb hatte ich in der kurzen Zeit, die mir gegeben war, umso mehr trinken und umso gieriger schmusen müssen. Ich hatte gelernt, nett zu anderen Menschen zu sein, zuvorkommend, höflich und hilfsbereit. Einem höflichen Schuft zürnte man weniger als einem ungehobelten; einem zuvorkommenden Scharlatan vergab man eher als einem ungeschlachten. Einmal hatte ich in dem, was man das wirkliche Leben, ein andermal in dem, was man das Geistesleben nennt, Erfahrungen gesammelt, nur um herauszufinden, dass da niemand war, der oder die sagte: »Tu das doch nicht, Sebastian, das ist schlecht für dich!«

»Du hast eine Religion für die nächste eingetauscht.«

»Und das sagst gerade du?«

»Ein Schwarzer darf Neger sagen, ein Weißer nicht. Ein Jude darf Judenwitze erzählen, ein Goi nicht. Eine Frau darf sich über ihren zu kleinen Busen beschweren, ein Mann nicht. Und eine Kommunistin darf den Kommunismus als Religion analysieren, ein Reaktionär niemals.«

Natürlich hatte Anna nicht ganz Unrecht. Ich hatte mit zwanzig auf alles eine Antwort zu haben gemeint. Ich war aufgetreten, als verstünde ich die Gesellschaft, die Welt, die Interessen, die Strukturen, die Geschichte. Ich hatte Bücher und Broschüren gelesen, um die richtige Meinung zu lernen und alle anderen Argumente entlarven zu können. Ich hatte mich mit Gleichgesinnten einer gleichen Gesinnung versichert. Ich hatte jeden zweiten einen wandelnden Widerspruch genannt. Aber es hatte nicht lange gedauert, bis ich nicht mehr gewusst hatte, wer denn genau ich sei, was ich warum täte, und ob ich überhaupt etwas tun solle. Ich war schlaflos neben Kristina gelegen, aber sie hatte mir nicht helfen können. Wie allein ich mich auf einmal gefühlt hatte. Ich war durch die Straßen geirrt und hatte nicht gewusst, wohin. Ich war in der U-Bahn gesessen und hatte die Menschen für ihre anscheinend normalen Leben bewundert. Ich war in einen Supermarkt getreten und hätte am liebsten auf der Stelle mit der Kassiererin getauscht.

Nur das war ich nicht. War ich nicht ein Sonnenkind, ein Sonntagskind? War Sonntag nicht diese seltsame Zwitterbezeichnung, der Tag des heidnischen Sonnengottes, den Konstantin zum Ruhetag erklärt hatte, weil ihn die Christen zu dem ihren gemacht hatten? Hatte ich nicht ein ums andere Mal zu hören bekommen, was für ein Glückspilz ich sei, wie leicht mir alles falle? Und trotzdem hätte ich mich am liebsten in einem Erdloch vergraben.

An diesem Dienstag vor Weihnachten ärgerte ich mich gerade deswegen über Herrn Nemeth. Weil er diese Probleme nie gehabt hatte. Weil er das meiste immer für gegeben genommen hatte. Weil er aus irgendeinem Grund immer zufrieden gewesen war. Ich verabscheute das Wort, verachtete den zufriedenen Gestus. Ich wollte glücklich sein. Immer wenn ich merkte, mich zufrieden zu fühlen, fragte ich mich, was mit mir nicht stimme. Natürlich hätte ich um nichts auf der Welt mit ihm tauschen wollen. Aber ich hätte gern gewusst, zumindest für eine Woche, wie das war, wenn man mit den herrschenden Zuständen zufrieden war, wie das war, der Meinung anzuhängen, in der besten aller möglichen Welten zu leben. Ich konnte es mir nicht vorstellen, als er sich fünf Minuten früher als sonst seine Augen wischte und ich mich darüber ärgerte, dass er auf Knopfdruck weinen konnte, während ich so gut wie nie weinen konnte.

»Warum streicheln Sie andere Menschen?«

»Weil ich sonst nichts kann, und weil ich Geld verdienen muss.«

»Das zweite glaube ich Ihnen, das erste nicht. Ich habe meinen Vater jetzt ein paar Mal im Heim besucht und gestreichelt. Ich habe ihn gestreichelt, wie Sie mich streicheln, ja, so wie er mich einmal gestreichelt hat. Das war ein sehr seltsames Gefühl, ja, schön und traurig, berührend und, ja, eklig. Was gibt Ihnen das?«

»Ich denke nicht soviel darüber nach. Ich arbeite.«

»Das glaube ich Ihnen nicht, Herr Horvath, so sind Sie nicht. Als ich das erste Mal zu Ihnen kam, hielt ich Sie für einen übereifrigen jungen Geschäftsmann, der eine Marktlücke entdeckt hat. Aber dann begann ich mich zu fragen, warum Sie das tun. Leben Ihre Eltern noch?«

»Ja.«

»Haben Sie Geschwister?«

»Auch.«

»Gibt es jemanden, der Sie streichelt?«

»Im übertragenen Sinne ja.«

»Also warum tun Sie das?«

Herr Nemeth saß entspannt auf dem Rand des Sofas, seine Ellenbogen ruhten auf den Knien, er hatte die Hände unter seinem Kinn verschränkt und lächelte. Ich hätte niemals gedacht, dass Herr Nemeth so direkt zu mir sprechen würde. Ich hätte niemals gedacht, dass Herr Nemeth überhaupt so direkt sprechen konnte. Ich spürte, dass er einfach neugierig war. Er wollte etwas über mich erfahren – beziehungsweise über Severin Horvath.

»Kommen außer mir viele Männer?«

»Kaum.«

»Sie wollen Frauen berühren, in einem weiteren Sinn. Sie wollen sie abhängig machen. Ich weiß ja, wie gut das tut.«

»Dann sagen Sie mir erstmal, wie gut das tut.«

»Wenn ich hier aufstehe und auf die Mondscheingasse trete, fühle ich mich wie ein anderer Mensch, leicht und frei, sehr offen auf jeden Fall. Ich rede mit wildfremden Menschen in der U-Bahn, wünsche der Kellnerin nach dem Zahlen einen schönen Tag – das tue ich ansonsten nicht. Nicht weil ich ein schlechter Mensch wäre, weil ich einfach nicht daran denke.«

»Wie lange hält dieses Gefühl?«

»Bis zum nächsten Morgen. Aber da stehe ich noch immer beschwingter auf als gewöhnlich. Und dann ist nur noch Freitag vor dem Wochenende.«

»Warum weinen Sie?«

»Lassen Sie heute mich die Fragen stellen. – Wie viele Ihrer Klientinnen sind in Sie verliebt?«

»Verliebt?«

»Ja, verliebt!«

Herr Nemeth lachte, als er *verliebt* sagte. Und er füllte seine Sätze nicht mehr mit *Jas*. Ich hatte ihn noch nie lachen gesehen. Ich hatte ihn mir auch nicht lachend vorstellen können. Vielleicht hatte ich meine Künste bislang tatsächlich unterschätzt. Vielleicht ging ich tatsächlich unter die Haut. Vielleicht fühlten sich meine Klientinnen und Klienten beim Aufstehen tatsächlich wohl in ihrer Haut. War Irene Fischer in mich verliebt? Hätte ich mich gefreut, wenn sie es gewesen wäre, mich bestätigt gefühlt? Und was hieß schon verliebt? Für mich hieß es, nicht ertragen zu können, nicht mit jemandem zu sein, oder umgekehrt, um alles in der Welt mit jemandem sein zu wollen, um ihn kennenzulernen und alles über ihn zu erfahren.

»Kann ich nicht sagen.«

»Wie viele würden sofort mit Ihnen zu Abend essen und zumindest beim zweiten Mal ins Bett gehen?«

Jetzt lachte ich. Ich musste helllaut lachen, wie ich lange nicht mehr gelacht hatte. Abgesehen von zwei, drei Freunden, mit denen ich fast ausschließlich über Frauen und Sex sprach, besprach ich dergleichen nie mit Männern. Mit den einen nicht, weil sie widerlich und hässlich waren, wenn sie von ihren Jagdausflügen erzählten, verzweifelte Einmannarmeen, mit den anderen nicht, weil ich sie nicht deprimieren wollte, weil sie nicht glauben sollten, ich wolle ihnen damit etwas sagen.

»Hören Sie, Herr Nemeth, Sie sind nicht meine Therapeutin.«

»Geben Sie das, was Sie selbst nicht bekommen haben, oder das, was Sie im Übermaß bekommen haben?«

Ich verdrehte die Augen, blies die Backen auf.

»Manches ist halt sehr einfach. Mangel oder Überfluss?«

»Beides, wenn Sie mich so fragen, beides.«

»Sie müssen ein glücklicher Mensch sein.«

Sagte Herr Nemeth. Auf einem Sofa unter der Blauen Lagune des glücklichen Menschen. Lächelte dabei. Sah entspannt und spitzbübisch aus. Betrachtete mich wie ein seltenes Exemplar.

»Sie wissen, wie das mit dem Glück ist: Man erkennt es erst, wenn man nicht mehr in ihm ist.«

»Es macht Sie also glücklich, Frauen zu manipulieren – im Wortsinne?«

Oh là là! War Herr Nemeth Feminist? Da hatte ich in den Genderseminaren aber mehr gelernt. War er gar einer der von mir sogenannten Männer-sind-Schweine-Feministen?

»Mich ekelt auch oft, glauben Sie mir.«

»Man stellt sich manches schöner vor.«

Herr Nemeth stand auf, zog wie immer einen Hunderteuroschein aus der Spange, schüttelte mir erstmals die Hand und wünschte mir schöne Weihnachten und alles Gute fürs Neue Jahr.

An diesem kalten Abend trat ich anders als in den Wochen zuvor auf die Mondscheingasse, leichter, freier, auf jeden Fall sehr offen. Anna stand mit einer Kollegin im Hof des Museumsquartiers. Sie tranken Punsch, ich brachte sie zum Lachen. Und ich lachte selbst sehr viel.

»War Irene Fischer bei dir?«

»Kant hat sich in Freud verwandelt. Ich glaube, er nimmt aus jedem Urlaub die gleiche Anzahl an Totems und Statuetten mit, um sie in regelmäßigen Abständen auf seinen Schreibtisch zu stellen.«

Vielleicht wäre ich erfolgreicher gewesen, wenn ich hässlicher gewesen wäre. Vielleicht hätte ich mehr Geld verdient, wenn ich einen kleineren Schwanz gehabt hätte. Vielleicht hätte ich in einer schönen großen Wohnung mit Dachterrasse und Blick über Wien gelebt, wenn ich fügsamer gewesen wäre und die Dinge und Menschen genommen hätte, wie sie zu sein schienen. Vielleicht viel leichter.

Anna und ich fuhren in einem Elektroboot über die Alte Donau, als ich dergleichen vor mich hinplapperte. Sie saß am Steuer, der Himmel war blau, das Licht so hell wie nur in diesem Teil der Stadt. An den Ufern drängten sich kleine Häuschen mit Stegen und Anlegeplätzen aneinander, die U-Bahnen zogen im gleichmäßigen Rhythmus über eine Brücke, im Hintergrund ragten weiße und gläserne Türme in die Luft; Boote fuhren an uns vorbei, wurden vorbeigetreten und vorbeigerudert, bisweilen mussten wir anhalten und den Motor von Schlingpflanzen befreien. Anna trug eine schwarze Sonnenbrille und einen olivgrünen Bikini. Sie war brauner als ich. Ich beobachtete sie neidisch von der Seite.

»Wenn ich ehrlich bin, gefallen mir deine Hände am besten.«

»Wirklich?«

Ich fuhr mit meiner Linken Annas Körper ab. Das war das erste Mal, dass ich sie streichelte. Recht eigentlich kitzelte ich sie. Es machte mir Spaß, wie sie zuckte und lachte und nach meiner Hand schlug, und wie dabei klar war, wie sehr sie es genoss, meinetwegen zu zucken und zu lachen und nach meiner Hand zu schlagen. Es war unser erster gemeinsamer Sommer. Die Stadt ging auf, wurde weit und groß. Wir fuhren über die Höhenstraße, saßen mit unterschiedlichen Weitblicken auf den Hügeln rund um Wien, wir lagen in Freibädern und picknickten auf Wiesen, die Abende verbrachten wir am liebsten in Gegenden und Bezirken, die wir kaum kannten. Wir entdeckten eine zweite, wir schufen eine gemeinsame Stadt. In Neustift am Walde, auf einer Decke in einem Weinhang mit Blick auf den Friedhof auf dem gegenüberliegenden Hügel, sagte ich, ich könne mir schon jetzt ein Leben ohne sie nicht mehr vorstellen. Sie sich eigentlich auch nicht, antwortete Anna. Sobald wir nicht zusammen waren, beschäftigte mich dieses *eigentlich*.

Jetzt streichelte ich täglich Menschen mit jenen Händen, von denen Anna einmal gemeint hatte, sie gefielen ihr am besten an mir. Ein merkwürdiger Fetischismus. Solange er sich auf einen Teil von mir kaprizierte, war ich glücklich.

Vier Jahre später stand ich in der vollen U-Bahn auf dem Weg von der Alten Donau in die Stadt; vier Jahre, die ich für die befreitesten meines Lebens hielt, auch wenn die Verhältnisse nicht so waren. Ich war spazieren gegangen, um in der Kälte meinen Kopf frei zu bekommen. Früher war ich oft täglich stundenlang durch die Innere Stadt, durch den Prater, die Donau entlang spaziert und hatte Luftschlösser gebaut, in denen ich mit schönen, klugen Frauen lebte und an etwas Großem werkte. Manchmal waren die Schlösser bloß Wohnungen gewesen, deren Türen beinahe immer offen gestanden waren. Dann waren die Schlösser wieder in der Vorstadt angesiedelt gewesen, im Grünen, die schöne, kluge Frau und ich hatten morgens im Garten gefrühstückt, es war immer Sommer, zumindest Frühling, nach ein paar Minuten Gehen waren wir auch schon im Wienerwald gewesen. Bisweilen, fiel mir in der U-Bahn ein, standen die Schlösser auch auf dem Land, am Neusiedler See oder in der pannonischen Weite. Am öftesten aber waren sie im Süden gestanden, am Meer, auf den Hügeln über dem Meer, weit entfernt von den rotweißroten Grenzen.

In die Wiederentdeckung der einstigen Luftschlösser hatte mir Alex eine Kurzmitteilung aus Hegymagas geschickt, dass er gern wieder einmal mit mir dort wäre. Mir fiel ein, wie ich ihn gefragt hatte, was er an Judit liebe, und wie er *alles* geantwortet hatte. Ich hatte es ihm nicht abgenommen. Jetzt, in der U-Bahn, stellte ich mir dieselbe Frage. Was liebte ich an Anna? Am liebsten hätte ich sie mit *alles* beantwortet.

Alles? Was war alles? Sie konnte gut mit sich sein, es verlangte sie nicht ständig nach Ablenkung, Zerstreuung, Ausbruch. Anna hatte ein sicheres Urteil, einen guten Geschmack, die Kluft zwischen dem, was sie sagte, und dem, was sie dachte, war kleiner als bei mir. Nur wenn ich genauer überlegte, liebte ich vor allem und über alles das Kind in Anna, das Mädchen, das sie gewesen war, das sich dort, wo es gewesen war, auf verlorenem Posten gefunden hatte, am falschen Ort, mit den falschen Leuten, in einer falschen Zeit. Ich liebte sie mit meinem Kinderblick. Vielleicht fiel mir das ein, weil ich ein kleines schwarzes Mädchen im Abteil neben dem Zugausgang seiner Mutter in einem fort gegen deren Willen an die Nase fassen sah. Ich wäre damals gern mit Anna gewesen. Ich hätte sie damals gern beschützt, damit hätte auch sie mich damals (nicht nur vor Kommendem) beschützt. Wann immer ich dieses Mädchen in ihr sah, wenn sie traurig war, wenn sie sich besonders freute, wenn ihr etwas oder ich sehr nahe ging, musste ich gegen meine eigenen Tränen, gegen meine eigene Gerührtheit ankämpfen. Es gab einen Annablick, die Augen aufgerissen, der Mund leicht geöffnet, die Luft angehalten, eine Mischung aus Entsetzen, Unglauben und Auswegsuche, der mich so tief ansprach, dass es mir die Rede verschlug, ich sie nur ansehen und ihr in meinem Kinderblick begegnen konnte. In Wirklichkeit bewunderte ich sie. Sie war stärker als ich, sie war klüger, sie war gelassener. Mit Anna war alles schöner – und vieles weniger schlimm.

Die Waggons ratterten, der Fahrer oder die Fahrerin bremste abrupt, ich verlor das Gleichgewicht, fiel Richtung Tür und stützte mich mit der Linken ab. Die knickte um, ich fluchte, sie schmerzte entsetzlich. Ich tastete nach meinen Gelenken, strich mit meiner Rechten über die Linke und verzog das Gesicht. Ich hatte mir die Hand gebrochen! Zweifelsfrei. Ich würde einen Gips bekommen, meine Freundinnen und Freunde würden auf ihm unterschreiben, Genesungswünsche und Zeichnungen darauf kritzeln, ich würde schwitzen, unter dem Gips würde die Haut furchtbar zu jucken beginnen, dass Anna mich mit einer langen Nadel würde kratzen müssen. Und sollte die Hand nicht gebrochen sein, wäre sie zumindest schwer verstaucht. Sie würde blau werden und anschwellen, dann wäre sie nicht nur nicht mehr schön, sondern arbeitsunfähig. Arbeitsunfähig: Eines der schönsten Worte überhaupt verlor seinen Glanz, sobald man bei sich selbst angestellt war. Natürlich hatte ich noch meine Rechte. Einem Streichler von Berufs wegen durfte dergleichen nicht passieren.

Meine Hand war weder gebrochen noch schwer verstaucht; schon ein paar Stunden später war der Schmerz verflogen. Von da an bedrängte mich eine neue Furcht. Meine Hände waren mein Kapital – nicht mein Kopf, nicht mein Gehirn, nicht mein Geschlecht. Fußballer durften im Winter nicht Schifahren, Schifahrer durften im Sommer nicht Fußball spielen, ich war am ehesten einem Pianisten zu vergleichen – oder einem jungen Genius wie Parmigianino, obwohl ich mich so hoch auch wieder nicht einschätzen wollte.

Ich malte mir alle möglichen Schreckensszenarien aus. Wenn ich einen Unfall hätte, wenn mich jemand mit dem Auto anführe, wenn ich ganz böse stürzte, wenn mir jemand sehr Böses wollte, wenn ich bei Glatteis ausrutschte, wenn mir die berühmte Bananenschale auf dem Gehsteig die Schwerkraft entzöge, wenn ich im Stiegenhaus hinfiele, wenn ich mich beim Geschlechtsverkehr gedankenverloren abstützte, wenn ich im Dampfbad des Fitnessstudios ausrutschte, wenn mir die Hanteln entglitten und auf die Finger sausten, wenn ich im volltrunkenen Zustand auf dem Nachhausweg stolperte – konnte ich mir eine Hand, konnte ich mir beide Hände brechen. Nicht auszudenken, wenn ich in die Fänge einer der vielen Mafias geriete, einen Fehler beginge, schon wäre ein Finger abgeschnitten. Wer wollte von einem Menschen mit vier Fingern, wer wollte von einem Menschen mit fünf Fingern, aber weniger als vierzehn Gliedern gestreichelt werden? Und was, wenn ich mir beide Hände bräche? Dann könnte ich mir einen Pinsel zwischen die Zähne klemmen und mit ihm das tun, was die schwedischen Forscher mit ihrer Versuchsdame getan hatten.

Ich hatte feine, lange Fingerglieder, die Finger waren gut proportioniert, Zeige- und Ringfinger etwa auf gleicher Höhe unter dem Mittelfinger, der kleine Finger im Vergleich zu den übrigen wirklich klein, wenn auch immer noch relativ lang. Ja, ich hatte schöne Finger. Ja, ich pflegte sie gebührend. Alle zwei Tage schnitt ich meine Nägel und feilte sie. Ich benutzte eine sehr teure und sehr angenehme Crème. Ich achtete meine Finger. Bisweilen suchte ich eine Maniküristin auf, nur tat sie mir nicht gut, weil ich ständig auf ihr Dekolletee starrte und tief einatmete. Meine Finger waren beinahe alles, was ich hatte – alles, was Severin Horvath hatte. Dürers betende Hände waren klobig im Vergleich zu meinen.

»Du solltest eine Fingerversicherung abschließen.«

»Es ist deine Schuld, Anna. Das ist geschehen, während ich mit der Frage beschäftigt war, warum ich dich liebe.«

»Das kann ich dir sagen.«

»Ach ja?«

»Weil ich klug bin, weil ich schön bin, weil ich weiß, was ich will, weil ich auch eine Klassenverräterin bin. Weil ich gut rieche, weil ich mehr lese als du, weil ich einen besseren Geschmack habe, weil ich besser Minigolf spiele. Und weil du mit mir der ruchlose Bastard sein kannst, der du sein kannst.«

»Eins hast du vergessen.«

»Meine Tanzkünste?«

»Ich liebe deinen Vogel. Ich liebe deine Vögel.«

»Du könntest eine teure Versicherung abschließen, ich könnte dir die Finger brechen, du könntest von einem Unfall sprechen, und mit dem Geld könnten wir das Weite suchen.«

»Keine schlechte Idee.«

Mit Anna fühlte ich mich wohl in meiner Haut, in Herrn Nemeths Haut wollte ich nicht stecken, Irene Fischer ging mir bisweilen dermaßen unter die Haut, dass sie mir noch in der Erinnerung eine Gänsehaut bescherte. Ich war in meinem früheren Leben viel öfter auf der faulen Haut gelegen, ich war, zumindest Romana zufolge, keine ehrliche Haut. Sie hatte mich oberflächlich genannt: Für sie war ich jemand, der nur die Oberfläche, die Hülle, die Haut sah. Sie unerwartet in meinem Institut zu sehen war zum Aus-der-Haut-fahren gewesen; ich hatte ein paar Mal zu oft hautnah miterlebt, was auf keine Kuhhaut ging. Ich war nicht immer mit der heilen Haut davongekommen, meine Feinde hatten mir die Haut über die Ohren ziehen wollen: Sie hauten mich. Vielleicht meinte ich deshalb ständig meine Haut retten zu müssen. Manche meiner Klientinnen waren so dünnhäutig, dass es mich unter der Haut juckte, ihnen ein paar unangenehme Wahrheiten zu entdecken. Herr Nemeth bestand aus Haut und Knochen, ich hätte Haut und Bein schwören können, dass er nur sogenannte biologische Lebensmittel kaufte. Als Kind hatte ich nichts mehr gehasst als Milchhaut.

Das waren die Spiele, mit denen ich mir in mir die Zeit vertrieb, während ich meine Klientinnen streichelte, wenn ich in der U-Bahn saß oder durch die Stadt spazierte. Haut, das war das, was ich ständig vor mir hatte. Meine Haut berührte andere Häute, und schon das Wort berühren zeigte in all seinen Bedeutungen an, dass sich da etwas ereignet, wenn eine Haut auf eine andere trifft. Ich selbst hatte mich in den dreieinhalb Jahrzehnten auf dieser Erde immer wieder gehäutet. Um auf einen Kern zu stoßen? Um eine neue anzulegen? Warum durfte niemand sagen, dass der Kaiser nackt war? Weil dieses Kleid alle trugen?

Ich begann, Fleisch, Haut zu lesen. Je mehr Häute ich sah, je mehr Häute ich berührte, desto durchsichtiger wurden sie mir. Da waren nicht nur Narben und Schrammen und uneindeutige dunkle Flecken. (Wenn ich mit zwei Hanteln auf einer Bank vor der Spiegelfront des Fitnessstudios saß, konnten die dunkelbraunen Flecken an den Innenseiten meiner Oberarme sowohl von einer Misshandlung als auch von einer sehr leidenschaftlichen Behandlung künden.) Es waren nicht nur die Gerüche, Farben, Glätten und Rauheiten. Es war auch nicht nur die Straffheit oder Laschheit der Haut, es waren auch nicht nur Muttermale und Leberflecken, Pigmentflecken, Warzen oder Pickel. Es waren auch nicht nur die Tätowierungen und Piercings, es war auch nicht nur ihre Feuchtigkeit oder Trockenheit. Es war die Art und Weise, wie eine Haut auf bestimmte Berührungen reagierte.

Da war eine junge Tänzerin, bei der ich mich gewundert hatte, warum sie zu mir komme, jeder Mann musste sie berühren wollen. Vielleicht war es gerade deshalb, vielleicht etwas ganz anderes, jedenfalls begann sie jedes Mal, wenn sich meine Hand ihrem Nacken näherte, zu zittern. Dann gab es Frauen, die regelrecht zu grunzen begannen, die Augen geschlossen, ein Lächeln um den Mund. Andere stöhnten verhalten, wieder andere seufzten »Mein Gott« oder einfach nur »Ja« oder »Mhhh«. Ich streichelte Klientinnen, die zu weinen begannen. Manche weinten gleich nach den ersten Berührungen, andere hielten sich zurück, bis sich an einem Punkt alle Schleusen öffneten. War das dann *der* Punkt oder ein zufälliger? Es konnte auch ganz anders sein. Es gab Klientinnen, die mit einem Mal aufstanden, die das dann doch nicht wollten, die mich verschämt, ertappt, bisweilen verärgert und angewidert ansahen, um sich zu entschuldigen. Sie hätten nicht kommen sollen, sie gingen jetzt besser wieder.

Das Fleisch war Wort, zumindest für den, der es lesen konnte. Es wohnte unter und neben uns. Die Haut war etwas, das sogleich den Menschen als solchen bezeichnen und das, was seinen Kern, sein wahres Ich verbergen sollte – was immer das war. Haut und Haus, das war derselbe Stamm, den Grimms Wörterbuch auf die Sanskritwurzel *sku* zurückführte. Bedecken, verhüllen. Die Haut und das Haus verbargen hinter ihren Flächen, Fenstern und Türen etwas, das man nicht so genau kannte, worüber man nur Mutmaßungen anstellen konnte, das man oft gar nicht so genau wissen wollte. War ein Haus schön, konnte man sich immer noch vornehmen, die Einrichtung auszutauschen, sollte sie einem unpassend erscheinen. Bei der Haut war das schwer möglich. Sie verhüllte die Knochen, die Eingeweide, die

Organe, das Herz und das Gehirn und vor allem das, was man trotz der totalen Durchleuchtung und Entschlüsselung der Genetik des menschlichen Tieres die Seele oder das Ich nannte. Die Haut war auch der Mensch. Wie man sie berührte, so rührte es ihn. Wer seine Haut zu Markte trug, trug sich zu Markte, auch wenn er einen anderen Namen wählte. Auch wenn er sagte, das eine sei er, das andere der Streichler.

Anna hatte mir in der Bibliothek den Eintrag aus Grimms Wörterbuch kopiert, einen der längsten überhaupt, so wie sie mir ein paar kluge Bücher ausgeliehen hatte, in denen es um mein täglich Brot ging. In den Jahrhunderten vor unserem war das Wort für den Menschen als solchen verwendet worden. Man schlug und lachte sich die Haut voll, die einem allweg näher war als das Hemd. Eine Tochter war ihrer Mutter wie aus der Haut geschnitten. Beim Vorübergehen an schönen Frauen tief einzuatmen, war mir in die Haut geheilt. Was in der Haut war, konnte man nicht wie Hosen abstreifen. Manche waren, Luther zufolge, Heuchler in der Haut, die einen Schein führten, um die Wahrheit zu schützen. Aus eines anderen Haut war gut Riemen schneiden – es war ja nicht die eigene. Und man erfuhr etwas an eigener Haut.

Wie die Knochen, Fleischstücke, Eingeweide und Blutgefäße mit einer Haut verschlossen sind, die den Anblick des Menschen erträglich macht, schreibt Nietzsche, *so werden die Regungen und Leidenschaften der Seele durch die Eitelkeit verhüllt: sie ist die Haut der Seele.*

Die Haut der Seele war aber nicht die Haut aus Fleisch. Die war die erste, die die Eitelkeit ins Wanken brachte. Wenn man sie richtig berührte, manipulierte, wie Herr Nemeth gemeint hatte, offenbarten sich die Regungen und Leidenschaften, zeigten sich die Träume und Verletzungen gerade an der Oberfläche.

In Büchners *Dantons Tod* hatte Anna einen schönen, traurigen Satz gefunden, den der Dichter den Revolutionär sagen lässt. Ich druckte ihn aus und hängte ihn im Institut für spezielle Bedürfnisse ins Vorzimmer. *Was weiß ich? Wir wissen wenig voneinander. Wir sind Dickhäuter, wir strecken die Hände nacheinander aus, aber es ist vergebliche Mühe, wir reiben nur das grobe Leder aneinander ab, – wir sind sehr einsam.*

Andererseits gefiel mir der Satz nicht. Er schien nicht auf mich, er schien aber auch nicht auf Severin Horvath zuzutreffen. Der rieb nicht grobes Leder an anderen ab, sondern feine Haut. Und dann stieß ich mich am rhetorischen Gestus des Revolutionärs, der sich anmaßte, *Wir* zu sagen und mich auch gleich mitzumeinen. Wir wissen wenig voneinander? Vielleicht wusste er wenig von anderen. Vielleicht wusste Büchner wenig von anderen. Ich wusste von einigen Menschen einiges, von manchen viel, von gar nicht so wenigen zuviel; jedenfalls mehr, als mir lieb war, mehr, als ich jemals hatte wissen wollen. Wir sind sehr einsam? Vielleicht war Danton sehr einsam. Vielleicht war Büchner sehr einsam.

Ich wusste viel von anderen. Ich war nicht einsam. Bloß Severin Horvath wusste nicht viel von den anderen, obwohl er ihnen immer näher kam. Severin Horvath war durchaus einsam, weil er allein war mit all den Geschichten, die ihm die Häute erzählten. Was nicht aus den Mündern kam, was sich nicht zu Worten formte, erzählten ihm die Häute. Schienen ihm die Häute zu erzählen. *Er* dachte, eine Haut erzähle von einer schlimmen Kindheit, einem Missbrauch, einer unglücklichen Ehe, einer ungesunden Selbstausbeutung, einer zu großen Willfährigkeit, einer zu schwachen Widerspenstigkeit, einem unrettbaren Verlust, einer tief sitzenden Verklemmung, einer mit allen Mitteln unterdrückten Wut, einem verleugneten Begehren, einem nicht gelebten Leben, einem zu schnell gelebten Leben, einem zu sorglos gelebten Leben, einem zu besorgten Leben. Die Haut sprach, er hörte zu. Aber war ihre Entzifferung nicht eine Anmaßung? Waren die Geschichten, die sie ihm zu verraten schienen, nicht Chimären? War das, was er las, nicht immer auch ein wenig er selbst? Denn immerhin war es Severin Horvath, der die Häute zum Sprechen brachte.

Er war ein Dienstleister, der streng genommen nicht zu fragen, sondern bloß seinen Dienst zu leisten hatte. Er bekam Geld dafür. Der Friseur schnitt die Haare, die Kellnerin brachte den Kaffee, der Taxilenker fuhr von der Kirchengasse nach Ober St. Veit, der Arbeiter hob den Kanal aus, die Briefträgerin zog die Post hinter sich her – und der Streichler streichelte. Aber ob jemandes Kopfhaut verschorft war, ob ein Gast der Kellnerin ans Gesäß griff, ob sich der Taxilenker betrunkene Distanzlosigkeiten anhören musste, ob der Arbeiter seinen Vorarbeiter am liebsten angespuckt hätte, ob die Briefträgerin für eine Bequemlichkeit des Kollegen von vor zwei Tagen verantwortlich gemacht wurde – damit war man auch allein, selbst wenn da jemand war, dem man davon erzählen konnte. Was die Häute vielleicht, wahrscheinlich oder doch nicht sprachen – damit war Severin Horvath allein.

»Das ist jetzt aber eine Spaltung, Basilisk.«

Anna saß mit einem Glas Weißwein auf dem Sofa und hob die Augenbrauen. Ich setzte mich neben sie, schmiegte mich an sie, vergrub meinen Kopf in ihrer Nackenmulde.

»Du sagst er, du sagst Severin, du sprichst in der dritten Person über dich.«

Ich küsste Annas Nacken, ich sog an ihrem Fleisch, ich drückte meine Nase in ihre Haare.

»Du zitterst ja.«

Ich griff nach Annas Händen, ich hielt sie fest, ich rieb meine Augen, meine Nase, meinen Mund an ihrem Hals.

»Hast du etwas getan, das du nicht hättest tun sollen?«

Ich atmete tief durch und setzte mich wieder auf. Ich wusste viel von ihr. Wie viel wusste ich von ihr?

»Sebastian oder Severin?«

Oder dachte ich das nur, weil ich etwas vor ihr zu verbergen begann? Észter, Irene Fischer, all die Hautgeschichten, die mich erschöpften und ermüdeten und gleichzeitig aufmerksamer und neugieriger machten. Und dann hatte Anna natürlich ihr eigenes Leben. Natürlich konnte ich ihr nicht ständig Geschichten aus meinem Institut erzählen, wollte ich das gar nicht. Viel lieber erfand ich Geschichten, ließ Politiker, Künstlerinnen und Reiche zu mir kommen, um mit Anna in die Phantasie zu steigen, in diese Welt, die am meisten unsere war, weil die Welt um uns so indikativisch war.

»Ich diskriminiere keinen von beiden.«

»Nicht dass ich wüsste. Nicht dass Severin Horvath wüsste.«

Mir träumte, dass ich in blauen Shorts und weißem Leibchen durch den Wienerwald lief. Bei der Jubiläumswarte bog ich in den Wald, ich sah dicke Hintern sich langsam weiterbewegen, gebückte türkische Frauen in langen schwarzen Kleidern Bärlauch schneiden und Plastiksäckchen damit füllen; ich überquerte die Dreieichenwiese, eine junge Frau ritt rückwärts auf einem Pferd, dann lief ich weiter, schnell und leicht durch den Wald zum Heuberg, wo ich durch nasse Zweige, die mein Gesicht kitzelten, den ersten Blick auf die Stadt bekam; weiter zum Schottenhof, so weit war ich noch nie gelaufen, ich verspürte keine Müdigkeit, bis ich auf der Wiese vor dem Schloss auf dem Wilhelminenberg zu stehen kam. Ich setzte mich ins Gras, unter mir lag Wien, ich drehte mich um und sah auf der anderen Seite das gleiche noch einmal.

Noch eine Stadt, den zweiten Teil, die gleiche Ausdehnung, die gleiche Anlage noch einmal. Auch dort im Hintergrund die Donau, auch dort der Prater, auch dort die Dächer und Quader und Türme und Grünflächen. Eine alte Frau ging mit einem Rudel Hunde an mir vorbei. »Gibt es das schon lange?«, fragte ich und deutete auf die Stadt in der anderen Richtung. »Seit immer«, sagte sie und schüttelte den Kopf. Da fiel mir ein, warum ich aus der Stadt gefahren war. Der Brief steckte noch in meinem Hosenbund, er war völlig durchnässt. Da stand nur mein Name, kein Absender. Ich öffnete ihn und fand ein Stück Haut. Ich musste es nicht noch einmal ansehen, ich musste nicht daran riechen. Ich wusste, wessen Haut es war.

Einen ganzen kalten Samstag lang ging ich mit diesem Traum herum. Anna war bei einem Kongress in Berlin, ich spazierte durch die Innere Stadt. Ich konnte nicht auf dem Franziskanerplatz Zeitung lesen, ich konnte nicht vor dem Palmenhaus Kaffee trinken, ich konnte mich auch nicht unter eine Brücke am Donaukanal setzen und auf das Wasser starren. Früher hatte ich mir immer vorzustellen versucht, ein Tourist zu sein. Eine meiner Lieblingsbeschäftigungen war es gewesen, wie ein Tourist zu blicken, damit mich die verkleideten Mozarts ansprächen, um mich in ein Konzert in prunkvollem Ambiente zu locken. In all den Jahren war mir das bloß ein einziges Mal gelungen. Nun versuchte ich mir vorzustellen, Severin streichle Sebastian, Sebastian komme zu Severin ins Institut. Es führte nicht weit. Ich musste aus Severin eine Séverine machen.

Ich legte mich auf ihre Couch, sie rückte einen Stuhl nahe heran, setzte sich und sah mich an.

»Wie werden Sie gern gestreichelt?«

»Darf ich Sie um etwas Ausgefallenes bitten?«

»Kommt darauf an.«

»Ich hätte gern, dass Sie sich die Haare nass machen und mit den nassen Haarspitzen mein Gesicht massieren – so eine Mischung aus Kitzeln und Peitschen.«

Séverine schüttelte den Kopf, ihre Haare wirbelten durch die Luft, bevor sie in Lachen ausbrach.

»Ach ja, hätten Sie das gern? Das ist tatsächlich ausgefallen.«

Sie lachte noch immer, und zwar erleichtert, wie mir schien. Ich wusste, wieso. Nur wusste sie nicht, dass ich ihr Kollege war. Séverine bat mich zu warten, dann verließ sie das Zimmer, um kurz darauf mit nassem Haar zurückzukehren.

Ich stand vor dem Brunnen am Neuen Markt, ein Japaner fotografierte eine Japanerin vor der Vorsehung und den vier Flussallegorien, *vor dem Donnerbrunnen* würden sie vielleicht in ihr Album schreiben, bloß Alben gab es recht eigentlich nicht mehr, als Séverine sich über mich beugte. Sie hatte schulterlanges schwarzes Haar, roch gut, und stützte ihre Hände links und rechts meines Kopfes ab. Zuerst wischte sie mit den nassen Haaren über mein Gesicht. Sie lächelte dabei, grinste, kreisende Bewegungen, ein angenehmes Kitzeln, Haarschlieren auf meiner Haut. Dann hob sie den Kopf so weit, bis mich nur noch die längsten Spitzen sachte berührten, wobei sie unmerklich ihren Kopf bewegte. Wie gut das tat. Wie schön das war. Ich kicherte, bevor Séverine schneller wurde, den Kopf wieder etwas senkte, ihn ruckartig von links nach rechts riss, mein Gesicht peitschend. Heilige Nägel! Heiliges Rosshaar? Aber rittlings?

Ich überlegte nicht, ob ich ins Café Bräunerhof gehen sollte, ich trat automatisch ein. Wie immer verzog der Kellner keine Miene bei der Bestellung, sagte auch nichts, nickte nur beiläufig. Ich trank eine Melange, ich rauchte, ich holte mir alibihalber eine *Süddeutsche*.

»Was ist?«

Séverine setzte sich auf und hob die Brauen.

»Was was ist?«

»Warum weinen Sie?«

Ich sagte es ihr. Die Zeitungsartikel sagten mir nichts. Trotzdem überflog ich sie. Glücklicherweise war nicht Sonntag. Ich konnte die Touristenattraktion Pianist im Altwiener Kaffeehaus nicht ausstehen.

»Sie haben sie nicht wieder gesehen?«

Séverine hatte wieder Platz genommen. Ich setzte mich auf und bat sie um ein Taschentuch. Wie ungelehrig ich war, wie trotzig, wie dumm. Mein Vater hatte mir immer geraten, stets zumindest ein Taschentuch bei mir zu haben. Ich hatte nur neben meinem Bett Taschentücher.

»Nein, aber heute habe ich von ihr geträumt.«

»Wollen Sie mir den Traum erzählen?«

Natürlich wollte ich das. Darum war ich ja gekommen. Darum war ich *auch* gekommen. Im Winter konnte man keine Spritzer trinken, guten Wein traute ich dem Bräunerhof nicht zu, ich bestellte Bier, auch wenn es in der Flasche kam.

»Blaue Hose, weißes Leibchen. Was fällt Ihnen dazu ein?«

»Das sind die Farben des Vereins, für den ich einmal Fußball spielte. Ich wollte Fußballer werden.«

»Warum?«

»Damit mich die Frauen im Stadion und im Fernsehen bewundern, damit mich die Männer im Stadion und im Fernsehen gerade deswegen nur achten.«

»Es bevölkern nur Frauen Ihren Traum.«

Ich nickte freudig.

»Was für ein Stück Haut war das Stück Haut?«

»Ich weiß es nicht. Einfach ein Stück Haut, nicht viel, wissen Sie, wie ein mittelgroßes Pflaster.«

»Ein Pflaster?«

»Das ist nur ein Vergleich, ich hätte auch sagen –«

»Haben Sie aber nicht! Ein Pflaster für eine Wunde? Eine Wunde ist eine Verletzung der Haut, nicht wahr, und damit die schneller heilt, geben Sie eben kein Pflaster, sondern gleich ein Stück Haut darüber, und zwar ein Stück fremder Haut.«

»Vielleicht hat sie die Haut auch nur geschickt, damit ich sie mir wie einen Talisman um den Hals hänge, oder einrahme, oder, wie Rabbi Löw aus Lehm, einen Menschen aus Haut erschaffe, eine Frau, also Észter.«

»Und mit dem Hautpflaster erscheint gleichzeitig eine neue, zweite, verdoppelte, bislang verborgene Stadt.«

»Ich habe mich so geärgert.«

»Worüber?«

»Dass die seit immer da war! Dass die Stadt doppelt so

groß war! Dass es alles zweimal und irgendwie auch anders gab! Doppelt so viele Menschen, doppelt so viele Gebäude, doppelt so viele Straßenbahn- und U-Bahnlinien, doppelt so viele Bäder und Lokale! Und dass ich Idiot all die Jahre nichts davon wusste! Ich doppelter Idiot!«

»Eine ganze Stadt für ein Pflaster?«

»Können Sie mit dem Pflaster aufhören? Das diente der Veranschaulichung!«

»Eine ganze Stadt für ein Stück Haut, das wie ein Pflaster aussieht?«

»Nicht aussieht, ihm ähnelt, Farbe, Größe, aber ohne –«

»Waren Sie nur verärgert?«

»Verärgert und glücklich. Was heißt glücklich? Erwartungsvoll. Gespannt. Aufgeregt. Da gab es auf einmal soviel zu entdecken! Ich konnte in Wien bleiben, es war doch nicht das Nest, als das ich es manchmal empfinde, doch nicht das Dorf, in dem jeder jeden zumindest über ein paar Ecken kennt.«

»Eine Frau in jeder Stadt, weil in der einen jeder jeden kennt?«

»Werden Sie jetzt moralisch?«

»Ich habe nur eine Frage gestellt. *Sie* unterstellen ihr eine moralische Dimension.«

»Ich entschuldige mich vielmals, nehme meinen Fehler zur Kenntnis und sehe den Balken in meinem Auge.«

»Es ist doch auch *eine* Stadt, nicht? Das ist ja nicht auf einmal Budapest oder Belgrad gleich nebenan. Zwei Frauen in einer Stadt können ein Problem sein.«

»Naja.«

»*Diese* beiden Frauen in einer Stadt sind ein Problem.«

»Da gebe ich Ihnen allerdings Recht.«

»Sie tragen das Trikot Ihres Vereins? Ist der aus der Stadt?«

»Nein.«

»Sehen Sie?«

»Was?«

»Tut mir leid, wir sind schon zehn Minuten drüber, eine Klientin wartet.«

Ich rief den Kellner, meine Stimme war sehr leise. Ich hatte auch den ganzen Tag nicht gesprochen, mein Mobiltelefon zu Hause gelassen, mir ein gewisses Alleinsein verordnet. Ich gab Séverine zweihundert Euro, das stimme schon so, sagte ich, stand auf und verabschiedete mich.

Und wenn ich schon zweihundert Euro dafür ausgab, dass mir eine fremde Frau ihr Haar ins Gesicht peitschte, konnte ich mich auch an die Theke der Loos-Bar setzen und teure Cocktails trinken. Im Ledereck beim Eingang knutschte ein etwa fünfzigjähriges Paar, Ehebrecher allem Anschein nach, neben mir schlürften zwei hässliche reiche Spanierinnen Piña Colada, mit denen ich schon allein deswegen nicht reden würde, der Barkeeper war so cool, wie es nur ein Barkeeper in der Loos-Bar sein konnte, dafür war der Mojito lecker, was seinen Preis noch immer nicht rechtfertigte, aber ich konnte ihn mir ja leisten. Gelobt sei der Tüchtige! Sein war zwar nicht das Himmelsreich, aber das Erdenreich, wenn er in die richtige Kaste geboren war.

Was für ein Narr ich war! Was für ein vertrottelter Traum! Wie offensichtlich! Wie unwürdig! Wie oberflächlich! Romana, du hast es immer gewusst! Ein Stück Haut! Ein Pflaster? Vielleicht ein Jungfernhäutchen! Was meinen Sie, Frau Séverine? Aber das konnte ich Frau Séverine ja nicht sagen. Die würde nachhaken, »wie kommen Sie denn darauf?«, ja, durfte man denn nicht mehr scherzen?, »aber Scherze haben immer auch einen ernsten Kern«, ja, aber das war doch nur eine Assoziation, »eben!«, ein Wort, das ein anderes im Schlepptau führt, »eben!« Eben, eben, eben. Eben mal nur gesagt. Eben mal so vor sich hingeplappert. Eben mal eben nicht reflektiert. Ebnet dem Herrn den Weg. Ebeneezer Scrooge, the old miser. Die Mühen der Berge haben wir hinter uns, vor uns liegen die Mühen der Ebene. Eben noch im Publikum, schon auf unserer Showbühne.

Ein Gesicht wie aus Ebenholz geschnitzt. Schön ebenmäßig. Ebenda, ebendort, ebenerdig. Ebenso. Ja, danke, ebenso einen schönen Tag. Ebben und Flutten.

Schön süß, der White Russian, viel Vodka. Da hatte er gut gemixt, der Barkeeper. Was für ein hübsches Koksnäschen der hatte! Und so kleine Pupillen! Und so schnelle Bewegungen! Und so fein aufeinander abgestimmt! Ich summte vor mich hin, Wir sind Helden, *Wir können alles schaffen, genau wie die tollen, dressierten Affen, wir müssen nur wollen.* Blaue Hose, weißes Leibchen! Nicht aus der Stadt, nein, nicht aus *der* Stadt. Wie einfach auch das war! Wie offensichtlich! Dass ich nicht einmal verschlüsselter träumen konnte! Mit einem wichtigen Brief, einem Liebesbrief, wie man sagt, war ich früher aus der Stadt zum Waldrand gegangen und hatte mich auf eine Holzbank gesetzt, um ganz allein mit den Worten eines Mädchens weit weg zu sein. Und gegenüber war die Obere Hochstraße gelegen, die nicht so hoch lag, aber immerhin ging es von dort ziemlich steil hinunter Richtung Wienerstraße. Haut hatte mir keine geschickt, aber Fotos. Ach, ihr gehüteten Schätze! Weh euch, ihr verborgenen Geheimnisse! Fahrt dahin, unaussprechliche Hoffnungen!

Wenn es die zweite Stadt nur gäbe! Die Spiegelstadt! Die Andersstadt! Die Stadtstadt! Die Andersstadt der kapitalistischen wäre eine kommunistische, natürlich, aber eine wirklich kommunistische, also eine noch nie dagewesene, und also viel schöner, viel lebendiger, viel freier, viel gesprächiger, viel – Steigerung, wofür das Wort noch fehlte. Die Hauptstadt des Einundzwanzigsten Jahrhunderts. Das Einundzwanzigste Jahrhundert würde kommunistisch sein, oder es würde nicht sein. Kommunismus oder Barbarei. Das Einundzwanzigste Jahrhundert war schon kommunistisch! Was an ihm nicht barbarisch war, und das war einiges, war kommunistisch. Aber das war schwer zu sehen, auch für mich selbst.

Ja, sie durften. Ja, die hässlichen reichen Spanierinnen

durften auch meine gesalzenen Erdnüsse essen, ich bestellte mir ohnehin noch einen Weißen Russen. Hoffentlich war das kein Menschewik oder gar Weißgardist! Der Barkeeper gab mir ein frisches Schälchen mit gesalzenen Erdnüssen, die arme, aber umso herzlichere Menschen für einen Hungerlohn ernteten und rösteten, damit sie uns gut schmeckten. Schön war die Welt, in der alle alles gern taten und dabei pfiffen und lächelten und sich artig verbeugten! Immer schön lächeln! Immer schön den Knicks machen! Andererseits immer schön sagen: »So ist es nun mal, ich hab es mir auch nicht ausgesucht, dass ich auf der besseren Seite geboren bin. Wenn es nach mir ginge, müsste es nicht so sein. Aber für die ist das normal. Die haben dafür unsere Kursverfallssorgen nicht.« Stimmt, nicht einmal die Kapitalisten glaubten mehr an den Kapitalismus. Selbst die Kapitalisten wussten, dass der Kapitalismus schlecht war. Jeder Kapitalist entschuldigte sich im Zweifelsfall dafür, Kapitalist zu sein.

Ja, die Spiegelstadt, die Andersstadt, die Stadtstadt, die zweite Stadt, die Stadt auf der anderen Seite. Die wäre andererseits etwas. Da streichelte man einander, da sprach man andere Menschen in der U-Bahn auch an, wenn man nicht gerade gestreichelt worden war, da lächelte man anderen-Menschen auch zwecklos zu, wenn man nicht gerade guten Sex gehabt hatte, da verdächtigte man nicht alles, was anders war – da war fast alles anders. Da grinsten nicht diese Visagen von den Plakaten der Stimmfänger, da waren nicht überall Kameras angebracht, weil sich ohnehin nicht fürchten musste, wer nichts zu verbergen hatte, da gab es, unglaublich, aber doch!, öffentliche Plätze, auf denen Menschen saßen!, lachten!!, tranken!!!, knutschten!!!!, kifften!!!!!, diskutierten!!!!!!, nichts taten!!!!!!! Öffentliche Plätze, stehen bleiben, Zeit lassen, schauen, was kommt. Natürlich, das Museumsquartier, aber auch gut versteckt der Hof, das musste dann auch wieder nicht sein, dass die da herumlungerten, während andere auf der Zweierlinie unterwegs zur Arbeit oder arbeitend unterwegs waren. Ich bestellte noch einen dritten Weißen Russen, gegen die Menschewiken, gegen die Weißgardisten, die waren ja nicht besonders groß, die Weißrussen, aber stark wie sibirische Tiger, mindestens, Tundra und Taiga, *if you come to power I go to Gulag*, oder umgekehrt. Die hässlichen reichen Spanierinnen blickten mich an. Sie konnten schon darauf warten, dass ich noch mehr und noch schneller tränke. Aber ich würde trotzdem zu mir nach Hause gehen, und zwar nur mit mir und meinen Kopfgespenstern.

»Excuse me, what's your name? Sandra said she was sure you've got a German name. My name is Pilar.«

(Funny accent. No musicality, huh?)

»Almost true, Severin Horvath.«

(Very German indeed. Ever heard of Latin? Got something to do with your language. And Horvath, well, means German in – what? Yugoslavian, Ex-Yugoslavian, Serbian, Croatian?)

»You want one more White Russian?«

(Nice ass, nice tits, over exaggerated mascara, gruesome colours, golden stilettos, appalling taste, catastrophic face, rich flesh, undoubtedly well maintained.)

»Why not?«

»Do you know any good places where we could go to?«

(Call a callboy.)

»Depends on what you want.«

»We want do dance.«

(Is that so?)

»You should probably go to Floridita or Club Habana – a few steps from here.«

»Would you accompany us?«

(Take it up the ass after going down on me? You *and* Sandra?)

»Just to show you the entrance?«

»To drink and dance! We want to party!«

»Sorry to say – I got an appointment.«

»Sorry to hear.«

»You'll like it though.«

Ich zündete mir eine Zigarette an, drehte mich weg und trank den letzten Weißrussen, da irgendwo in der Kälte von Minsk und Nowosibirsk, auch wenn das vielleicht nicht in Weißrussland lag. Der schönste Städtename war ohnehin Nischni Nowgorod.

»Nischni Nowgorod? Sounds funny.«

(It's a widely unknown Cocktail, you know, cock and tail, one word.)

»Wasn't meant to be funny.«

»Are you o.k.?«

(If you call your daughters, maybe.)

»Never been so o.k. before. Good night, ladies.«

Ich beglich meine Rechnung, stand auf, bedankte mich bei Pilar und Sandra mit Küsschen auf die Wangen. Sie rochen aufdringlich, aber nicht billig. Die Ehebrecher waren von reichen Söhnen abgelöst worden. Draußen war es noch kälter.

Am Graben war meine schlechte Laune weggeblasen. Ich schüttelte den Kopf und atmete tief durch. Ich versuchte mir auszumalen, was geschähe, wenn an einem Tag alle Menschen nicht ihren jeweiligen Text, sondern das Eingeklammerte sprächen. Es gäbe, soviel war sicher, sehr viel Gewalt. Und es gäbe, soviel war auch sicher, sehr viel Liebe, sehr viel Nähe, sehr viel Grenzüberschreitung. *Was wär schon die Revolution ohne allgemeine Kopulation?* Das lässt Peter Weiss den Marquis de Sade in seinem Revolutionsstück sagen. Das war ein Satz, der mir gefiel. Ich wiederholte ihn wieder und wieder in meinem Kopf, in allen möglichen Farben und Klängen und Betonungen. Das könnte mein Mantra sein. Das war mein Mantra! Fünfzig Mal täglich den Satz fünfzig Mal wiederholen, um die Gedanken zu schützen, um mich zu schützen. Was sollte ich tun? Was tun? Lenin! Wladimir Iljitsch, was um alles in der Welt tun?

Es war einerseits einfach, andererseits unendlich schwer. Ich liebte Anna, und ich liebte Észter. Obwohl ich nichts von ihr wusste. Obwohl ich alles von ihr wusste, weil ich alles von ihr wissen wollte. Ich kannte sie. Ich wusste, dass ich sie kannte, auch ohne sie zu kennen. Ich könnte mit ihr leben, natürlich, und wie, vielleicht nicht in Saus, aber in Braus. Und überhaupt: Was sollte das? Was sollte das alles? Natürlich konnte ich mit zwei Frauen sein. Natürlich konnte ich mit *diesen* zwei Frauen sein. Natürlich wollte ich nicht, dass eine von ihnen einen anderen Mann neben mir hätte. »Das verstehst du unter Natur«, hörte ich die Anklägerinnen rufen, »sieht dir ähnlich!« Ich konnte auch *klar* sagen. Klar konnte ich auch *klar* sagen. Klarerweise wollte ich das. Warum nicht? Ich müsste es nur erklären. Es gab eine Sprache dafür. Es gab eine Welt dafür. Es gab Menschen dafür. Anna hatte doch auch diese Phantasien. Wir hatten doch diese Phantasien.

Trügerische Leichtigkeit, den Kohlmarkt hinauf, über den Michaelerplatz, pfeifend unter der Kuppel durch, alles würde gut. Selbstkritik betäubt, über den Heldenplatz, warum nicht wirklich Hinkel statt Hitler, leider nicht in den Pavillon im Volksgarten, unmöglich im Freien zu sitzen. Hemmungen ausgeschaltet, beim Parlament abgebogen und die Josefstädter Straße hinauf, hätte das Café Eiles nicht um neun Uhr abends gesperrt, hätte es mir noch etwas verkaufen können, zwei, drei kleine Biere. Ich konnte alles schaffen, warum nicht? Bericht an eine Akademie, Überschrift: Monomanie, Größenwahn, Allmachtsphantasien eines selbsternannten Streichelkönigs.

Ich lachte, als ich vor einer Buchhandlung stehenblieb. Das war es. Da war der Ausweg. Durch die Hintertür auf die Mondscheingasse und das Weite suchen. Nie mehr lohnarbeiten. Nie mehr bei sich selbst angestellt sein. Nie bei einem anderen angestellt sein. Sich nur noch vor Stadioneingängen und anderen Eingängen und Check-In-Schaltern anstellen. Um Österreich, um Europa zu entkommen. Brief an die Europäische Union, Vorschlag: Sehr geehrte Damen und Herren, da ein Bürger der Europäischen Union ungefähr so viel wert ist wie einhundert Afrikaner, und da ich gewillt bin, diese Union bis auf Weiteres zu verlassen, schlage ich einen Bürgerschaftsaustausch vor, insofern ich mir nichts, die Afrikaner sich alles von Europa erwarten; ich gehe, einhundert kommen – oder habe ich die Relation zu niedrig angesetzt? Hochachtungsvoll, Ihr Streichelminister a.D. Ich musste nur ein Buch schreiben, einen Bestseller. Das kleine Einmaleins des Streichelns. Streicheln von A bis Z. Vom Nutzen und Nachteil des Streichelns fürs Leben. Streicheln, die vergessene Kunst. Die Grausamkeit des Streichelns. Streicheln leicht gemacht. Streicheln Sie sich gesund. Sorge dich nicht, streichle. Kann denn Streicheln Sünde sein? Frieden durch Streicheln. Streicheln, die unterflächige Sprache. Berühmte Streichelquartette.

Als ich meine Wohnungstür aufsperrte und mich im Spiegel sah, wusste ich, was Anna auf dem türkischen Balkon gemeint hatte. Scheinbares Allvermögen. Guter Geschmack in Frage gestellt. Andererseits: Was wusste sie schon von mir? Was wusste ich schon von mir? Ich versteckte ja nicht nur vor anderen etwas, ich versteckte auch pausenlos gar nicht so wenig vor mir. Eine junge Frau rittlings auf einem Pferd? War ich so grobschlächtig? Oder war das gar nicht grobschlächtig, sondern allerschönstes Wünschen? Ich wusste nur, ich wollte mir nicht irgendwann einmal Pflaster auf Wunden kleben, nur weil ich zu feige gewesen wäre, meiner inneren Stimme zu folgen.

Wie gut ich mich mittlerweile unter Kontrolle hatte. Wie erfolgreich ich mich disziplinierte. Wie fest ich mich im Griff hatte. Das meinte ich erst zu bemerken, als ich meinen Computer hochfuhr und das tat, was ich monatelang zu tun vermieden hatte, selbst wenn ich weniges lieber getan hätte. Ich fragte Google nach Észter. Ich fand nichts außer ein paar Seminarberichten und Teilnehmerlisten von der Université Paris IV. Ich fragte Google nach Bildern von Észter, ich bekam keine zu Gesicht.

Es gab noch eine Hoffnung. Nicht dass sie mir nicht bewusst gewesen wäre. Nicht dass ich nicht beinahe täglich daran gedacht hätte. Nicht dass ich nicht ein paar Mal kurz davor gewesen wäre. Ich meldete mich bei Skype an und gab Észters Namen in die Suchmaschine ein. Ein grüner Balken wuselte von links nach rechts, ich schloss die Augen, hielt die Luft an, der Kopf sank mir immer wieder auf die Brust. Bitte, lieber Gott, mach, dass sie ein Konto hat! Bitte, bitte, lieber Gott, mach, dass sie mit ihren Freundinnen in Budapest telefonieren will und Geld sparen muss! Bitte, bitte, bitte, lieber Gott, lass mich einmal in meinem Leben Glück haben!

Und da war sie. Halleluja! Ein kleines ungarisches Fähnchen neben ihrem Namen, hinter dem Budapest/Paris stand. Ich klickte die Sprechblase an, tippte *ca va, chèrie?* und schickte drei Worte, einen Beistrich und ein Fragezeichen ab. Dann schaltete ich den Computer aus, drehte die Stereoanlage auf und setzte mich ins Wohnzimmer. The Cure, dreizehn, die Handballerinnen. Mein Kopf war eine Achterbahn. *I try to laugh about it, cover it all up with lies.* Warum hatte sie das nie versucht? *I try and laugh about it, hiding the tears in my eyes.* Ich versuchte zu weinen. Es gelang mir nicht. *Cause boys don't cry.*

Am nächsten Morgen fühlte ich mich angenehm leicht. Ich ruhte wieder in mir. Ich stand unter der Dusche, schüttelte meinen Kopf über den Alkoholanfall des Vorabends, verscheuchte die Spanierinnen, korrigierte den Brief an die Europäische Union und suchte griffigere Bestsellertitel. Ein reinigendes Gewitter, gründliche Weißrussen, entladene Wolken. Immerhin war eine Hauttransplantation keine einfache Sache, nichts, was man wegsteckte, als habe man Aspirin geschluckt. Ich war ja auch ein Dünnhäuter.

In die Haut heilen. Das sagte man vor zwei-, dreihundert Jahren, wenn einem etwas zur Gewohnheit, zur zweiten Haut, zur zweiten Natur geworden war. Die Haut, die ich bekommen hatte, stammte von einer anderen. Sie hatte sie mir geschickt, weil ich sie benötigte. Um eine Wunde zu schließen. Da hatte Séverine recht. Was Séverine aber nicht angedeutet, was sie mir nicht zu überlegen gegeben hatte, war, dass man nach einer Fremdhauttransplantation ein Leben lang mit einem fremden Stück Haut lebte. Dass da ein Leben lang die Haut einer anderen in der eigenen steckte, mit der eigenen zu verschmelzen begann, bis sie mit ihr verschmolzen war. Die Wunde verschloss sich, die Haut heilte ein, aber es war noch immer die einer anderen. Zusammengeheilt. Ich sollte also ein Stück Észter in mir haben. Auf mir, an mir, mit mir tragen.

Észters Haut war dunkler als meine. Ihr Stück, das in mich geheilt war, musste also immer auch zu sehen sein. Aber weiter? Haut sprach ja nicht nur, sie lebte. Was, wenn ihre Haut stärker war, schneller wuchs? Anna würde sich über ihren gesprenkelten Sebastian wundern! Das sagte doch etwas. Andererseits bliebe mir nichts, als zu hoffen, dass Észters Haut wucherte. Meine ständigen Sonnenbrandsorgen, die latente Sonnenbrandgefahr wären in die Schranken gewiesen. Niedrigerer Lichtschutzfaktor, schnellere Bräunung, weniger Rot.

Kinder, Narren und Betrunkene sprechen angeblich die Wahrheit. Ich hatte in meinem Zustand auch gesprochen, noch dazu jemanden angesprochen, noch dazu Észter, die ich nicht sprechen wollte. War das die Wahrheit? Pontius Pilatus, stell die Frage noch einmal! Es gab mehrere Wahrheiten. Die Wahrheit war dem Menschen auch nicht immer zumutbar. Nietzsche: Dafür haben wir die Kunst, um an der Wahrheit nicht zugrunde zu gehen. Aber auch Nietzsche: Wahrheit ist ein bewegliches Heer von Metaphern. Und was für eine Kunst das gewesen war, mir Észters Nummer nicht besorgen zu lassen, sie nicht im Netz gesucht zu haben! Die große Kunst der Beherrschung, Askese für Fortgeschrittene, Selbstbeschränkung in Zeiten der Grenzenlosigkeit. Keine geringe Kunst. Allgemein haben die Menschen eher zu wenig als zu viel Hemmungen. Minima Moralia.

Ich hatte das Stillhalteabkommen gebrochen, nicht sie. Ich hatte damals »Wollen wir?« gefragt, sie hatte mich nicht einmal ausreden lassen, nur den Kopf geschüttelt. Allgemein waren Frauen klüger: Sebastians bescheidener Erfahrungsschatz. Sie hatte mir etwas ausrichten lassen, ja, aber im Moment, weil ich ihr eingefallen war, als sie Alex in Hegymagas gesehen hatte. Es gehe ihr besser, sagte Judit. Natürlich, der Pariser war wieder aufgetaucht. Er hatte ein Problem gehabt, nicht sie. Und als er wieder klar sehen konnte, hatte er sich ans Hirn gegriffen. Wie hatte er so ein Idiot sein können? Wie hatte er so selbstdestruktiv sein können? Wie hatte er so die Realität verkennen können? Er wollte sie heiraten, mit ihr leben, eine Familie gründen!

Das alles wurde mir in den folgenden Tagen, aus denen eine Woche und mehr wurde, klar. Anna wollte wissen, was mit mir sei. Sie beobachtete mich, blickte mich von der Seite an, verdrehte die Augen. Ob ich aus mir ausgezogen sei? Ob ich neben mir stehe? Ob ich aus meiner Haut gefahren sei?

Nein, ja, vielleicht.

Überarbeitet, sagte ich, anstrengend das alles, all die Menschen, all die Häute, zum Aus-der-Haut-fahren. Mein Laptop lief vierundzwanzig Stunden täglich, ich war ständig auf Skype angemeldet, Észter hatte nicht einmal zurückgeschrieben. Andererseits verständlich. Sie kannte mich ja, ohne mich zu kennen – weil sie mich einmal erkannt hatte. Sie konnte nicht »très, très bien« antworten, »je vais me marier, je suis marié, je suis enceinte.« Sie wusste, es würde mich treffen. Sie wusste, wie verletzlich ich war. Sie wusste von meiner Dünnhäutigkeit. Ich hatte das Stillhalteabkommen gebrochen.

Andererseits war Észter schon seit neun Tagen vor meinen drei Worten, dem kleinen Beistrich und dem großen Fragezeichen nicht mehr online gewesen. Das war zwar eine Hoffnung. Nur warum war man so lange offline? Warum wollte man sich so lange nicht mit seinen Freundinnen und Freunden unterhalten? Weil man glücklich war, im

Himmel, im Liebeshimmel, im Zweimenschenhimmel, alles ringsum vergaß! Weil man so schön vergessen konnte! Auch sich, besonders sich, dem eigenen Ideal mit einem Mal so nahe!

Das Stück Haut, das Hautpflaster, war ein Abschiedsgeschenk gewesen. Für die Wunde, die sie mir schlagen würde, die sie mir hauen musste. Mir, dem Verständnisvollen. Mir, dem Erfahrenen. Mir, der gesagt hatte: »Du musst nicht weiterreden.« Sie hatte mir auch nicht wenig gegeben. Wahrscheinlich hatte sie noch nie jemandem ein Stück Haut geschickt. Geschenkt. Das schönste Geschenk meines Lebens: Überschrift. Eines Tages erhielt ich einen Brief, in dem sich etwas höchst Merkwürdiges befand: Anfang. Du hast mir etwas bedeutet, hieß das, mehr als etwas, ich habe dich geliebt. In diesem Moment, in dieser Nacht, an diesem Ort.

Ich verstand es. Und wie ich es verstand. So sehr, dass Anna meinte, wenn nichts mit mir sei, sei doch alles gut – und gleichzeitig merkwürdig; und wenn etwas sei, ich aber nicht davon erzählen wolle, sei auch alles gut – und gleichzeitig merkwürdig. Ich war ja kein Pariser. Ich war ja nur ein kleiner dummer Bub aus der Provinz, der sich in die Welt der Großen Geister verirrt hatte, um eine kluge Frau nicht nach ein paar Wochen auch schon wieder zu verlieren.

Der heilige Sebastian wieder, tausende Male gemalt und gezeichnet. An einen Baum, einen Pfahl, eine Säule gebunden. An einer Wand, manchmal auch frei stehend. Nackt, im Lendenschurz, immer spärlich bekleidet. Aber immer die Pfeile in der Brust. Die Pfeile in den Beinen. Die Pfeile in der Haut. Blut rann aus den Wunden, so viele Kubikmeter Blut in der Geschichte der abendländischen Pinseln und Federn. So viel Leinwandrot. So viele Wunden. So viele Pfeile. Ich, Sebastian, im Mondenschein. Aber immer ein seliges Lächeln um den Mund, immer ein entrückter Gesichtsausdruck, immer schon aus der Haut gefahren, bevor die Pfeile steckenblieben. Danke, liebe Eltern. Hättet ihr mich nicht Franz nennen können? Der predigte zumindest den Vögeln. Gut, der stank auch, dass der Papst gemeint hatte, er erinnere eher an ein Schwein als an einen Menschen. Aber andererseits hatte er den islamischen Gelehrten vor ihrem Sultan die Feuerprobe angetragen. Ernster Blick, entschlossener Fingerzeig aufs Feuer zwischen ihnen. Er sei bereit, für seinen Glauben durchs Feuer zu gehen. Seien sie es auch? Sie wandten sich ab, verdrehten die Augen, sie waren klüger. Also nein, Franz auch nicht. Gar keinen Namen mit Geschichte. Keinen Namen mit Auftrag. Keinen Namen mit Archiveinträgen und Bildern. Sonne zum Beispiel. Oder Vollmond. Oder Sommer. Oder Geschenk der Liebe. Namenloser vielleicht. Ohne Titel. XY ungelöst. Drei Fragezeichen. Bis zur Volljährigkeit. Dann aus freien Stücken entscheiden. Für Sebastian etwa, weil das so ein schöner Name war. Aber aus freien Stücken.

Es war ein Dienstag, als ich neben Anna vom Wecker meines Mobiltelefons geweckt wurde. Sie hob kurz den Kopf, ich drückte schnell aus, sie schlief sofort weiter. Unlängst hatte sie geträumt, ich säße mit einer roten Clownnase vorm Kleinen Café und fragte sie, als sie sich zu mir setzten wollte, ob wir einander kennten. Jetzt musste ich schon früher aufstehen als sie. Früher hatte sie aufstehen müssen, und ich war bisweilen triumphierend mit aufgestanden. Zwar war es nicht notwendig, aber ich war solidarisch gewesen. Für Anna. Für ein Frühstück zu zweit. Aber sieben Uhr war wirklich früh, viel, viel zu früh. Zumal alles gut – und gleichzeitig merkwürdig war.

Unter der Dusche schwor ich mir, alles zu vergessen, Anna wieder wie früher zu begegnen, sie wie früher zu lieben, mich ohne Zwischenfragen im Kopftheater auf sie einzulassen. Ohne diese sinnlosen Schuldgefühle, die zu nichts als Verstimmungen führten. Ohne Észter zu erwähnen. Ich schwor mir, all das seinzulassen. Mich seinzulassen, Anna seinzulassen. Das war ja der Höhepunkt der Liebe – jemanden sein zu lassen. Ohne Ansprüche, ohne Veränderungsvorschläge, ohne Verbesserungsrezepte. Denn die Liebe,

Trommelwirbel: Eifert nicht! Treibt nicht Mutwillen! Blähet sich nicht! Stellet sich nicht ungebärdig! Suchet nicht das Ihre! Lässt sich nicht erbittern! Rechnet das Böse nicht zu! Freut sich nicht der Ungerechtigkeit! Freut sich aber der Wahrheit. Verträgt alles. Glaubet alles. Hoffet alles. Duldet alles. Das Höchste Lied.

Ich war tatsächlich verschwunden gewesen für anderthalb Wochen. Neben mir, aus der Haut, ausgezogen, von mir verabschiedet. Tauchstation Zum heiligen Sebastian. Wahrscheinlich war es das, was Alex auf der Rückfahrt von Hegymagas gesehen hatte. Das kannte ich schon. Das war nichts Neues. Ein alter Hut, den ich mir immer wieder aufsetzte, den ich immer wieder aufgesetzt bekam, von mir, von meiner Geschichte, von wem auch immer. Das war Sebastian nach Schlägen, ein Lächeln zu den Pfeilen im Fleisch. Es gab auch schöne Schläge; Schläge waren es trotzdem. Ich war aus mir ausgezogen gewesen, ich war wieder da, Anna schlief noch, den Schlaf der Gerechten, meine über alles geliebte Anna. Ich war wieder da.

Ich fuhr mit der U-Bahn zur Arbeit. Niemand sprach Unbekannte an. Angeblickte Augen suchten das Weite, das anscheinend nur jenseits der Fensterscheiben zu sehen war. Ich arbeitete gern. Das war doch viel besser, als ständig auf Gelegenheitsaufträge zu warten, Seminararbeiten und Diplomarbeiten zu schreiben. Ich verdiente gut. Für mich, für Anna, für andere. Ich beutete niemanden aus. Vielleicht half ich dem Kapitalismus an seinem Krankenbett. Aber dem ging es ohnehin schon so schlecht. Ich half den Menschen, zumindest manchen. Ein anderer hätte doppelt so viel verlangt. Mein Mobiltelefon piepte, ich hatte eine MMS erhalten. Vielleicht war Anna aufgewacht. Vielleicht hatte auch sie etwas gespürt. Vielleicht hatte sie mir wie früher ein Bild von sich geschickt, wenn sie in dem Moment, in dem sie bei mir sein wollte, nicht bei mir sein konnte.

Es war mein Tageshoroskop. Das passte zwar zu einem Streichler im siebten Wiener Gemeindebezirk. Aber wie kam das wieder zu mir? Ohne es zu lesen, löschte ich es. Das hatte es davon. Ich wollte nicht daran denken, wer mir das warum habe schicken können. Das hatte er davon. Schön war die Mondscheingasse, *Severin Horvath* stand auf einer Gegensprechanlage. Ich sperrte unten auf, huschte durchs Stiegenhaus, ich sperrte oben auf. Ich hatte noch Zeit, packte meinen Laptop aus und fuhr ihn hoch. Zuerst schrieb ich Anna ein paar Zeilen. Dass ich es liebte, sie schlafen zu sehen, während ich, der Ernährer, schon aufstehen müsse. Und gern schon aufstehe um sieben, wenn sie selig schlafe. Und gern unter die Dusche gehe, so müde, dass ich jeden Moment ausrutschen und mir die Ernährerhände brechen könnte. Und gern ohne zu essen aus dem Haus, anstatt sie zu überfallen. Ich meldete mich bei Skype an, vielleicht war Paul schon wach, und legte Paganini ein.

gut geht es mir. schön zu wissen, dass du auch hier bist. é.

Zwei Tage zuvor, 18:37:09. Einen Tag später war sie wieder online gewesen. Vielleicht, um eine Antwort zu finden. Das Foto im Profil schmerzte. Kein *Kuss*, nicht *Alles Liebe*, auch kein *bisou*, nur ein Namenskürzel.

Meine letzte Klientin hatte sich verabschiedet, ich meldete mich bei Skype an, Észter war grün. Nicht grau mit einem X wie in den Wochen zuvor, sondern grün mit einem Haken. So hätte in der Schule der Haken neben einer erfolgreich gelösten Rechnung ausgesehen; ich konnte mich nicht an viele Haken erinnern. Dieser eine wog alle anderen auf. Észter war online. Ich rief Anna an. Dass ich doch nicht kommen könne, Alex wolle mir etwas erzählen, es könne spät werden. Ich liebe dich, bis morgen. Mein Herz pochte, ich hörte es schlagen. Ich war nicht außer mir, ich war in mir.

guten abend, madame

sebastian…

schön

ja
sehr schön
ja
was tust du gerade?
ich lese
was?
foucault, sexualité et verité
welchen band?
deux
und wo bist du?
zuhause, in meinem zimmer. und du?
in einem zimmer
bei dir?
kann man so sagen
ca va?
comme ci, comme ca
warum?
viel zu tun, wenig sonne, aber insgesamt gut
insgesamt gut klingt gut
und dir?
gut
schön
ja

War sie so einsilbig oder ich? Da, an unseren Computern, weit voneinander entfernt und doch nicht. Ich wusste nicht, was ich schreiben sollte. Ich wusste nicht, wie schreiben, was ich schreiben wollte.

ich weiß nicht, was ich schreiben soll

Es läutete, Észter rief an. *Észter ruft an*. Stand da. Ich klickte den grünen Hörer an, es knackte, ich räusperte mich.

»Észter? Hörst du mich?«

»Natürlich.«

Wir redeten, als wäre keine Zeit vergangen, als säßen wir noch immer unter der Weinlaube im Garten und beschlössen, mit dem Grauen Mönch zu den Sonnenliegen überzusiedeln. Da war nichts von der Behutsamkeit unserer gequälten Zeilen, kein Stocken, keine Verlegenheit. Da war so viel zu sagen, dass das Viele ohnehin nicht in die bemessenen Minuten passen würde.

Der Pariser hatte sich wieder gemeldet, mit einer E-Mail, aber Észter wollte nichts mehr von ihm wissen. Nicht nach diesen drei Sätzen, nicht nach diesem langen Schweigen, nicht nach diesem Sommer. Ich erzählte von meinem Institut und konzentrierte mich auf die Absonderlichkeiten und Absurditäten der Häute. Ich erzählte von den emotional zu kurz Gekommenen, den einsamen Großstadtmenschen, die gar nicht mehr wüssten, wie das sei, berührt zu werden, was das auslösen könne, was zur Sprache bringen. Ich erzählte von einem unstillbaren Verlangen nach Nähe, nach Berührung, nach Hautkontakt in einer Stadt, wo man sich in der U-Bahn entschuldige, wenn man einen anderen streife. Ich sprach von der Haut, dieser Tasche, die das Ich enthalte und festhalten solle, von dieser Grenze, die vorm Außen schützen solle, von diesem Ort und Werkzeug der Sprache. Ich erzählte alles, was ich Anna nicht erzählte, weil sie es ohnehin wusste.

Észter erzählte von ihrem Studium, von der neuen Wohnung, die sie mit einer Studentin aus dem Senegal teile, von Filmen, die sie gesehen, von Büchern, die sie gelesen habe. Sie erzählte von ihrem letzten Besuch in Hegymagas, dass sie Judit und Alex nicht mehr aushalte, sich wie deren Pausenclown vorkomme, wie eine, von der man hoffe, sie möge etwas tun, um die verfahrene Situation aufzulockern. Um etwas Uneinrenkbares wieder einzurenken.

Unsere Stimmen verschraubten sich ineinander. Wenn sie dies oder jenes sagte, sagte ich, ich könne sie sehen, sie meinte, mein Lächeln zu sehen – und hatte recht damit. À propos sehen: Sei das eine Kamera? Diese blaue Kamera neben ihrem Namen im Profil? Ja, die sei schon in ihren Laptop eingebaut gewesen. Dann würde ich sie aber gern sehen! Und sie sehe mich nicht? Ich hätte ja keine Kamera. Dann solle ich mir eine besorgen. Ja, gut, tue ich, werde ich tun, aber ich könne nicht einschlafen, wenn ich wisse, ich könnte sie sehen und sähe sie nicht.

Auf meinem Bildschirm sprang ein Fenster auf. Észter lächelte, ich seufzte. Dieser Mensch, dieses Ich unter dieser Haut. Wie hatte ich zu diesem großen Beherrschungskünstler werden können? Drei Jahre lang auf einem Baum zu sitzen war nichts dagegen, bei einer Lingam-Massage entspannt zu bleiben kein Kunststück im Vergleich. Vielleicht würde ich doch noch einen Nobelpreis bekommen – den Nobelpreis für Beherrschungskunst, gestiftet vom Weltwirtschaftsforum. Észter saß in einem weißen T-Shirt vor dem Computer, das Zimmer war von einer Stehlampe beleuchtet, ihre Brustwarzen zeichneten sich unter dem gespannten Weiß ab.

»Ich habe fast vergessen, wie schön du bist.«

»Ist nicht wahr!«

»Es gefällt mir, dass ich dich sehe, während du mich nicht siehst.«

»Ist das so?«

Das Fenster schloss sich, sie war weg.

»Wie kannst du so grausam sein?«

»Versprichst du mir, dass du dir eine Kamera kaufst?«

»Ja, ich verspreche!«

»Schwörst du?«

»By the moon and the stars in the sky.«

»Beim heiligen Dionysos?«

»Bei Bacchus und Venus, Paulus und Lenin.«

Das Fenster sprang auf, ich sah Észter wieder auf meinem Bildschirm in der Mondscheingasse. Ich lobte, ich liebte, ich pries die Technik. Mit dreizehn hatte ich noch in ein an der Wand angebrachtes Telefon mit Wählscheibe gesprochen. Segen der New Economy, möge der NASDAQ niemals einbrechen! Ich stellte das Fenster auf Vollbild, mein ganzer Bildschirm war von Észter ausgefüllt, mein

Bildschirm war auf einmal Észter. Ein Bild auf einem Schirm, den man bei Regen aufspannen konnte. Wie würde ich ihn jemals wieder zu etwas anderem benutzen können? Das Bild war scharf, als sähe ich einen Film. Lob, Ruhm und Ehre den Neuen Medien! Észter nahm ihren Laptop und stand auf.

»Komm mit!«

Ein großer weißer Schreibtisch stand vor einem Fenster, das auf ihre Straße ging. Észter öffnete es, ich sah Markisen und Schirme, kahle Bäume, versperrte Buden, einen kleinen Markt, der schon geschlossen hatte. Ein Regal mit Büchern auf der gegenüberliegenden Seite, viele Bücher, davor ein Bett, beige überzogen. Vor dem zweiten Fenster stand ein rotes Sofa, daneben eine Stereoanlage. Sie öffnete die Tür zu einem Gang, ein paar Schritte, und wir standen in der Küche. Ein Tisch, vier Stühle, ein Kühlschrank, ein Gasherd, eine Spüle. Eine Tür, Amanitas Zimmer, und noch eine Tür, ein kleines Wohnzimmer. Eine grüne Couch stand da, auf der Észter und Amanita oft saßen, redeten, tranken, Filme ansahen, Musik hörten. Drei Zimmer in Paris, eine kleine Küche, ein Bad – das war nicht irgendetwas. Ich hatte mich gefürchtet, eine Studentinnenbude zu Gesicht zu bekommen. Es war eine Wohnung.

Wie leicht Észter war. Wie selbstverständlich sie mich durch ihre Wohnung trug. Wie sie dabei immer wieder in die Kamera blickte, mir einen Kussmund zuwarf, sich die Haare aus dem Gesicht strich und ihr Zuhause kommentierte. Wie elegant sie war. Wie jung und elegant. Und wie jung und elegant und schön selbst in einem stinknormalen weißen T-Shirt. Während das Bild zuweilen ruckte und kurz einfror, dass ich sie in der Gegenwart hörte, aber in der Vergangenheit sah, oder in der Zukunft hörte und in der Gegenwart sah, spürte ich ein leises Stechen, eine Eifersucht auf die grüne Couch, auf jene, die außer Amanita noch da saßen.

Als wir wieder in Észters Zimmer waren, suchte ich das

Bett nach Spuren ab. Ich verwünschte jeden Mann, der auf diesem Bett lag. Ich vergönnte keinem Mann auf der Welt, auf diesem Bett zu liegen. Kein Mann auf der Welt hatte es verdient, auch nur für kurze Zeit auf diesem Bett zu liegen! Ich erzählte Észter von einem Schwulen, der mich am Vortag im Fitnessstudio verfolgt hatte. War ich in der Biosauna gewesen, hatte er sich auch hineingelegt. War ich im Dampfbad gesessen, hatte er sich gegenübergesetzt und mich angestarrt. War ich auf der Terrasse gelegen, hatte es nicht lange gedauert, bis er zwei Liegen weiter gelegen war. Und am Schluss, als ich allein in der finnischen Sauna gesessen war, den Kopf in die Hände gestützt, den Kopf voller Fragen, was ich denn da eigentlich in meinem seltsamen Institut, was ich überhaupt mit Anna und mir tue, war er hereingekommen und hatte mir gegenüber Platz genommen. Seine halbe Erektion hatte er nicht einmal zu verbergen versucht. Ich sagte, dass ich es nicht lustig gefunden hätte. Ich sagte ihr nicht, dass ich mich über jeden einzelnen Schwulen freute, weil damit wieder ein Mann weniger auf dem beige überzogenen Bett mit ihr schlafen konnte.

Észter saß wieder an ihrem Schreibtisch. Sie stützte ihr Gesicht auf ihren Fäusten ab und blickte geradeaus. Wir sprachen nicht mehr, ich sah sie nur an. Ich sah sie an, als wollte ich mir alles für später merken, wenn ich es brauchen könnte. Ich konnte nur noch daran denken, wie wir miteinander geschlafen hatten, mit der größten Selbstverständlichkeit, als könnte es nicht anders sein. Ich tappte auf den Bildschirm, zeichnete die Konturen ihres Gesichtes nach, tippte gegen ihre Nase. Ich sagte es ihr. Észter zog die Schultern hoch und die Luft ein. Dass ich jetzt schon glaubte, sie sei tatsächlich da. Dass ich schon meinte, tatsächlich ihre Nase anzufassen. Dass mir sei, als streichelte ich ihre Wangen, als klopfte ich gegen ihre Lippen. Als ob ich tatsächlich mit ihr spräche, hier, in diesem Zimmer, wo vor zwei Stunden noch eine frustrierte Beamtin gelegen sei und von Bachblüten geschwärmt habe. Als ob wir auf die

Mondscheingasse treten und in dem spanischen Lokal Rotwein trinken könnten. Und Tapas essen. Und.

ich wäre jetzt gern bei dir

Észter sah mich gerade an. Sie sagte nichts, ich sagte nichts, es war sehr still. Ich hatte schon vier Telefonanrufe weggedrückt, jetzt stellte ich auf lautlos. Ich sah Észter, sie sah mich nicht, sie stützte den Kopf in ihre Handflächen. Sie hatte mir das geschrieben. Gern bei mir sein. Und sah mich an. Ohne mich zu sehen. Auf mich konnte doch ein Säureattentat verübt worden sein. Ich konnte mittlerweile wie der Ministerpräsident der Ukraine aussehen, damit mich meine Gegner der grünlichgrauen Gesichtsfarbe, der Pocken, Narben und Äderchen wegen als Alkoholiker verunglimpfen konnten.

ich würde jetzt gern mit dir schlafen, észter
ich auch
kannst du ja
???
mit dir
sebastian!
ich mag deine brüste
danke
sehen!
wie gern?
10 von 10

Észter schob ihr Gesicht nach vorne, auf meinem Bildschirm war nur noch ihr Gesicht, das etwas Bläuliches bekam, dann nur der Mund, dann waren nur noch die großen braunen Augen zu sehen. Sie lehnte sich langsam nach hinten, das linke Auge bekam eine Schwester, zur Nase gesellte sich ein Mund, das Gesicht rückte langsam nach hinten, vom Blau ins Gelb, Észters Hände hatten ihr T-Shirt über die Brust gezogen. Ich schickte Észter eine Blume, sie lächelte, ich seufzte »Halleluja« und schickte ihr das dämliche gelbe Gesicht mit der heraushängenden Zunge. Észter zog das T-Shirt wieder hinunter, hob die Augenbrauen, lachte.

»Wozu du mich verleitest!«

Während wir lachten, schrieben wir einander, wie wir jetzt, genau in diesem Moment, miteinander schlafen würden. Heiliger Konjunktiv! Ich sah die Anspannung in ihrem Gesicht. Verfluchter Konjunktiv! Sie sah meine nicht.

Es war sehr spät, wir redeten längst nicht mehr, waren nur noch da. Ich hörte Észters Atem, ihr Gähnen, die Autos, die auf der Straße fuhren, das Summen der Stehlampe, Rufe im Freien. Amanita steckte ihren Kopf ins Zimmer, ich sah ihn nicht, Észter murmelte, sie habe noch zu tun.

»Gehen wir schlafen, Észter?«

»Gehen wir schlafen.«

»Ich mag dich sehr.«

»Ich mag dich auch sehr.«

Ich schickte ihr eine Blume, sie schickte mir das dämliche gelbe Gesicht mit der rot heraushängenden Zunge.

In den nächsten Wochen sahen wir einander beinahe täglich. Ich hatte mir eine Kamera gekauft, Észter füllte meinen Bildschirm aus, ich tauchte nach meiner letzten Klientin auf ihrem auf, da, in der Rue Ordener, unweit der Place de Clichy.

Ich zeigte Észter mein Institut, die Blaue Lagune des glücklichen Menschen, das Wartezimmer, hielt die Kamera aus dem Fenster, auf die Mondscheingasse, auf die steinernen Löwenköpfe an der gegenüberliegenden Fassade. Einmal richtete ich sie auch auf Herrn Nemeth, als er mit schnellen Schritten und leicht, wie er nur nach einem Besuch bei mir sein konnte, auf die Straße trat. Ich führte Észter durch meine kleine Wohnung, in mein Schlaf- und Arbeitszimmer, das auf einen ruhigen grünen Innenhof ging. Von den Zikaden, die da vom Frühling bis Anfang Herbst so laut zirpten, dass man mich, wenn ich mit dem Telefon am offenen Fenster stehe, bisweilen frage, ob ich in Italien sei, musste ich ihr erzählen. Ich führte sie in meine

Küche, ins Wohnzimmer mit den vielen Büchern, zu der Couch und den Pflanzen, die Anna mir geschenkt hatte.

Anna war mit einem neuen Projekt beschäftigt, sie hatte viel zu lesen, Kolleginnen und Kollegen zu treffen, Seminare vorzubereiten, Texte zu schreiben. Sie sprach nicht viel davon. Bisweilen kam es mir vor, als habe sie mich fast schon vergessen. Zwar fragte sie, warum ich mich so zurückzöge, aber sie hakte nicht ein, wenn ich sagte, ich bräuchte Zeit für mich, um von Severin zu Sebastian zu kommen, mich gleichsam zu häuten, um die Häute zu vergessen und mich auf das zu konzentrieren, was mich wirklich beschäftige. Sie sagte nur, so kenne sie mich nicht. Dass sie mir aber Zeit lasse, wenn ich meinte, bestimmte Fragen nur mit mir selbst ausmachen zu müssen. Dass es eine Selbstanalyse aber nicht gebe. Und dass ich in Gottes Namen bei mir bleiben solle.

Es war diese gespenstische Gegenwart Észters, die mich beschäftigte. Sie war da, und sie war nicht da. Sie war manchmal mehr da als nicht da, bis mir schmerzlich bewusst wurde, dass sie mehr nicht da als da war. Wir teilten auf eine seltsame Weise unseren Alltag, abends, an manchen Wochenenden, wenn ich nicht mit Anna am Brunnenmarkt oder im Café Prückel saß oder aus der Stadt fuhr, um durch Wälder zu streifen. Manchmal sprach ich mit Amanita, wenn sie ihren Kopf in Észters Zimmer steckte und ihre Wohnungsgenossin wieder mit diesem Bild sprechen sah. Amanita und ich tauschten Belanglosigkeiten aus, Wörter, Lachen, Gesten, die sich auf Észter bezogen. »Sie gefällt dir«, sagte die dann, Amanita stemmte die Hände in die Hüften und sah Észter streng an. »Natürlich«, sagte ich, »thank you, darling«, sagte Amanita. Dass sie im betrunkenen Zustand einmal übereinander hergefallen seien, erzählte mir Észter, während sie ihren Kleiderschrank ausmistete, während sie mit einem Besen durchs Zimmer ging, während sie mir Musik vorspielte. Észter erzählte von den Prüfungen, für die sie lerne, von den Büchern, die sie lese, von ihren Beobachtungen im Alltag. Während wir miteinander sprachen, schickten wir Fotos und Lieder von einer Festplatte zur anderen. Észter schickte mir Fotos von sich, mit ihren Freundinnen und Freunden, von Budapest und ihrem Vater, ich zeigte ihr Fotos meiner Eltern, meiner Geschwister, von Reisen, die mir wichtig waren, von Wien und meinen Orten.

Dann fragte sie nach einem Foto von Anna. Wochenlang hatten wir sie nicht erwähnt. Ich hatte wochenlang meine Freundin nicht erwähnt, Észter hatte wochenlang nicht nach der Frau gefragt, von der ich in Hegymagas gesagt hatte, dass ich sie sehr liebte. Ich hatte hunderte Annafotos vor hunderten Hintergründen, von denen ich kein einziges, auch nicht auf ihr Drängen hin, jemals zu löschen bereit war, während ich sie jedes dritte Bild von mir nachgerade zu löschen zwang. Ich schickte Észter das Foto, auf dem Anna in einem Café auf dem Vomero sitzt, über Neapel, sie dreht sich gerade zu mir, ohne mit der Kamera zu rechnen, streicht sich eine Strähne aus dem Gesicht, sie lacht, weil ich etwas Böses über eine Bekannte gesagt habe.

jetzt verstehe ich dich

Während wir stundenlang redeten, lachten, einander Geschichten erzählten, hatte sich von selbst eine zweite Ebene in unsere Gespräche geschoben. Dass ich sie vermisste, dass sie jetzt gern mit mir schliefe, dass diese ferne Nähe furchtbar schön sei – all das schrieben wir einander, während wir sprachen. Als könnte manches nicht gesagt, nur geschrieben werden. Als wäre das geschriebene Wort bedeutender, ehrlicher, unverrückbarer als das gesprochene, das im Moment des Ausgesprochenwerdens auch schon wieder verpufft war.

was verstehst du?

dass du dich nicht entscheiden willst

Aber wir sprachen weiter wie zuvor, entspannt, lächelnd, als wäre das Foto nicht verschickt worden, als hätten wir einander diese drei Zeilen nicht geschrieben, als wären wir zwei durch einen bösen Zufall Getrennte, die einander bald wieder sähen. Während wir uns unterhielten, machte ich immer wieder Videoschnappschüsse von Észter. In einem T-Shirt, einer Bluse, in einem Pullover, mit einem um den Körper geschlungenen Handtuch. Lächelnd, nachdenklich, müde. Zwischen Streicheleinheiten sah ich sie mir immer wieder an.

Oft saßen wir einfach nur da, Észter lief durch ihr Zimmer, ich ging in die Küche, um eine Zigarette zu rauchen und sprach von dort aus, fast schreiend, mit ihr weiter.

»Ich will dich sehen, Észter, ganz, wie Gott dich geschaffen hat. Dich muss ein Gott geschaffen haben, Zufall kann das keiner sein!«

Észter lag, in ein weißes Handtuch gewickelt, auf ihrem Bett. Sie zog es von ihren Brüsten.

»Jetzt du.«

Ich zog mich aus, Észter streifte das Handtuch ganz ab. Sie lag nackt vor ihrem Laptop, also vor mir. Wir sprachen nicht, wir schrieben einander, was wir gern sähen, und wie. Dann sah ich nur noch Észters Körper, die festen Brüste, die etwas weißer als ihr Körper waren, ihren Bauch, die Scham mit dem dünnen Strich, ihre Hand, ihre Haut. Ich richtete meine Kamera auf meinen Oberkörper und meine Erregung. Wir sahen bloß unsere Körper, keine Köpfe, wir sprachen nicht und schrieben bald auch nicht mehr. Als Észter kam, drehte sie sich zur Seite, ihr Körper zitterte, dann lag sie zusammengekauert da, ich konnte mich nicht mehr halten.

hätte nicht gedacht, dass ich das einmal tun würde
aber das war gut
ich muss schlafen – gute nacht, süßer
schlaf gut

Ich schickte Észter ein paar Blumen und etliche dämliche gelbe Gesichter mit heraushängenden Zungen. Dann sah ich mir die Schnappschüsse an, die ich gemacht hatte, als Észter ihre Yoni massiert hatte. Ganz sanft, nur mit der Fingerkuppe.

In einem führenden naturwissenschaftlichen Magazin hatte ich von einem interessanten Versuch gelesen. In Kalifornien hatte man hundert Menschen in drei Gruppen aufgeteilt. Bevor man sie in Ruheräume schickte, in denen zwei Gruppen massiert wurden und eine dritte bloß ausruhen sollte, hatte man ihnen Blut abgenommen. Nach fünfzehn Minuten mit oder ohne Massage war ihnen noch einmal Blut abgezapft worden, bevor die einen Massierten und die Ausgeruhten in zwei verschiedene Räume geführt wurden. Die anderen Massierten hatten ihre Schuldigkeit bereits getan.

Nun spielte man das sogenannte Vertrauensspiel. Die Menschen wurden vor Computer gesetzt, jeder bekam zehn Dollar auf ein Konto, zur Aufwandsentschädigung, wie es hieß. Der Zufall bestimmte Zweiergruppen, wobei niemand im Raum wusste, mit wem er oder sie eine Gruppe bilde. In dem Spiel ging es darum, dass A einen frei wählbaren Teil der Entschädigung an B überweisen konnte, wobei der Betrag verdreifacht auf Bs Konto landete. Dann konnte umgekehrt B einen frei gewählten Betrag überweisen, der eins zu eins auf As Konto verbucht wurde. Dazwischen und danach nahm man den Menschen Blut ab.

Die Ergebnisse bestätigten die These der Wissenschafter, dass Hautbehandelte großzügiger seien und Menschen, die sich wohl in ihrer Haut fühlten, selbstloser agierten. Famose Erkenntnis! Man hätte auch mich oder jeden einigermaßen vernünftigen Menschen fragen können. Die massierten As überwiesen einen erheblich größeren Teil ihrer Entschädigung an massierte Bs als bloß ausgeruhte As an bloß ausgeruhte Bs. Und während die bloß ausgeruhten As weniger zurückbekamen, als sie überwiesen hatten, bekamen die massierten As von den massierten Bs noch mehr zurück, als sie zu geben bereit gewesen waren. Die Balken der Tabelle sprachen eine klare Sprache. Einmal mehr wunderte ich mich über die Menschen.

Jetzt hatten die massierten Bs allerdings viel mehr Oxytocin im Blut als ihre unmassierten Spiegelbilder. Ihre

Werte zeigten einen erklecklichen Anstieg jenes faszinierenden Hormons, das die Neurochemie mit Liebe, Vertrauen und Ruhe in Verbindung bringt. Bei Schwangeren leitet es die Wehen ein, beim Stillen und nach dem Geschlechtsverkehr ist es deutlich gesteigert. Dieses großartige Hormon der größtmöglichen Intimität war aber, wie man an der Kontrollgruppe der bloß Massierten ablesen konnte, nicht vom Massieren allein, sondern vom Massieren in Verbindung mit dem Geldtransfer eines Unbekannten im Überschuss produziert worden. Von einem Unbekannten Geld zu bekommen, hieß also Vertrauen erfahren zu haben. In diesem Zustand gab man gern viel zurück.

Dieser Zustand interessierte mich. Dieser Zustand hatte alles mit mir und meinem Institut zu tun. Diesen Zustand hatte mir Herr Nemeth schon beschrieben, und ich konnte davon ausgehen, dass er, wenn er nach einem Besuch bei Severin Horvath in ein Café ging, der Kellnerin mehr Trinkgeld als gewöhnlich gab, die Scheine einen nach dem anderen bereitwillig aus seiner Spange zog. In einer Mittagspause stellte ich in meinem Café auf dem Siebensternplatz Rechnungen an, mit vielen As und vielen Bs und vielen Pfeilen, die fast alle anderen Menschen, die ich später das Experiment durchzuspielen bat, ohne Stift und Papier anzustellen vermochten. Anna sagte sofort, ohne einen Moment zu zögern, sie würde als A zehn Dollar überweisen. Dafür liebte ich sie. Észter sagte sofort, ohne einen Moment zu zögern, sie würde als B, die zehn (also dreißig) Dollar überwiesen bekommen habe, zwanzig Dollar zurück überweisen. Dafür liebte ich sie.

Ich konnte mir kaum erklären, wie dumm die bloß ausgeruhten As und Bs waren. Was waren das für Menschen? Alle halbwegs vernünftigen Menschen hätten zehn Dollar überwiesen und soviel zurück überwiesen, dass A und B das gleiche hätten. Zum Gleichen kam man jedoch nur, wenn B mehr als A gab, also einen Überschuss, eine Ungleichheit. Die kapitalistischen Gleichheitsfanatiker hätten wahrscheinlich den exakt gleichen Betrag zurückgegeben. Dafür dass As Betrag verdreifacht wurde, konnte B ja nichts! Das waren die Regeln! Das war das Leben! Wenn A zehn Dollar an B überwies, überwies der Kapitalist B zehn Dollar zurück und behielt den Mehrwert, den er sich ja nicht ausgesucht hatte. Nur bekam der Kapitalist B wahrscheinlich nicht drei mal zehn, sondern drei mal drei oder weniger, weil der Kapitalist A dachte, der Kapitalist B denke wie er und würde weniger, wenn nicht gar nichts zurück überweisen. Ich hätte Herrn Nemeth gern die Vertrauensfrage gestellt, aber ich konnte noch nicht.

Was mich an diesem Zustand interessierte, war der Zustand der Welt. Selbst entspannten Menschen war der Kapitalismus dermaßen in die Haut geheilt, dass sie massiert, gestreichelt, berührt werden mussten, um ihn und seine Logik für einen kurzen Augenblick vergessen zu können.

»Die Anonymität zwingt sie dazu«, sagte Anna. »Sonst könnte man Verteilungsfragen stellen.«

»Weil B ärmer als A ist, zahlt B höchstens aus gutem Willen das gleiche zurück?«

»Oder weniger. Oder nichts.«

Was sollte ich mit dem Ergebnis der Studie anfangen? Als Severin musste ich die Erkenntnis kapitalistisch verwerten. Ich dachte an Bekannte, denen ich Kurzmitteilungen mit *l* oder *r* schicken könnte, je nachdem, welche Richtung eine gestreichelte Klientin auf der Mondscheingasse in ihrer Entspannung einschlüge. Dann könnten sie ihr dort etwas zu verkaufen versuchen, vielleicht sogar etwas Gutes, Menschliches, Faires, das es möglich machte, das Gute, das sie von mir bekommen hatten, zumindest teilweise oder sogar im Überschuss zurückzugeben. Meine Bekannten müssten sich nur als Werber für Greenpeace oder die Freiheit Tibets ausgeben, für Gehörlose oder Hauttransplantationen sammeln. Ich überlegte mir, die Telefonnummern meiner Klientinnen und Klienten nach der eingehenden wissenschaftlichen Beschreibung ihres Zustandes an Callcenter oder sonstige Telefonangler zu verkaufen, samt der Uhrzeiten, an denen sie mit dem meisten Oxytocin im Blut und also am spendabelsten durchs Leben liefen. Was für eine Entdeckung! Heilige Wissenschaft! Ich hätte eine Partei für gefühlvollen Kapitalismus gründen können, die PGK, deren Gesellschaftsvision in hochoxytocinen Individuen bestünde, die jeder viel zu geben und noch mehr zurückzugeben bereit wären.

Als Sebastian malte ich mir ein Umverteilungskonzept aus, in dem ich gezielt jene Klienten auswählte, die meine natürlichen politischen Feinde waren, die alles hinnahmen, wie es war, und es vielleicht sogar noch gut hießen. Irene Fischer würde ich ausnehmen, Herrn Nemeth nicht. Deren Nummern würde ich hergeben, denen könnten meine Freunde auflauern, um ihnen mit einem gefinkelten Plan Geld aus den Taschen zu ziehen, sie in dem Moment, in dem ihre zweite Natur für einen kurzen Augenblick ausgeschaltet war, auf der falschen, also der richtigen Haut zu erwischen.

Auf den ersten Blick hatte ich Carina Müller für ein verschrecktes Wesen gehalten, das es sich selbst nicht leicht mache und daher auf die Idee gekommen sei, sich einmal etwas Außerordentliches zu gönnen. Um einmal nicht selbst die Trostspenderin zu sein. Um einmal nicht die scheinbar Starke zu sein. Um sich einmal dort, wo einen niemand kannte, gut versteckt in der schönen Mondscheingasse, in all der eigenen Bedürftigkeit zu offenbaren.

Erst im Nachhinein fiel mir ihr Blick ein, als ich sie mit übereinander geschlagenen Beinen im Wartezimmer sitzen sah, während ich mich von der jungen Schauspielerin verabschiedete, die so sensibel in der Nackengegend war. Carina Müller hatte ihre engen Jeans in die hohen schwarzen Stiefel gestrickt, neben ihr stand die dazugehörige Tasche auf dem Boden, die lässig aussah und doch teuer war – ein dunkelgelbes Unikat. Erst im Nachhinein erinnerte ich mich, wie genau sie alles betrachtet hatte, die Fotos an den Wänden, die Bücher und Kataloge, die Einrichtungsgegenstände und das gerahmte Platen-Zitat. Ich meinte, sie wolle sich alles einprägen, gerade weil sie beschlossen habe, sich nur einmal etwas Außerordentliches zu gönnen.

»Wie leicht es ist, die Heimat aufzugeben.« Sie nickte, als sie sich auf das Sofa setzte. »Ist das politisch gemeint?«

Natürlich, wenn sie mich so fragte. Ich setze mich auf den Stuhl knapp vor meinen Schreibtisch und lehnte mich zurück. Aber wenn sie mich so fragte und so dasaß, wie sie dasaß, und noch dazu als die, als die ich sie einschätzte (linksliberale Kreativwirtschafterin), konnte ich nur sagen, ich fände Österreich wunderbar, weil es da soviel zu entdecken gebe, all diese unterschiedlichen Landschaften, von der unendlichen pannonischen Ebene bis zu den blickabschneidenden Alpen, weil man im Sommer schwimmen und im Winter Schi fahren könne, weil der Wein immer besser und das Essen immer verspielter werde; nur leider habe man *uns* das Meer genommen, die blaue Adria, an der man *uns* nun gleichsam aus Rache das Geld aus den Taschen ziehe. Wien sei eine großartige Stadt, auf jeden Fall besser als Berlin, in gewisser Hinsicht noch über Paris zu stellen, wenn man an die wahnwitzigen Pariser Mieten denke, ganz zu schweigen von London, einzig bei Rom sei ich mir nicht sicher. Wenn sie mich so fragte, musste ich sagen, dass ich die abgewählte Regierung aus Konservativen und Rechtsextremen gut gefunden hätte, außerordentlich gut sogar, zum Land passend, seinen Menschen angemessen. Natürlich musste ich, wenn sie mich so fragte und dabei so vieldeutig lächelte, darauf bestehen, wie klug es gewesen sei, dass die Regierung alles zerstört habe, was aus den ruhigeren Phasen des zwanzigsten Jahrhunderts übrig geblieben sei, all diese letztlich auf dem Müllhaufen der Geschichte gelandeten Reste des Sozialismus. Carina Müller war eine von denen, die mir tagtäglich auf den Straßen Neubaus begegneten. Ich freute mich diebisch daran, das vermeintliche Gegenteil von dem zu sagen, was sie in ihrer guten Gesinnung bestätigt hätte.

Natürlich steigerte ich mich hinein, natürlich ließ ich mich davontragen, natürlich entwarf ich ein fatalistisches Szenario, in dem es den Menschen eher früher denn später reichen müsse, dass sie einmal für längere Zeit auf die Straßen ziehen und ein Ende fordern müssten. Das Schönste an der Regierung sei doch gewesen, dass sie den Geist des Kapitalismus am reinsten geatmet habe. So ein freier, moderner, alles Stehende verdampfender Geist! Gleichzeitig fiel ich mir sofort ins Wort, während Carina Müller ihren Blick durch mein Zimmer pendeln ließ, und verhöhnte den ehemaligen Vizekanzler, der wie ein Vorarlberger Bauer aussehe, auf den das Sprichwort zutreffe, der dümmste Bauer habe die größten Kartoffeln und gesündesten Kühe.

Carina Müller saß mir gegenüber, nickte nur, bisweilen lächelte sie und forderte mich unausgesprochen zum Weitersprechen auf. Wenn ich mein Geld anstatt mit Streicheln auch mit Reden verdienen konnte, sollte es mir recht sein, zumal ich an diesem Tag schon zwei Menschen gestreichelt hatte und ohnehin kurz vor der ersten Arthritis meines Lebens stand. Ständige Krankenstandsgefahr! Welch Unglück, sein eigener Angestellter zu sein!

Als den eigentlichen Skandal an der abgewählten Regierung empfände ich, dass die Kapitalisten zu blöd für den Kapitalismus, die Totengräber zu ungeschickt zum Begraben seien. Was wäre denn ihre eigentliche Aufgabe? Was ihre ureigenste Mission? Was das einzig den Zeitläuften Angemessene?

Das Sozialsystem zerschlagen, erstens, ohne Wenn und Aber, alles kürzen, am besten streichen, vielleicht sogar so etwas wie Arbeitszwang für Langzeitarbeitslose einführen. Das Gesundheitssystem auf gesunde Beine stellen, zweitens, ihm ein strenges Korsett schneidern, damit es sich nicht mehr auszahlen könne, krank zu sein. Ich könne es mir doch auch nicht leisten, krank zu sein. Sie wahrscheinlich auch nicht? Carina Müller lächelte. Und wie sie lächelte. Als wüsste sie es besser. Aber kein Wort davon. Wenn sie nichts sagte, konnte ich weiterreden; wenn ich den Monolog noch ein paar Mal übte, würde ich damit im Theater vorsprechen können. Damit die Menschen von allem Anfang an mehr Wert auf ihre Gesundheit legten, sich besser ernährten, weniger Fett, mehr Obst und Gemüse zu sich nähmen, mehr Sport trieben und sich gleichzeitig auch um ihre innere Gesundheit kümmerten. Die Indianer hätten gesagt, das Land sei nur geerbt; wir könnten sagen, die Gesundheit sei nur geerbt. Drittens sei meiner bescheidenen Meinung nach die Aufgabe einer wahrhaft mit den Verhältnissen verschmolzenen Regierung die Herstellung freier Zustände, in denen sich jeder um sich und seine Bedürfnisse kümmern könne, niemand vom Staat oder der Religion oder unnötigen Gewerkschaften bevormundet werde, wo jeder danach trachten könne, das Beste aus sich zu machen, indem er mit sich auf das Schlachtfeld Welt ziehe. Jeder seines Glücks, aber auch jeder seines Unglücks eigener Schmied!

Carina Müller nickte noch immer, was mir erst im Nachhinein, als ich Anna fragte, was und ob ich noch etwas tun könne, bedenklich erschien. Es gab viele Klienten, die während der Zeit, die sie bei mir waren, kaum bis gar nicht sprachen. Andere redeten sich beinahe um ihr Leben, um nicht zu tief berührt zu werden, manche sprachen nur dann, wenn ihnen etwas in den Sinn kam, und hielten den Mund, wenn eben nicht. Ich redete mich um mein Leben, um einmal auch ohne meine Hände Geld zu verdienen. Allerdings war ich mir nicht mehr sicher, ob Carina Müller das, was ich sagte, auch witzig finde (immerhin lächelte sie manchmal), oder ob sie nur noch angewidert sei (sie lächelte gequält). Offensichtlich hatte sie sich gut im Griff.

Das seien die Zustände, in denen mein Geschäft floriere! Ich wollte eine Reaktion, sie blieb stumm. Natürlich sei es ein Glück, in dieser Zeit, unter den Nachwirkungen dieser

Regierung, in diesem Klima ein Streichelinstitut zu betreiben! Kein kleines Glück! Nicht auszudenken, wenn wir in glücklichen Zeiten lebten! Da hätte ich nicht einmal aufsperren müssen! Da hätte ich Tag für Tag meine Freundin streicheln können, wovon ich mir auch nichts kaufen könne! Daher sei ich stolz auf meine Heimat, daher sei es so schwer, eine zweite zu finden, daher habe mir schon in der Volksschule eine Mitschülerin zu Recht ins Stammbuch geschrieben: *Vergiss nicht die Heimat, wo deine Wiege stand, du findest in der Ferne kein schönres Vaterland.*

»Ihr Geschäft läuft also gut?«

Carina Müller räusperte sich. Es sah nicht aus, als ob sie sich streicheln lassen wolle; immerhin waren schon dreißig Minuten vergangen. Ich fand das nicht seltsam. Ich fand überhaupt nur noch wenig seltsam. Vor kurzem hatte mir eine Frau fünfundvierzig Minuten lang erzählt, ihr Mann komme nicht einmal mehr auf die Idee, sie zu streicheln, während er sie früher einmal, vor unvorstellbar langer Zeit, ständig gestreichelt habe, dass sie sich schon gefragt habe, was dem bloß fehle. Aber gestreichelt hatte sie nicht werden wollen – nur wissen, ob ich meine Freundin trotz meines Berufs noch immer streichelte. Ich hatte bejaht, allerdings nicht hinzugefügt, ich zöge meine Hand zurück, wenn ich eine andere Frau jenseits des Instituts nach dem sogenannten Beischlaf streichelte und es mit einem Mal bemerkte.

»Wenn es nur eine dritte Legislaturperiode gegeben hätte! Ich hätte Assistenten einstellen könne, was sage ich, müssen!«

»Wie kamen Sie überhaupt auf die Idee?«

»Ich wollte Bedürftigen helfen, jenen, die noch nicht fit für den Kapitalismus sind. Die die Zeichen der Zeit erst allmählich erkennen. Sehen Sie abends die Menschen in den U-Bahnen an, meinetwegen auch morgens. Ein bisschen Wärme in diesen kalten Zeiten!«

Ich lächelte, Carina Müller nicht. Im Nachhinein war ich froh, nicht auch noch gesagt zu haben, dass man schon ehrlich sein müsse, was den Unterschied zwischen den Welten und Rassen betreffe, dass natürlich dort, wo die Menschen einfach in ihren Großfamilien, Clans und Stämmen lebten, wo man irgendwie doch immer durchkomme, auch keine große Kultur, nicht einmal eine Zivilisation entstehen könne, die diesen Namen tatsächlich verdiene. Dass es abgesehen von den Japanern noch kein Volk, das beim Essen auf dem Boden sitze, zu etwas gebracht habe.

»Aber warum gerade streicheln?«

Ja, warum gerade streicheln? Um Carina Müllers Oxytocinpegel zu steigern und ihr im Nachhinein von freundlichen und mit mir befreundeten Bettlern ein paar Euro abluchsen zu lassen! Um ihr zu helfen, für ein paar Augenblicke die Gravität der herrschenden Verhältnisse verlassen zu können! Um in ihrem Gehirn jene Stellen zu aktivieren, die vom Schönsten im Leben aktiviert wurden!

Auf einmal stellte ich mir vor, Észter gegenüberzusitzen und mit ihr zu sprechen. Ich erzählte von einem Bekannten aus dem Lokal, in dem ich früher, bevor ich meine Haut zu Markte getragen hatte, zu oft zu viel getrunken hatte. Ein Kameramann, immer auf der Suche nach aberwitzigen Geschichten. Immer ein Bier in der Hand, immer am Reden. Eines Abends habe er mir an der Bar von seinem letzten Dreh erzählt. Er habe gelacht und in sein Bier geprustet, dass es seine Nase hinabgetropft sei. Sein Team sei zu einem Kuschelseminar in die Leopoldstadt gefahren, wo sich Menschen eingefunden hatten, um für einen kleinen Beitrag mit fremden Menschen zu kuscheln. Und wir glaubten, wir seien verrückt! Auf dem Boden seien Matratzen gelegen, im Raum ein paar Sofas und Couchen gestanden, über zwanzig Menschen seien gekommen. Neben dem Kameramann sei eine Frau aus den Vereinigten Staaten gestanden, die kaum Deutsch verstanden habe. Der Seminarleiter sei in die Mitte getreten und habe die Anwesenden begrüßt, bevor er klargestellt habe, dass man sich einzig und allein zum Kuscheln eingefunden habe, keineswegs zum Sex, immerhin sei das kein Swingerclub, woraufhin die Frau aus den Vereinigten Staaten wortlos den Raum verlassen habe. Der Kameramann sei sicher gewesen, die Frau sei von diesen beiden Worten so schockiert gewesen, dass sie Reißaus genommen habe. Ich hätte die Ansicht vertreten, sie habe gerade soviel verstanden, wie sie zu verstehen gehabt habe, und dass es unter keinen Umständen Sex gebe und das mitnichten ein Swingerclub sei, habe sie die Flucht ergreifen lassen. Aber allein die Tatsache, dass sich Menschen in einem Raum einfänden, um wahllos miteinander zu kuscheln, weil sie so einsam und verlassen und bedürftig seien, offenbarte die Marktlücke, die ich zu füllen bereit sei. Es gebe ein Bedürfnis, auf das ich mit meinen bescheidenen Mitteln reagieren wolle.

»Ist das nicht etwas zynisch?«

»Das oder ich?«

»Dass es den Leuten schlechter gehen soll, nur damit es Ihnen besser geht?«

Endlich eine Reaktion, ohne China vor den tibetischen Theokraten in Schutz nehmen zu müssen! Carina Müller verzog den Mund. Ihr emotionaler Quotient war um einiges niedriger als ihr Intelligenzquotient. Sie wusste wahrscheinlich nicht, dass es der Neue Kapitalismus vornehmlich auf den emotionalen Quotienten abgesehen hatte. Sie war auch noch nicht fit für ihn. Daher war sie wahrscheinlich gekommen. Wie sich eins ins andere fügte.

»So ist die Zeit, oder habe ich etwas missverstanden?«

Sie verdrehte die Augen. Ich war schon wieder wütend. In letzter Zeit wurde ich wieder sehr leicht wütend. Vielleicht sollte ich meine Freundschaft mit den Weißrussen auffrischen. Solange es Menschen wie Carina Müller gab, die einem wortlos gegenübersaßen und einen zum Herumalbern aufforderten, um sich dann mit einem Mal zu moralischer Höchstform aufzuschwingen, war es besser, sich an Nischni Nowgorod und den Kampf gegen die Weißgardisten zu halten.

»Aber das ist –«

»Gar nichts ist das! Oder würden Sie einer Psychotherapeutin diese Frage stellen?«

»Das ist nicht das gleiche.«

(Du musst es ja wissen.)

»Könnten Sie mir zeigen, wie Sie das machen?«

(Mit den Weißrussen? Da überlasse ich lieber den hässlichen reichen Spanierinnen meine Erdnüsse.)

»Bitte?«

»Das Streicheln?«

Ach ja, das Streicheln. Beinahe hätte ich Severin und das Institut vergessen. Beinahe hätte ich gesagt, ich, Sebastian, wisse, wer sie sei, und dass ich sie schlimmer fände als eine, die meine, jede Frau müsse zumindest vier Kinder bekommen, um das Volk vor Überfremdung zu schützen – letzteres sei tatsächlich gegen den Zeitgeist. Ich blickte auf die Uhr auf meinem Schreibtisch. Ich würde Carina Müller nur zehn Minuten streicheln müssen. Ich hatte gut gesprochen. Vielleicht doch eher Burg- als Volkstheater.

»Wo werden Sie denn gern gestreichelt?«

»Im Gesicht.«

Ich rückte meinen Stuhl nahe an das Sofa und versuchte meinen Groll zu verscheuchen. Carina Müller streckte das Kinn vor, ich streichelte ihre Wangen, bloß mit den Fingern zuerst, dann mit der flachen Hand. Sie hatte ein interessantes Gesicht, nicht schön, aber speziell. Vielleicht lag es an den hohen breiten Wangenknochen, vielleicht an den Sommersprossen, vielleicht an dem Parfum, das auch die Frau getragen hatte, deren Namen ich vor Anna nicht erwähnen durfte. Ihre Augen waren weit geöffnet, sehr blau und sehr leuchtend. Als ich sie streichelte, verschwand die Härte aus ihren Zügen, die mich nicht hatte wissen lassen, ob sie meine Scherze auch als Scherze verstehe. In ihren Ohrläppchen steckten weiße Perlen, letzte Reminiszenzen an ihre Herkunft. »So ein guter Mensch bist du«, sagte ich in mir, während ich Carina Müllers Wangen streichelte, »dem zynischen Streichler moralisch haushoch überlegen.«

Wir sprachen beide nicht, blickten einander nur an. Auf einmal bewunderte ich ihre Selbstverständlichkeit, die Leichtheit, mit der sie jetzt dasaß, weder die Augen schloss noch fieberhaft den Raum nach Anhaltspunkten absuchte, einfach da war mit diesem fremden Menschen, dessen Fingerkuppen langsam von den Schläfen zu ihrem Kinn und wieder zurück fuhren. Vor allem war sie doch ein Mensch, bevor sie die falschen Leute, Bücher und Zeitungen kennengelernt hatte. Wo war sie jetzt? Wer war ich ihr jetzt? Was war jetzt der Unterschied zwischen dem, der sie streichelte, und dem, dem sie Zynismus vorgeworfen hatte? Auf einmal lachte sie, als hätte ich sie gekitzelt.

»Jetzt ist die Zeit wohl um?«

(Die Zeit zusammengedrängt ist.)

Carina Müller blickte auf ihre Armbanduhr.

»Wann haben Sie Ihren nächsten Termin?«

(Den nächsten Quälgeist!)

»In einer Viertelstunde.«

»Darf ich meinen Fotografen herauf rufen?«

»Ihren wen?«

»Ich schreibe eine Geschichte über Sie. Für die Stadtzeitung.«

Zuerst war ich stumm, dann fragte ich nach. Einen Artikel? Über mich? Meinten wir dieselbe Zeitung? Carina Müller nickte. Dann lachte sie wieder. Schon vor Monaten, als sie wie immer die Kleinanzeigen durchstöbert habe, habe sie die Idee eines Streichelinstituts nett gefunden. Nett? Das war wahrscheinlich das Wort, das ich am meisten hasste! Ich nannte etwas oder jemanden nett, wenn ich etwas oder jemanden nicht beleidigen wollte.

»Rufen Sie ihn herauf.«

Während Carina Müller telefonierte, fragte ich mich, ob ich ein Vollidiot oder besonders klug sei. Ob mich in diesen fünfundvierzig Minuten eine List der Geschichte für ihre Zwecke eingespannt habe, oder ob ich in diesen fünfundvierzig Minuten von allen guten Geistern verlassen worden sei. Vor mir sah ich in großen Lettern das Wort *Scharlatan*. Dazu ein paar Adjektive: *reaktionär*, *zynisch*, *egoman*.

»Hätten Sie mir nicht vorher sagen können, warum Sie kommen? Sie saßen nur da –«

»Ich wollte sehen, wie Sie sind. Wie Sie das machen. Menschen sind viel natürlicher, wenn sie nicht wissen, dass über sie geschrieben wird. Da verkrampfen viele.«

(Ich Gott sei Dank nicht!)

»Aber wenn einem jemand nur gegenübersitzt und nichts sagt, verändert das auch die Situation.«

»Ich habe das Streicheln sehr genossen.«

(Weil ich dir dabei auch nette Sachen gesagt habe.)

Die Tür ging auf, ich trat mit der Journalistin Carina Müller ins Wartezimmer. Kannte ich den Fotografen nicht? Hatte der sich früher nicht auf Demonstrationen und bei Audimax-Besetzungen herumgetrieben? In weiten schwarzen Hosen, das Gesicht unter einer schwarzen Kapuze? Er begann unverzüglich zu knipsen. Ich stellte mich immer so, dass ich nicht im Bild war. Jetzt zu sagen, dass ich das, was ich gesagt, natürlich im Scherz gesagt hätte, wäre seltsam gewesen; zumal man diesen Menschen nicht zeigen durfte, dass man sich für klüger als sie hielt. Jetzt einen neuen Termin vorzuschlagen, um noch einmal, und zwar ernsthaft, über das Institut und Severin Horvath zu sprechen, wäre genauso lächerlich gewesen. Zum Glück hatte ich nicht gesagt, wie schade ich es fände, dass kein echter Nazi in der Regierung gesessen sei, dass sich keiner zu sagen getrauen dürfe, was er wirklich denke.

»Wir bräuchten dann halt schon auch ein Foto von Ihnen, Herr Horvath. Könnten Sie sich an die Wand stellen? Da?«

Carina Müller zeigte auf den Platz neben dem Platen-Zitat.

»Sie wollen mich an die Wand stellen?«

Es klang nicht lustig; ich hätte es mir denken sollen.

»Er macht wunderbare Fotos.«

(Aber brüllt nicht mehr *Generalstreik!* dabei.)

»Versuchen wir es mal«, sagte der Fotograf, »dann probieren wir noch zwei, drei andere Motive. Etwas ist immer dabei.«

Carina Müller grinste. Mit einem Mal war mir alles gleichgültig. Ich stellte mich gern an die Wand, um mich von einem Sozialfaschisten erschießen zu lassen, der einmal töpfeschlagend unter roten Fahnen marschiert war und jetzt die Auswüchse des ungezügelten Kapitalismus schlimm fand, weswegen er nur fair gehandelte Produkte kaufte und jeden Bettler als seinen Freund betrachtete; als ich mich zu fragen begann, wie ich blicken solle, verschmitzt oder ernst, freundlich oder abweisend, klickte es längst. Carina Müller stand mit vor der Brust verschränkten Armen zwischen Warte- und Streichelzimmer, der Fotograf trippelte von links nach rechts, schraubte an seinem Objektiv herum, kniete sich nieder, stand auf und ging wieder in die Hocke, während er unentwegt schoss. Dann wechselten wir in mein Streichelzimmer, Carina Müller schritt im Wartezimmer wie eine Kommissarin der Weißen Armee auf und ab, während der Fotograf tat, was er nicht lassen konnte.

»Wenn Sie noch etwas wissen wollen«, sagte ich bei der Verabschiedung, »rufen Sie mich einfach an. Oder schreiben Sie mir.«

»Wenn ich was brauch, meld ich mich, klar.«

Ich schüttelte Carina Müller die Hand, ihr Gesicht sah aus, als sei das Oxytocin schon wieder verpufft, der Fotograf nickte mir zu. Im Stiegenhaus hörte ich die beiden kichern.

Vielleicht war ich noch klüger, als ich dachte. Vielleicht hatte mich tatsächlich eine List der Geschichte zu ihrem Protagonisten erkoren. Vielleicht kam wirklich alles immer so, wie es nach dem ehernen Gesetz des inneren Friedens und der inneren Sicherheit kommen musste. Auf dem Foto sah ich wie ein Vollidiot aus.

Ich war morgens in die Trafik auf dem Siebensternplatz gegangen, um mir eine *Süddeutsche* zu kaufen; ein Freund hatte einen Reisebericht über Usbekistan veröffentlicht, den ich noch lesen wollte, bevor meine erste Klientin kam. Es war ein kalter, nasser Tag, der Nebel hing in der Stadt, dass man kaum weiter als ein paar Schritte blicken konnte, selbst mein absinthgrünes Haus sah grau aus. Ich war mit Anna in die U-Bahn gestiegen und hatte in der Pilgramgasse den 13A genommen; dass ich mich am Naschmarkt in ein Café setzen und Menschen beobachten könnte, daran dachte ich längst nur noch mit Wehmut.

Nachts hatte ich von Irene Fischer geträumt, sie selbst hatte ich nicht zu sehen, dafür eine E-Mail von ihr bekommen, in der stand, dass ich mich bestimmt wunderte, warum sie sich nicht mehr gemeldet habe, warum sie nach der Yoni-Massage nie mehr aufgetaucht sei und weder meine Anrufe noch meine Kurzmitteilungen beantwortet habe. Es war eine lange, traurige E-Mail gewesen, die ich auf einem mir unbekannten Laptop abgerufen hatte, ein elektronischer Brief, lange und ausführlich, dem ich entnahm, dass sie niemals von jemandem so gut behandelt worden sei wie von mir, weder von Männern noch von Frauen, dass sie mir unendlich dankbar sei, aber dass gleichzeitig das, was ich für sie getan hätte, nicht zu wiederholen sei, von niemandem, nie wieder. Dass sie nicht die sei, für die ich sie hielte, nicht die, als die sie sich ausgegeben habe. *Hab's gut, ich werde bald weit weggehen, lass mich, Deine Irene.* Im Anhang war ein Foto, auf dem sie Tränen in den Augen hatte und zu lächeln versuchte. Ich hatte sofort mein Telefon genommen und sie angerufen, aber da war nur eine Stimme, die sagte, die angerufene Nummer sei vorübergehend nicht erreichbar. Ich war sicher, Irene Fischer wolle mir ihren Selbstmord ankündigen, und ich sei zu blind gewesen, um ihre Situation zu erkennen. Ich war noch immer mit dem Traum beschäftigt, als ich mich sah.

Das Foto war riesig. Es war ja auch auf dem Cover. Da

saß ich auf meiner Couch, die Ellenbogen auf den Knien, mein Kinn auf den Fäusten abgestützt. Der Kopf lag leicht schief, ich hatte augenscheinlich gerade geseufzt, die Lippen aufeinander gepresst, das linke Auge geschlossen, das rechte verkniffen. Es war immer etwas dabei. *Severin Horvath*, stand da, darunter in großen Lettern: STREICHELN IN KALTEN ZEITEN.

Es war, als fahre etwas in mich. Als fahre ein anderer von mir in mich, der ich überhaupt nicht war und doch. Es war schrecklich: In diesem Moment hatte ich so ausgesehen. Wahrscheinlich nahm mir das den Atem. Dass ich so aussehen konnte! Carina Müller hatte sich nicht mehr gemeldet, ich hatte mich von Anna gerade noch davon abhalten lassen, ihr eine lange E-Mail über mich und mein Institut zu schicken. »Scheiß dich nicht an«, hatte Anna gesagt. Zum Glück war ich noch vor dem Duschen auf der Toilette gewesen.

Die Trafikantin war Mitte Fünfzig, sie hatte ihr Haar orange gefärbt, die Fingernägel rosarot lackiert und eine sehr tiefe Stimme – eine solariumgebräunte Zierde ihres Standes. Eine Studentin hatte Tabak und langes Zigarettenpapier gekauft, ein Arbeiter in blauem Anorak Zigaretten und Kurzparkscheine, nun stand ich vor meiner Richterin und versuchte, unverfänglich zu blicken und nicht nach der Stadtzeitung zu schielen.

»So, der Herr, bitte?«

Sie wusste es. Sie kannte mich. Sie glaubte, mich zu kennen. Sie hatte vor einer halben Stunde die Zeitungen ausgelegt.

»Eine Schachtel Marlboro bitte.«

Meine Stimme war sehr leise, ich kam mir beobachtet vor.

»Rot oder gold?«

»Die starken. Und eine *Süddeutsche*.«

Sie wusste, das war ein Ablenkungsmanöver, um nicht allzu eitel zu erscheinen, griff nach den Marlboro und zog eine *Süddeutsche* aus einem Stapel.

»Und, ja, die Stadtzeitung bitte.«
»Welche?«
»Ist heute nicht Mittwoch?«
»Ach so.«
Weil ich mich nicht bewegte, griff sie über den Ladentisch und zog eine Ausgabe der Zeitung hervor, die einen halben Meter entfernt von mir in einer Ablage steckte. Sie zog sie über den Ladentisch, hielt sie in die Luft und fuhr mit dem Laser darüber. Die *Süddeutsche* lag bereits vor mir, Usbekistan war schön weit weg, als es piepte und sie die Stadtzeitung mit dem Cover nach oben darauf legte. Sie blickte noch einmal aufs Cover und wieder zu mir.
»Darf ich dem Herrn – Severin? – noch etwas geben?«
»Das wäre alles, danke.«
Ich fischte meine Geldbörse aus der Manteltasche, meine Finger zitterten, als ich einen Zehneuroschein herauszuziehen versuchte. Ich wollte nicht zittern. Ich zitterte noch stärker.
»Der Kaffee war ganz schön stark.«
»Wie bitte?«
»Nichts, hier.«
Sie gab mir das Wechselgeld, ich steckte es in meine Hosentasche, um nicht die Kleingeldtasche aufknöpfen zu müssen. Die Trafikantin wünschte mir mit tiefer Stimme einen guten Tag, ich erwiderte ihren Wunsch mit einer leisen, brüchigen. Als ich mich umdrehte, spürte ich, dass ich errötet war.

Einen Hauseingang vor meinem zündete ich mir eine Zigarette an. Seit Monaten hatte ich tagsüber nicht mehr geraucht. Überhaupt hatte ich äußerst selten geraucht, auf einer Party, bei einer Geburtstagsfeier, neben den hässlichen reichen Spanierinnen, die zwei, drei Male, da ich zuviel getrunken hatte. Ich musste wieder und wieder das Foto anstarren. Die Haare waren zerzaust. Ich war unrasiert, hatte Stoppeln im Gesicht, die recht eigentlich schon keine Stoppeln mehr waren. Mein Blick war der eines Vollidioten. Ich sah dümmlich und melancholisch aus, arrogant und unsicher zugleich. Man sah ja nicht einmal meine Finger! Das Werkzeug des Streichlers versteckt, stattdessen stützte es sein Kinn ab! Die wohlproportionierten langen Glieder? Die gepflegten Nägel? Die Einladung an die emotional zu kurz Gekommen der Ziel- und die Neugierigen der Wunschgruppe? Nichts davon! Dafür Haare, als wehte der Wind durch mein Zimmer, als wären alle Fenster geöffnet worden, um einen barbarischen Gestank zu vertreiben. Aufeinandergepresste Lippen. Aufgeblähte Backen. Sogenannte Hamsterbacke!

Ich trat die Zigarette aus, mich schwindelte, ich zündete mir noch eine an, mein Telefon piepte. Das konnte nur eine MMS mit meinem Tageshoroskop sein. Also ging auch das wieder los. Also fing er wieder an, wer immer er war. Trügerische Sicherheit. Nur diesmal würde ich es als Strafe für meine Dummheit nehmen. Diesmal konnte darin nur stehen, wie besonders ungünstig meine Sterne an diesem Tag stünden, dass Mars sich vor Jupiter geschoben und Venus völlig verdrängt habe. Ich konnte froh sein, wenn an diesem Abend der Mond überhaupt am Firmament auftauchte, wenn er sich nicht bloß vor mir verstecken würde. Mir stand eine tiefschürfende persönliche Veränderung bevor, um die Liebe stand es schlecht, ums Geschäft katastrophal (wer wollte sich schon von dem Mann auf diesem Foto streicheln lassen – außer die Absonderlichsten der Absonderlichen?), Freundschaften gingen in die Brüche, alles Stehende verdampfte. Es war eine Kurzmitteilung.

wir haben's geschafft, kuß, anna horvath.

Meine Finger zitterten, ich steckte das Telefon wieder ein und zwängte die Zeitungen in meine Aktentasche. Ich musste mich beruhigen. Wenn ich so weiterzitterte, konnte ich niemanden berühren. Als mir ein besoffener Matrose vorm Besteigen einer Fähre nach Tallin meine Ermordung an Bord in Aussicht gestellt hatte, weil er der Meinung gewesen war, ich hätte mich beim Anstellen um die Tickets vorgedrängelt, hatte ich einen Tag lang gezittert. Also ging auch das wieder los. Vielleicht würde das nie mehr aufhören. Ich würde nachts schweißgebadet aufwachen, ins Badezimmer laufen, mich abtrocknen, nur um mich auf ein völlig durchnässtes Leintuch zu legen. Den Artikel hatte ich noch gar nicht gelesen.

Streicheln in kalten Zeiten. Immer etwas dabei. Dieses Gesicht! Wo blieb das Recht auf das eigene Bild? Wo die Mitbestimmung? Wie war das mit der Würde des Menschen und ihrer Antastbarkeit? Es war höchste Zeit, wieder zu den Waffen zu greifen.

Im Herzen von Wiens Kreativbezirk, zwischen Neubaugasse und Kirchengasse, liegt die Gasse mit dem vielleicht schönsten Namen der Stadt. Erraten: die Mondscheingasse! Wer nicht in ihr wohnt, zur Post oder ins St. Joseph zum fleischlosen Essen pilgert, bleibt dieser Tage möglicherweise vor der Nummer 6 stehen und läutet bei Horvath. Caress_caress *steht darunter.*

In einer hellen Altbauwohnung gibt man sich die Klinken in die Hand. Ein enger Vorraum, ein geschmackvolles Wartezimmer, eng, aber nicht beengend. Hier steht nichts zuviel herum. An den Wänden kühle Fotos aus der weiten Welt, in Körben ausgewählte Kunstzeitschriften – alles stimmig und sehr zurückgenommen. Schnell wird klar, dass kein Mann in weißem Kittel aus der Tür kommen wird, hinter der klassische Musik zu hören ist. Eher könnte es die Praxis einer jungen Psychotherapeutin sein. Dafür bewegen sich die Klientinnen und Klienten aber zu selbstverständlich. Und außerdem: Sie strahlen, wenn sie das Zimmer verlassen.

Severin Horvath ist aber auch kein Edel-Callboy. Dafür wiederum wären 75 Euro zu wenig. Außerdem ist schon auf der streng designten Homepage zu lesen, es gibt keine Berührungen unter der Gürtellinie.

Severin Horvath ist Ende Dreißig. Er sitzt weit in seinen

Stuhl gelehnt, den Kopf in die Hand gestützt und redet. Er redet wie jemand, der es gewohnt ist, zu reden – oder wie jemand, der viel mit sich selbst spricht. So eindeutig ist das alles nicht. Denn Severin Horvath, dieser große Mann mit der festen Stimme und den schier endlosen Sätzen, ist Streichler. Ja, richtig gelesen! Horvath streichelt die Menschen, die in seine Wohnung kommen. Und dass er das glänzend tut, pfeifen die Tauben nicht nur von den Naschmarktständen.

Aber warum tut er das? »Etwas Wärme in diese kalten Zeiten bringen«, antwortet er und seufzt. »Sehen Sie sich nur abends die Leute in der U-Bahn an! Überall traurige Gesichter!« Trotzdem – oder gerade deshalb – ist er sich bewusst, seinen Lebensunterhalt mit den Auswüchsen des Neoliberalismus zu verdienen. Was ihn wiederum sehr beschäftigt. »Der Kapitalismus ist keine Kinderjause!« Das soll stark klingen, tut es aber nicht. Man könnte Severin Horvath einen Idealisten nennen. Oder besser: Einen egoistischen Altruisten.

»Anfangs dachte ich, er sei ein ungemein ausgefuchster Geschäftsmann«, sagt Herr N., ein hoher Ministerialbeamter, der alle zwei Wochen eine Streicheleinheit in der Mondscheingasse genießt. Herr N. nennt sich einen »Klienten der ersten Stunde« schon allein, weil ihn das Wohlgefühl in der Mondscheingasse »an so vieles« erinnere. Zweifellos: Horvath hat es ihm angetan. »Aber dann merkte ich, dass er Menschen Gutes tun will.«

Das tut er zweifellos. Andererseits scheint Severin Horvath sich selbst nicht ganz zurecht zu finden. Einmal preist er die Möglichkeiten der Gegenwart, dann wettert er über das System. Einmal nennt er den Ex-Vizekanzler einen »Vorarlberger Bauern«, dann schwärmt er von der landschaftlichen Vielfalt Österreichs und vom Schifahren. Einmal ist er irritiert über die Zwänge unserer Hochleistungsgesellschaft, dann fordert er größere Eigeninitiative der Menschen und mehr Mut zum Risiko.

Severin Horvath, der Berufsstreichler, ist ein ernster Mensch. Sein Lächeln wirkt etwas gequält, seine Lockerheit immer auch bemüht. Er scheint viel über die Welt nachzudenken, aber zu keinem befriedigenden Ergebnis zu gelangen. Aber wer tut das schon?

Dennoch strahlt er eine Ruhe aus, die vom Erfolg kommt. Denn sein Streichelinstitut Caress_caress *läuft gut. »Wenn die Regierung noch eine Chance bekommen hätte, hätte ich mich nach einem Assistenten umsehen müssen.« Da lächelt Severin Horvath zum ersten Mal und strahlt wieder diese Selbstsicherheit aus, die vom ständigen Umgang mit Menschen herrührt – mit Menschen, die ihm zu Dank verpflichtet sind. Nur Nachfragen irritieren ihn, weil er in seinem Kopf allfällige Einwände immer schon mitzudenken scheint. Ob es nicht auch zynisch sei, mit der Einsamkeit anderer Geld zu verdienen? »Das?«, fragt er und zieht die Stirn in Falten, »oder ich?«*

Der Mensch hinter dem Streichler ist widersprüchlich, irgendwie nicht wirklich greifbar. Ist er ein Konservativer? In seinem Wartezimmer hängen Verse August von Platens, eines homosexuellen dichtenden Grafen, der Heinrich Heine antisemitisch beflegelte. Ist er ein Anarchist? Immerhin hofft er auf die zunehmende Verschlechterung der Verhältnisse und darauf, dass sich die Menschen das eines Tages nicht mehr bieten lassen. Aber dann wäre er wiederum arbeitslos. Ist er ein Zyniker, der Witze macht, weil er selbst nicht weiß, was er von der Welt und seinem Platz in ihr halten soll? Oder ganz einfach ein Fatalist?

Eines ist er auf jeden Fall: ein begnadeter Streichler. Gerade in kalten Zeiten. »Ach, der Severin«, sagt Frau Dr. F., eine elegante Dame aus Döbling, deren Augen zu funkeln beginnen, wenn sie über ihren Streichler spricht. »Wenn bloß mehr Männer so mit ihren Händen umzugehen wüssten!« Dem ist nichts hinzuzufügen.

Außer eines: In der Mondscheingasse, im Herzen Neubaus, wartet die sanfteste Hand der Stadt. Wahrlich, liebe

Mitbürgerinnen und Mitbürger, ich sage euch: Es gibt tatsächlich nichts, was es nicht gibt.

Text: Carina Müller

Fotos: Pierre Steinbruch

Ich saß auf dem Sofa meines Streichelinstituts. Ich war erledigt. Ich konnte das Haus nicht mehr verlassen. Hätte es eine Zeitmaschine gegeben, hätte ich sie eine Woche nach vorne blättern lassen, um mich am nächsten Mittwoch in diesem Zimmer wiederzufinden. Zwar noch immer als Vollidiot auf dem Cover des Sozialfaschistenblattes, aber immerhin aus den Cafés, Lokalen, Frisierläden, Wohnungen, Kiosken und Trafiken verschwunden.

Warum streikten die Drucker nicht? Die mussten doch auch gegen diese Verhältnisse sein! Wäre der Fotograf nur weiter in die richtige Richtung gegangen, hätte er sich schlau gemacht, hätte er die MEWs durchgeackert, vielleicht hätte er den Generalstreik ausrufen können. Kurz, aber ernsthaft überlegte ich, ob ich die Zeitung nicht verklagen sollte, Verletzung meiner Persönlichkeitsrechte, Verspottung, Verleumdung, weiß der Teufel, irgendetwas, um die gesamte Auflage beschlagnahmen zu lassen.

Wie sollte ich nach Hause oder zu Anna kommen? In der U-Bahn? Mit dem Bus? War da noch jemand? War in mir noch jemand zu Hause? Wie hoch war die Auflage? Eben, hoch genug! Ich konnte doch nicht zweimal täglich ein Taxi rufen und in der Zentrale einen Ausländer verlangen, der so schlecht Deutsch spreche, dass er bestimmt nicht die Stadtzeitung lesen könne. Wie hielten die Menschen es aus, auf irgendwelchen Covers abgebildet zu sein? Die bekamen natürlich vorher die Fotos zu sehen. Die fragte man selbstverständlich, ob sie dieses oder jenes vorzögen – oder vielleicht ein neues aufnehmen wollten. Ich war nur ein armer, kleiner Streichler, der sich in seinem Gedankenlabyrinth verloren hatte.

»Herr Horvath?«

Es klopfte.

»Sind Sie da?«

Meine erste Klientin am schwarzen Mittwoch. Ich packte die Zeitung in meine Aktentasche, räusperte mich und öffnete.

Ich kannte die Frau nicht, sie kam erstmals zu mir. Sie sah sehr aufgeregt aus, als sie mir die Hand schüttelte. Eine Freundin habe mich ihr empfohlen, Irene Fischer. Wärmstens empfohlen, wie sie lächelnd sagte, während sie meine Hand gar nicht mehr auslassen wollte. Vor zehn Jahren war sie wahrscheinlich nur wenig weniger anziehend als Frau Doktor Fischer gewesen. Ich sagte nicht viel, sie legte sich auf die Couch und tat, womit Irene Fischer immer begonnen hatte: Sie zog ihre Bluse aus.

»Wie geht es Irene?«

»Ich weiß nicht. Ich habe sie länger nicht mehr gesehen. Sie verschwindet immer wieder.«

»Hier war sie auch lange nicht mehr.«

»Das wundert mich aber. Nach dem, was sie mir erzählt hat.«

Wieder dieses Lächeln. Ich schielte nach meinem Terminkalender und las den Namen der Frau von der Neunuhrspalte dieses entsetzlichsten aller Tage.

»Dann sehen wir mal, Frau Konrad, was Ihnen gefällt.«

Ich streichelte sie selbstvergessen. Zumindest für fünfundvierzig Minuten wollte ich mich vergessen. Mir stand noch einiges bevor, das wusste ich. Dank Carina Müller. Dank dem Fotografen, der früher die Faust geballt und *Hinter dem Faschismus steckt das Kapital* gebrüllt hatte. Es beruhigte mich, diese Unbekannte zu streicheln, gegen die ich nichts hatte, nicht einmal kleine Vorbehalte, einzig weil sie Irene Fischers Freundin war. Ich streichelte sie stellvertretend für Irene, auch wenn ihre Haut schon braune Flecken aufwies, auch wenn sie schon schlaffer geworden war, auch und gerade weil mir bei ihr keine wie auch immer gearteten erotischen Phantasien kamen.

Ich wurde leichter, leiser, die Stimmen und Sätze und Fotos in meinem Kopf verflüchtigten sich, ich streichelte Frau Konrad und Irene Fischer – und ich streichelte mich. Darauf kam es in Wirklichkeit an, auf nichts anderes. Nächste Woche würde eine neue Ausgabe da sein. Die alte würde zwar nicht völlig verschwunden sein, manche Menschen sammelten die Zeitung sogar, sie würde in Archiven aufbewahrt, aber auch das kam mir nur einmal und flüchtig und ohne Widerhaken in den Kopf, während Frau Konrad von Minute zu Minute langsamer atmete. Irgendwann ertappte ich mich beim Grinsen. Wir hatten es geschafft! Und Sebastian musste mit Severin leben. Der sein Werkzeug versteckte und eine Hamsterbacke hatte.

Mittags blieb ich im Institut. Ich wollte nicht als der sanfte Held der Mondscheingasse wissenden Blicken begegnen. Ich wollte keine Fragen beantworten, schon gar nicht die eine, vor der mir am meisten graute: »Sind Sie nicht?«

Nein! Ich bestellte eine Sushi-Bento-Box im potentiell weltweiten Netz, um meine Räume nicht zu sehr nach Pizza oder Döner riechen zu lassen. Mein Mobiltelefon blinkte ununterbrochen. Sechs versäumte Anrufe, fünf Mitteilungen empfangen.

du alter partisane! hihi. rotfront, paul.

Lieber Sebastian, jetzt wird doch noch was aus Dir. Hättest Du Dich nicht Hans Tröstner nennen können? Szia, Alex.

Gratuliere. Nemeth.

oh, verborgene talente? melde dich doch, wenn du mal in meiner gegend bist. ewig schad. bussi, mirjam.

Interessant. Wissen wieder einmal nichts. Mama.

In meiner Sprachbox warteten vier neue Nachrichten. Die erste kam von Irene Fischer, die »Sebastian!« ins Telefon rief, »Sebastian, das ist ja wunderbar! Unglaublich! Großartig! Ruf mich bitte zurück, wenn du wieder Zeit hast. Auch wenn du jetzt berühmt bist. Gibt es meinen

Freitagstermin noch? Ich will kommen. Ja, genau. Ruf zurück! Ciao.« Die zweite Stimme erkannte ich nicht auf Anhieb, ein Mann sagte, er habe sich gefreut, wieder einmal von mir zu hören, er korrigiere sich: zu lesen, noch dazu an dieser Stelle, naja, wir würden alle erwachsen, er stelle sich doch auch dieselben Fragen; wenn man bedenke, dass andere noch immer von Plenum zu Plenum liefen, um die Welt zu retten und die Revolution vorzubereiten, weil sie immer noch pubertierten, schön jedenfalls, sehr, sehr schön, er habe bei mir immer den Eindruck gehabt, ich hätte etwas drauf, bis irgendwann, alles Gute. Armin hatte mit mir studiert. Zuerst war er kommunistischer Kommunist gewesen, sein Lieblingsschimpfwort hatte Sozialdemokrat gelautet, Michel Foucault etwa war für ihn ein solcher gewesen, bevor er angeblich nur noch Adorno und das Fetischkapitel aus dem *Kapital* gelesen und ein neues Lieblingsschimpfwort hatte, das beinahe beliebig verwendbar war und *Antisemit* hieß. Jetzt war seine Freiheit offenbar die Einsicht in die Notwendigkeit der herrschenden Zustände. »Severin«, sagte Jürgen, mit dem ich Fußball gespielt und viel Zeit verbracht hatte und mit dem ich nichts mehr anzufangen wusste, den ich jahrelang nicht mehr gesehen hatte, obwohl er zehn Minuten von mir entfernt wohnte, »Severin Horvath, du bist ein arger Mensch, wirklich. Da sitz ich in der U-Bahn, und die Frau gegenüber, mit so einer grünen Pseudobrille, schlägt die Zeitung auf, und wen seh ich auf dem Cover? Den Basti, aber darüber steht Severin Horvath. Alter Zigeuner! Mach's gut. Meld dich mal. Arger Mensch!«

Es läutete, ein schmächtiger Asiat stand vor der Tür und lächelte, als ob er nicht wüsste, wer ich sei, als ob es ihm einerlei sei. Dafür gab ich ihm drei Euro Trinkgeld. Oder tip, das war neutraler. Man durfte der Arbeiterklasse keinen quasi-natürlichen Hang zum Alkoholismus unterstellen, wie es die Herrschaftssprache tat. Im Wartezimmer setzte ich mich auf den Stuhl, auf dem Irene Fischer nach der Yoni-Massage gesessen war.

Ich saß weniger aufgeräumt da, die Tür zum Streichelzimmer stand weit offen. Der glückliche Mensch hätte Augen gemacht. »But my friend«, hätte er gesagt, »don't you worry, it is good that people read about you, no matter what.« Während ich Sushi in das mit Sojasauce und Wasabi gefüllte Plastikschälchen tunkte, fiel mir auf, dass ich wie ein perfekter Multikulturalist die Stäbchen bewegte, geradeso als hätte ich nie mit Messer und Gabel gegessen. Ich zitterte nicht mehr. In der Blauen Lagune hätte ich dem glücklichen Menschen die Geschichte ganz anders und zwar richtig erzählen können. Dass eines Tages mein leicht vertrotteltes Gesicht in ganz Wien in einer Zeitung zu sehen gewesen sei, für die ich sonst nur Spott und Häme übrig hätte. Wir würden wie Vierzehnjährige lachen, die dem Direktor einen Streich gespielt hätten. Die Frage, vor der die heutige Menschheit steht, Adorno: Auch erwachsen zu werden oder ein Kind zu bleiben? Armin hatte anders als ich entschieden.

Auf einmal lachte ich. Ich lachte so laut, dass mir Tränen aus den Augen kullerten. Ich holte noch einmal die Zeitung hervor und hielt das Cover vor meine Augen. Im Vorzimmer stellte ich mich vor den Spiegel und hielt das Vollidiotenfoto neben mein rotes Gesicht. Severin Horvath hatte es zu lokaler Prominenz gebracht. Severin Horvath war zu einer allgemein anerkannten Marke geworden. Severin Horvath hatte seine one week of fame. Infame. Aber er würde auf dem Boden bleiben, sich vom Erfolg nicht blenden lassen, er würde weiterhin hart arbeiten und sich mit dem Erreichten nicht zufrieden geben. *Wer glaubt, etwas zu sein, hat aufgehört, etwas zu werden.* Das hatte mir ein neunjähriges Mädchen in der Volksschule ins Stammbuch geschrieben. Zum Jungunternehmer des Jahres war es noch ein langer, steiniger Weg.

Ich rief Irene an.

»Sebastian!«

»Frau Dr. Fischer.«

Ich versuchte, vorwurfsvoll zu klingen.

»Ich hab mich wahnsinnig für dich gefreut! Ich freu mich noch immer! Das ist der zweite Beginn, glaub's mir!«

»Wer liest schon dieses Revolverblatt?«

»Dein Zielpublikum!«

»Informantin, elende.«

»Sie wollte nur wissen, wie du streichelst und was das mit mir macht.«

»Nichts über mich?«

»Als ich von der Yoni-Massage erzählte, wollte sie wissen, ob du eine Freundin hast.«

»Sehr lustig.«

»Ich habe mich auch gewundert, dass sie so diskret ist.«

»Irene, ich seh wie ein Vollidiot auf dem Foto aus!«

»Macht doch nichts.«

(Überhaupt nicht, heißt das!)

»Nicht einmal meine Hände sind zu sehen!«

»Das ist allerdings ein Malheur. Du brauchst ein Medientraining. Darf ich am Freitag kommen?«

(Auch öfter als einmal.)

»Ich hab schon jemanden vorgemerkt.«

»Kannst du jetzt bitte nicht den Beleidigten spielen?«

»Mal sehen, ob ich den Termin verschieben kann. Ich schick dir eine Nachricht.«

»Wiedersehen, Herr Horvath.«

»Alles Gute, Frau Doktor.«

Ich rief sofort die Klientin an, die Freitagvormittag kommen sollte. Sie hatte die Stadtzeitung nicht gesehen, jedenfalls machte sie keine diesbezüglichen Bemerkungen. Mir sei ein wichtiger Termin dazwischengekommen, ich selbst käme erst am frühen Nachmittag ins Institut. Ob sie da Zeit habe? Sie hatte Zeit. Irene war nicht suizidal, im Gegenteil, sie hatte sehr vital geklungen. Sie hatte mir gefehlt. Ich hatte mir Sorgen um sie gemacht. Ich hatte sie bestimmt zehn Mal angerufen, nachdem ich die wahnwitzige Summe gesehen hatte, die sie mir mit dem Verwendungszweck *Son-*

nenmassage überwiesen hatte, ihr mindestens fünf Kurzmitteilungen geschickt. Was eine Coverstory alles bewirken konnte!

Ich schaltete meinen Laptop ein, und noch bevor ich meine E-Mails las, deren Gegenstand ich schon der Absendernamen wegen erahnen konnte, verfasste ich eine Nachricht.

Liebe Carina Müller,

Danke für das nette Portrait. Die Rechnung über €75, die ich Ihnen schicken wollte, habe ich in den Papierkorb verschoben.

Herzlich,

Ihr Severin Horvath

Ohne weiter nachzudenken, schrieb ich *Grüße eines Uneindeutigen* in den Betreff. Dann schickte ich die Nachricht ab. Ich summte. The Cure, neues Album, da war ich schon etwa siebzehn gewesen. *I don't care if monday's blue, tuesday grey and wednesday too, thursday I don't care about you, it's friday I'm in love.* Ich sang voller Inbrunst. *Monday you can fall apart, tuesday wednesday break my heart, thursday doesn't even start, it's friday I'm in love.*

Wenn es ein schönes Foto gewesen wäre, dachte ich in der letzten Reihe des 13A, eingezwängt zwischen eine dicke Mutter und ihren dicken Sohn, der seine Schultasche auf dem Schoß umklammert hielt. Ich saß aufrecht da und versuchte, unverfänglich zu blicken. Ein aufmerksamer junger Mann, dessen Foto an diesem Tag zufällig das Cover der Stadtzeitung verunstaltete. Wäre es ein schönes Foto gewesen, wäre mir auch der dummdreiste Text gleichgültig gewesen, ich hätte milde lächelnd dasitzen, durch Wien laufen und die Frage einer interessanten Frau, ob das ich sei, ruhig mit *Ja* beantworten können, ganz uneitel, voller Selbstverständlichkeit.

Im Fitnessstudio zog ich meine Mitgliedskarte über den Laser, das Türchen sprang auf, auf dem Bildschirm war jetzt mein Foto zu sehen. Die Diskrepanz konnte niemandem auffallen, die beiden jungen Frauen an der Rezeption tratschten. Ich grüßte wie immer, Ivana gab mir zwei Handtücher, ich konnte mir die goldene Mitgliederkarte leisten. Ich ging aufrecht, gemessenen Schrittes, als wäre nichts geschehen, ich schlug mit Ray ein, dem Trainer aus Nigeria, »How are you?«, fragte er wie immer, »could be worse«, sagte ich wie nie. Üblicherweise sagte ich: »Fine, and you?« Er kniff ein Auge zu. Über der linken Oberlippe trug er, *my trademark*, einen hauchdünnen Bartstreifen.

Es waren sehr viele Menschen da, an den Geräten im Erdgeschoß, auf den Laufbändern und Steppgeräten auf der ersten und zweiten Etage. Das Schwimmbecken war überfüllt, durch die Glasfront sah ich eine Trainerin mit einer Schaumstoffstange am Beckenrand in ihr Kopfmikrofon sprechen und Bewegungen vollführen, die die Menschen im Becken mit ihren Schaumstoffstangen nachzumachen versuchten. Auf der Schwimmbahn daneben schienen sich zwei Menschen für die Olympischen Spiele in Form bringen zu wollen, in den beiden Studios wurde getanzt und Rad gefahren. Vor der breiten Spiegelfront standen die Muskelmänner und stemmten aberwitzige Gewichte, in ihrer Mitte quälte sich eine kleine Asiatin, mit der man auch keinen Streit wollte.

Andererseits fiel mir beim Umkleiden ein, als ich nackt vor meinem Spind stand und eine junge Frau mit großem Busen in hellblauem Mantel neben mir den Boden aufwusch, dass ich einen luxuriösen Club besuchte, keinen, in dem die Vorstadtjugend ihre Muskeln mit zu großen Gewichten und zu wenig Anleitung stählte. Die reifen Damen, die sich um ihre Hinterteile sorgten, lasen während des Radfahrens die Zeitung, die Anna und ich eigentlich verachteten, was mich im gleichen Moment daran denken ließ, dass unter Annas Essays immer ein Foto abgedruckt wurde, das ich aufgenommen und das sie der Zeitung geschickt hatte. Anna war Philosophin, ich bloß Streichler. Für jeden Text, den Anna veröffentlichte, verdiente ich ein Abendessen für uns beide. »Hi«, sagte die junge Frau lächelnd, als sie aufsah, »Hi«, antwortete ich, »geht's gut?«. »Danke«, sagte sie, »geht schon, muss gehen«.

Ich stellte das letzte freie Laufband auf zehneinhalb Kilometer die Stunde, schneller als sonst, und steckte meinen Kopfhörer an den Bildschirm. CNN meldete sich aus Pakistan, das kannte ich schon zur Genüge, *Euronews* berichtete über Streiks in Frankreich. Ich freute mich, aber warum wurden gerade die beiden Menschen gezeigt, die gegen die Streiks waren, eine fünfzigjährige Marktfrau und ein junger Mann aus dem Maghreb? Die Frage war nicht schwer zu beantworten. Im Geographieunterricht am Gymnasium hatten wir gelernt, eine der größten Errungenschaften der österreichischen Demokratie seien die durchschnittlich gegen Null tendierenden jährlichen Streikminuten, im Gegensatz zum chaotischen Italien, und bei der Prüfung war die Antwort auf die Frage, weshalb das so sei, einfach gewesen: Wegen der um Interessenausgleich bemühten Sozialpartnerschaft! Das hatte ich Carina Müller zu sagen vergessen, an Austrofaschismus und Nationalsozialismus könne nicht alles schlecht gewesen sein, wie man an der leider abgewählten, zweifelsfrei demokratischen Regierung gesehen habe, die das Arbeitsministerium kurzerhand dem Wirtschaftsministerium einverleibt hatte. Die europäische Presseschau brachte die Titelseiten einiger ausgewählter Zeitungen, glücklicherweise war die Wiener Stadtzeitung doch nicht so wichtig, Libération war an diesem Tag nur im Internet erschienen, auch die französischen Drucker streikten. Es erschienen ohnehin zu viele Bücher und Zeitungen, für die man tatsächlich keine Bäume fällen müsste, da war der sogenannte Realsozialismus weitaus umweltfreundlicher gewesen. Das hätte ich Carina Müller auch sagen sollen, um sie sich fragen zu lassen, ob ich ein verkappter Nazi oder ein verkappter Stalinist sei, worauf sie die liberalste aller Antworten hätte geben können: totalitär. Andere Drucker streikten. Tu felix Austria lege!

Nach fünfundvierzig Minuten, einer Halbzeit nach meiner alten Lebensmaßeinheit, hatte ich eine Dokumentation über die Ringer in Varanasi gesehen, die großteils aus der Viehzüchterkaste stammten, weil Ringer täglich fünf Liter Milch trinken, zweihundertfünfzig Gramm Butter, zweihundertfünfzig Gramm Ghi und zweihundertfünfzig Gramm Mandeln essen mussten, wohingegen sie früher von allem das Doppelte hatten zu sich nehmen müssen. Die Ringer verehrten den Elefantengott, der das Dunkle vertrieb, und anders als die Brahmanen, welche die Ringer und Viehzüchterkaste allein ihrer Größe und zunehmenden Bildung wegen nicht mehr wie früher unterdrücken konnten, war ihnen die Erde heilig, die sie für ihr Ringtraining brauchten – zu ihrer Heiligung mischten sie Milch und Ghi und Curry darunter. Die jungen Männer lebten asketisch, neben dem Ringen und der Viehzucht hatten sie keine Beschäftigungen, sie waren Vegetarier und lebten enthaltsam. Es sei schwer, sagte einer von ihnen, überall seien Mädchen. Nach fünfundvierzig Minuten hatte ich etwas gelernt und kaum an das Foto und den Artikel gedacht.

Auch nicht leicht, ein Ringer zu sein, sagte ich mir auf dem Weg zu den Geräten. Mir? Die armen jungen Inder konnten bestimmt Streicheleinheiten gebrauchen. In Varanasi kannte mich auch niemand. Ich nahm bei jedem Gerät zwei Gewichte mehr als üblich, um gar nicht die Möglichkeit zu bekommen, mir bei bestimmten Blicken andere Fragen als sonst zu stellen. Ich grüßte die Menschen, die ich kannte. Ich sprach mit niemandem.

Am liebsten wäre ich direkt ins Dampfbad gegangen, aber ich wollte mich von Carina Müller und dem geläuterten Linksradikalen nicht aus meinen Bahnen werfen lassen. In der Biosauna war nur noch ein Platz zwischen zwei hübschen jungen Frauen frei. Ich grüßte mit verzagter Stimme und setzte mich.

»Grüß dich, Severin.«

Robert Mayer zwinkerte mir zu. Ich kannte ihn aus einem französischen Lokal, wo wir einmal den Vierzehnten Juli gefeiert hatten, er das Franzosentum, ich die Revolution in der Revolution. Robert war ein Mann, der alles hatte: Eine wunderschöne Frau, um die ich ihn beneidete, zwei Kinder, eine Kanzlei am Ring, in der es um Finanzen ging. Er sah gut aus, war intelligent und witzig. Ein guter Klassenfeind, den man nach der Revolution nicht würde erschießen müssen.

»Schöner Artikel, Lorraine hat ihn mir gezeigt.«

»Ich hab's dir ja gesagt«, sagte die links von mir zu der rechts von mir. Und zu mir: »Ich hab das auch gelesen.«

Ich lächelte gequält. Ich war von ihren Brüsten fasziniert, nur der auf ihre linke Lende tätowierte Skorpion hätte nicht sein müssen.

»Ihr führt die Zeitung doch gar nicht«, sagte Robert.

»Eh nicht, aber ich hatte am Nachmittag auch einmal Zeit, in einem Café zu sitzen.«

»Ich wusste gar nichts von deinem Institut«, sagte Robert. »Steile Idee.«

»Finde ich auch«, sagte die rechts von mir, neben der eine dritte junge Frau saß.

»Wär das was für euch«, fragte Robert, »nach so einem trostlosen Wien-Frankfurt-Wien-Frankfurt-Wien?«

»Ich dachte, er sei schwul«, sagte die links von mir. Sie hatte die hässlichste Tätowierung aller Zeiten. Andere Frauen hatten auch schöne Brüste. Anna und Észter zum Beispiel.

»Kommt es darauf an?« Robert zwinkerte mir zu.

»Für mich schon«, sagte die links von mir.

»Für mich auch«, sagte die dritte, die nicht unbedingt Konfektionsmaße hatte, nicht dünn, aber auch nicht dick war, eher kompakt, viel Fleisch, und die mir auf einmal gerade deswegen am besten gefiel.

»Soviel ich weiß«, sagte Robert, »ist Se-, Severin nicht schwul.«

Ich nickte mit aufeinandergepressten Lippen, zog meine Stirn in Falten und fuhr mir übers Gesicht. Meine Bartstoppel beruhigten mich. Jetzt konnte er sich dafür revanchieren, dass ich mit seiner Frau geschäkert hatte, die mit mir über Dinge hatte sprechen können, über die sie mit ihm nicht sprechen konnte, die ihr aber sehr wichtig waren.

»Ich bin ein wehrloses Opfer. Die haben mich übertölpelt.«

»Ich fand das Foto süß«, sagte die links von mir. Sie war sehr anziehend, äußerst reizend. Ich musste am Abend noch eine E-Mail schreiben: *Liebe Carina Müller, ich habe Ihnen gar nicht von meinen Träumen erzählt. Ich träume nämlich davon, mit drei Stewardessen zu vögeln, einen Kreislaufzusammenbruch zu erleiden und am nächsten Morgen in einem Krankenbett aufzuwachen, umsorgt von einer drallen Krankenschwester mit weißer Haube und rotem Kreuz darauf. Gute Nacht, Wien, Ihr sehr ergebener S.H.*

»Aber du hast mich für schwul gehalten.«

»Kommt es darauf an?«

Robert hatte sich mittlerweile aufgesetzt und im Unterschied zu mir das Handtuch um den sogenannten Schambereich gelegt. Korrektur an der E-Mail: *mit drei glatt rasierten Stewardessen*. Ich wurde unruhig, ich hätte mir in dieser Situation auch das Handtuch um den sogenannten Schambereich legen sollen. Kluger Robert, vorsichtiger Mann. Wenn Lorraine das wüsste. Andererseits hätte ich mich damit eindeutig deklariert. Andererseits hätten die Stewardessen meine Deklaration auch auf Robert beziehen können. Die ältere Dame beim Ausgang hatte sich an die Wand gelehnt, saß ausgestreckt da und tat so, als wäre sie mit sich beschäftigt. Bisweilen grinste sie.

»Für mich schon.«

»Na, wär das war für euch?«

»Kommt darauf an, was er streichelt«, sagte die kompakte nackte Stewardess und kicherte.

»Da muss er dich wahrscheinlich enttäuschen«, sagte Robert.

»Wenn es nach den Regeln geht«, sagte die links von mir.

Sie hatte den Artikel aufmerksam gelesen. *Auch sie* hatte ihn aufmerksam gelesen. Mittlerweile kam sie mir etwas aggressiv vor. Das Bauchnabelpiercing passte eher zu einer Kellnerin einer Provinzdisko oder einer frischgebackenen Marillenkönigin.

Robert stand auf und knotete das Handtuch um seine Hüften. Er hatte es geschafft, alle potentiellen Peinlichkeiten ausgesessen, so konnte er gehen.

»Die genaueren Modalitäten könnt ihr ja noch aushandeln. Viel Glück bei der Privatisierung. Ciao, Sebastian. Komm wieder mal vorbei. Ruf Lorraine an!«

»Ich hab ihre Nummer nicht.«

Er stand in der Tür und lächelte.

»Dann gebe ich dir nächstes Mal meine. Hab ich dich jetzt Sebastian genannt? Desolé.«

Er hatte gewonnen. Ich lächelte ihm zu. Ich war ein guter Verlierer. Andererseits hätte er mich um Anna mindestens so beneidet wie ich ihn um Lorraine. Vielleicht sollte ich nicht mehr allein ausgehen.

»Bis bald.«

Die Dame beim Eingang hatte nur das Ablaufen der Sanduhr abgewartet, sie verabschiedete sich und ging. Auf einmal wollten die Stewardessen alles wissen. Wie man auf so eine Idee komme (mangels anderer Talente), ob es eklig sei, eklige Menschen zu streicheln (alles eine Frage der Vorstellungskraft), ob auch normale Menschen kämen (was war schon normal?), schöne Frauen (leises Seufzen, Kopfnicken), ob es da nicht zu Konflikten mit den Regeln komme, die die links von mir abrissartig erläuterte (alles eine Frage der Willensstärke), ob es nicht seltsam sei, Männer zu streicheln (in der Antike hatten ältere Männer jüngere zwischen den Knien masturbiert, bevor sie nach Hause zu ihren Frauen gingen), ob ich jetzt reich sei (nicht im Vergleich zu Robert Mayer), ob man mir vorher das Coverbild gezeigt habe (sah ich so aus?), wann ich das letzte Mal mit Austrian geflogen sei (vergangenen Mai), wohin (Dalaman), oje (wieso?), ob ich etwa zufrieden gewesen sei (durchaus), ob ich so anspruchslos sei (im Gegenteil), ob ich also Business-Class geflogen sei (Economy), ob ich mit dem völlig überforderten, heillos unterbesetzten, aufs Minimum abgespeckten Bordpersonal zufrieden gewesen sei (doch, selbst wenn ich mich an keine der in dieser Sauna Anwesenden erinnern konnte), ob ich mir also manchmal Stewardessen merke (die roten Strümpfe auf jeden Fall, nein, auch die schönen Gesichter und angenehmen Stimmen).

Die Stewardessen mussten aus der Biosauna, sie waren schon zwei Sanduhrdurchläufe in ihr gesessen, mich hielt auch nichts mehr. Ich setzte mich ins Dampfbad und atmete tief ein und aus. Die Marlboro würde ich einem Obdachlosen vor der U-Bahnstation schenken. Das war wie die Geschichte mit dem Institut. Seine waren längst verloren, meine Lungen noch zu retten. Zynisch, Carina Müller? Das oder ich?

Irene Fischer sah blendend aus; wäre eine Sonnenbrille in meiner Reichweite gewesen, ich hätte sie aufgesetzt. Ihre Haut war noch brauner als gewöhnlich, das Gesicht entspannt, die kleinen Falten in den Augenwinkeln zuckten. Sie lachte, sie scherzte, sie redete schnell und begeistert. Als wäre sie nicht verschwunden gewesen. Als verschwände sie nicht immer wieder von einem Tag auf den nächsten. Als hätte sie meinen Traum versehentlich mit Sorge um sie heimgesucht.

Ich hatte sie vermisst. Ich hatte sie zweimal die Woche vermisst und nur sehr widerwillig ihre Termine weitergegeben. Ich hatte mich zweimal die Woche dagegen wehren müssen, die Frau oder den Mann, die oder der Irenes Termin bekommen hatte, spüren zu lassen, um wie viel lieber ich jemand anderen vor mir hätte.

Sie war eine Ausnahmeerscheinung, und wie sie dasaß, auf dem Sofa meines Streichelzimmers, die Beine übereinander geschlagen, wusste ich nicht, wo ich lieber hinsah, auf ihr Gesicht, auf ihren Busen, auf ihre von schwarzen Strümpfen überzogenen Beine. Ich sah ihre Yoni unter dem knielangen schwarzen Rock. Ich sah ihren Busen unter einem Halter, der unter einem engen schwarzen Top versteckt war, über dem eine Silberkette hing. Ich sah einen in warmes Wasser getunkten Waschlappen. Ich wartete nur darauf, dass sie sich auszuziehen begänne und ich ihr wohlwollend zusähe, wie einem schönen jungen Mädchen, dem man gleichzeitig zu verstehen gab, das all das schön und gut sei, sehr schön und sehr gut sogar, dass aber nicht mehr möglich sei als ein paar Berührungen, um nicht in Teufels Küche zu geraten. Wo es allerdings am Besten schmecke, gerade weil man nicht um die Nachwirkungen wisse.

»Wunderbar«, wiederholte Irene Fischer zehn Minuten lang und konnte gar nicht begeistert genug sein, so sehr erfüllte sie den Raum mit ihrem Lob meiner Medienpräsenz, wie sehr sie sich gefreut habe, immer noch freue, eine Covergeschichte, das sei doch eine große Sache, ob das Foto nun perfekt sei oder nicht, sagte sie und schüttelte den Kopf vor Unglauben, vor allem, weil ich mein Zielpublikum erreichen würde. Wie sie dasaß, als hätte sie keine Probleme, als wäre das Leben für sie eine lustvolle Selbstverständlichkeit, als wäre sie nicht trotz aller Freiheit die Frau eines reichen, um vieles älteren Mannes, konnte sie nicht wissen, dass sie damit mein ursprüngliches Abstoßwort gewählt hatte, so wie sie nichts von dem Komplementärwort wissen konnte, das *Wunschgruppe* hieß und abgesehen von einigen wenigen reizenden Ausnahmen beinahe ausschließlich mit ihrem Bild verbunden war.

Ich hatte mich zurückgelehnt, die Arme vor der Brust verschränkt, und versuchte, ihr meine Verärgerung mitzuteilen. Meine Kränkung. Meinen Einspruch gegen meine Ersetzbarkeit. Ich war immerhin keiner, bei dem man einfach nicht mehr auftauchte und dann ohne Entschuldigung oder Erklärung den alten Termin bekam, als sei man nie weg gewesen. Ich schien auf sie nicht verärgert zu wirken, im Gegenteil. Vielleicht war es ihr auch gleichgültig, weil sie ohnehin immer bekam, was sie wollte. Was konnte man dieser Frau auch abschlagen? Sie hatte das Leben auf ihrer Seite, die Sonne, die Schönheit – ihr Augenaufschlag setzte ein eigenes Recht. Ich war um Distanz bemüht, lächelte milde über ihre Begeisterung, antwortete knapp und kühl auf ihre Nachfragen zum bisherigen Echo auf die Geschichte, während ich mich freute, sie wieder zu sehen, während es mich beruhigte, dass es ihr gutging, während es mich beunruhigte, dass es ihr auch ohne Severins Streicheleinheiten gutging – ohne Sebastians Streicheleinheiten. War ich in sie verliebt? Herr Nemeth, sagen Sie, streichle ich wie ein Verliebter?

Jetzt gehe es los (also bitte, weg mit dem Busenhalter), sagte sie nach fünfzehn Minuten, jetzt beginne eine neue Phase in der Geschichte meines Instituts (Klientin bezahlt, um Dienstleister zu verwöhnen), jetzt stellten sich zwangsläufig neue Fragen, die ich mir bestimmt auch schon seit längerem stellte (was ist die Steigerung der Lingam-Massage?). Und während Irene Fischer laut nachdachte, sich von der Idee einer Vergrößerung des Instituts, von gut geschulten Assistentinnen und Assistenten davontragen ließ, wie bei einem begehrten Friseur, sagte sie, wie in einem tadellosen Massagesalon müsse alles organisiert werden, während sie sich selbst mit ihren Ideen und Phantasien immer weiter trieb, in denen ich der Große Meister im Hintergrund war, der Grandseigneur des Streichelns, der nur noch sehr exklusives und äußerst großzügiges Klientel empfing, war mir mit einem Mal alles klar.

Wie einfach es war! Wie naheliegend im Wortsinne! Ich hatte fieberhaft in alle Richtungen überlegt, hatte mit Anna die absurdesten Varianten zur Verwirklichung unserer Phantasien durchgespielt: im Internet eine Anzeige aufzugeben, was freilich nur mit einem Nacktbild (Augenbalken!) von uns aussichtsreich gewesen wäre, sich in einschlägigen Clubs herumzutreiben und auf sogenannte Solodamen zu hoffen, in noblen Bars unsere Witterungen zu überprüfen; einmal hatte Anna eine Prostituierte vorgeschlagen, die uns gleichermaßen gefallen und auf unsere verhältnismäßig läppischen Wünsche eingehen sollte. Dabei war die Lösung monatelang zumindest einmal die Woche in meinem Streichelzimmer gelegen und sprach gerade von mehreren Streichelzimmern, in denen sympathische, gepflegte, hübsche Menschen jene Arbeit verrichten würden, die mir über den Kopf zu wachsen beginne. Mir gegenüber saß die Lösung, und ich hatte sie nicht gesehen, so sehr war ich auf mich und meine lächerlichen moralischen Abwägungen konzentriert gewesen.

Während Irene Fischer davon sprach, dass sie das Geld habe, dass sie sogar so viel davon habe, dass sie es einmal in etwas Vernünftiges investieren wolle, nicht in Papiere, die von einem Tag auf den nächsten nur noch einen Bruchteil wert sein, nicht in Währungen, die wegen einer lokalen Krise oder einer Fehleinschätzung unerwartet in den Keller rasseln könnten, nicht in das zwanzigste Haus und nicht in das fünfzigste Grundstück, bei dessen Weiterverkauf irgendein windiger Makler eine unverschämte Provision einstreiche, ohne sich die Finger schmutzig zu machen, sah ich Anna Irene Fischer langsam ausziehen, mich im Hintergrund sitzen, sah ich die beiden Frauen einander Lust verschaffen, ernst und verspielt und ausführlich, während ich meinen Stuhl immer näher an sie heranrückte. Das war die perfekte Lösung für alle. Für mich sowieso, aber auch für Anna, die eine Frau bekäme, die mindestens unseren schönsten Phantasien entspräche, und für Irene, die doch noch bekäme, was sie eigentlich wollte, aber mit einem Aufschlag, der dem Preisaufschlag meiner neuen Streicheleinheit entsprach, den Irene Fischer gerade zu beziffern versuchte.

Irene Fischer war nicht zu stoppen; nicht von meinen Witzen über ihren phantastischen Höhenflug, nicht von meinen Einstiegen in ihre Ausbaupläne. Kaum sah ich mich als Meisterstreichler von Wien / London / Paris / Moskau / Dubai von Stadt zu Stadt fliegen, in den besten Hotels mehr oder minder glücklichen Menschen absurde Trinkgelder geben, in meinem Meisterzimmer ausgesuchte Individuen des internationalen Geldadels zu Phantasiehonoraren streicheln, bat sie mich, auf dem Boden zu bleiben, zuerst das Mögliche in Angriff zu nehmen, nicht zu viel auf einmal zu riskieren, zum ersten Jahrestag würden wir standesgemäß in Champagner baden. Sie habe nämlich schon zu viele dieser Sorte gesehen (ob sie mich beleidigen wolle?), die stark begonnen hätten, durchaus vielversprechend, dann aber größenwahnsinnig geworden seien (Größe, nicht Wahn) und als Bettler, bei einem Nobelescortservice oder als Angestellte geendet seien.

Ich sah Anna, wie sie mich in und über und hinter und unter Irene Fischer sah, ich war so erregt von dem Gedanken, dass mir auf einmal bewusst wurde, dass Irene Fischer noch immer angezogen vor mir saß, während ich damit gerechnet hatte, sie würde unter einer Yoni-Massage nicht mehr zu den sanften Händen in die Mondscheingasse pilgern.

Sie war so mit sich und ihren Plänen beschäftigt, so leidenschaftlich und kindlich, dass sie mich auf einmal an Észter und Anna erinnerte, an Menschen, die kaum Geld hatten und von Bankraubszenarien über Lotteriehoffnungen zu absurden Umverteilungsideen kamen, um die Hoffnung auf ein besseres Leben wachzuhalten, das nicht auf den Rücken derer blühte, die ohnehin unten waren. Aber im Unterschied zu ihnen sah ich in all der Leichtigkeit und Eleganz, in all der scheinbaren Unberührtheit von allem, was nicht sie betraf, die Frau, der doch bewusst war, den einfachen Weg gewählt zu haben. Die zwar tun und lassen konnte, was sie wollte. Die ein Taxi in die Mondscheingasse rufen, sich nach Schwechat chauffieren lassen und in der Business-Class nach Bilbao fliegen konnte, um bei der Eröffnung einer Sonderausstellung im Guggenheim Museum zu sein. Die sich jeden Mann (und jede Frau) anlachen konnte, den (und die) sie wollte, deren Mann keinen Anstoß daran nahm, solange sie ihn ein paar Mal im Jahr an seiner Seite ins schönste Licht rückte. Der alles wusste oder auch nicht, dem das aber auch nichts bedeutete: Liebe, im Vergleich zu den wirklich wichtigen Angelegenheiten der Welt. Die wegen eines Absturzes, den sie nicht genauer hatte beschreiben wollen, alles Mögliche und Unmögliche auszuprobieren begonnen hatte, um ihrem schönen Körper wieder einen zuversichtlichen Geist einzuhauchen. Und jetzt war sie eine Geschäftsfrau, jetzt beobachtete sie etwas am Entstehen, jetzt sah sie sich als Visionärin, die selbst mit einer Idee, die nicht an jeder Ecke gesponnen wurde, auf eine andere Möglichkeitsebene kam.

»Gut siehst du aus, Irene.«

»Danke.« Sie nickte. »Ich war auch auf Bali und lag auf der faulen Haut.«

»Faulen bronzenen. Ich beneide Sie, Frau Doktor.«

»Das könnten Sie auch, Herr Horvath.«

»Herr Horvath kann sich das nicht leisten.«

»Du könntest dir das leisten, Sebastian.«

Konnte ich das? Ich konnte es eben nicht! Bliebe ich zwei Wochen lang weg, würden potentielle Klientinnen und Klienten nach dem ersten unbeantwortet gebliebenen Anruf es vielleicht noch ein zweites Mal versuchen, aber dann auch schon glauben, es gäbe *Caress_caress* nicht mehr, auch wenn die Stadtzeitung das Institut mit einem lobhudelnden Artikel noch im letzten Moment zu retten versucht hätte. Oder sie würden denken, dieser Horvath sei noch unzurechnungsfähiger, als sie nach der Lektüre seines Portraits ohnehin anzunehmen bereit gewesen waren. Abgesehen davon, dass Herr Nemeth zu weinen beginnen würde, wenn Unordnung in die Zeitordnung seines Lebens käme, und abgesehen davon, dass die junge Tänzerin schlechter tanzen würde, waren das genügend Gründe, um sich einstweilen von manchem zu verabschieden. Die Reisen, das Unterwegssein, das war mein früheres Leben. Ich sehnte mich danach, zugegeben, vor allem wenn mir Irene Fischer nicht den Streichelalltag versüßte. Ich war sesshaft geworden. Ich hatte einen Kompromiss mit dem Leben und der Welt und den Verhältnissen – ich hatte einen Kompromiss mit mir geschlossen.

Irene Fischer schüttelte den Kopf, dann lachte sie.

»Davon habe ich doch gesprochen.«

»Dass du reich bist und ich arm bin? Mein Gott. So ist die Welt, oder?«

»Deine Welt muss nicht so sein.« Sie schüttelte den Kopf. »Fürs erste habe ich ein paar gute Kundinnen für dich. Vier, vielleicht fünf, die das bezahlen, was ich bezahlt habe.«

»Frau Konrad?«

»Nein, andere.« Sie lachte. »Ich schaue schon, dass du auch was davon hast. Das Entscheidende ist, dass du auch nach Bali fliegen kannst. Dass du dich mit deinen Büchern an den Strand legen kannst. Dass du mit deiner Freundin das Geld, das du hast, auch gebrauchen kannst. Dass du nicht jeden Dahergelaufenen streicheln musst. Dass du nicht jeden Morgen um sieben aus dem Bett musst, auch wenn deine Freundin bis zehn liegen bleiben kann. Dass du wieder Sebastian bist.«

Irene Fischer blickte mich an. So hatte ich sie noch nie gesehen. Ich hatte gewusst, dass sie mich begehrte, warum und wie auch immer. Ich hatte gewusst, dass sie einen Narren an mir gefressen hatte, wie man sagt. Aber jetzt sah ich, dass sie mich mochte, dass sie sich Gedanken über mich machte, die nicht um meine Hände und meinen Lingam kreisten. Dass sie nicht nur mit mir spielte und scherzte, weil sie gern mit mir spielte und scherzte. Dass sie mir nicht nur schöne Sätze sagte, um mir zu schmeicheln. Dass sie nicht nur so tat, als verbinde uns mehr als die Tatsache, dass ich ihr Wohlgefühl verschaffte. Ich war gerührt. Ich war beschämt. Gar nicht so sehr, weil ich in ihr in erster Linie die klackende Übertreterin der Grenze zwischen Fiktion und Wirklichkeit sah, die aus dem hohen Turm eines Erotikfilms in die Mondscheingasse gekommen war, sondern weil ich in ihren Augen tatsächlich der arme Teufel war, der jeden Dahergelaufenen streicheln musste, um die Lokale, in denen er mit seiner Freundin zu Abend aß, nicht nach den Preisen auswählen zu müssen.

Dass ich doch jemand sei, der etwas wolle vom und im Leben. Dass ich doch Träume hätte. Dass ich doch etwas Besonderes sei. Irene Fischer dirigierte ihre Worte mit den Händen, ich konnte nur noch nicken. Dass ich aus einer Scharlatanerie ein gewinnversprechendes Konzept gemacht hätte. Dass ich den Menschen Gutes täte. Dass ich ihnen in ihren ganz konkreten, mir trotz allem unbekannten Leben helfen würde, mehr als mir je bewusst sein könne. Dass ich aber auch auf mich sehen müsse. Dass ich nicht mehr der sei, der grinsend *Leintuch* auf einen Zettel geschrieben habe. Nicht nur, weil ich professioneller – weil ich müde geworden sei. Nicht mehr so entspannt aussähe. Nicht mehr so, ja, in mir ruhend.

Irene Fischer stand auf, ging zum Fenster und lehnte sich gegen das Fensterbrett. In diesem Moment hätte ich alles für sie getan, eine Bank ausgeraubt, einen Mord begangen, ein Geheimnis verraten. In diesem Moment hätte ich unterschrieben, mit ihr mein Institut zu teilen, es gemeinsam zu führen und neue Ableger zu eröffnen, ohne Rücksicht auf Verluste. In diesem Moment hätte ich der Aufforderung, ihr auf allen Vieren entgegen zu kriechen, um ihre Yoni mit der Zunge zu massieren, ohne mit der Wimper zu zucken entsprochen.

Sie wisse, wie ich denke, und nicht aus dem blöden Artikel, der trotzdem nicht halb so schlimm sei, wie ich glaubte, im Gegenteil, die Menschen könnten sich viel eher mit jemandem identifizieren, der sich in dieser Welt auch nicht mehr zurechtfinde, als mit jemandem, der alles genau wisse und keine Zweifel hege. Das sei nicht der böse Kapitalismus. Das sei kein Verrat an meinen Überzeugungen. Das sei keine brutale Ausbeutung, wenn man die zwei, drei Angestellten gebührend entlohne.

»Der einzige, der sich ausbeutet, bist du.«

Ich musste lachen.

»Danke, Irene, das hätte ich selbst nicht gewusst.«

»Woher soll ich das wissen? Du bist doch so ruhig heute. Ist was?«

»Ich habe auch eine Idee. Aber davon erzähle ich dir ein andermal.«

»Überleg es dir, Sebastian, du sollst es gut haben.«

»Meinst du das ernst?«

»Das ist ein Angebot. Ich wäre die stille Teilhaberin. Gut, so still auch wieder nicht.«

Sie kam auf mich zu und küsste mich auf den Mund.

»Ich komme mittwochs wieder. Ich habe etwas vergessen.«

»Was denn?«

»Mich streicheln zu lassen.«

»Jetzt verstehe ich, warum du sie so lange vor mir versteckt hast.«

Anna blickte geradeaus, jedes Wort schien eine graue Wolke aus ihrem Mund zu ziehen. Mich schwindelte noch vom kreisförmigen Treppensteigen, als ich über ihre Pudelmütze, ihre absurd dicke Daunenjacke, ihre Wanderschuhe lachen musste. Wir standen auf der Aussichtsplattform der Jubiläumswarte, wenige Wochen vor Weihnachten, es war sehr kalt, der Himmel nach langem wieder blau und von weißen Schlieren durchzogen. In ungewöhnlich gleißendem Licht lag die Stadt unter uns, die bewaldeten Hügel hinter unseren Rücken schienen still zu stehen. Ich lachte.

»Das ist nicht lustig. Du wirst immer normaler.«

»Ich habe wegen deiner Aufmachung gelacht.«

»Sei froh, dass du dich nicht siehst.«

Auf dem Weg hinunter gaben wir acht, hielten uns an den Wänden fest, Anna stützte sich an meinem Rücken ab, die Stufen waren von einer ersten dünnen Schneeschicht überzogen. Wenn sie falle, fiele ich auch, sagte Anna und lachte, umgekehrt sei es nicht so. Unten angekommen, kletterten wir über die halbherzige Absperrung und stapften in den kahlen Wienerwald, in dem ich im Traum mit einem Brief aus Paris in der kurzen Hose so weit gelaufen war.

An dem Wochenende, als mein Konterfei noch immer das Cover der Stadtzeitung zierte, hatte ich Anna beim Abendessen gesagt, ich käme mir mittlerweile zwar wie der Trottel der Nation vor, hätte schon keine Lust mehr, meine E-Mails abzurufen und Anrufe von Bekannten entgegenzunehmen, hätte aber eine Adventsüberraschung für sie. Ich hätte mir eine Webcam angeschafft, um ihrem Wunsch, Irene Fischer zu sehen, entsprechen zu können. Schön, hatte Anna geantwortet, es seien nur fünf Monate vergangen.

Mittwochvormittag würde sie wie immer im Institut sein und sich in das Lektorenzimmer zurückziehen können. Kurz hatten wir darüber gestritten, ob die Übertragung mit oder ohne Ton stattfinden solle, schließlich hatte Anna eingesehen, dass ich den Ton an meinem Laptop, der nun einmal Mikrofon und Lautsprecher vereine, ausschalten müsse; nicht so sehr, weil sie nicht hören dürfe, was im Streichelzimmer zu hören sei, außer Paganini und netten Belanglosigkeiten ohnehin nicht viel, sondern weil ich meine wohlhabendste und großzügigste Klientin nicht vergraulen wolle, wenn sie auf einmal seltsame Geräusche von meinem Computer zu hören bekomme, ein Sesselrücken, ein Husten, das Läuten eines Telefons, Schritte auf dem Gang, Stimmen im Hintergrund, vielleicht notdürftig unterdrücktes Stöhnen, die Frage eines Kollegen, ob Anna etwas fehle. Immerhin sei es unser Geld, aus unserer Idee, die ich ausführte.

»Weißt du, was ich glaube?«

»Dass ich unterbezahlt bin?«

»Dass sie in dich verliebt ist.«

»Schwachsinn.«

»Wie sie dich ansieht, wenn sie die Augen öffnet.«

Was Anna nicht wusste, war, dass ich Irene Fischer beim Streicheln, als sie in Rock und Busenhalter vor mir gelegen war, von Anna erzählt hatte. Ich hatte ihr natürlich hin und wieder von ihr erzählt gehabt, wenn Irene lachend und kopfschüttelnd von ihrem Mann und seinen Absonderlichkeiten berichtet hatte, aber immer nur am Rande, nebenbei, an der Oberfläche bleibend: womit Anna sich beschäftige, woher sie komme, was sie wie zu mir gesagt habe, das mir bedeutend erscheine. Diesmal hatte ich ihr erzählt, wir malten uns seit längerem aus, eine zweite Frau mit uns im Bett oder wo auch immer zu haben, und mir sei, als errege Anna der Gedanke, mit einer Frau zu schlafen, mindestens genauso wie der Gedanke, mir dabei zuzusehen, wie ich mit einer anderen Frau schliefe – wie ich sie ficken würde, um präziser zu sein.

Da hatte Irene Fischer nicht die Augen geöffnet, nur ein wenig tiefer eingeatmet, sie war ausgestreckt auf dem Bauch gelegen, das Kinn auf den vor ihr verschränkten Armen auf dem Sofa, und hatte »interessant« gesagt und »aha«. Was Anna nicht wusste, war, dass ich sie mit einem Geschenk überraschen wollte, dass ich in der knappen Stunde, in der sie uns von ihrem Laptop im Lektorenzimmer des Instituts für Philosophie der Universität Wien mit angehaltenem Atem beobachtet hatte, wie sie mir gleich im Anschluss auf die Sprachbox gesprochen hatte, Irene Fischer auf ein Angebot vorzubereiten begonnen hatte, für den Fall, dass sie es nicht selbst unterbreiten würde.

»Irene Fischer ist in erster Linie in sich selbst verliebt.«

»Was sie dann auch erheblich von dir unterscheidet.«

Ich verdrehte die Augen.

»Wenn wir nicht zusammen wären, würdest du bestimmt mit ihr schlafen.«

»Wenn wir nicht zusammen wären, käme sie nicht in mein Institut.«

»Sie hat einen schönen Busen.«

Ich nickte seufzend.

»Schöner als meiner, größer, aber noch immer straff.«

»Anders, Anna, nicht schöner.«

»Wie alt ist sie denn?«

»Fünfundvierzig.«

»Der zweite glückliche Mensch.«

Ich schüttelte den Kopf.

Ich hatte Irene Fischer mit einem mulmigen Gefühl in mein Streichelzimmer geführt. Mir war, als täte ich etwas mit ihr, was ich nicht tun sollte, als hinterginge ich sie. Kurz davor hatte ich mich auf Skype angemeldet gehabt, Anna war schon da gewesen, ich hatte ihr noch *viel spaß* geschrieben, bevor ich die Übertragung gestartet und den Ton abgestellt hatte.

Das Anruffenster hatte ich in den Hintergrund eines Bildes der Blauen Lagune verbannt, zu dem ich Irene, wenn sie danach gefragt hätte, einiges hätte erzählen können. Ich hatte ein mulmiges Gefühl, weil ich befürchtete, Irene könnte mich wieder um eine Yoni-Massage bitten, was Anna zwar erregt, aber ihr doch eine zu große Intimität verraten hätte. Irene kam nur einmal darauf zu sprechen, indirekt, ob sich schon jemand wegen der Sonnenmassage gemeldet habe. Hatte sich noch niemand, und ich hatte darüber auch noch gar nicht nachgedacht, während Irene anscheinend für ausgemacht hielt, ich würde auch für ihre reichen Freundinnen die erste Regel großzügig auslegen.

»Da hättest du beides, Basilisk.«

»Du doch auch.«

»Aus deinem Film, meine ich.«

»Willst du das wirklich – oder phantasierst du bloß gern?«

»Ich will das, obwohl es auch gefährlich ist.«

»Weil sich etwas ändern würde?«

»Weil wir vielleicht süchtig würden.«

»Weil sich vielleicht andere Konstellationen ergäben.«

Anna blieb stehen, wir gingen gerade über die Dreieichenwiese, auf der viele Bäume standen; wenn Eichen darunter waren, waren es auf jeden Fall mehr als drei. Anna sah mich seltsam an.

»Hab nur weiterfabuliert.«

Anna ging weiter, ich wollte meinen Arm um ihre Schultern legen, sie entwand sich.

Etwa zehn Minuten, bevor sie sich wieder angezogen hatte, hatte sich Irene doch noch aufgesetzt, den Halter von ihrem Busen gestreift und mich sie zu streicheln gebeten. Ich hatte Annas Blick gespürt, sie in dem kleinen Zimmer vor ihrem weißen Laptop gesehen, ich hatte ihr tunesisches Strandgesicht vor mir gehabt. In dem Moment wäre ich gern mit ihr allein gewesen, aber dafür hätte es mich tatsächlich zweimal geben müssen.

»Warum bist du einmal zum Computer gegangen?«

»Alex hat angerufen.«

Es war Észter gewesen. Ob mein Computer explodiere, hatte Irene gefragt, sich kurz aufgesetzt, ich hatte gewusst, dass Anna jetzt sehr genau hinsah. Ich hatte das merkwürdige Gefühl gehabt, sie wisse alles, wisse von der Kamera und von Anna und von unserem Spiel, und ich war zum Computer gegangen und hatte den roten Hörer angeklickt, ehe ich Irene mit Anna im Rücken weitergestreichelt hatte. Irene hatte sich wieder aufgerichtet, ich mich hinter sie gesetzt und ihren Rücken gestreichelt. Ich war ihre Seiten abgefahren, hatte von hinten ihren Bauch massiert, dabei immer wieder die Unterseiten ihrer Brüste gestreift. Ich hatte Anna gesehen, sie sollte sehen, was sie sehen wollte, was sie zumindest sehen zu wollen gemeint hatte, ein ums andere Mal. Unmerklich hatte ich mein Becken nach hinten gerückt, Irene sollte meine Erregung höchstens an meinem Atem spüren. Wenn sie um zehn Jahre jünger wäre, hatte

Irene plötzlich gesagt, würde ich ihr zu Füßen liegen. Dann hatte sie gelacht. Sie könne kaum schöner gewesen sein als heute, hatte ich geantwortet, ihren Kopf leicht nach vorn gedrückt und ihren Nacken gestreichelt. »Ich bring dir mal ein Foto mit. Du wirst dich niederknien.«

Irene Fischer hatte mir dann noch die üblichen hundertfünfzig Euro gegeben, der Termin vom Freitag und ihr Sprechanfall waren unentlohnt geblieben. Außerhalb des Bildes, unsichtbar für die Kamera und Anna, hatte sie mich flüchtig auf den Mund geküsst, bevor sie gefragt hatte, ob ich mir ihr Angebot schon durch den Kopf habe gehen lassen. Ja, nur habe es noch keinen Ausgang gefunden, sie möge ihm noch Zeit lassen, es sei ein langer Weg. Und beim Gehen, im Umdrehen, hatte Irene gesagt: »Schöne Grüße an Anna.« Was Anna also nicht wusste, war, dass Irene Fischer angebissen hatte.

»Muss schwer sein, sich immer an die erste Regel zu halten.«

»Ich steige jetzt nicht darauf ein, Anna.«

»Wie schwer?«

»Ich bin Profi, mittlerweile.«

»Sie hat etwas sehr Spezielles. Ich weiß nicht, wie ich sagen soll. Etwas Starkes, Unnahbares, Außergewöhnliches. Vielleicht hättest du sie mir nicht zeigen sollen.«

»Sie hat etwas natürlich Aristokratisches. Schönheitsaristokratismus.«

»Hast du dich beobachtet gefühlt?«

»Ich hatte Angst, sie würde auch noch den Rock ausziehen.«

»Sie sieht nicht schlecht aus?!«

Anna schüttelte den Kopf, wir spazierten über die von Minute zu Minute weißer werdenden Steinhofgründe, immer wieder stieß ich sie in die Seite, wenn ein Patient oder eine Patientin neben einer Aufseherin an uns vorbeiging, manche sahen sehr verstört aus, anderen war nichts Außergewöhnliches anzumerken, die Aufseherinnen sprachen entweder besonders leise oder übertrieben laut. Anna reagierte nicht auf meine Anstöße. Die Sonne ließ die goldene Kuppel der Otto-Wagner-Kirche leuchten, Anna erzählte von der Aufregung um die Jahrhundertwende, als man gemeint habe, die Verrückten würden durch diese Kirche auf dem Gelände der Irrenanstalt nur noch verrückter. Sie sprach nicht zu mir, sie sprach vor sich hin.

»Anna, was machen wir mit dem Institut?«

»Wie viel habe ich noch damit zu tun?«

»Mir wächst das über den Kopf. Ich bin schon sehr müde.«

»Sind wir reich?«

»Wohlhabend.«

»Bring es an die Börse und verkauf die Aktien.«

»Sehr witzig.«

»Ich weiß nicht, Sebastian, etwas muss sich ändern. Du machst mich auch müde.«

Die Witze und Horoskope des Tages, die ich ohne zu lesen gelöscht hatte, hatten meine Telefonrechnungen in unangenehme Höhen getrieben. Der Bekannte, der für meinen Anbieter arbeitete, hatte den Empfang aller kostenpflichtigen Nachrichten für mich sperren lassen. Wie bei taschengepfändeten Männern, hatte er hinzugefügt und gelacht, die sich trotzdem teure Nacktfotos per Kurznachricht schicken ließen. Seither musste ich mich selbst erheitern und meine eigenen Sterndeutungen vornehmen.

Da hätte ich mir jemanden ganz schön zum Feind gemacht, hatte mein Bekannter gemeint, nachdem er meine Telefonprotokolle durchgegangen war, der habe es ziemlich auf mich abgesehen. Aber weder ihm noch den Technikern war es gelungen, einen Absender ausfindig zu machen. Solange ich keine weiteren Kurznachrichten von mir selbst bekäme, antwortete ich, sei alles halb so schlimm. Natürlich fragte ich mich, wen ich mir da zu einem erbitterten Feind gemacht hatte, ob sich Herr Nemeth auf eine unangenehme Art von mir ausgehorcht fühle, ob Romana mit einem Technikheini liiert sei, nur um sich an mir rächen zu können, ob sich irgendeiner der Menschen, denen ich im betrunkenen Zustand die Welt und seine fiese Rolle in ihr erklärt hatte, bei mir auf seine Weise bedanke, ob es der Mann oder der Freund einer meiner Klientinnen sei, der nicht mehr hören könne, wie seine Liebste meine sanften Hände und taktilen Qualitäten pries. In Wirklichkeit hätte mir der eifersüchtige Ehemann oder der rasende Freund heimlich Geld überweisen sollen, insofern die Forschung, die ich zumindest auf meinem Gebiet nicht mehr aus dem Auge ließ, eine Korrelation von Oxytocin und Monogamie hatte beweisen können. Während Präriewühlmäuse, deren Gehirne ausgefeilte Oxytocinrezeptoren aufwiesen, mehr oder minder monogam lebten, ließen Bergwühlmäuse, denen dieses Organ fehlte, kaum eine Gelegenheit zur Promiskuität aus. Die Forschung war gerade dabei, die Gehirnähnlichkeit der Präriewühlmaus und des menschlichen Tieres nachzuweisen.

Die Ehemänner der reichen Damen, die nach Neujahr zu mir zu kommen begannen, um die Sonnenmassage zu genießen, hätten weitaus mehr Gründe gehabt, mir Böses zu wollen, weil das Oxytocin natürlich nicht objektiv, sondern an den gekoppelt war, der seine Ausschüttung hervorrief – bei Präriewühlmäusen wie bei menschlichen Tieren. Allein diese junimondbegeisterten Damen, wie ich sie bei mir nannte, waren mit Irene Fischer nicht zu vergleichen, weder in ihrem Aussehen noch in ihrem Auftreten, auch wenn sie Bekannte oder Freundinnen waren, worauf sie beim Eintreten ins Streichelzimmer nie ohne verschwörerischen Unterton hinzuweisen vergaßen.

Ich verrichtete diese Arbeit wie eine, für die man eine Gefahrenzulage bekommt, wie ein Arbeiter, der nachts unter widrigsten Bedingungen einen neuen U-Bahn-Schacht aushebt, um eine Reihenhauswohnung an der Donau kaufen zu können, weil es durchaus vorkam, dass die eine oder andere zu fordernd, zu vertraulich, zu distanzlos wurde. Zweimal wurde mir das Doppelte geboten, wenn ich meine gute Gesittung und meine hehren Moralvorstellungen aufgäbe. Ich lehnte ab, aber nicht weil jene so gut und diese so hehr gewesen wären. Es waren die Kuverts, die ich bei der Verabschiedung entgegennahm, deretwegen ich mich auf Irene Fischers Übergangsgeschäftslösung eingelassen hatte. Sagte ich mir. Glaubte ich mir beinahe.

In der zweiten Hälfte des neuen Jahres wuchs mein Konto auf einen Stand an, von dem ich in meinem bisherigen Leben nicht zu träumen gewagt hätte. Ich kaufte Anna eine neue Stereoanlage und ließ meine kleine Wohnung renovieren. Dafür waren neben den üblichen Klientinnen und Klienten, die mir kaum noch Tageslücken ließen, um in meinem Café auf dem Siebensternplatz Cappuccino zu trinken und Zeitungen zu lesen, maßgeblich Irenes junimondbegeisterten Freundinnen verantwortlich, die auch dafür verantwortlich zeichneten, dass Anna von meinen avancierten Yoni-Massage-Künsten begeistert war.

»Woher kannst du das auf einmal?«

»Schlummernde Talente.«

»Das war – unglaublich.«

»Soll ich das anbieten? Eintausendeinhundertelf Euro?«

»Untersteh dich!«

»Ich könnte viel Geld damit verdienen.«

»Wie heißt das?«

»Das da? Das heißt Yoni.«

»Wie heißt, was du da tust? Das hast ja nicht du erfunden!«

»Ich arbeite in Neubau.«

»Und?«

»Das war eine Fährte.«

»Eso?«

»Tantra!«

»Und woher?«

»Ein Bekannter, der ungenannt bleiben will, hat eine

Affäre mit einer Frau, die ungenannt bleibt. Und diese ungenannt gebliebene Frau gab dem Bekannten, der ungenannt bleiben will, eine Anleitungs-DVD für das.«

»Richte ihm liebe Grüße aus. Wenn er einmal seine Maske abnimmt, lade ich ihn auf einen Drink ein. Was heißt auf einen? Auf mehrere!«

Unterdessen hatte Irene Fischer ein Konzept entworfen, das die letzten Zweifel an der Ernsthaftigkeit ihrer Hirngespinste zerstreute. Im Mai würde ein Stockwerk über meinem Institut eine große Wohnung frei, für die sie bereits einen Vorvertrag unterzeichnet hatte. Ihr Plan sah eine Frau und einen Mann meines Alters vor, die wir gemeinsam unter die Lupe nehmen würden, bevor ich ihnen das kleine Einmaleins des Streichelns und Oxytocinfreisetzens beibringen sollte. Die Preise sollten leicht angehoben werden, wer einen Termin bei mir wollte, hätte allerdings durchaus tiefer in die Tasche zu greifen – und bekäme ihn nur, wenn ich wollte und Geld zu brauchen meinte. Irene hatte eine Freundin mit dem Entwurf eines Werbekonzepts beauftragt, demzufolge nicht nur Anzeigen in Zeitungen und Bezirksblättern geschaltet werden, sondern auch unübersehbare Werbetafeln in den U-Bahn-Stationen rund um das Institut angebracht werden sollten.

»Was tue ich dann mit dir? Verdoppeln?«

»Wir sind dann Geschäftspartner.«

»Du weißt, was ich meine. Was tue ich mit jemandem wie Herrn Nemeth oder meiner Tänzerin?«

»Das ist deine Sache, Sebastian.«

»Und die Assistenten? So wie ich kann das doch niemand!«

»Wenn du zum Friseur willst und dir nicht den besten der Stadt leisten kannst, gehst du dann nicht zum Friseur? Was meinen Sie?«

Irene Fischer sah Anna an, ein Lächeln huschte über ihr Gesicht. Wir saßen freitagabends in meinem Wartezimmer,

Anna hatte mir immer wieder zugeblinzelt, während Irene weit ausholend ihre Ideen vor uns ausgebreitet hatte. Ich hatte darauf bestanden, dass Anna bei dem Gespräch dabei sei; es sei von allem Anfang an unsere Geschichte gewesen, auch wenn ich ihr ausführendes Organ war. Anna ließ ihren Blick von Irene zu mir pendeln, ich hätte gern ihre Gedanken lesen können. Sie sah aus, wie ich sie mir bei einer Institutskonferenz vorstellte, bei der sie die Anwesenden respektierte, aber doch nicht ganz für voll nahm.

»Ich glaube, wir können Du sagen.«

»Das glaube ich auch. Also was meinst du, Anna?«

»Das klingt alles sehr logisch, aber wir sind nicht unbedingt Meister der Logik.«

»Sebastian hat ein Gespür fürs Geschäft, auch wenn er das gern unter hehren Ideen versteckt.«

»Hat er schon einmal gefragt, was du an der Sache verdienst?«

Irene Fischer lächelte, ich schüttelte den Kopf, als wäre das nicht so wichtig. Anna ließ die Zunge schnalzen, als hätte gerade jemand ein Seminar zu Kernproblemen der Neuen Unternehmensphilosophien vorgeschlagen.

»Das meine ich damit.«

»Ich will euch nicht über den Tisch ziehen, keine Sorge.«

»Das hat Anna auch nicht gesagt.«

»Aber das muss klar sein«, sagte Anna.

»Allerdings.«

Irene Fischer räusperte sich und warf ihren Schal um den Nacken.

»Ich strecke das Geld für den Umbau vor, für Möblierung und Werbung. Die Einnahmen und den Gewinn teilen wir.«

»Wer zahlt die Löhne?«

»Er die Streichlerin, ich den Streichler.«

Irene Fischer zog ein Blatt Papier mit einer Tabelle aus ihrer Mappe, anhand derer sie (oder wer auch immer) uns ihre Vorstellungen und Berechnungen zeigte. Mit rosarotem Leuchtstift hatte sie die Summen, mit denen man rechnen könne, eingetragen, mit gelbem jene, die überbleiben würden. Wir würden gut verdienen, sie kenne jemandem beim Österreichischen Rundfunk und jemandem bei einem Privatsender, da werde es schöne Beiträge zur Neueröffnung geben, nach der ich arbeiten könne, wann und wie viel ich wolle, wenn ich überhaupt wollte. Anna sah mich an, als wäre damit alles entschieden.

»Wenn du bis Jahresende bei weniger Arbeit nicht um einiges mehr verdient hast als im Vorjahr, lasse ich mich da hinein stechen.«

Irene deutete auf ihre Halsschlagader.

»Und was hast du davon?«, fragte Anna.

»Ich will meine Investitionen zurück, ein wenig verdienen, sonst nichts.« Sie lachte. »Gut, sonst nichts ist auch übertrieben. Ich will, dass Sebastian mich streichelt, zweimal die Woche, wie gehabt.«

Ich blickte Anna an, sie schmunzelte. War ich ein Glückspilz, oder war ich keiner?

»Lass uns noch ein wenig überlegen.«

»Aber wartet nicht so lange, bis jemand anderer ein Streichelinstitut eröffnet. Die Menschen sind Geier.«

Paganini, immer wieder. Ich liebte die Violinkonzerte, die ich bisweilen beim Streicheln auflegte, wenn ich gut gelaunt war und mir der oder die zu Streichelnde sympathisch war. Manchmal pfiff ich auf dem Nachhauseweg die hohen Streichfolgen vor mich hin, zu Hause, allein, überkam mich bei den schönsten, zartesten Stellen oft eine freudige Trauer darüber, dass ich und die Welt nicht so waren, wie sie doch sein könnten, und dass der, der diese Musik komponiert hatte, Ähnliches empfunden haben musste.

»Kannst du etwas leiser stellen?«

Észter legte den Kopf schief und zog die Stirn in Falten. Ich ging zur Stereoanlage und stellte die CD ab. Dabei war es gerade das Trippelnde, Tastende, Tänzerische, das sich verstohlen nach allen Richtungen Umblickende, was mir ihre Weihnachts- und Silvestergeschichten umrahmt hatte.

Eine Woche vor Weihnachten war Észter nach Budapest geflogen und erst in der zweiten Januarwoche nach Paris zurückgekehrt. Da war ich schon nicht mehr so oft online gewesen, nicht weil ich keine Zeit für sie gehabt hätte, sondern weil es mir auf einmal seltsam vorgekommen war, mit Észter vor den Bildschirmen zu sitzen und zu tun, als sähen wir einander übermorgen wieder und dann für immer. Es war gerade die drängende Luftigkeit des ersten Violinkonzertes gewesen, zu dem ich sie mit ihren Freundinnen und Freunden durch Budapest hatte laufen sehen, die Andrassy utca hinunter, den Belgradkai entlang von der Freiheits- bis zur Margaretenbrücke, gerade diese wissende Ausgelassenheit war es gewesen, mit der ich sie in der Kälte auf der Margareteninsel landen sah, eingehüllt in Jacken und Schals, bunte Mützen auf den Köpfen. Bloß hatte ich keine Gruppe gesehen, als Észter vom Tanzen und Sekttrinken erzählte, sondern nur sie, unter Menschen und trotzdem ebenso allein wie ich es gewesen war, als ich wenige Minuten nach Mitternacht an der Brüstung einer Dachterrasse gestanden war, die Raketen hoch über den Dächern knallen gehört und in kleinen glitzernden Sternschnuppen, in schlierigen Trauerweiden verglühen gesehen hatte. Ich hatte an alle gedacht, mit denen ich in diesem Moment gern gewesen wäre, aber außer Anna war niemand da gewesen. Sie tanzte, sie lachte, sie trank Champagner. Ich hatte mich gerade noch einer Halbverrückten entwunden, die mich nach dem zweiten Glas hatte küssen wollen.

»Was ist mit dir?«

Anna hatte sich neben mich gestellt, die Boxen in der Wohnung unter uns dröhnten, ich trank das neunundvierzigste Glas Wein und kam mir noch immer nüchtern vor. Wenn sie nicht zehn Meter entfernt gestanden wäre, hätte ich die Halbverrückte geküsst.

»Dass alles so anders ist, als ich es mir einmal ausgemalt habe.«

»Das Institut?«

»Scheiß aufs Institut! Das Leben, die Menschen, die Welt.«

»Werd nicht sentimental jetzt.«

»Schau dir die da unten mal an.«

»Und?«

»Spießer, Langweiler, Verzweifelte. Ichschiffgekenterte!«

»Außer dir scheinen alle Spaß zu haben.«

»Du bist so distanziert.«

»Du hast *dich* distanziert.«

»Ach, Anna.«

»Komm dann wieder. Du verkühlst dich noch.«

»Gut, ich werde mit den Architekten, Ärzten und Kulturmanagern eine Nase ziehen, und alle Menschen werden meine Brüder sein.«

Stattdessen war ich stehen geblieben und hatte mir überlegt, wie viele Jahre ich noch ein ausgebautes und gut beworbenes Streichelinstitut leiten und reiche Damen erquicken müsste, um mir noch immer nicht eine Wohnung wie die leisten zu können, in der ich gerade nicht mit den bemüht ausgelassenen Menschen feierte, und der Gedanke hatte mich so erschreckt, dass ich diesen Gedanken überhaupt dachte!, dass ich mich mit Vorstellungen abzulenken versuchte, wo Herr Nemeth gerade sei (vor dem Fernsehgerät, in zwanzig Minuten würde es ein Uhr und also Feiertagsschlafenszeit sein), wo Irene Fischer (Mauritius), wo die Frau, deren Namen ich vor Anna nicht erwähnen durfte (fünfhundert bis tausend Meter Luftlinie entfernt), wo Paul (Soliparty, die Internationale um Mitternacht), wo Alex (Hegymagas?) und wo Észter.

»Leise genug?«

»Sei nicht böse.«

»Ich bin nicht böse.«

»Aber anders.«

»Inwiefern?«

»Ich weiß nicht. Anders.«

Sie habe sich erstmals in ihrem Leben zu Silvester etwas vorgenommen, erzählte Észter, und zwar noch konzentrierter und hartnäckiger zu studieren, und alles andere sein zu lassen, auf sie zukommen zu lassen, nichts mehr zu beschließen, nichts mehr unbedingt zu wollen, sondern es anzunehmen, wenn es da sei.

Ich fühlte mich elend, als sie das sagte, aber ich ging nicht darauf ein. Ich hatte mir vorgenommen gehabt, ihr zu sagen, wir würden einander nicht wiedersehen, weder auf diesen Bildschirmen noch in der sogenannten Wirklichkeit. Dass ich mich entschieden hätte, und zwar nicht gegen sie, sondern für Anna, für die ich mich schon vor langem entschieden hätte. Dass die Distanz durch unsere vermeintliche Nähe nur größer würde, weil ich mein Leben und Anna und wohl auch das seltsame Institut mit dem absonderlichen Namen nicht so einfach aufgeben könne beziehungsweise wolle. Ich hatte vorgehabt, Észter zu sagen, sie solle nicht auf mich warten, sondern sich höchstens an ihre Worte erinnern, damals, beim Abschied am Nordufer des Plattensees. Aber kaum hatte ich sie nach mehr als einem Monat wieder gesehen, waren schon anderthalb Stunden vergangen, und was ich mir zu sagen vorgenommen hatte, erschien mir mit einem Mal lächerlich.

»Ich will Jungunternehmer des Jahres werden.«

»Klassenverräter!«

ich mag das, wenn du wütend bist

»Und ich muss meine Dissertation schreiben.«

ich sehe nur wütend aus, weil du in der rue ordener bist

»Und wann willst du dafür Zeit finden?«

dann komm!

»Ich tüftle gerade an etwas.«

geht derzeit leider nicht

Dann erzählte Észter, vor ihrem Laptop liegend, noch von den Feiertagen, von ihrem völlig betrunkenen Vater, von dem Hund, der ihm in seiner Magerkeit immer ähnlicher werde. Sie erzählte von Freundinnen und Freunden, die sie lange nicht mehr gesehen habe, von einem mühsamen Gespräch mit Judit, die von Alex die Schnauze voll habe und ihn trotzdem nach Hegymagas eingeladen habe – und ich kam mir wie der einzige Mensch vor, den ich kannte, der ständig etwas vor anderen verberge. Wir einigten uns darauf, nicht mehr so viel Zeit miteinander zu verbringen, weil es mehr schmerzte als guttat. Észter schickte mir das dämliche gelbe Gesicht mit der roten Zunge, ich schickte ihr drei Rosen.

Kurz bevor ich ihre Wohnung verließ, weckte ich Anna. Sie wollte sich gleich wieder zur Seite drehen, zog die Decke noch enger an sich, seufzte lange. Ich kniete mich neben sie, drehte sie auf den Rücken, kitzelte sie unter den Achseln, küsste sie auf die Nase.

»Du hast mich gebeten, dich zu wecken.«

»Ich weiß.«

»Unter allen Umständen.«

Ich zog ihr die Decke vom Körper, Anna rollte zur Seite.

»Unmensch!«

»Morgenstund hat Gold im Mund.«

»Bin ja schon wach.«

Anna richtete sich auf, lehnte sich gegen die Wand, zog die Beine an. Sie konnte die Augen noch nicht öffnen und brummte vor sich hin, als halte sie dieser tiefe Ton noch in jener anderen Welt.

»Wann kommst du?«, fragte ich.

»Um fünf.«

»Um fünf muss ich weg.«

»Ich kann nicht früher. Du kannst ja schon mit ihr reden.«

»Worüber?«

»Über den Vertrag?«

»Könntest du dir das vorstellen?«

»Was?«

»Mit uns dreien.«

»Vorstellen schon.«

»Aber?«

»Ich glaube nicht, dass das die geeignetste Beziehung zu einer Geschäftspartnerin ist.«

»Wirst du jetzt spießig, nur weil du Kapitalistin wirst?«

»Sebastian, lass mich, ich kann kaum sprechen.«

Ich küsste Anna auf die Stirn, schon saß ich in der U-Bahn. Wir waren übereingekommen, Irene Fischers Angebot anzunehmen, wenn sie noch ein paar strittige Fragen mit uns klärte und das, was wir schon besprochen hatten, in einem Vertrag fixierte. Mit Irene das Institut führen, weniger arbeiten, mehr verdienen – was konnte erfreulicher sein? Ich sah geschlossene Gesichter, Augen, die etwas auf dem Boden zu suchen schienen, kaum ein Lächeln. Was der Winter den armen Menschen antut, dachte ich, während ich mich mit Anna auf Bali sah, Palmen und Sand und kaum Kleider.

Auf einmal fiel mir der Leserbrief ein, den mir Herr Nemeth aus der Stadtzeitung geschnitten hatte. *Der Mann, der dieses reaktionäre Gefasel von sich gibt und sich Severin Horvath nennt, heißt Sebastian und studierte Philosophie in Wien. In den Seminaren gab er den Paradekommunisten, der alles gelesen hatte und alles wusste. Prof. Leser sagte einmal: »Herr Kollege, ich weiß, Sie als strammer Sozialist …« Gegen die Ex-Trotzkisten, die George W. Bush seine Kriege einflüstern, wirkt dieser Wirrkopf freilich harmlos. R.H., 1160 Wien.* Das hatte Professor Leser tatsächlich gesagt, und das Adjektiv hatte mich tatsächlich aufhorchen lassen. Andererseits war er vom Austromarxisten erst zum sozialdemokratischen Vordenker, schließlich zum erzkonservativen Katholiken geworden, der eine vom Papst zelebrierte Wagnermesse als das Höchste des zu Erlebenden beschrieb. Wer war R.H.? Rudi Hirnlos? Ich war nie Trotzkist gewesen.

Irene Fischer war froh, dass ich zur Vernunft gekommen sei, wie sie sagte, was ihrer Meinung nach nur am positiven Einfluss meiner charmanten Freundin liegen könne, weil Frauen nun einmal praktischer als Männer seien, die Möglichkeiten des Lebens realistischer einschätzten, den Kopf auf den Schultern und nicht in der Luft hätten. Ich gab ihr in beinahe jedem Punkt Recht. Ich war noch nicht einmal Mitte Dreißig, Carina Müller hatte mich auf Ende Dreißig geschätzt.

Allerdings sollten wir das Institut nicht vor Mitte Mai neu eröffnen, erklärte ich Irene, weil ich es als mein gutes Recht ansähe, am Ersten Mai der Menge auf einer Tribüne vor dem Rathaus als Held der Arbeit vorgeführt zu werden, bevor ich nur mehr an ihrem und Annas Oxytocinpegel arbeiten würde, wobei man dann schon nicht mehr von Arbeit sprechen könnte. In meinem schönsten Anzug würde ich zwischen Bürgermeister und Parteiobmann stehen und mit einem roten Stecktuch den Funktionären und letzten Geblendeten der Republik winken. Der Bürgermeister würde mich fragen, was ich mir wünschte, denn an diesem besonderen Tag im Leben eines einfachen Mannes aus dem Volk dürfe ich mir natürlich etwas wünschen, worauf er mir den Wunsch nach den *Arbeitern von Wien* nicht würde abschlagen können. Ob die Kapelle das Lied überhaupt kennen würde, war zu bezweifeln, aber ich malte Irene Fischer aus, wie ich zum Gesang eines gemischten Chores das rote Stecktuch schwenken und die Faust ballen würde. *Wir sind das Bauvolk der kommenden Welt, wir sind der Sämann, die Saat und das Feld, wir sind die Schnitter der kommenden Mahd, wir sind die Zukunft und wir sind die Tat. So flieg du flammende, du rote Fahne!*

»Ich kenne jemanden im Rathaus, das lässt sich bestimmt einrichten.«

»Ich will es aber mit meiner eigenen Hände Arbeit schaffen, Frau Doktor, nicht durch Protektion.«

»Meine Freundinnen sind alle von deiner Hände Arbeit begeistert.«

»Schön für sie.«

»Und für dich?«

»Schöne Kuverts.«

»So ist das Leben, Sebastian.«

»Deines nicht.«

Irene Fischer lehnte sich tief in das Sofa zurück. Ihre Augen verengten sich, sie sah aus, als würde sie mich am liebsten anspucken.

»Ich hab das nicht so gemeint.«

»Ich weiß schon, wie das gemeint ist.«

Als Anna kam, sprachen wir bereits über die Neueröffnung und den Vertrag, ich küsste Anna auf den Mund, Irene auf die Wangen, dann packte ich meine Aktentasche und schlüpfte in meinen Mantel.

»Besprecht schön den Rest, Mädchen der Wirtschaft! Wir werden niemanden ungestreichelt lassen. Auf dem Siebensternplatz ist es allerdings gemütlicher.«

»Wollte ich gerade vorschlagen«, sagte Anna. Irene saß wieder auf dem Sofa.

»Oxytocin für die wohlhabende Masse!«

»Für die, die es sich leisten wollen«, sagte Irene Fischer und winkte mir nach.

Wie leicht ich mich fühlte. Wie erleichtert. Ich saß in der letzten U-Bahn, meine Beine auf die Bank gegenüber gestreckt, mein Kopf war warm. Rechts von mir knutschten zwei Jugendliche, ein Besoffener versuchte einen Döner zu essen, ein altes Ehepaar schien das alles nicht zu stören. Ich war hellwach, mittendrin, die Fassaden der Häuser zogen an mir vorbei, eigentlich hätte die U6 O6 heißen müssen.

Ich war mit Paul in einem Lokal am Gürtel gesessen, wir hatten über die geläuterten Pressefotografen und Armins dieser Welt gelästert, das Fehlen einer linken Zeitung in Österreich beklagt, eine Spendenaktion zur Rettung der

Börsen und internationalen Finanzmärkte konzipiert, wir hatten uns vorgestellt, an einem Tag in bestimmten U-Bahn-Stationen sämtliche U-Bahn-Zeitungen gegen eine linksradikale Ausgabe auszutauschen, gleiche Aufmachung, anderer Inhalt. *Kapitalistisches Freiluftmuseum. Ein Lokalaugenschein. Was Politiker, Wirtschaftskapitäne und andere zeitgemäße Dinosaurier seit der Revolution tun.*

Um ihre Verbrechen zu sühnen, müsste man sie nicht erschießen, das war in einer anderen Zeit nötig gewesen, die erste Phase der Revolution war lange vorbei. Kapitallesekreise stattdessen, öffentliche Vorträge, Agitproptheatervorstellungen, revolutionäre Liederabende unter Mitwirkung der Realisten und Sachzwangbefolger der jüngsten Vergangenheit. Am Nebentisch hatten zwei Studentinnen einen Joint geraucht, ihn wortlos weitergereicht, ich hatte schon seit Ewigkeiten nicht mehr gekifft gehabt.

Auf einmal erschien uns Minimundus in Klagenfurt als der geeignete Ort für das kapitalistische Freiluftmuseum, eine kleine Welt, die die große vor Ort brachte, um sich ihr gegenüber trotzdem groß fühlen zu können. Als ich mich von Paul verabschiedete, war ich doch nicht nach Hause gegangen. Ich hatte noch aufbleiben wollen, meine neue alte Freiheit genießen. Ich hatte mich in die U-Bahn gesetzt, um zu Anna zu fahren.

Wie lang die Strecke von einer Station zur nächsten sein konnte. Wie viel es zu sehen, zu hören gab. Ich sah die Menschen lange an, ich spürte, wie ich lächelte. Hatte ich zu sehen und hören verlernt? Tag für Tag, Streicheleinheit für Streicheleinheit? Die Tröpfchen, die von den Laternendächern fielen, gräulich gegen das orange Licht. Die Männerstimme, die die Stationen ansagte. »Wir bitten Sie, Ihren Sitzplatz anderen Personen zu überlassen, wenn diese ihn notwendiger brauchen.« Was für eine Zeitenwende! Auch hier hatte die Sprachpolizei zugeschlagen. Älteren oder behinderten Menschen sowie Frauen mit Kleinkindern hatte man bisher die Sitzplätze überlassen sollen. Behindert war natürlich eine Frage der Perspektive, und Kleinkinder konnten genauso gut, wenn nicht besser, mit ihren Vätern unterwegs sein. Das AIDS-Hilfe-Haus am Gumpendorfer Gürtel, in dem ich vor Jahren in einem betont lässigen Warteraum meine Möglichkeiten angesichts eines positiven HIV-Tests überschlagen und mir die Frauen und Gelegenheiten ins Gedächtnis zu rufen versucht hatte, die dahin hätten führen können. Die scharfe Biegung vor der Längenfeldgasse, die Büroriesen, die wie Plastikbauten aussahen. Hatte ich nur noch mit der Haut gesehen und gefühlt?

Ich war wieder frei. Sie konnten mich alle gern haben. Die wollten, dass etwas aus mir werde. Die wollten, dass ich mich für immer allem verweigerte, das den Verdacht eines Friedensschlusses mit den herrschenden Verhältnissen auch nur nahelegen könnte. Die mich als Nobelpreisträger sahen. Die mich als Anwalt sahen. Die mich als Scharlatan sahen. Die meine als die sanftesten Hände der Stadt sahen. Die mich als weiß der Teufel was sahen.

Das war ich alles nicht. Das war ich höchstens auch. Was ich wirklich war, und das war mir, als ich in der Längenfeldgasse in die U4 umstieg, Richtung Hütteldorf, wo ich bald wieder Zeit hätte, meine Grünen anzufeuern, bei denen *ich mich* gesehen hatte – was ich wirklich war, war gerade das, was von all dem nicht erfasst wurde. Das von mir, was über Mann, Österreicher, Europäer, Bürgerkind, Linker, Philosoph, Geisterschreiber, Streichler hinaus stand. Was mehr oder weniger als diese Etikettierungen war, sich ihnen widersetzte. Das war das einzige, wozu ich Ich sagen konnte.

Als ich in Hietzing ausstieg, sah ich mich gegenüber der U-Bahn-Station in einen Bus Richtung Küniglberg steigen, um bekifft im sogenannten *newsroom* des Österreichischen Rundfunks stundenlang Zeitschriftenartikel auszudrucken und mit einem Freund in Michigan zu telefonieren. Ich kaufte mir eine kleine Dose Bier bei einem Dönerstand, es schmeckte metallisch und angenehm kalt, mein Mund war ausgetrocknet. Zwei Menschen würden Arbeit haben, weder ihre Wirbelsäulen noch ihre Lungen zugrunde richten, sie würden gut verdienen, und ich würde hin und wieder ein paar reichen Damen Geld aus den Taschen ziehen und mir dabei, zugegeben, die Finger schmutzig machen. Severin würde sich die Finger schmutzig machen, Sebastian würde sie reinwaschen, aber Severin und Sebastian würden gut miteinander auskommen, solange Severin nicht zu sehr auf die Bühne drängte – eine funktionale Spaltung. Herrn Nemeth würde er behalten, weil er ihm ans Herz gewachsen war, und vielleicht die empfindliche Tänzerin.

Ich beugte mich über die Kennedybrücke und blickte hinunter auf den Wienfluss in seinem Betonbett, geradeaus in den Westen der Stadt; links lebten die Reichen, rechts die Armen, die arm waren, wenn man sie mit den Reichen verglich. Links lag mein neues Zielpublikum. Ich zog mir eine Schachtel Zigaretten aus einem Automaten. Ich zündete mir eine Zigarette an, sog den Rauch tief in meine Lungen und stieß ihn langsam aus der Nase. Dann ging ich nach rechts.

Es war dunkel, als ich die Tür zu Annas Wohnung aufsperrte. Wie gut es roch. Ich zog mich leise aus, Anna lag im Bett, zur Seite gerollt, in ihre Decke gewickelt, den Kopf der Wand zugedreht. Ich kuschelte mich an sie, zog die Decke von ihr und schlüpfte dazu, sie brummte unverständlich. Ich würde nicht mehr um sieben Uhr aufstehen, wenn sie noch nicht auf musste, Irene Fischer war ein Engel, ein zu streichelnder. Ich küsste Anna in den Nacken, ich vergrub meine Nase in ihrem Haar, ich liebte den Geruch ihrer Kopfhaut. Ich presste meinen Unterkörper gegen ihren Hintern und schob das Nachthemd nach oben, um Anna zu streicheln. Ich wartete nur auf ihr Erwachen, so spät war es noch nicht, außerdem waren wir noch unter dem Wochenschnitt der braven Österreicherinnen und Österreicher. Der Kapitalismus war tatsächlich keine Kinderjause, das war auch nicht stark gemeint, Redakteurin Müller. Ich fuhr Annas Beine entlang, ihren Hintern, küsste sie sachte in den Nacken. Ich streichelte ihren Bauch in immer weiter werdenden Kreisen, bis sie leise seufzte, noch aus dem Schlaf, etwas Unverständliches murmelte, und ich meine Hand langsam zwischen ihre Beine gleiten ließ. Ihre Scham war ölig.

Ich kannte den Geruch an meinen Fingern. Ich kannte die Konsistenz dieses Öls. Ich ging ins Badezimmer, der Flacon stand verschoben da, ich war mir sicher, es war mehr in ihm gewesen. Ich blickte mich um, ich roch, ich drehte mich in alle Richtungen. Annas Zahnbürste, mit dem Kopf nach unten, auf dem gläsernen Bord über der Waschmuschel. Ihre weißen Handtücher, eines über dem anderen. Ihr Bademantel auf seinem Haken, mein Bademantel daneben. In der Wanne die Schwämme, mit denen wir einander wuschen. Meine Zahnbürste in ihrem Becher neben Annas Ersatzzahnbürste, die Parfüms, Seifen und Crèmes, alle an ihrem Platz. Ich wagte nicht, in den Spiegel zu blicken. Ich tat es trotzdem.

Ich zog meine Kleider an, schlüpfte in die Schuhe, zwängte mich in meinem Mantel. Ich hörte Anna atmen, leise, gleichmäßig, bisweilen seufzte sie, da, in dieser anderen Welt, in der ich vielleicht nur mehr als zu überwindendes Hindernis vorkam. Ich drückte die Türklinke, meine Finger glitten ab, ich putzte mir die Hand an der Hose ab und lief das Stiegenhaus hinunter.

Anna hatte einen Freund. Ich musste gehen, einfach gehen, schnelle Schritte, geradeaus, mit einem Kopf, in dem Marihuana und Bier eine unheilvolle Mischung eingingen. Ich steckte mir eine Zigarette an, ging die Penzinger Straße entlang bis zum Technischen Museum, Menschen fuhren in ihren Wagen vorbei, sie wollten nach Hause oder zur Arbeit, sie hörten Nachrichten oder Musik, sie träumten von Lotteriegewinnen oder Vorgesetztenunfällen, während ich.

Vor der Remise fiel mir ein, dass ich stehen geblieben war, aber immer noch weiterging, in mir. Etwas ging in mir weiter. Da standen die Straßenbahnen und warteten darauf, in ein paar Stunden wieder in Betrieb genommen zu werden. Warum war ich kein Schaffner?

Anna hatte einen Freund. Ich hatte nichts davon bemerkt, gar nichts, so sehr war ich mit mir und meinen Problemchen beschäftigt gewesen, während Anna. Einen. Freund. Hatte. Wer immer es war, ich würde ihm die Eier ausreißen. Die. Eier. Ausreißen. Genau das würde ich tun. Nichts anderes. Genau das zu diesen drei Worten Passende. Ich war nicht der feine Kulturmensch, meine Hände konnten sanft sein, wenn sie wollten, ich konnte freundlich sein, aber ich war kein liberaler, verständnisvoller, anämischer Mensch, der auf Reden und Diskutieren setzte, wenn es um seine Liebe und seine Leidenschaft ging. Ich war geschlagen worden, ich hatte kämpfen müssen, ich suchte das irgendwo noch immer, ja, Anna, richtig, und der, wer immer es war, war bestimmt nicht so. Der würde das Machoverhalten nennen, unreflektierte Männlichkeit, der würde das Adjektiv *männlich* nur despektierlich verwenden, und genau dafür würde ich noch ein wenig fester an seinen Eiern reißen. Was er dafür konnte? Hatte nicht sie ihn ausgesucht? Uninteressant, Allerweltsgerede! Und wenn Anna dann schockiert wäre, wenn sie dann sähe, was sie für bezwungen gehalten hatte, wenn sie dann nichts mehr mit diesem Sebastian zu tun haben wollte, sollte es mir – was?

Ich stapfte die Äußere Mariahilfer Straße entlang, bog in die kleinen Seitengassen, nur um an den nicht registrierten Nutten vorbeizugehen, Sexarbeiterinnen, Entschuldigung, schwarze Frauen mit großen Hintern, viel zu roten Lippen und lachhaft hohen weißen Lackstiefeln. Ich schüttelte bloß den Kopf zu jedem »Hallo, Süßer, na?«, ich war nicht süß, nie gewesen. Ich war mit keiner meiner Ex-Freundinnen befreundet, ich wunderte mich immer wieder aufs Neue über andere, die alles ausdiskutiert hatten und auf einen sogenannten grünen Zweig gekommen waren, auf und mit dem alle leben konnten, die einander trotzdem lieb hatten, als wären sie nie beinahe an dem zugrunde gegangen, was der andere ins Leben geschnitten hatte. Ich kam aus keiner Seifenoper, ich fand nicht alle Menschen nett, ich wollte nicht mit allen auskommen können, ich fand nicht, dass Leben und Welt nun einmal so seien. Ich würde ihn hassen, gleich, wer er war, ich würde sein Feind sein in alle Ewigkeit und ihm alles Schlechte auf der Welt wünschen – eine schwere Krankheit, den Ruin, den Tod. Ich war keiner, der meinte, sich zu schlagen wäre das letzte, primitivste, unduldbarste Verhalten, mit dem begänne, was im Massaker endete. Ich würde beiden nicht alles Gute für ihr weiteres Leben wünschen, sondern jeden nur erdenklichen Stein in den Weg legen.

An der dunklen Felberstraße standen unter kahlen Bäumen noch mehr Nutten, die billigen Bordelle blinkten neonfarben, Autos fuhren im Schritttempo vorbei, bisweilen zupfte eine an meinem Ärmel. Das eigentlich Infame war, dass er sie mit meinem Öl. Ich wollte nicht daran denken. Ich musste daran denken. Wahrscheinlich würde ich ihm gar nicht die Eier ausreißen, sondern die Finger brechen müssen. Die. Finger. Brechen. Am Westbahnhof war ich mir zu hundert Prozent sicher, dass ich stärker war als er. Ich stemmte ja nicht umsonst Gewichte im Fitnessstudio.

Unter den Gürtelbögen wollte ich mich in ein Lokal stellen. Ich hielt die Menschen nicht aus. Ich hielt ihr Lachen, ihr Gerede, ihre vermeintliche Sorglosigkeit nicht aus. Als ich am *rhiz* vorbeiging, musste ich lachen. Wie glücklich ich vor ein paar Stunden aus der Glastür gekommen war, um doch nicht allein nach Hause zu gehen, um Anna zu überraschen, um bei ihr, mit ihr zu sein, um gemeinsam an einem freien Samstag zu erwachen. Um ein Haar hätte er mir die Klinke in die Hand gedrückt, wobei ihm seine mittlerweile fehlen würde.

Wie bizarr die Welt war. Da standen Menschen vor einer Dönerbude Schlange, ein großer Mann mit dichtem Schnauzbart wetzte mit sichtlichem Vergnügen sein großes Messer, als wäre es das Schönste auf der Welt, betrunkenen jungen Menschen, die bis Mittag schlafen würden, Fleisch von einem riesigen Spieß zu säbeln. Ein junger Mann bestellte einen Döner, »mit alles, aber ohne scharf«, wobei er die Worte betonte, wie er sich türkische Betonungen vorstellte. Die Dummheit der Menschen war unerträglich, ihre Hässlichkeit himmelschreiend. Dann sprach er mit seiner Freundin in einem westösterreichischen Dialekt, dass ich wünschte, meine Ohren zuklappen zu können. Überhaupt hörte ich auf einmal nur noch fürchterliche Dialekte, von den Männern, die Bier tranken, von den Studenten, die sich endlich frei fühlten, von den Grüppchen, die aus einem schäbigen Rocklokal kamen, von den Mädchen, die in ihre Mobiltelefone sprachen. Mir schmerzten die Ohren, ich hörte Annas Stimme. Ich setzte mich mit einer Dose Bier und einer Flasche Cola auf eine Bank direkt am Gürtel. Autos schossen vorbei, Betrunkene suchten die Fahrbahnen zu überqueren, Radfahrer klingelten Fußgänger aus dem Weg. Ich konnte nicht nach Hause.

Anna, nur noch Anna dann, kein Er, kein Geliebter, kein Freund, dem waren die Finger gebrochen und die Eier ausgerissen, wenn er welche hatte – nur noch Anna. Anna im Seminar, neben Dr. Gürses, vor der Tafel, so redegewandt, Foucault und Deleuze und all die Poststrukturalisten, die ich an meinem Tisch noch immer der Konterrevolution verdächtigte. Hatte nicht Sartre Foucault das letzte Bollwerk der Bourgeoisie genannt? »Wenn es bloß so wäre«, hatte Anna gesagt und gelacht, Dr. Gürses hatte ihr zugeblinzelt, ich hatte gelächelt, als wüsste ich besser, was Sache sei. Das war der erste Satz gewesen, den sie an mich gerichtet hatte. Und so weit entfernt trotz allem, so bewandert in der Welt, die mich faszinierte, in der ich auch lebte, aber anders. Anna dann, in der U-Bahn, zwei Jahre später, als ich meine Diplomarbeit schrieb und mit Kristina über jede Fernsehwerbung, jeden Radiobericht und jede Bemerkung an einem Nebentisch heillos ins Streiten geriet. Anna, in der U2, kurz vor der Station Rathaus, als ihr ein Kugelschreiber zu Boden fiel, wir uns gleichzeitig bückten, ein verlegenes Lächeln, kurz, erfreut und unerwartet scheu. Anna dann im Café Eiles, sie hatte noch Zeit gehabt, ich all meinen Mut zusammengenommen, der Kellner fragte nicht einmal, was ich trinken wolle, nur sie, einen kleinen Braunen und ein stilles Wasser für die Dame, für den Herrn wie immer eine Melange. Ihre Dissertation, die Begriffsstutzigkeit im Tutorium, die Anrufe, die sie kurz anzunehmen hatte, ihre feingliedrigen Finger am Telefon, die Konzentration beim Hören, beim Antworten, und ich zu feige, um sie nach ihrer Nummer zu fragen, aller Mut bei der beiläufigen Frage aufgebraucht, ob sie noch auf einen Kaffee mitkomme. Und Anna plötzlich neben mir im Filmmuseum, *Il Gattopardo*, so tief hatte ich lange nicht mehr eingeatmet gehabt, während Romana mich fünf Mal angerufen und zehn Minuten lang in meine Sprachbox gebrüllt hatte. Und dann im Palmenhaus, bis die Lichter angedreht wurden, immer offener der Blick, immer direkter, nebeneinander im Freien vor der Brüstung über dem Burggarten. Und tanzend im Volksgartenpavillon, bis die Lichter angedreht wurden, und unentschlossen am Ring, so spät, aber doch nicht, und noch nicht nach Hause, aber dann doch, ich in die Josefstadt, sie nach Penzing. »Warum tut der Typ nichts?«, habe sie sich gefragt, »warum tut der nichts?«, zwei Wochen später neben mir in meinem kleinen Zimmer, eine Plastiktüte hatte sich in einem Ast vor dem Fenster verfangen, ein Spatz war auf dem Fensterbrett herumgehüpft. Anna im Burgtheater, Anna im Akademietheater, Anna im Gartenbaukino, aber auch Anna im Hanappistadion und in düsteren Spelunken. Anna, nur Anna: in einem Tretboot auf dem Neusiedler See, eine Flasche Weißwein in der Hand, Basilisk, Blastilin, Bastille, Lieber. Im Auto über die Höhenstraße, Schnöselschauen am Cobenzl, über die Stadt blicken im Romantikrestaurant Aurora, der Name passt doch, oder nicht, Basilisk? Anna im Schafbergbad, Anna im Stadionbad, Anna im Gänsehäufel, Anna an der Alten Donau. Anna mit einem Höcker Eier vor der Zentrale der Volkspartei, »guter Wurf, Bastille, aber schau mal meinen an«, Anna auf einer Tribüne bei der Großdemonstration im Februar Zweitausend, »heute sagen wir: Es reicht!« Anna auf der Plattform der Jubiläumswarte, Anna vor der Otto-Wagner-Kirche. *Du machst mich auch müde.*

Ich schüttete das Bier aus. Wollte ich wie ein Penner am Gürtel sitzen und mich volllaufen lassen? Um vielleicht doch weinen zu können? Um außen wie innen zu sein? Wollte ich frieren wie ein armer, sensibler Philosophiestudent, der nur darauf wartet, dass seine Angebetete sich zu ihm setze und ihn frage: »Was hast du denn? Sag schon. Mir kannst du alles erzählen.«

Wie ruhig die Josefstädter Straße war. Im bürgerlichen Herzen der Stadt. Wo sonst sollte ich gemeldet sein? Wenn auch in einer kleinen Wohnung, in der Anna, ja, sehr lange nicht mehr gewesen war. Grüß dich, Café Hummel, alter Hafen, vielleicht lege ich bald wieder an. Grüß Gott, Ronald McDonald, einen Big Mac bitte, einverstanden, warum nicht das Menü? Hallo, Buchhandlung, wie der Name noch mal war?, Brecht?, nein, das ist der Autor. Wunderbare Eisdiele, ciao bella, so eine schöne Verkäuferin, aber kann Papa nicht einmal zu Hause bleiben? Guten Abend, die Damen, ich werde mich dann mit dem Anzug in die Umkleidekabine zurückziehen, Sie sehen tatsächlich wie Freundinnen aus, die vieles gemeinsam tun. Meine lieben Lackaffen im engsten und teuersten Espresso, ihr spielt zwar Italiener, aber die Welt ist ganz anders, tut mir leid. Oh, Levante, zweitbeste Falafel der Stadt. Sei gegrüßt, Ezgi, bester Dürüm Wiens. Guten Morgen, Café Eiles, war die Dame mit dem kleinen Braunen und dem stillen Mineralwasser schon hier? Ja? Mit einem anderen Mann? Hatte er die Finger eingegipst? Noch nicht? Ich gehe schon mal rüber zum Landesgericht. Sind gut vergittert, die Fenster, der Stacheldraht auf dem Dach sieht auch eher unangenehm aus.

Wohin ich fahren will? Ach so, Sie sind ein leibhaftiger Taxifahrer, nach Hause. Wo das wäre? Oh, doch nicht nach Hause, in die Mondscheingasse bitte, ja, nicht Mondscheintgasse, der ist ja wirklich nicht zu sehen heute, war das ein Tag, Nummer sechs. Finster war's, der Mond schien helle, als ein Wagen blitzeschnelle, langsam um die Ecke fuhr, drinnen saßen stehend Leute, schweigend. Was? Nein, nicht von mir. Der Rest ist für Sie.

Als ich in mein Streichelzimmer kam, war der erste Impuls, von dem mich nur meine Niedergeschlagenheit abhielt, das Gemälde des glücklichen Menschen aus dem Fenster zu werfen. Wertschätzung? Erinnerung? Privatscherz? So war die Welt nicht! Genau so war sie nicht! Ich hatte auch daran glauben wollen, gleich, mit wie viel ironischer Distanz, gleich, mit wie viel Augenzwinkern. Ja, es gab diese Palmen. Zugegeben, dieser Strand war in der Welt. Unbestritten, das Meer war so türkis. Aber die Menschen fehlten. Und damit die Horrormöglichkeiten. Und dann fehlten sie wiederum nicht. Auch wenn sie nicht zu sehen waren, waren sie in der exakten Anordnung der Palmen, in der Sauberkeit des Sandes, in den Wegen und Kabinen und Duschen zugegen. All das blendete der glückliche Mensch aus.

»Warum?«

»Weil ich es nicht so sehe?«

»Hast du Angst, oder bist du verrückt?«

»Ich bin glücklich.«

»Auf dieser Welt? In diesen Zeiten?«

»Ich habe getan, was ich wollte.«

»Und weiter?«

»Ich hatte wohl auch Glück.«

»Inwiefern?«

»Mit meiner Frau, mit meinen Kindern.«

»Aber ich habe dieses Glück nicht!«

»Noch nicht, derzeit nicht.«

»Das Glück gibt es nur, wenn man die Augen verschließt.«

»Und was ist daran schlecht?«

»Alles! Das Hinnehmen! Das Nichtwahrhabenwollen! Die Vorspiegelung tröstlicher Tatsachen!«

»Die doch meine sind.«

»Und wenn deine Frau einen anderen hätte?«

»Hätte sie nicht.«

»Warum nicht?«

»Weil wir glücklich sind.«

»Und was heißt das, glücklich sein?«

»In der Gegenwart leben – nicht in der Vergangenheit, nicht in der Zukunft.«

Gut, glücklicher Mensch, schön, lass mich mal sehen. In der Gegenwart leben. Memento vivere. In momento. Freitagnacht oder Samstagmorgen. Nicht in meiner Wohnung, auch nicht in der meiner. O je, da begann es wieder. Natürlich, mit dem Possessivpronomen hob die Geschichte der wechselseitigen Versklavung erst an. Böses Possessivpronomen! Verwerfliches Besitzdenken! Schändliche Verdinglichung! Grauenhafte Verrechtlichung! Die Ehe als Rechtsbündnis zum wechselseitigen Gebrauch der Geschlechtsorgane. Was wollten Sie sagen, Herr Horvath? Nichts? Sebastian, wolltest du etwas sagen? Auch nicht in der *meiner* Freundin. Meiner, meiner, meiner, die mit keinem anderen sein soll! Augenblicklich im Streichelzimmer, glücklicher Mensch, in der dunkelsten Lagune, direkt in der Gegenwart, nach einer schrecklichen Entdeckung, die offenbart, dass erstens die Gegenwart anders ist, als sie zu sein schien, zweitens die Vergangenheit, zumal die jüngste, viel anders ist, als ich dachte, und drittens die Zukunft überhaupt nicht sein wird, wie ich es vor wenigen Stunden noch mit Fug und Recht hatte annehmen dürfen.

Anna, meine Anna, es lebe das Possessivpronomen! Ohne Possessivpronomen nur Unverbindlichkeiten! Ein Prosit dem Possessivpronomen! Ich hätte sie heiraten sollen. Wechselseitiger Gebrauch der Geschlechtsorgane. Unterschrieben und also rechtskräftig. Exklusives Einölungsrecht. Wir hätten heiraten und ein Kind bekommen sollen. Dann wäre nichts von dem passiert, was passiert ist und passiert und passieren wird. Passion nur mit Possessivpronomen! Passivität ohne! Deine Gegenwart kannst du dir an den Hut stecken, glücklicher Mensch! Die Gegenwart ist mindestens so zerbrechlich wie der Sonnenblumenkern, den du kaust.

Im Nachhinein war mir, als wäre all der Wahnsinn in meinem Kopftheater, das Streitgespräch mit dem glücklichen Menschen, in dem er Recht behielt, obwohl er Unrecht hatte, die Wortgefechte mit Anna, die mich als den enttarnten, der ich immer noch schon wieder war, eine endlose, nicht anzuhaltende Martersequenz gewesen, in der ich nicht in meine Wohnung konnte, weil die Eingangstür versperrt war, weil ich auf einmal Annas Stimme hörte, *die* Stimme, die ich so gut kannte und so sehr liebte, leicht gebrochen, tief und sanft. Ich solle kurz warten, sie habe noch etwas zu erledigen. Ich hatte mich ans Fenster ein halbes Stockwerk höher gestellt und im Hof Kindern beim Spielen in einer anscheinend über Nacht entstandenen Sandkiste zugesehen, als die Tür aufging und jemand das Stiegenhaus hinunterhuschte, von dem ich nur eine grüne Jacke sah. Als ich in mein Wohnzimmer kam, saß Anna in ihrem Bademantel auf meinem Sofa, die Knie angezogen, und rauchte. Sie, die so gut wie nie rauchte. »Wer war das?« »Wir wollten doch nie monogam sein, Sebastian, das Kleinbürgertum zumindest in uns nicht triumphieren lassen.«

In den Stunden in dieser Zwischenwelt, nie ruhig genug, um tief zu schlafen, nie wach genug, um vernünftig denken zu können, formulierte ich in meinem Kopf eine abstruse Theorie der Bindung, ein Plädoyer der Verbindlichkeit in unverbindlichen Zeiten, welche die Menschen zwang, die Partnerinnen und Partner mit den Lebenseinschnitten, beruflichen Um- und Neuorientierungen, mit der ständigen Suche nach noch höherem Gewinn zu wechseln, ein krauses Plädoyer, das in der bizarren Erkenntnis gipfelte, der eigentliche Widerstand, die wahrhaftigste Revolte in dieser Zeit sei – die Ehe. In Rezession wie Konjunktur. In Hausse wie Baisse. Wenn meine Aktie fällt, bleibst du trotzdem bei mir, und wenn sie steigt, suche ich mir trotzdem keine Bessere. Bis dass der Tod. Und gegen den fällt uns auch noch etwas ein, Anna. Du musst nicht sterben. Du wirst nicht sterben. Der Baum des Lebens steht noch in Eden, aber da sind keine Menschen, nur Engel mit flammenden Schwertern vorm Eingang.

Draußen wurde es heller, ich konnte die Kälte nachgerade sehen, während ich mir zu beweisen versuchte, nur schlecht geträumt zu haben, von einem Alptraum geplagt worden zu sein, dass mir die Phantasie diesmal im Schlechten entglitten sei. Aber kaum dass ich die Augen öffnete und mich auf dem Sofa meines Streichelzimmers fand, war mir bewusst, dass ich noch nie in der Mondscheingasse geschlafen hatte, dass ich durch halb Wien gelaufen war und halblaut mit Kaffeehäusern und Boutiquen gesprochen hatte, nachdem ich nicht einmal fünfzehn Minuten neben Anna gelegen war, bevor. Etwas. Zerbrochen. War.

Es war kurz nach neun, als Anna anrief. Ich setzte mich auf, räusperte mich, etwas zog sich in mir zusammen. Ich wartete, räusperte mich noch einmal, ich atmete tief durch, dann nahm ich an.

»Warst du bei mir, Sebastian?«

»Ja.«

»Wann bist du wieder gegangen?«

»Kurz nachdem ich gekommen bin.«

»Warum?«

»Weil ich es weiß, Anna! Weil ich es weiß!«

»Sebastian? Was ist mit dir? Du klingst so –«

»Was mit mir ist! Ich habe keine Sekunde geschlafen! Wir müssen reden, Anna, sofort!«

»Wir reden doch.«

»Ich muss dich sehen dabei.«

»Ja, dann komm vorbei.«

»Nein! Verstehst du nicht! An einem neutralen Ort!«

»Soll ich ins Prückel kommen?«

»Schönbrunn, komm bitte nach Schönbrunn, in den Park, ich brauche Luft.«

Anna hatte den blauen Ledermantel an, den wir vor einem Jahr gemeinsam gekauft hatten, und die Stiefel, an die wir schon beim Anprobieren in einer Kleinstadt außerhalb Wiens Phantasien geknüpft hatten. Sie hatte die Hände in die Seitentaschen gesteckt und den Kragen hochgeschlagen. Sie trug den roten Schal, den ich ihr zu Weihnachten geschenkt hatte, und die rote Haube, zu der ich ihn ausgesucht hatte. Anna ging rasch, den Kopf leicht eingezogen, als böte sie damit der Kälte weniger Angriffsfläche. Sie küsste mich auf den Mund, setzte sich neben mich, ihre Augen waren groß und braun. Ich konnte mir nicht vorstellen, sie einmal nicht mehr zu sehen.

»Bist du verrückt, Basilisik?«

»Nennst du mich noch so?«

(Wie nennt er dich?)

»Wir holen uns den Tod in dieser Kälte. Außer Japanern und Italienern ist heute niemand länger als nötig im Freien.«

(Ich will mir eine Lungenentzündung holen!)

»Anna, ich weiß nichts mehr. Ich verstehe nichts mehr.«

Sie musterte mich von oben bis unten, mit einem Mal war ihr Lächeln verschwunden. Sie kam mir unendlich weit entfernt vor. Weiter als sie es im Seminar je gewesen war.

»Ist dir nicht gut, Sebastian? Du siehst schrecklich aus.«

(Du dafür umso besser! Und warum? Warum?!)

»Habe ich dir etwas getan? Ich weiß, dass ich viel – Scheiße, du hast einen Freund!«

Anna zog die Augenbrauen hoch, ihr Mund war halb offen, sie schüttelte nachdenklich den Kopf.

»Nein.«

»Ich will dich nicht verlieren, ich liebe dich, ich brauche dich, vielleicht sag ich das nicht oft genug, Anna, vielleicht. Warum?«

»Ich habe keinen Freund, Sebastian.« Sie tippte sich gegen die Stirn. »Ich hab schon mit dir genug zu tun.«

»Glaubst du, ich bin blind? Glaubst du, ich hab keine Nase?«

»Sebastian, schau mich an.«

(Schau *mich* an!)

»Glaubst du, ich hab keine Nase?!«

»Warum glaubst du, ich hätte einen Freund?«

Ich schüttelte den Kopf. Jetzt wollte sie es auch noch von mir hören! Ich steckte mir eine Zigarette an, in Hietzing läuteten Kirchenglocken, *Gott liebt die Kinder, er lädt uns alle ein, Gott liebt die Kinder, wir wollen bei ihm sein.*

»Ich hab das Öl gerochen. Das war unsere Geschichte! Ich hab's ja im Badezimmer gesehen, verdammt, ich bin doch nicht blind, da ist auf einmal viel weniger –«

»Weil ich hin und wieder davon genommen hab?«

»Du? Du???«

Anna nickte.

»Und jetzt willst du mir erzählen, du hast dich du-weißt-schon-wo eingeölt, um besser schlafen zu können?«

»Nein, Sebastian, das stimmt auch nicht.«

»Was stimmt dann?«

»Dass du von einem Freund, der ungenannt bleiben will, eine DVD bekommen hast, die er von einer Frau bekommen hat, die ungenannt bleiben muss? Dass er sie dir gegeben hat, damit du mir eine Freude bereiten kannst? Exklusiv für Anna?«

»Anna, ich –«

»Was stimmt jetzt, Severin? Was stimmt, Sebastian?«

»Ich –«

»Weißt du, was stimmt? Du hast richtig gerochen, es war dein Öl, aber es war nicht das Öl in meinem Badezimmer, wenn du es genau wissen willst. Und wenn du es noch genauer wissen willst, kann ich dir verraten, wer mir eine Yoni-Massage hat angedeihen lassen, allerdings tatsächlich exklusiv, nachdem –«

»Anna, sag, dass das alles nicht –«

»Warum sollte ich das sagen?«

Mein Kopf sank nach hinten, ich atmete tief durch, bevor mich ein schrecklicher Lachkrampf durchbeutelte. Ich lachte so laut, dass ich mich verschluckte und Anna meinen Rücken klopfen musste. Es war eine wortlose Mischung aus Lachen und Weinen, die in unkontrollierbaren Stößen aus mir brach und mich abwechselnd erleichterte und beschwerte. Ich bekam kaum Luft, mein Zwerchfall brannte, mir kullerten Tränen aus den Augen. Anna starrte mich wie einen Verrückten an und schüttelte den Kopf.

»Ich bin der größte Idiot der Welt!«

»Zumindest dieser Stadt.«

»Anna, ich weiß nicht, wo ich –«

Anna stand auf.

»Komm jetzt. Sonst können wir dich in den Kristallwelten ausstellen.«

Ich schlief bis Sonntagmittag. Anna lag mit einer Zeitung auf der Couch, die Decke hatte sie bis zum Hals gezogen, im Kommentarteil war ein Essay von ihr erschienen. Offensichtlich hatte die Yoni-Massage sie beflügelt; sie hatte mir den Text nicht einmal zu lesen gegeben.

In der Küche stand ein großer Suppentopf auf dem Herd, ich ließ mir einen Espresso aus der Maschine laufen und schlürfte ihn, während ich aus dem Fenster in den kahlen Innenhof blickte. Hühnerbrühe! Damit ich wieder zu Kräften käme! Gott im Himmel! Sebastian war doch nicht mehr krank! Sebastian war ausgeschlafen und einsichtig! Für Sebastian taten sich ganz neue Konstellationen auf!

Als ich aus dem Badezimmer kam, lag Anna in der gleichen Position wie zuvor im Wohnzimmer, nur mit einer anderen Zeitung. Sie sah auf, ich zog Schultern und Mundwinkel hoch, Anna presste sich ein Lächeln ab. Ich setzte mich neben ihre Füße.

»Tut mir leid, Anna.«

»Was?«

»Wie ich mich aufgeführt habe gestern.«

Anna legte die Zeitung beiseite, richtete sich auf, lehnte den Rücken gegen den Polster und zog die Beine an.

»Es geht nicht immer um dich, Sebastian.«

Sie sprach wie mit einem Kranken.

»Was ich mir zusammengereimt habe, meine ich. Das tut mir leid.«

»Mir gar nicht so.«

All die Sätze, die ich mir beim Duschen zurechtgelegt hatte, während ich das Wasser so heiß auf mich hatte prasseln lassen, dass meine Haut rot geworden war, waren schon wieder unbrauchbar geworden. Anna fixierte mich, ihre Stimme klang fest, sie hatte anscheinend beschlossen, meine Idiotie gründlich in mir arbeiten zu lassen. Ich hätte nicht so gierig an dem Joint ziehen sollen, nicht nach all dem Gin Tonic, den ich getrunken hatte.

»Wie war das mit Irene?«

»Ich will jetzt nicht darüber reden. Was ist eigentlich mit dir los?«

»Nicht viel, glaube ich.« Mein Lachen klang gequält. »Was hat sie dir erzählt?«

»Es geht nicht immer um dich!«

»Schau mal, wenn ich in fünfundvierzig Minuten –«

»Lass uns essen, ich bin am Verhungern.«

In der Küche schlichen wir wortlos umeinander herum. Ich holte zwei Suppenteller aus einer Lade; als ich zur Besteckschublade griff, griff auch Anna danach, ich zog meine Hand wieder zurück, sie öffnete die Lade und nahm zwei Löffel heraus. Ich stellte mich neben sie an den Herd, streckte die Teller vor, Anna schöpfte Suppe hinein, ich trug die Teller zum Esstisch. Wir löffelten, ich hörte mich essen, obwohl ich leise zu essen versuchte. Ich wollte Annas Blick fangen, sie wich aus. In meinem Kopf jagten Sätze einander, ich jagte nach dem Einsatz, nach dem einen Satz, von dem aus es möglich wäre, wieder miteinander zu sprechen. Ich liebe dich? Falscher Moment, *Ich weiß* als Antwort hätte ich nicht verkraftet. Ich will dich nie wieder verlieren? Es ging doch nicht immer um mich. Ich würde Irene nicht alles glauben? Mir jedenfalls auch nicht.

»Ein Königreich für deine Gedanken.«

»Ich frage mich, was ich morgen über Benjamins Thesen sagen soll. Ehrlich gesagt.«

(Wie wir am ersten Tag in Tunesien den Strand entlang spazierten? Schwestern, die sie nicht mehr gekannt haben?)

»Sich einer Erinnerung bemächtigen, wie sie im Augenblick einer Gefahr aufblitzt. Zum Beispiel. Das habe ich gestern erlebt – und wie.«

»Du hast einen Pass. Du wirst nicht verfolgt. Du hast keine Zyankalikapsel bei dir.«

Anna blickte mich an und schüttelte den Kopf. Ich legte meinen schief, schürzte die Lippen, riss die Augen auf, sehr weit, ganz unschuldig. Anna ging nicht darauf ein.

»Ich glaub, ich geh dann«, sagte ich nach dem Essen, als Anna das Geschirr in die Spüle stellte. Ich zog mich an, Anna kam mir in den Vorraum nach, ich band mir die Schnürsenkel.

»Darf ich dich küssen?«

»Sei nicht albern.«

»Zum Glück muss ich niemandem die Finger brechen.«

»Vielleicht solltest du darüber nachdenken.«

»Übers Fingerbrechen?«

»Dass du *jetzt* niemandem die Finger brechen musst.«

Ich küsste Anna auf den Mund, sie strich mir flüchtig über die Wange. Ich umarmte sie, als müsste sie getröstet werden.

»Übrigens, Anna, ich glaube nicht, dass das die geeignetste Beziehung zu einer Geschäftspartnerin ist.«

Am Dienstag fragte mich Herr Nemeth mit geschlossenen Augen, ob mir etwas fehle, ich käme ihm so abwesend vor.

Ich hätte am Wochenende meinem Bruder beim Umziehen geholfen, antwortete ich und schloss die Augen, zwei Tage lang Umzugskartons geschleppt, Wände geweißt, Kästen zusammengeschraubt, Kisten ausgepackt, Möbelanordnungsvarianten ausprobiert. Ich erzählte ihm von einer großen Wohnung in der Leopoldstadt, in die wir die Kartons, ein Bett und Regale geschleppt hätten, mein Bruder, seine Freundin und ich, weil sonst alle verhindert gewesen seien. Ich erzählte Herrn Nemeth von dem Blick aus den beiden Fenstern, hoch oben, im fünften Stockwerk, wie man auf die Donauplatte sehe, die neuen gläsernen Hochhäuser und Bürogebäude, dass man die Kirche auf dem Mexikoplatz sehe, die Reichsbrücke, den Millennium Tower, und wie schön das erst im Frühling und Sommer sein müsse, zwischen Augarten und Donau. Wenn man die nordseitigen Fenster öffne, und sich etwas hinausbeuge, leicht nach links, blicke man bis zum Kahlenberg, eine klare Schneise mit Fluchtpunkt Grün. Aus den südseitigen Fenstern und vom südseitigen Balkon sehe man auf eine belebte Straße, und wann immer ich am Samstag kurz hinausgeblickt hätte, hätte ich schwarz gekleidete Juden, alte und junge, mit bizarren runden Hüten gesehen, die ich ohne Köpfe und Schläfchenlocken für russische Pelzmützen oder griechisch-orthodoxe Priesteraccessoires gehalten hätte. Andererseits sei ich nur allzu selten dazu gekommen, aus einem der Fenster zu blicken, egal ob nördlich oder südlich. Darum sei ich müde. Darum fehle mir etwas – und zwar Ruhe und Schlaf. Weil ich nicht einmal am Wochenende hätte ausruhen können.

»Passen Sie auf sich auf«, sagte Herr Nemeth bei der Verabschiedung und blickte mir in die Augen.

Am folgenden Tag war ich mir sicher gewesen, Irene Fischer nicht zu sehen. Sie würde an diesem Mittwoch nicht kommen, und nicht, weil sie schon wieder für ungewisse Zeit verschwunden war. Sie hatte bestimmt mit Anna telefoniert (wie oft telefonierte sie mit Anna?), Anna hatte ihr bestimmt von meinem Wochenendwahnsinn erzählt (was erzählte Anna ihr noch?), Irene wusste bestimmt, dass das nicht die geeignetste Beziehung zu einem Geschäftspartner sei (woraus was folgte?).

Ich saß vor meinem Laptop (auf dem ich für Anna *Irene Fischer, gestreichelt von Severin Horvath* übertragen hatte) und wollte mich mit alten Kleinbuchstabengesprächen mit Észter beruhigen, als Irene zur Tür hereinkam.

Sie begrüßte mich wie immer, ich wunderte mich nicht einmal mehr, ich begrüßte sie wie immer. Irene setzte sich aufs Sofa, ich drehte meinen Stuhl in ihre Richtung. Sie sah nicht im Mindesten reuig aus.

»War's schön?«

»Was?«

»Mit Anna.«

Irene drehte ihren Kopf in Richtung Fenster, als könnte sie von den nicht sehr sauberen Scheiben eine Antwort ablesen. Dann lehnte sie sich zurück und überkreuzte die Beine.

»Ja, sehr, natürlich.«

»Kann ich mir vorstellen.«

»Das war die Atmosphäre.« Sie ließ ihren Blick durchs Streichelzimmer wandern und lachte. »Ich wusste, du würdest nicht eifersüchtig sein.«

»Ich bin nur eifersüchtig, dass ich nicht dabei war! Ohne Penetration, das sind doch Kinderspiele!«

Irene Fischer lachte und spitzte die Lippen.

»Im Strafgesetzbuch hieß das einmal Hygiene, Frau Doktor. Die Schwulen wurden verfolgt, die Frauen, die halt so ein bisschen miteinander spielten, als wechselseitige Körperpflegerinnen betrachtet.«

»Körperpflege, das ist gut.«

»War Anna zufrieden mit Ihnen?«

»Sagen wir so, Herr Horvath: Im neuen Institut könnte ich ein Zimmer neben Ihrem beziehen.«

»Da könnten wir gleich ein Lehrvideo drehen. Diese Konstellation fehlt auf Ihrer DVD.«

Irene Fischer strahlte. Sie lächelte. Sie dirigierte ihre Worte mit Gesten. Dass sie kurz befürchtet habe, ich würde mir die Neueröffnung des Instituts anders überlegen (im Gegenteil), dass sie beinahe gedacht habe, ich sei ihr böse (aber wo!) und würde sie nicht mehr streicheln wollen (grob verschätzt). Dass sie dann andererseits den Sebastian gesehen habe, der ich sei (nach der Lingam-Massage unter der Dusche?), der wisse, wer er sei (einer von zweien), der wisse, was er habe (einen Vogel) und was er wolle (eine Nebenbuhlerin, schönes Wort). Dass Anna, nachdem die sogenannten strittigen Punkte geklärt seien, mit dem neuen Konzept einverstanden sei, zumal ich wieder mehr Zeit für mich und sie hätte. Ich nickte, die Arme vor der Brust verschränkt.

»Sebastian?«

»Einverstanden.«

Irene Fischer sprang auf, umarmte, küsste mich. Sehr schön sei das (was?), wunderbar (noch immer?), der Beginn einer neuen Ära (Qué será, será). Sie umarmte mich noch einmal, küsste mich auf die Wangen, dann ging sie klackend davon. Die Einheit hätte noch fünfzehn Minuten gedauert. Ich hatte kein Honorar erhalten. Wenn das so weiter ging, würde ich Irene Fischer noch wegen Geschäftsschädigung verklagen müssen. Andererseits war sie dabei, meine stille Teilhaberin zu werden.

Zwei Wochen später fragte mich Herr Nemeth wieder, ob etwas mit mir nicht in Ordnung sei. Ich antwortete, gerade das sei mein Problem – dass ich immer mehr und immer tiefer in der Ordnung sei. Ob es mir nicht gut gehe, präzisierte er mit geschlossenen Augen, während ich ihn streichelte.

Ich war übers Wochenende weg gewesen, hatte alle Termine für Donnerstag und Freitag abgesagt gehabt und war für vier Tage in ein aberwitzig teures Hotel nach Lech gefahren, um Pisten hinunterzujagen, meinen Kopf in die Sonne zu halten, mich in die Sauna zu setzen und von einer hübschen Masseurin massieren zu lassen, die mit einer wunderbaren Leichtigkeit festgestellt hatte, meine Verspannungen müssten nicht unbedingt von Muskeldehndefiziten im Fitnessstudio rühren, es könnte sich genauso gut um »psychische Geschichten« handeln. In erster Linie war ich aber zum Arlberg gefahren, um mein Mobiltelefon auszuschalten und als verschollen zu gelten. Irene hatte ich eine kurze Nachricht geschrieben, dass ich freitags nicht in der Mondscheingasse sein werde, Anna gegenüber hatte ich kein Wort verloren. Als ich Sonntagnacht in meine Wohnung zurückgekehrt war und das Mobiltelefon wieder eingeschaltet hatte, war ich empört gewesen, dass Anna mich nur *einmal* zu erreichen versucht hatte. Sie hatte nicht einmal das Piepen abgewartet, kein Wort auf Band gesprochen, kein Atmen oder Seufzen hinterlassen! Nur Irene war in meiner Sprachbox zu hören gewesen. Sie finde es jammerschade, am Freitag nicht von mir gestreichelt zu werden, zumal wir in letzter Zeit so schrecklich geschäftlich miteinander verkehrt seien, und außerdem, gut, das würde sie mir demnächst unter vier Augen erzählen.

Ich sei dreieinhalb Tage wie ein Verrückter Schi gefahren, antwortete ich dem Klienten der ersten Stunde, deshalb sei ich noch immer etwas müde und ausgelaugt und –

»Ihre Hände, Herr Horvath.«

»Was ist mit meinen Händen?«

»Sie fühlen sich anders an.«

»Was heißt anders?«

»Nicht so angenehm. Wie soll ich sagen? Härter, glaube ich, verkrampfter. Ja, härter und verkrampfter.«

Ich zog meine Hand zurück. Was glaubte dieser Wicht eigentlich? Seit Monaten streichelte ich ihn einmal alle vierzehn Tage. Er hatte mir erzählt, wie gut ihm das bekomme, wie sehr es ihn verändere, wie frei er sich danach fühle, ja, wie solle er sagen?, ein anderer Mensch plötzlich, ja – er. Aber meinetwegen! Ohne mich hätte er mittlerweile mindestens zweimal wöchentlich einen Psychotherapeuten aufsuchen und Antidepressiva schlucken müssen; keine Therapeutin, er brauchte ja einen Mann, einen starken Vater, der arme Herr Nemeth, der sein Leben in Minuten verplant hatte, um nicht einmal aus der Ordnung zu fallen. Der ein Anzugmodell sechs Mal kaufte, um sich immer ähnlich zu bleiben, um sich nicht einmal mit einem anderen zu verwechseln, um auch in den Blicken der anderen immer der gleiche zu sein. Was man vor mir wiederum weniger behaupten konnte.

Meine Hände gehorchten mir nicht mehr? Meine Finger wurden von einer anderen Instanz gesteuert? Schön, dann war auch nicht ich verantwortlich, dann konnten sie sich auch um seinen Hals schließen und immer fester zudrücken! Eine Regisseurin hatte mir erzählt, Schauspieler seien am Premierentag vor dem Gesetz nicht voll zurechnungsfähig. Ich spielte vor meinen Klienten, vor Anna und mir den lächelnden, verlässlichen Dienstleister, der einen kleinen Teil seiner Rechnungen aufbewahrte, um sie zu Jahresende seinem Finanzberater überantworten zu können, damit dieser wiederum dem Finanzamt erklären konnte, was ein Streichler von Berufs wegen verdiene – und was nicht. Ich hatte mein Kostüm angelegt, die Einsätze gelernt, den Text memoriert, ich war in meine Rolle geschlüpft und monatelang in ihr verblieben. Wie fabelhaft ich sie gespielt hatte! Alle hatten sie mir abgenommen, mich eingerechnet. »Sebastian, es ist nicht weiter schlimm«, hatte ich mir eingeredet, »du musst auch erwachsen werden, du musst dich doch nicht fügen, das verlangt niemand, aber du musst Geld verdienen, du hast Rechnungen zu bezahlen, du willst bei einem etwas teureren Wein, wenn er dir schmeckt, nicht verzichten, du willst bei einem Geschenk für deine Freundin nicht auf den Preis achten, du willst dir nicht überlegen müssen, ob du dir dein Auto weiterhin leisten kannst, und du willst dich nicht damit abfinden, noch länger in einer Fünfundvierzig-Quadratmeter-Wohnung zu leben. Sebastian«, hatte ich mir erklärt, »das richtige Leben beginnt erst dort, wo man im falschen lebt, als lebte man im richtigen. Als hätte die Revolution schon stattgefunden. Als wäre der Messias schon gekommen. Als wäre die gerechtere Gerechtigkeit schon in der Welt.«

Und Herr Nemeth, der Angepasste, der Dulder, der die Verhältnisse Unterschreibende, beschwerte sich, weil ich einmal nicht so konzentriert war wie sonst? Weil er einmal um zehn Minuten weniger lang befreit sein würde? Weil ihm sein Ausbruch aus der Ordnung, sein Verweilen in einer anderen Vernunft, sein Aufenthalt im Land des strömenden Oxytocins verkürzt würde? Von dem, der ihn überhaupt erst ermöglichte?

»Herr Horvath!«

Herr Nemeth hatte die Augen weit aufgerissen, ich schrak zusammen, sein Mund stand offen.

»Das tut weh. Sie tun mir weh, verdammt nochmal!«

Ich setzte mich auf den Stuhl gegenüber. Ich wusste nicht, wovon er sprach.

»Sie haben richtig fest zugedrückt. Was ist mit Ihnen los? Außerhalb dieses Zimmers wäre das Körperverletzung.«

Als es abends an der Gegensprechanlage läutete und ich den Knopf drückte, verstand ich, warum man sagt, jemandem schlage das Herz bis zum Hals. Es pochte unter meinem Kehlkopf, ich konnte meine Halsschlagader hören. Ich blickte in den Spiegel, als träfe ich Anna zum ersten Mal. Ich fuhr mir durchs Haar, ich strich mein Hemd glatt und sah nach, ob meine Haare nicht zu Berge stünden. Ich öffnete die Wohnungstür und hörte sie das Stiegenhaus hochkommen.

Zuerst sah ich ihre Hand auf dem Stiegengeländer, die schmalen Finger mit den blassroten Nägeln, den Silberring am Mittelfinger der rechten Hand, den ich ihr in Neapel geschenkt hatte, dann den Kopf von oben, viel leicht gelocktes Haar. Im Halbstockwerk, als sie einen Halbkreis gehen musste, sah ich ihr vom Regen schimmerndes Gesicht, ein leises Lächeln, sie war etwas außer Atem. Ich lehnte am Türstock, Anna küsste mich flüchtig. Mir war, als hätte ich sie monatelang nicht mehr gesehen.

»Madame, Ihren Mantel.«

Ich half Anna aus ihrem blauen Ledermantel, sog ihren Geruch ein, sie sah mich an und lächelte, als hätte auch sie mich seit Ewigkeiten nicht mehr gesehen. Mit einer Flasche Rotwein trippelte ich hinter ihr ins Wohnzimmer, wir setzten uns und schwiegen. Üblicherweise hätte ich gesagt, was mir gerade im Kopf herumschwirrte, welchen Unfug ich in der Zeitung gelesen hätte, welch absonderliche Menschen vor ein paar Stunden noch auf meiner Couch gelegen seien, wie gern ich mich klonen lassen würde, um all das tun zu können, was ich so gern täte. Ich hatte Brahms *Ungarische Tänze* aufgelegt, leise, im Hintergrund, die Streicher sollten mich streicheln, die Musik, die etwas mit meiner Herkunft zu tun hatte, sollte mir Glück bringen. Ich schenkte uns Wein ein und hatte das zweite Achtel getrunken, als in Annas Glas gerade ein paar Schlucke fehlten. Sollte ich etwas Auflockerndes sagen? Sie provozieren? Ihr meine Liebe beteuern? Anna wich mir nicht aus, sie blickte mir geradewegs in die Augen, lächelte, die Lippen sanft aufeinander, aber sie sagte nichts. Sollte ich mich entschuldigen? Wofür? Und überhaupt konnte ich mich nicht entschuldigen. Hätte ich eine Schuld auf mich geladen, hätte nur sie mich entschuldigen können. Weswegen? Ich hatte Irenes Yoni gestreichelt, Irene hatte Annas Yoni gestreichelt, und das war alles. War das alles?

Ich zündete mir eine Zigarette an, setzte das Weinglas kaum noch ab, hielt mich an ihm fest. Was wollte diese Frau von mir? In ein paar Monaten war ich von einem Menschen, der an der Theke eines Lokals jedem, der von den perversen Auswüchsen des Kapitalismus und der Gier der Finanzjongleure schwadronierte, die Marxsche Mehrwerttheorie, den Doppelcharakter der Ware und den Unterschied vom Wert der Ware Arbeitskraft zum Lohn auseinandersetzte, zu einem Menschen geworden, der unter dem guten Leben in erster Linie verstand, sich sein Auto leisten, Rechnungen in feinen Lokalen begleichen und Geschenke für seine Freundin kaufen zu können.

Ich war mein eigenes Kapital, das sich zu verwerten versuchte, um es weiter und immer weiter zu verwerten, bis – ja, bis wohin? Ich versuchte, mich selbst in die Marxsche Formel einzusetzen, einmal als Kritiker, dann als Kapitalist. Als Kritiker war ich an der Mehrwertrate interessiert, also m/v, Mehrwert durch variables Kapital. Das variable Kapital war ich selbst, das zu seiner Reproduktion immer mehr Geld zu brauchen schien. Als Kapitalist aber setzte ich mich in die Profitrate ein, m/(v+c), wobei ich das variable Kapital und das konstante Kapital war, zu dem noch Miete und die wenigen Einrichtungsgegenstände meines Instituts kamen. Ich war mitten im Verwertungskreislauf, in den ich mich Hals über Kopf gestürzt hatte. Erst hatte ich Geld in die Produktionsmittel investiert, mit denen ich eine Ware schuf, Severin, die streichelnde Dienstleistung, für die ich am Ende mehr Geld bekam, als ich ursprünglich ausgegeben hatte. Ich streifte den Profit ein, und ich beutete mich aus.

»Du hast dich in diese Situation gebracht. Du hättest auch zwei oder drei Tage in der Woche arbeiten – streicheln können.«

War ich dabei, verrückt zu werden? Hatte ich alles, was ich mir zu denken gedacht hatte, ausgesprochen? Ich hatte nicht nur meine Hände nicht mehr unter Kontrolle, ich hatte nicht einmal mehr meinen Mund, nicht einmal mehr die Verbindung von Denken und Sprechen im Griff. Dachte ich zu denken, während ich in Wirklichkeit sprach?

»In dieser Welt ist kein Platz für uns.«

»Diese Welt geht den Bach hinunter, Sebastian, also ist Platz für uns.«

(Bastille! Oder Basilisk!! Oder Blastilin!!!)

»Die haben Tanker und Kriegsschiffe und Yachten. Kannst du so gut schwimmen? Ich nicht.«

Anna zog die Augenbrauen hoch und legte die Stirn in Falten. Ich saß da und vergaß mein Glas, ich griff nicht mehr nach der Zigarette, die im Aschenbecher abbrannte. Anna hatte sich mir zugedreht, saß im Schneidersitz neben mir, den Oberkörper nach vorne gebeugt.

»Hör mal, Anna.«

»Hör du mal! Du hörst doch nichts mehr! Du siehst nichts mehr! Mich siehst du längst nicht mehr! Ich bin aber keine Selbstverständlichkeit!«

»Anna.«

»Nichts Anna!«

Der Einzige und sein Eigentum: Ich, Sankt Sebastian, nicht Max Stirner. Nicht die deutsche, die sebastianische Ideologie! Anna war nicht zu bremsen. Der große Anarchist, der wild gewordene Kleinbürger, der nur noch sich und sein Eigentum sehe, Eigentümer und Eigentum in einem, wozu er auch seine Frau schlage (ich sagte nicht, ich würde sie niemals schlagen). Und kaum habe die einmal anderswo Spaß, kaum empfinde die einmal anderswo und anders Lust, kaum werde die einmal von jemand anderem ge-se-hen, sei die Hölle los, unterstellte ich Intrigen und Rachegedanken und weiß der Teufel was noch. Aber eine einzige Mördergrube, sein Herz.

»Und dann besitzt du die Frechheit zu sagen, das sei *unsere* Geschichte gewesen!«

»Anna, ich schwöre, ich habe Irene vorzubereiten begonnen, ich wollte –«

»Ist halt anders gekommen.«

Ich griff nach den Zigaretten, steckte mir eine an, ich nahm einen Schluck Wein und einen Schluck Wasser.

»Anna, schlaf mit mir. Jetzt, bitte. Sonst werde ich verrückt.«

Anna riss das Fenster auf.

Sie hatte nicht einschlafen können, sich neben mir unentwegt von einer Seite auf die andere geworfen, sie hatte auf dem Bauch zu schlafen versucht und auf dem Rücken, beides vergeblich. Ich hatte genauso wenig einschlafen können. Wir hatten nicht gesprochen, waren nebeneinander gelegen, als merkte der eine nicht, dass der andere nicht schlafe. Dann war Anna aufgestanden, ich hatte die Toilettentür gehört, ihren Urin aufs Wasser strahlen, in der Küche hatte sie mit einem Schluck ein Glas Wasser geleert, ich hatte sie im Wohnzimmer auf- und abgehen gehört, ehe sie in mein kleines Schlafzimmer zurückgekehrt war, unschlüssig, ob sie sich ins Bett legen oder weiter Runden drehen solle.

Sie hielt ihren Kopf in die Kälte, fuhr sich durchs Haar und atmete tief aus.

»Da ist die Luft draußen«, hauchte sie aus dem Fenster.

Ich lag auf dem Bauch, den Kopf in der Armbeuge vergraben, Anna stand noch immer vor dem geöffneten Fenster. Sie trug den weißen Bademantel, der wochenlang unbenutzt auf einem Haken neben der Dusche gehangen war. Anna packte ihr Haar mit beiden Händen, zog es straff nach hinten, ehe sie es mit der Rechten aus dem Nacken strich, um ihn mit der Linken zu tätscheln. Fünf Worte, die nachhallten. Fünf Worte zu mir oder zu ihr? Oder zu uns? Oder zu wem? Welche Luft? Wo entwichen?

Ich verstand sie nicht, diese fünf Worte. Ich verstand sie umso weniger, weil ich noch ein, zwei Stunden zuvor das Gefühl gehabt hatte, Anna schon lange, vielleicht seit unserer Reise in die Türkei, nicht mehr so nahe gewesen zu sein wie vorhin, als wir miteinander geschlafen hatten. Auch dabei hatten wir nicht gesprochen, vielleicht zum ersten Mal, seit wir miteinander schliefen, es war auch nicht nötig gewesen. Ich hatte einmal »Anna« gesagt, und Anna hatte »Dummkopf« gemurmelt. Dann waren wir nebeneinander gelegen, Annas Kopf auf meiner Brust, ich hatte ihr Gesicht gestreichelt, ihre Augen, ihre Nase, ihre Ohren nachgezeichnet, ihre Lippen und das kleine, kaum bemerkbare Grübchen an ihrem Kinn abgetastet. Aber dann war Anna unruhig geworden.

Kurz nachdem sie ins Bett zurückgekommen war, schlief sie ein. Ich blieb wach.

Nach Arbeitsschluss saß ich mit Alex an der Bar eines spanischen Lokals. Wir aßen Tapas und tranken Rotwein. Ich sähe müde aus, meinte Alex, erledigt. Ich erzählte ihm von Lech, vom Schifahren, erwähnte die Masseurin und die Wohlfühltees im sogenannten Wellnessbereich des Hotels, und wie mir jetzt wieder die Arbeit in meinem Institut über den Kopf wachse – oder: in den Kopf. Dass ich mit Anna Probleme hätte, dass etwas zwischen uns nicht mehr sei wie einmal.

»Wann hast du Észter zuletzt gesehen?«

Alex grinste, ich sah an ihm vorbei. Die Büromenschen an ihren Tischen sahen aus wie Wesen, die Streicheleinheiten dringend hätten benötigen können, äußerst oxytocinarm. Ich blickte Alex böse an. Konnte niemand mehr etwas für sich behalten? Mussten alle allen alles erzählen, um es selbst glauben zu können? Das war etwas zwischen Észter und mir; das war nicht für Judit oder Alex bestimmt. Dafür hatten Menschen früher Tagebücher geführt.

»In Hegymagas.«

Alex klopfte mir auf die Schulter, ich schrak zur Seite.

»He, Alter, was ist denn?«

»Nichts.«

»Du siehst aus wie damals auf der Rückfahrt.«

»Ich sehe aus, wie ich aussehe. Was willst du von mir?«

»Ich bin dein Freund, Sebastian. Du kannst mit mir reden. Dafür sind Freunde da.«

»Was du nicht sagst.«

Die Luft war draußen. Aus einer Luftmatratze? Dann konnte man nicht mehr ins Wasser mit ihr, auf ihr nicht mehr bequem auf einem harten Boden liegen. Wofür hatte ich ein neues Leben begonnen? Das alte war doch nicht so falsch gewesen!

»Judit wird nächste Woche fünfunddreißig. Sie würde sich sehr freuen, wenn du auch zu ihrer Feier kommen könntest.«

Alex grinste wieder. Es werde sehr, sehr lustig. Er schenkte uns Wasser nach und bestellte eine weitere Flasche Rotwein. Außerdem sei mir anzusehen, dass ich aus Wien raus müsse. Frische Luft, Plattensee, Ortsveränderung, andere Menschen, andere Gespräche, andere Tage. Andere Gedan-ken!

»Ich werde es mir überlegen.«

»Was gibt es da zu überlegen?«

Ich steckte mir eine Zigarette an und tat, als blickte ich mich im Lokal um. Was tat ich hier? Bei guter Laune hatte ich Alex gern um mich. Aber nun sollte ich doch mit Anna sein oder meinetwegen im Theater. Stattdessen soff ich mit einem Jugendfreund und war trotzdem nicht imstande, mich zu öffnen. Er würde es ohnehin nicht verstehen, weil er mich und vor allem Anna nicht verstehen würde. Als Alex auf der Toilette war und ich den Kellner beim Entkorken einer Weinflasche beobachtete, klopfte mir ein dunkler Mann auf die Schulter.

»Gibt's eine Frau?«

Lächelnd schwenkte er einen Rosenstrauch vor mir und deutete auf Alex' Weinglas.

»Ja, gibt es. Ist aber nicht da.«

(Oder sehen Sie Lippenstift auf dem Glasrand?)

»Jetzt bin ich doch da.«

Die Frau war Mitte Dreißig, etwas mollig, wie man sagt, trug eine rot eingefasste Brille und kurzes schwarzes Haar. Es war schön für sie, dass sie da war, gut für meine Handkasse, aber weiter? Sie saß auf dem Sofa, die Knie aneinander, die Hände darüber gefaltet. Ihr Rücken war gebogen, die Füße formten ein Dreieck. Ich dachte an Vulkanstümpfe.

»Ich hatte ja meine Bedenken. Aber nach dem Artikel.«

»Hätte ich meine Bedenken.«

Die Frau lachte.

»Sie sind tatsächlich so.«

Tatsächlich waren wir etwa gleich alt, ich bot ihr an, Du zu sagen; von da an versuchte sie, in jedem Satz mindestens ein Du unterzubringen.

»Gut, du, ich bin die Karin, wie gesagt.«

Ihre Haut war sehr weiß, beinahe durchsichtig, leicht schwabbelig. Ich streichelte sie, im Gesicht, die Handrücken, im Genick, ich sah Észter unter der Weinlaube, Judit neben Alex, all die Leckereien, die wir essen würden, ich spielte mit dem Gedanken, auf der Hinfahrt bei einem meiner Lieblingsrestaurants zu halten, um ein paar Tiegel jiddischer Hühnerleber mitzunehmen, als Karin sich mit einem Mal losriss.

Natürlich sei das sehr angenehm, und natürlich sei das auch Ratten sehr angenehm, aber die dann in enge Kisten zu sperren und in unangenehme Situationen zu bringen, um irgendeinen Stumpfsinn zu messen, den jeder einigermaßen vernünftige Mensch auch ohne Messung wisse, sei barbarisch, brutal, unmenschlich! Wer würde schon ernsthaft bestreiten, dass Streicheln positive Effekte zeitige (ich nicht!), bloß was könnten die Tiere dafür?

Wo war sie jetzt? Weil ich an Pörkölt und Fogosch gedacht hatte? Waren meine Gedanken mittlerweile schon zu lesen? Ich erwiderte, dass ich nicht gerade ein Agent der Tierversuchslabors sei (so komme es ihr aber vor!), im

Gegenteil, es mir andererseits allemal lieber sei, ein paar eigens gezüchtete Ratten zu opfern, wenn damit etwas über schwere Krankheiten bei Menschen herausgefunden werden könne (Streicheln sei aber nicht Alzheimer!). Rattenbabys in enge Schachteln sperren! Sie zeigte mir den Vogel. Um etwas über die Bedeutung früher Streicheleinheiten zu erfahren!!!

Jetzt war sie also doch da. Ich erinnerte mich an ihren Anruf am ersten Mittwoch meines Sklavendaseins. Jetzt saß sie aufrecht da, angriffslustig, viel weniger verschreckt, die Heilige Karin des Antispeziesismus. Ich blickte auf die Uhr, gerade eine halbe Stunde war verstrichen. Ich hoffte, sie möge nie wieder kommen. Beim nächsten Mal, vielleicht schon beim nächsten Argument, würde sie mit Hühner-KZs anfangen, wofür ich sie hochkant, wie man sagt, hinauswerfen müsste. Was war das Streicheln eines Mannes, der sich mich zu Hause beim Onanieren vorstellte, gegen das Austauschen ethischer Argumente mit einer radikalen Tierrechtlerin?

»Außerdem sprechen wir von Lebewesen, nicht von Nahrungsmitteln.«

»Du meinst jetzt die Ratten?«

»Sehr lustig. Tiere allgemein.«

Hatte sie keinen Friseur, dem sie das erzählen konnte? Oder war ich dessen Pendant? Warum fiel mir der Taxifahrer ein, der tags zuvor an einer Kreuzung hinter einem Wagen gestanden war, dessen Fahrer die Grünphase hatte verstreichen lassen. Nachdem es gelb geblinkt hatte und wieder rot geworden war, war der Taxifahrer ausgestiegen, die paar Schritte zu dem Fahrer nach vorne gelaufen und hatte geschrien: »Wos is? Woa nix dabei fia di?!«

»Und so gut war das dann auch wieder nicht, dass fünfundsiebzig Euro gerechtfertigt wären. Ich weiß ja nicht, wer diesen Artikel geschrieben hat. Aber wenn ich auf der Straße jemanden bitte, mich zu streicheln, kann es auch nicht viel schlechter sein. Bist etwas abgehoben, gell?«

Karin nestelte an ihrer Brille herum, ich bereute, ihr das Du-Wort angeboten zu haben – allgemein hatten die Menschen zu wenig Hemmungen. Es interessierte mich nicht, was in ihrem Leben schief gelaufen sein mochte, ich konnte mir nicht einmal vorstellen, was sie tue – außer Buttersäureattentate auf Tierversuchslabors zu verüben und in Pelztierfarmen Käfige aufzubrechen. Ja, ich war abgehoben: Meine Gedanken kreisten um den Plattensee. *In Weltmeer ist herumgeschwimmt / Die Ur-Getier, das Fogosch.*

»Auch eine Ratte ist ein Lebewesen, das Schmerz empfindet. Wer gibt dir das Recht, Versuche an ihr durchzuführen?«

»Es geht mich ja nichts an, Karin, aber wann hast du zuletzt gefickt?«

Sie verpasste mir eine schallende Ohrfeige auf die linke Wange. Die letzte Ohrfeige hatte ich vor zwanzig Jahren von meiner Mutter bekommen, als ich am späten Nachmittag sturzbesoffen ins Klo gekotzt hatte. Diesmal lachte ich nicht. Karin hatte Tränen in den Augen. Ich drehte meinen Kopf leicht nach links und hielt ihr die rechte Wange hin.

»Willst du nochmal?«

»Arschloch.«

»Stellvertretend für all die bösen Männer?«

»Wichser.«

»Die nur ans Fleisch und nicht an die Seele denken. Die Rasierschaum verwenden, der an Ratten getestet wurde. Die mit einer Frau gern tote Tiere verzehren.«

»Du tust mir leid.«

»Muss schlimm sein so einsam, dass man in ein Streichelinstitut –«

Jetzt schlug sie meine rechte Wange, fester als beim ersten Mal, viel fester, zumindest hatte sie es versucht. Sie hatte meine Nase getroffen, etwas hatte geknackt, meine Augen tränten. »Entschuldigung«, murmelte sie, »das wollt ich nicht.« Sie sprang auf, ich fasste meine Nase zwischen Zeige- und Mittelfinger, Blut rann über die Finger, es hörte gar nicht zu rinnen auf. Ich stand auf, mich schwindelte, ich griff nach einem Taschentuch.

»Scheiße, aber ich mein, das geht einfach nicht. Leg den Kopf in den Nacken und stopf dir Watte in die Nase. Und einen kalten Lappen auf die Stirn.«

Karin stand aufgeregt neben mir, sie kramte in ihrem Rucksack, ich schüttelte den Kopf.

»Geh einfach, ja?«

(Und überleg dir das mit den Hühner-KZs!)

Sie nahm ihren Rucksack (Rucksack!) und ging in ihren Turnschuhen (Turnschuhe!) davon, ohne sich noch einmal umzudrehen. Mein Blick war verzerrt, ich sah alles unscharf, mir war übel. Hätte Parmigianino so sehen können! *Jedoch der größeste Magyar / War Goethe-János, bitte / Weil er aus Nagy-Weimárosch war / Wo herrschte Ungarsitte.*

Aber die Nächte hindurch hält Amor mich anders beschäftigt; / Werd ich auch halb nur gelehrt, bin ich doch doppelt beglückt. Amor, nicht Bacchus. Der aus Lust, nicht aus Verzweiflung Schlafraubende. Die beiden Verse drehten ihre Runden in meinem Kopf, als ich Wien verließ, die Südautobahn entlangfuhr und Richtung Neusiedler See, Richtung ungarischer Grenze abbog. Nachts zuvor hatte ich meinem kleinen Schlafzimmer Goethes *Römische Elegien* vorgetragen. Die Leichtigkeit, die aus ihnen sprach, das Glück, die kaum verhohlene Freude, weg zu sein, unter der Sonne. Amors Pfeil, nicht jener der Verfolger, der in der Seite des Heiligen Sebastian steckte. Die Liebe als Versteck, die Lust als Trost, der Höhepunkt als Rettung.

Und belehr ich mich nicht, indem ich des lieblichen Busens / Formen spähe, die Hand leite die Hüften hinab? Aber natürlich! *Dann versteh ich den Marmor erst recht; ich denk und vergleiche, / Sehe mit fühlendem Aug, fühle mit sehender Hand.* Weil ich nicht mehr mit sehender Hand streichelte, war Herr Nemeth vierzehn Tage später nicht in die Mondscheingasse gekommen. Mein Kant hatte seinen Termin nicht einmal abgesagt. Vielleicht hatte er sich aber auch nur mit einem ranzigen Königsberger Klops den Magen verdorben und lag schweißtriefend im Bett, die Leibschüssel darunter.

Was hatte ich mir nicht alles eingeredet, um Amors letzten Pfeil zu einem Kieselstein an meinem Fenster umzudeuten. Ich benötigte frische Luft. Ich hatte tagelang so gut wie nichts gerochen, meine Nase war geschwollen, zuerst rötlichblau, mittlerweile hellbraun. Der Arzt hatte gesagt, sie sei gebrochen (schlechte Nachricht), müsse aber nicht operiert werden, weil sich die Bruchstücke nur minimal verschoben hätten (gute Nachricht, Fragezeichen). Ich hatte ein weißes Pflaster bekommen und im Rückspiegel immer wieder über meinen Anblick gelacht. Die offizielle Version lautete, ich sei im Dampfbad des Fitnessstudios ausgerutscht und mit der Nase gegen die Wand gedonnert – dem Kopf habe das natürlich auch nicht gutgetan, der aber ohnehin längst jenseits von Gut und Böse sei.

Schon war ich in der Ebene. Oh, Pannonien. Das war meine Gegend, meine Landschaft. Da ging ich auf, da ging alles in mir auf. Die ewige Weite, sanfte Hügel, kleine Häuseransammlungen, aber keine Berge – Weitblick. Die Nacht zuvor hatte ich aus Vorfreude nicht einschlafen können – und weil ich es nicht gewohnt war, auf dem Rücken zu liegen. Außerdem durfte ich mich nicht schneuzen und musste jedes Niesen unterdrücken. Wenn mich jemand geschlagen habe, hatte der Arzt gemeint und mich über den Brillenrand hinweg angesehen, müsse ich ihn anzeigen. Ich hatte gelacht, er hatte gefragt, warum, ich hatte geantwortet, wegen des *ihn*, er hatte die Brauen hochgezogen, ich hatte »Gewalt in der Familie« gesagt, »Tabuthema«.

Bei Klingenbach fuhr ich über die Grenze, als wäre da nie ein Vorhang gewesen, der heruntergelassen worden war, um die Bühne für die nächste Aufführung des gleichen Stückes zu schützen. Nach Sopron teilte eine Landstraße kleine Dörfer in der Mitte, überall waren Menschen auf den

Straßen, gingen sie entlang, standen in Gruppen beieinander, Kinder kamen aus der Schule, alte Männer traten Fahrräder durch die Gegend.

Was sollte mir Wien? Sieben Monate grauer Himmel? Regen, Nässe, Nebel, Kälte? Brauchte ich das? Wollte ich das? Im Nebel und unter dem grauen Himmel hatte ich mit dem Nebel und dem grauen Himmel gut verdient, aber sicher nicht, um weiterhin im Nebel und unter dem grauen Himmel zu bleiben. Sollte ich in einer Stadt leben, vor der sich die Sonne monatelang versteckte? Wenn es tausend andere gab, denen sie beinahe täglich schien? Ja, es war so leicht, ich hatte es mehr als einmal erfahren, ich hatte es mir mehr als einmal erfahren. Nichts schlimmer, als aus Italien zu kommen und am Südbahnhof in die Straßenbahn zu steigen. Stille, gesenkte Blicke, ausweichende Augen, permanente Explosionsgefahr. Vielleicht schien auch in Paris die Sonne nicht öfter, aber in Paris war Észter, und die Menschen blickten einander in der U-Bahn bisweilen an. Und wer sagte, Észter wolle ein Leben lang in Paris bleiben? Und wer dachte schon in Lebenslängen?

Es waren nicht bloß der Nebel und der graue Himmel. Es war die Geschichte, die wie ein Alp auf der Stadt lastete; es waren die Politik, der Kleingeist, die alltägliche Gemeinheit, die österreichische, die Wiener Seele, die ich nicht ertrug. Mit Anna ja, mit meinen Freunden durchaus, aber immer in Nischen leben, immer das vorsätzliche Einklappen der Ohren, um nicht ständig hören zu müssen, was unerhört war. Mochten andere gegen den Stumpfsinn kämpfen; ich hatte die Nase voll.

Ich fuhr an Sümeg vorbei, die Burg wachte über der Stadt, ich hatte Radio Bártok eingestellt, das tatsächlich Bártok spielte, bis zur Vergasung, wie man in Wien gesagt hätte – das alles konnte ich nicht mehr hören. Ich war kleben geblieben in der vielgepriesenen Stadt an der Donau, in diesem niedlichen Freilichtmuseum, und wäre beinahe nicht mehr von dieser großen Bühne losgekommen, in der jeder, mich eingeschlossen, sich selbst in einer irrwitzigen Farce spielte. Das war meine letzte Chance. Sonst würde ich für immer bleiben, mich einrichten und mir ebenfalls vorgaukeln, es komme letztlich doch auf Lebensqualität, Grünflächen, funktionierende Verwaltung und guten öffentlichen Transport an – und nicht auf den Zivilisationsgrad einer Gesellschaft.

Am Tag, bevor ich Richtung Ungarn aufgebrochen war, war ich morgens an einer Bushaltestelle gestanden, auf einmal war ein weißer Kleinbus mit orangem Licht auf dem Dach an die Haltestelle gefahren, ein junger Mann war mit einer Spachtel aus dem Wagen gesprungen, zur Fahrplanauskunft gelaufen und hatte alle Aufkleber von der Scheibe gespachtelt, wofür ihn eine alte Frau gelobt hatte, bevor er zurück in den Wagen gesprungen und der Sondereinsatz an der nächsten Haltestelle weitergegangen war. Oh, du saubere!

Als die Vulkanstümpfe in Sicht kamen, wurde ich ruhig. Vielleicht, hatte ich noch während der Fahrt gegrübelt, würde Észter gar nicht kommen. Vielleicht wollte sie mich nicht sehen, weil ich kein Lebenszeichen von mir gegeben hatte. Vielleicht wollte sie auch keinen Mann mit gebrochener Nase. Vielleicht hatte ich Alex gründlich missverstanden. All das war plötzlich verflogen.

Auch wenn ich erst einmal an diesem Ort gewesen war, war mir, als gehörte dieser Ort zu mir. Ich war schon auf der Landstraße, auf der ich damals von Alex in die entgegengesetzte Richtung gefahren worden war, wobei ich Észters Winken vor dem Eingangstor zu einem alten Bauernhaus nicht aus dem Kopf hatte verscheuchen können, am Rand einer kleinen Gasse eines unbedeutenden Ortes, der neunundneunzigkommaneunneun Prozent der Menschheit nichts sagte. Ich fuhr das enge Gässlein bergan, Alex' Wagen stand in der Einfahrt, als stünde er seit letztem Sommer dort, ich parkte meinen knapp davor. Als ich ausstieg, hörte ich Alex' Stimme, lauter, überzeugter als in dem spanischen Lokal in der Mondscheingasse. Dann hörte ich Judit schrill auflachen, eine andere Stimme fiel in das Gelächter ein – Észters Stimme.

Ich zog meine Lederschuhe aus und meine Wanderschuhe an, tauschte meinen Mantel gegen eine dicke Jacke, versperrte meinen Wagen und ging das Gässlein bergan. Ich atmete tief ein, die klare Luft strömte in meine Lungen, meine Nase juckte. Am Ende des Gässleins bog ich nach links, stapfte quer über eine gefrorene Wiese, die Keller und Häuschen schienen allesamt leer zu stehen, aus wenigen Schornsteinen stieg Rauch.

Ich setzte einen Schritt vor den nächsten, ging zügig bergauf; die Tatsache, dass ich einen erloschenen Vulkan bestieg, kam mir zeichenhaft vor. Je höher ich stieg, desto öfter blieb ich stehen und blickte auf den See, der von einer Eisplatte belegt zu sein schien, um seinem Namen gerecht zu werden. Hier und da waren kleine Pünktchen auszumachen, die nur Eisläufer sein konnten. Schon sah ich mich mit Észter übers Eis gleiten, lächelnd nebeneinander, mit roten Backen und großen Augen, Hand in Hand, wie Dreizehnjährige, die sich für immer gefunden zu haben meinen; ich würde aufpassen müssen, nicht zu stürzen, einmal auf die Nase fallen genügte. Mir fiel der Helenteich ein, ein kleines Gewässer am Rand des Ortes, in dem ich aufgewachsen war, wo ich mir in einer hölzernen, modrigen, nach Socken und Schuhen stinkenden Umkleidekabine die Schlittschuhe angezogen hatte, um auf dem Eis Runden zu drehen und mit Mädchen zu schäkern. Warum führte mich Észters Lachen in den Zustand des Dreizehnjährigen?

Als ich ganz oben war, begann es zu dämmern. Dass man unten auf mich wartete, hatte ich vergessen. Ich stand da, die Hände in den Jackentaschen, eine Zigarette im Mundwinkel, ein Pflaster auf der geschwollenen Nase, mein Blick glitt über den See. Wie mit dreizehn dachte ich bis auf die Augenblicke des Glücks, in denen ich nur Auge, Ohr, Hand, Nase, Mund, Geschlecht war, noch immer, das richtige Leben werde erst kommen, der Knoten schon aufgehen, der Vorhang bald gelüftet. Und wie damals war mir das Heute immer nur Passage ins andere, glücklichere, richtige Leben. Manchmal hatte die Welt Risse bekommen: mit Nadja, mit Anna, mit der Frau, deren Namen ich vor Anna nicht erwähnen durfte, mit Észter da unten im Garten, in der Wärme einer vergangenen Sommernacht. Aber schon ein paar Wochen, manchmal nur Stunden später, lauerte ich wieder auf ein Zeichen, welches das richtige Leben ankündigen mochte – und zwar dauerhaft.

Mein Mobiltelefon piepte. Alex, natürlich. Ich öffnete die Kurzmitteilung; es war mein Horoskop. »Leck mich!«, brummte ich und löschte es. Ich hatte einen Feind, eine Feindin; das war gut so. In dieser Welt keinen Feind und keine Feindin zu haben hätte mich erschreckt. Ich pfiff, als ich den Vulkanstumpf hinunter ging. Wenn ich ausatmete, trieb es Wölkchen aus meinem Mund.

Judit öffnete die Tür. Sie hatte eine bunte Papiergirlande um den Hals; als ich sie umarmte, berührte ihr Champagnerglas meinen Nacken.

»Mein Gott, wie siehst du denn aus?«

»Vielleicht bald wie dieser Hollywoodschauspieler. Hab ich nie verstanden, was Frauen an dem finden, aber jetzt.«

»Wir haben uns schon Sorgen um dich gemacht.«

»Alles Gute zum Geburtstag.« Ich gab Judit eine Flasche Chablis und ein kleines Paket mit einer schönen Aufnahme der *Ungarischen Tänze*.

»Um Sebastian muss man sich keine Sorgen machen.«

Alex kam um die Ecke und breitete die Arme aus. Als er mich sah, schüttelte er den Kopf. Wir umarmten einander, seine Zunge war schwer.

»Ich war spazieren. Die Gegend ist wunderbar.«

Ich zog die Schuhe aus, hängte meinen Mantel über die Lehne eines Küchensessels, Judit und Alex gingen vor mir ins Wohnzimmer. Auf dem Tisch, um den L-förmig eine Couch gruppiert war, standen Champagner-, Wein- und Wasserflaschen. Auf dem Sofa saß Észter. Sie trug hellblaue Jeans, eine weiße Bluse, das Haar hatte sie im Nacken hochgesteckt. Als sie lächelte, sprang mir etwas in die Brust. »Jó napot kívánok«, sagte ich und ging auf sie zu. »Guten Tag«, antwortete Észter, stand auf und wollte etwas sagen. »Ich sage es einmal und dann nicht mehr: Ich bin im Dampfbad ausgerutscht. Ja, ich weiß.« Judit prustete los. »Schön«, flüsterte ich Észter ins Ohr, als wir einander umarmten. »Schön?«, fragte sie. »Das«, flüsterte ich, »und du – oder umgekehrt.« Dann standen wir da und sahen einander an. Ich konnte nichts in Kleinbuchstaben tippen.

Alex brachte mir ein Champagnerglas. Ich stieß mit Judit an, wünschte ihr noch einmal alles Gute, auch wenn ich es noch immer nicht auf Ungarisch sagen könne. Sie sprach es mir vor, ich versuchte, den Wunsch zu wiederholen, Judit verzog das Gesicht, ich ließ es sein. Dann stieß ich mit Alex an, ehe ich mein Glas gegen Észters hielt.

»Santé!«

»À la votre.«

»Santé«, wiederholte Judit und kicherte, »Nasenbär.«

»Und wann beginnt das Fest?«

»Hat schon begonnen.« Alex lachte. »Jetzt sind wir vollzählig!«

Er zwinkerte mir zu, Judit zwinkerte mir zu, ich nickte und lächelte Észter zu.

Die drei saßen auf der Couch, Alex weit nach hinten gelehnt, Judit im Schneidersitz, Észter hatte ein Bein untergeschlagen. Ich kam mir wie ein Eindringling vor. Der Streichler, der aus der Kälte kam. Der Nüchterne, der die Ebene nicht kannte, auf der sie sich gerade befanden. Der Nasenbär, der keine Ameisen gefunden hatte, weil sein Hauptsinn ausgeschaltet war.

Ich beschrieb meine Fahrt aus Wien, den spärlichen Morgenverkehr stadtauswärts, die Sonne, die gezählte fünf Minute zu sehen gewesen sei, ehe sie sich für die nächsten Wochen wohl verabschiedet habe; von dem kurzen Stück auf der Südautobahn, von der Abzweigung Richtung Neusiedler See und Ungarn, wo es mich einmal bei Glatteis um die eigene Achse gedreht habe, also nicht mich, sondern meinen Wagen (so weit identifizierte ich mich dann doch mit keinem Ding!), dass ich mit der Kühlerhaube in die Gegenrichtung zu stehen gekommen sei und gedacht hätte, das wäre es nun gewesen (kein Baum, kein Haus, kein Kind), aber glücklicherweise sei kein Wagen nachgekommen und ich zur Tankstelle gefahren, um mit zitternden Händen Kaffee zu trinken. Dann erzählte ich von meinem Spaziergang, vom Eis auf dem See, von der Armseligkeit nackter Weinstöcke, die sich vielleicht auch erholen müssten, aber.

Ich schwätzte; vor allem Észter sollte lachen. Mittendrin läutete mein Telefon. Ich sah Annas Namen auf der Anzeige und drückte ab. Jetzt rief sie an, nachdem sie sich eine Woche lang nicht gemeldet hatte?! Sie wusste nicht einmal, dass ich mir die Nase gebrochen hatte – dass meine Nase wegen des Ansprechens einer unangenehmen Wahrheit gebrochen worden war.

»Ich schlage vor«, sagte Alex und trommelte seine Fingerknöchel gegen den Tisch, »Sebastian und ich kochen, die Damen fahren an den See, und am Abend feiern wir, als feierten wir zum letzten Mal.«

»Zum letzten Mal will ich nicht feiern.« Észter stieß ihr Knie gegen meines.

»Komm, Észter, wir gehen.« Judit leerte ihr Glas mit einem Schluck. »Die beiden Hübschen sollen sich um ihre Arbeit kümmern.«

»Die Hübschen seid ihr.«

Ich drehte mich nach rechts, küsste Észter auf die Nasenspitze, schenkte mir ein Glas Wein ein und ging mit Alex in die Küche.

»Hast du wenigstens gewonnen?«

»Ich habe mich nicht geschlagen.«

Alex legte den Kopf schief.

»Wirklich nicht.«

»Aber du bist nicht im Dampfbad ausgerutscht.«

»Können wir das Thema wechseln?«

Während wir kochten und Rotwein tranken, fiel alles von mir ab. Ich schnitt und putzte Gemüse, Alex marinierte Fleisch, wir sprachen über die Zeit, in der wir noch keine Vorstellung von der Zeit gehabt hatten, in der wir in einer Küche in Westungarn durch eine Glastür auf kahle Bäume und eingefrorene Sträucher blicken und ein Abendessen für zwei Frauen zubereiten würden, von denen weder der eine noch der andere wüsste, wie sie zu uns stünden.

Ich schnitt Tomaten, ich hackte Zwiebel und Knoblauch, meine Augen tränten, meine Nase blieb ungerührt, ich stieß alle Augenblicke mein Glas gegen Alex', der mir auf einmal als jener Mensch erschien, der mich am ehesten kannte. Der mich vorher gekannt hatte, der mich jetzt kannte, der weder das Damals gegen das Heute, noch das Heute gegen das Damals ausspielte. Als hätte es keine Brüche gegeben. Als wäre ich noch der, der jeden Nachmittag auf dem Fahrrad zum Training ins Stadion gefahren war. Als wäre Alex noch der, der seinen Onkel bespuckt hatte, weil er uns am Spielfeldrand eines Dorfplatzes verhöhnt hatte. Als säße er in keinem Büro, als streichelte ich nicht emotional zu kurz Gekommene in der Mondscheingasse.

»Das also ist das große Fest?«

»Haben alle abgesagt.«

»Hätte ich mir fast gedacht.«

»Manche Menschen muss man zu ihrem Glück zwingen.«

Während wir die zweite Flasche Rotwein tranken, wurden wir immer kühner im Würzen – vor allem ich, der seines Geruchssinns Beraubte. Sollte das so bleiben, würde mein Begehren zwei Drittel seines Antriebs verlieren.

Auf einmal hatte ich eine glückliche Kindheit, eine glückliche Jugend gehabt. Auf einmal hatte ich die einzig richtigen Eltern, die einzig vorstellbaren Freunde, die faszinierendsten Mädchen, die schönsten Erlebnisse gehabt. Auf einmal waren die Schläge nichts im Vergleich zu dem Wunderbaren, das ich erlebt hatte. Auf einmal war es Frühling, und wir fuhren mit unseren Rädern an den Waldrand, die Menschen trugen Holz zu großen Stapeln zusammen, und am Ostersonntag brannten auf allen Hügeln und an den Rändern der Stadt Feuer, um den Winter zu verbrennen, das alte Leben auszutreiben, sich der Sonne zu öffnen. Auf einmal war es Sommer, dunkelblau der Himmel des Südens, die Luft flirrte, die Seen, Bäche und Freibäder waren nur für uns da, es wurde lange nicht dunkel, wir wurden jedes Jahr älter und merkten es nicht. Auf einmal kamen der Herbst und der Altweibersommer, schwitzten wir beim Training schon weniger, das verdorrte Laub knackte unter unseren Sohlen. Auf einmal war es Winter, rasten wir auf Schlitten Straßen und Hügel hinunter, wurde im Radio durchgesagt, heute sei wegen des vielen Schnees unterrichtsfrei.

Auf einmal war alles anders.

Nach dem Essen lagen wir auf der Couch, hörten Musik und lächelten vor uns hin. Ich konnte mich gerade aufraffen, nach draußen zu gehen, um eine Zigarette zu rauchen. Ich fragte Észter, ob sie mitkomme.

Wir stellten uns vor den kleinen Mauervorsprung, der das Grundstück von einem Weingarten trennte. Aus dem Schlot des Nachbarhauses stieg Rauch, linker Hand wurde der Vulkankegel allmählich von der Dämmerung verschluckt, am Ufer des Plattensees leuchteten Laternen. Die Luft war noch kälter und noch klarer, Észter hatte die Kapuze ihres Mantels über den Kopf gezogen, ihre Augen waren groß und schön, so wie alles an ihr schön war, vor allem ihre kleine Nase. Ich fand es gut, dass sie nicht rauchte.

Ich fand es schlecht, dass ich rauchte. Ich rauchte ja nur, um allein mit ihr im Freien sein zu können.

»Du trinkst sehr viel heute.«

»Ich muss meine Schmerzen betäuben.«

»Du hast mir gefehlt.«

»Und du mir erst!«

Észter tastete meine Lippen ab, fuhr sie mit ihren Fingerkuppen entlang, dann küsste sie mich. Ich war abwechselnd Zunge und Lippen und manchmal auch Zähne, und für ein paar Minuten war das alles, was ich jemals hatte sein wollen. Als wir voneinander abließen, sah mich Észter fragend an. Sie wischte sich eine Haarsträhne aus der Stirn und lächelte.

»Da können wir heute keine Liege aufstellen.« Ich deutete auf die Gartenmitte.

»Wer sagt, dass ich mit dir schlafen werde?«

Wir küssten einander, lachend, versteckt, im toten Winkel der Glasfront, die vom Wohnzimmer in den Garten ging.

Die Gespräche schwirrten hin und her, Judits Kopf ruhte bisweilen auf Alex' Schulter, dann machte sie sich wieder über ihn lustig; Alex lächelte, wie man über die Aufgeregtheit eines Kindes lächelt. Wir tranken schweren Rotwein, kurz vor Mitternacht machten wir uns über den Rest der Pasta her. Aus den Schleifen, mit denen Judits Geschenke verpackt gewesen waren, bastelte ich einen Orden, den ich Alex für seine beinahe übermenschlichen Koch- und Würzkünste um den Hals hängte. Auch mir hängte ich eine Girlande um den Hals, für den braven Küchenjungen. Wenn ich Észter nachschenkte, berührte ich wie zufällig ihre Hand. Wenn ich ihr das Glas reichte, strich ich kurz über ihre Finger. Sie berührte bisweilen mein Knie mit dem ihren, leicht, beiläufig, ehe sie ihr Bein wieder zurückzog.

Alex hatte eine Rakete gekauft, bloß eine, weil er es sich

noch nicht leisten könne, einen Stern nach Judit benennen zu lassen. Ich rief, dass ich auch einen Stern wolle, was heiße Stern, eine Milchstraße! Wir zogen uns an, traten in den Garten, Alex pflanzte die Rakete in die Gartenmitte, ich fasste nach Észters Hand. Alex hielt die Flamme meines Feuerzeugs an die Zündschnur, mit einem langgezogenen Pfeifen schoss die Rakete aus dem Boden, stieg schnell höher und immer höher. Weit oben explodierte sie, rote und grüne Pünktchen stieben auseinander, ehe sie in langen Schlieren Richtung Erde fielen, ehe ein Farbpünktchen nach dem anderen erlosch.

»Ich geh jetzt«, sagte Judit, »schlafen.«

»Ich auch.«

Alex küsste Észter auf die Wangen und umarmte mich. Ich liebte ihn, und ich war überglücklich, dass er endlich verschwand. »Mein ausgezeichneter Koch«, sagte ich und begann zu singen, »großer Ko-och wir lo-ho-ben dich.« Ich sah nach Észter, die neben Judit stand und mit ihr flüsterte. Wie schön war diese Sprache, in der ich doch nur ein paar Brocken sprechen konnte; der Singsang, die vielen *ü* und *ö*, die unendlich langen Worte. »Und wir prei-hei-sen dei-hei-ne Stärke!«

»Schlaf gut«, sagte Judit und zwinkerte mir zu, »danke fürs Kommen, Nasenbär.«

Ich steckte mir eine Zigarette an und sog an ihr. »Vor dir nei-hei-gt die E-her-de sich.« Ich stand mit meinem Glas an den Mauervorsprung gelehnt und tat, als blickte ich ins Dunkel. »Und be-wu-hun-dert dei-hei-ne Werke.«

Észter schmiegte sich von hinten an mich und umfasste meinen Bauch. Ich trank mein Glas mit einem Zug leer, schnippte die Zigarette über den Mauervorsprung und schob mir einen Kaugummi in den Mund. Ich war ein Glückspilz.

Als ich erwachte, sah ich eine junge Frau in einem olivgrünen Spaghetti-Shirt im Schneider- oder Türkensitz sehr gerade vor dem Fenster sitzen. Den Kopf hatte sie leicht nach oben gereckt, die Augen geschlossen, ihr Gesicht glänzte in der Wintersonne. Nach und nach bemerkte ich die zeitrafferähnlichen Bewegungen ihrer Arme, ihres Rückens, sah ich sie ihre Lungen tief mit Luft füllen, ehe sie in Verbindung mit den unmerklich aufwärts strebenden Handbewegungen langsam wieder entwich. Sie saß auf einer roten Gummimatte.

Meine Lungen brannten, mein Mund war ausgetrocknet, es pochte unter meinen Schläfen. Die junge Frau stützte ihre Arme hinter dem Rücken ab, begann sich stückweise nach hinten zu dehnen und leicht das Becken zu heben. Schräg durchs Fenster schlug das Licht eine Schneise ins Zimmer.

»Guten Morgen.« Die junge Frau hauchte die Worte vor sich hin, ohne sich umzudrehen. »Du hast ganz schön gekämpft heut Nacht. Wer hat dich denn verfolgt?«

»Mit mir hab ich gekämpft«, sagte ich, »ich hoffe, ich Esel hab mit mir gekämpft.«

»Hoffentlich hast du gewonnen.«

Sie überkreuzte die Beine und schob sich langsam nach vorne, bis der Rücken wie gefaltet, beinahe parallel zur roten Matte zur Ruhe kam.

Am liebsten wäre ich sofort wieder eingeschlafen. Esel war ein Hilfsausdruck! Auf dem Nachtkästchen stand eine Wasserflasche, als habe jemand geahnt, was kommen mochte. Ich griff danach, schraubte den Verschluss herunter, ohne es knacken zu lassen, und nahm zögerlich einen Schluck. Ich musste auf die Toilette. Aber ich wollte mich in keinem Spiegel sehen.

Ich versuchte, leise zu atmen, mich nicht zu bewegen, mich nicht im Bett hin und her zu werfen. Ich sah mich mit dieser jungen Frau, sie in blauen Jeans und weißem Hemd, das Haar im Nacken aufgesteckt, als hätte sie nur zwei, drei Gläser getrunken, ins Zimmer kommen. Ich sah mich über sie, ich sah sie über mich herfallen; ich spürte das Hochgefühl, mit dem ich mit ihr aufs Bett gefallen war. Gleichzeitig hatte sich etwas in meinem Kopf umgedreht, umgerührt, ich hatte sofort wieder die Augen öffnen müssen, um nicht aus dem Zimmer laufen zu müssen, nicht auf die Toilette, nicht vor die Tür. Etwas war in meinem Kopf Achterbahn gefahren, gleichzeitig hatte ich ein säuerliches Pressen knapp unter dem Kehlkopf verspürt. »Ruhig«, hatte ich mir gesagt, »vergiss das, vergiss das alles!«

Das wollte ich mir auch in diesem Moment sagen, aber es war sinnlos:

Ich sah mich die kleine Lampe auf dem Nachttisch anknipsen, sah Észter vor mir auf dem Rücken liegen, die Augen geschlossen, die Lippen halboffen. Ich sah mich sie langsam entkleiden, ohne Hast, ohne den Drang, mit dem wir ins Zimmer getreten waren. Ich sah mich ihre Bluse aufknöpfen, dabei ihren Hals küssen, an ihren Ohrläppchen knabbern, ich sah mich ihren Bauch küssen, ihre Schultern, ihre Schlüsselbeine, ihren Nabel. Ich sah mich den schwarzen Busenhalter öffnen, die Träger links vor rechts über die Schultern ziehen, ich sah ihre Brüste und dunklen Nippel vor mir, die ich unentwegt küsste, während ich ihr die Hose auszog, während sie sich aufrichtete, mich von sich schubste, mir den Pullover mitsamt dem T-Shirt über den Kopf zog und mich mit einem Stoß auf den Rücken schickte. Ich sah sie mir die Hose aufknöpfen und mit den Socken von den Füßen ziehen, die Unterhose mit einem Ruck entfernen, spürte ihre Brüste an meinen Beinen, ihre Hand nach meinem Geschlecht fassen, und ich spürte, was ich schon gespürt hatte, als ich sie auszuziehen begonnen hatte: Ich war nicht erregt.

Natürlich war ich erregt, aber es zeigte sich nicht. Ich hoffte, ich bettelte, ich verteufelte mich, während Észter meinen halbsteifen Schwanz im Mund hatte und immer zorniger an ihm sog, ihn befeuchtete, einmal mit der Linken, dann wieder mit der Rechten rieb. Ich beschwor mich, dass das nicht sein könne, nicht mit dieser Frau, nicht mit diesem Körper, nicht nach der Vorfreude, mit der ich durch Pannonien gefahren war. Ich riss die Augen auf, griff nach ihren Brüsten, sog an ihren Nippeln, ich leckte ihr Geschlecht, rief mir die Bilder unseres ersten Mals zurück, griff mir an den Schwanz – nichts.

Ich sah mich in diesem Bett, während die junge Frau vor dem Fenster saß, die Beine schräg von sich gestreckt, den Rücken dehnend, auf mich einreden, ruhig zu werden, mich und sie sein zu lassen. Ich spürte wieder Észters Wut, wie sie sich auf meinen halbsteifen Schwanz setzte, ihn am Schaft hielt, wie ich ihre Brüste in die Hände nahm, ihren Hintern umkrallte, ihr Fleisch küsste.

»Du bist einfach eingeschlafen.«

Észter stand vor dem Fenster, den Rücken der Sonne zugewandt. Sie lachte kurz.

»Das ist mir so peinlich, Észter.«

»Ich hab dir gesagt, trink nicht soviel. Du hast noch mehr getrunken. Und wie du um dich geschlagen hast.«

»Tut mir leid.«

Észter kam auf mich zu und tippte mir auf die Nase.

»Es gibt Schlimmeres«, sagte sie.

»Für dich vielleicht.«

Ich saß stumm beim mittäglichen Frühstück. Mein Kopf schmerzte, meine Zunge fühlte sich taub an. Während Alex lachte, während Judit ihre Familie sezierte, während Észter mindestens so laut wie Alex lachte, der sehr laut lachen konnte, versuchte ich, meine Hustenanfälle zu unterdrücken. Wann immer sie lachte, zuckte ich zusammen.

Wie bitter der Kaffee schmeckte, wie sehr ich mich überwinden musste, eine Scheibe Brot mit Schinken zu essen, wie säuerlich ich mir aufstieß. Ich mied Észters Blick, schaute angestrengt in den Garten. Während die drei uneins waren, ob man spazieren, um die Köpfe zu entlüften, oder das Ufer entlang bis Tihany fahren solle, versteckte ich mich in mir. Ich hatte eine bezaubernde Frau nach langem wiedergesehen, sie hatte sich sehr darüber gefreut, woraufhin ich mich derart sinnlos besoffen hatte, dass ich, während sie noch verzweifelt versucht hatte, irgendwie doch mit dem halbtoten Fleischklotz zu schlafen, mit einem Halbsteifen in ihr eingeschlafen war. Ich musste es mir genauso bildlich vorstellen. Wie die Nase eines Mannes, hieß es, so auch sein Johannes. Ich musste lachen. Judit sah mich fragend an, ich spülte die kurze Verzweiflungsattacke mit einem Schluck Wasser hinunter.

In Alex' Wagen saß Judit auf dem Beifahrersitz, auf dem ich in einem anderen Leben (dem wievielten?) gesessen war und »Észter« gedacht hatte, »ach, Észter, das ist wirklich komisch, absurd und traurig«. Wie hässlich, wie grau, wie unendlich trostlos dieses Hegymagas auf einmal war, dieses blöde ungarische Bauernkaff. Da wohnte ein Funktionär der Kleinbauernpartei, gleich nebenan, ein Kommunistenfresser und Antisemit der übelsten Sorte, da ging ein verzweifelter Alkoholiker die Straße entlang, und da, im einzigen Lokal des Ortes, stand man schweigend, trinkend und rauchend um die Theke, weil das schreckliche Leben im sogenannten Sozialismus, aus dem man endlich befreit worden war, noch immer besser als das jetzige gewesen war, in dem man keine Arbeit, kein Geld und nicht einmal die Hoffnung auf einen Zusammenbruch des Systems hegen konnte. Abgesehen von den renovierten Bauernhäusern der Intelligentsia, die sich bei Schönwetter aus Budapest, Stockholm und Wien hierher zurückzog, waren die Häuser trostlose, schlecht gedämmte, baufällige Depressionsquellen. Stupides Hinterweltlertum! Die schöne, wilde Landschaft, die ich für ihr Seingelassensein gepriesen hatte – war das nicht pure Agonie, reine Sorglosigkeit, offensichtliche Selbstaufgabe? Und so rumplig die Straßen, so stinkend und hinfällig die wenigen Wagen, die Fahrräder klapprig, als kämen sie direkt vom Sperrmüll – aber nicht vom österreichischen. Hier leben? Ein Haus kaufen und renovieren? Ein Himmelfahrtskommando!

»Bitte?« Alex sah sich mich im Rückspiegel an.

»Himmelfahrtskommando«, wiederholte Észter.

»Ist doch ein merkwürdiges Wort, Himmelfahrtskommando, oder nicht?«

Was tat ich jetzt schon wieder? Es war egal. Ich war ohnehin der Narr des Wochenendes, der pannonische Kasperl, der Hanswurst vom Plattensee. Ich ließ mich von dem Wort treiben. Dass man üblicherweise an einen General denke, der sein Kanonenfutter in eine schon im Vorhinein verlorene Schlacht schicke. Dass aber Himmelfahrt etwas Wunderbares, Einmaliges sei, die Auferstehung des Menschensohns von den Toten, sein Eingehen in den Himmel, ins Ewige Leben. Dass ich mir als Kind bei diesem von allen Mündern in der Kirche gesprochenen Wort immer diesen für mich nie eine feste Gestalt oder ein Gesicht habenden Jesus auf einem kleinen roten Moped vorgestellt hätte, wie es unser Briefträger und Messner gefahren sei, auf dem er schnurstracks vom Boden in die Luft, immer weiter hinauf, weiter als Judits Geburtstagsrakete, in den Himmel fahre. Dass es aber andererseits kaum etwas Schöneres gebe, als in den Himmel zu fahren, in das Blau oder Grau oder Blaugrau, um anderswo hoffentlich anders von Bord zu gehen. Dass also insgesamt, unterm Strich, zumindest bei mir, ein Himmelfahrtskommando etwas Wunderbares sei. Was redete ich da für einen Stuss?

Észter sagte auf Ungarisch etwas zu Judit, worauf Judit Ungarisch antwortete.

»Wie kommst du jetzt darauf?« Alex fuhr am Ortsschild von Szigliget vorbei.

»Muss alles einen Grund haben?«

»Nein«, sagte Észter, »manche Menschen tun Grundloses.«

Ich verschränkte die Arme vor der Brust und blickte aus

dem Fenster. Ich hatte es wieder einmal verabsäumt, mich an der Nase zu nehmen. Nur wie hätte ich mich an *dieser* Nase nehmen sollen?

Wir bekamen armselige Schlittschuhe, immerhin, auch wenn ich Schuhe nehmen musste, die um anderthalb Größen zu klein waren. Ich akzeptierte sie als Teil meiner Strafe.

Als Észter ins Zimmer kam, lag ich im Bett und las eine Reportage Egon Erwin Kischs über den Versuch der frühen Sowjets, eine Zigeunerinternationale zu gründen, wobei die Sowjets die Zigeuner natürlich zu sesshaften Proletariern machen wollten. Mich amüsierte der Text in einem roten Band, den ich in der kleinen Wohnzimmerbibliothek gefunden hatte. Wie weit weg das war – die Sowjets, die Internationale, die Zeit vor den eintätowierten Zs. Wie absurd und grausam und gut gemeint und das Gegenteil von gut das war, die Zigeuner unter Hammer und Sichel, Lenin und roten Fahnen in Leningrad, Moskau und Nischni-Nowgorod in Plattenbausiedlungen sehen zu wollen. Nach dem Abendessen, an dem ich mich wie ein zufällig Vorbeigekommener beteiligt hatte, hatte ich allen eine gute Nacht gewünscht und war in mein Zimmer gegangen. Sollte Észter nicht neben mir liegen wollen, würde sie auf der Couch übernachten oder mich bitten müssen, Gentleman, der ich wieder war, dort zu übernachten – auf dem Rücken.

»Geht's besser?«

»Langsam, ja.«

»Ist es wegen ihr?«

»Ich habe nur gearbeitet, Geld verdient, weiß der Teufel, was noch.«

Észter zog ihre Jeans aus und legte sich in dem dünnen hellgrünen Top neben mich. Sie zog die Decke bis ans Kinn und verschränkte die Arme hinterm Kopf.

»Ich hab dich gehasst heute.«

»Und ich mich erst.«

»Du warst mir so fremd. Nicht gestern, nicht in der Nacht, heute.«

»Wie geht es dir?«

In der Küche fiel ein Glas zu Boden, Alex kicherte, Judit rief etwas auf Ungarisch, dann wurden Scherben in eine Plastikschaufel gekehrt, ehe beider Schritte sich entfernten. Ein Auto fuhr langsam die Gasse abwärts, kurz erhellte sein Lichtkegel das Zimmer. Észter seufzte, ich drehte meinen Kopf zu ihr, sie hatte die Augen geschlossen.

Es war schön, wie sie die Worte aussprach, Ungarisch gefärbt, ein mir so vertrautes Deutsch. Es berührte mich, wie sie bisweilen um Worte rang, ihr ein ungarisches dazwischen kam, das sie dann auf Französisch wiederholte. Ich unterbrach sie nicht, sagte manchmal »Ja«, bisweilen auch »Jovan«, nur weil ich das Wort mochte.

Sie habe sich, zumindest sei sie der Meinung, an das gehalten, was sie sich im Sommer geschworen habe, um von dem Pariser loszukommen. Sie habe sich ihrem Studium gewidmet, in Amanita eine Freundin, nach dem Überschwang des Kennenlernens, Feierns und Ausgehens eine Verwandte gefunden. Sie habe eine Psychotherapie begonnen, einmal die Woche, jetzt könne sie wieder mit ihrem Vater telefonieren, ohne ihn nach dreißig Sekunden anzubrüllen und nach einer Minute aufzulegen. Sie habe den Herbst genossen und den Winter, sie habe sich erstmals seit langem auch ohne Kiffen leicht gefühlt.

Und ich sei ihr ein paar Monate, bis zum Jahreswechsel, als sie mit ihren Freundinnen und Freunden durch Budapest gelaufen sei und sich aus heiterem, also bedecktem Himmel in einen Nachbarsjungen von einst verliebt zu haben meinte, eine Möglichkeit gewesen. »Eine Möglichkeit«, wiederholte sie, dann das Wort auf Ungarisch, dann: »une possibilité.« Aber natürlich sei sie nicht dumm, und natürlich habe sie gemerkt und gesehen, indem sie mich nicht mehr gesehen habe, weder auf dem Bildschirm noch als grüne Möglichkeit im Skypefenster, dass ich sie als Ausflucht, als Ausweg, als Alternative gesehen hätte.

Ich widersprach nicht, obwohl ich nicht einverstanden war.

Sie habe auch mit ihrer Therapeutin über mich gesprochen – Észter kicherte –, vielleicht sei ich ihr Vater gewesen, den sie nicht gehabt hätte, der Mann, der mit seinem Leben zurecht komme, der sich in der Welt bewegen könne und nicht allen anderen die Schuld an dem gebe, was er zu einem guten Teil selbst vermasselt habe. (Und nicht wie ein Irrer saufe.) Vielleicht sei aber auch alles ganz anders. Sie habe sich jeden Tag bei Skype angemeldet und immer wieder nachgeschaut, ob ich da sei, von Tag zu Tag sei sie enttäuschter geworden. In den Nachbarsjungen von einst sei sie dann drei, vielleicht vier Tage verliebt gewesen, sie habe sich mit ihm etwas umzudeuten versucht. Dann habe sie sich wieder auf sich konzentriert und sich von Judit zu diesem Wochenende überreden lassen, weil Alex gesagt habe, ich sehnte mich so danach, sie wiederzusehen. Und heute, nicht gestern, habe sie erkannt, dass ich der sei, der sich nicht mehr auf Skype anmeldete, um nur ja nicht antworten zu müssen.

»Wir sind schon seltsame Wesen.«

»Du bist ein seltsames Wesen, Sebastian!«

Észter öffnete die Augen und sah mich an. Ihr Gesicht war so offen und entspannt, dass ich mir diesen Augenblick für immer merken wollte. Dann verschränkte sie wieder die Arme hinterm Kopf und schloss die Augen.

»Jetzt du.«

Ich erzählte ihr im Schnelldurchlauf, was seit unserem Abschied geschehen war. Ich erzählte Észter von Anna und Irene Fischer, von Herrn Nemeth und den Hautgeschichten, von Lech und der Nacht, in der ich mit der Josefstädter Straße gesprochen hatte. Ich erzählte ihr, wie ich immer nach etwas Besserem, Schönerem, Angenehmerem suchte, wie ich mit nichts Erreichtem, nichts Gefundenem, nichts mir Zugefallenem jemals länger in Frieden gewesen sei, wie ich immer das Gefühl hätte: Etwas fehlt. Dass ich nur leider nicht wisse, was dieses Etwas sei.

»*Das* fehlt *mir*. Zum Beispiel.«

Észter kicherte. Erst jetzt merkte ich, dass ich auf dem Bauch lag, das Kinn nach oben gereckt, um die Nase zu schützen. Ich hatte die Augen geschlossen, meine Fingerkuppen strichen über den dünnen hellgrünen Stoff, der über ihrem Nabel lag. Ich sagte nichts, es gab nichts zu sagen; ihre Haut hatte meine Finger auf sich gezogen. Ich sagte auch nichts, als Észter sich streckte und dabei mit ihrem Oberschenkel an meine gespannte Boxershorts streifte. Ich sagte nicht: »Tut mir leid.« Ich sagte nicht: »Ups.« Ich sagte auch nicht: »Siehst du.«

Nachher lagen wir verschwitzt nebeneinander, Észters Kopf an meiner Schulter, ich strich ihr übers Gesicht.

»Wir würden uns nicht gut tun, Sebastian.«

»Was soll das heißen?«

»Du würdest mir nicht gut tun.«

Nach dem Frühstück verabschiedete ich mich. Alex und Judit wollten mich zum Bleiben überreden, zumindest bis zum Abend. Észter musste am nächsten Tag nach Budapest, von wo sie nach Paris fliegen wollte. Sie kam mit vors Haus, ich küsste sie, wir umarmten einander.

»Hab's gut, Észter.«

»Du auch.«

Im Auto legte ich *Antony And The Johnsons* auf und drehte die Lautstärke aufs Maximum. Ich sang laut mit Antony von Zwielicht und allerlei Plagen und erschauderte vor mir selbst, als ich bemerkte, wie inbrünstig man diese Zeile mitsingen konnte: *As I search for a piece of kindness, and I find Hitler in my heart*.

Ich fuhr einfach dahin, langsam, schauend, singend, immer der geschwollenen Nase nach. Ich tippte »ich liebe dich« in mein Mobiltelefon und schickte die Nachricht an Anna. Ich bereute sie auch zwei Stunden später nicht, als ich auf dem Hauptplatz von Rust parkte und noch immer keine Antwort bekommen hatte. Ich schlug meinen Mantelkragen hoch, setzte eine Haube auf und ging los, aus der Stadt zur Seepromenade, rechter Hand waren die seltsamen grauen Häuser, die mich immer an das Wort *Schwalbennest* denken ließen. Ich dachte nicht, wie schön es wäre, wenn ich bloß Hose und T-Shirt trüge, wenn ich eine Matte und ein Handtuch, eine Badehose, Sonnencreme und ein Buch dabei hätte, ich dachte nichts von alledem. Es war kalt, der Himmel grau, ich lebte nun einmal in diesem Land.

Auch am See, wo der Wind das Wasser in kleinen Wellen sich überlappen und überspülen ließ, dachte ich nicht, wie anders es wäre, könnte ich mich in ein Tretboot setzen, mit Anna und einer Flasche Wein, ich dachte nicht, welchen Unterschied das machte, müsste ich jetzt meinen und Annas (und vielleicht Irenes) Körper eincremen. Ich stand da, blickte auf den See, ein alter Mann ging an mir vorbei, einen Hut auf dem Kopf, die Hände hinterm Rücken verschränkt. Mein Mobiltelefon piepte. Es war keine Nachricht von mir, auch nicht mein Horoskop.

»ich dich doch auch, dummkopf!«

In meiner Wohnung begann ich aufzuräumen. Ich wusch das Geschirr und die Gläser, die in der Spüle längst keinen Platz mehr fanden, ich putzte den Herd, warf alte Zeitungen, Prospekte und Einladungen weg. Ich wusch den Boden auf, wischte den Staub von allen Oberflächen, ich goss meine armen Pflanzen, die diesen Winter kaum überleben würden. Ich riss alle Fenster auf, die Heizung sprang an, auf der Straße hörte ich Absätze klacken. Als ich vor der kleinen Palme stand, die Anna mir geschenkt hatte, unrettbar vertrocknet und schimmelig die Erde, in der sie gedeihen sollte, wusste ich, dass ich Schlimmeres als ein Dummkopf war.

Ich räumte weg, was ich so schnell nicht mehr zu brauchen meinte. Was ich gar nicht mehr zu brauchen meinte, stopfte ich in einen großen Müllsack. Ich durchforstete meinen Kleiderschrank, packte Hosen und Hemden, die ich nie mehr anziehen wollte, in einen zweiten Sack, mit dem ich den Altkleidercontainer füttern würde. Nach Mitternacht setzte ich mich an den kleinen Schreibtisch und schrieb zum ersten Mal seit langer Zeit in mein schwarzes Notizbuch.

Diesmal schrieb ich über mich. Anfangs stockte meine Hand, die Buchstaben eckig und ungelenk auf dem Papier, aber schön langsam dachte ich die Worte nicht mehr, bevor ich sie niederschrieb, sondern ließ die Hand die Worte, die aus ihr zu kommen schienen, auf die Seiten schreiben. Ich las nicht noch einmal, was ich anderthalb Stunden lang geschrieben hatte.

Es war sehr dunkel und sehr still, als ich aus dem Schlaf fuhr. Ich spürte ein kaltes Ziehen von der Brust bis zum Kehlkopf und lag einige Zeit nur da, bis ich aufstehen und zur Toilette gehen konnte. Zwei Polizisten hatten mich verhaftet, weil ich einer gewissen Person böse Kurznachrichten geschickt hätte, der ich in meinem ganzen Leben keine Kurznachricht geschickt hatte. Und obwohl sich das auch hätte nachweisen lassen können und die Polizisten bereits abgezogen waren, hatte mein Mobiltelefon wieder geläutet, auf der Anzeige war der unangenehmere der beiden Polizisten aufgetaucht. Ich wollte um nichts in der Welt einschlafen. Ich hatte Angst, diesen Traum weiterträumen zu müssen. Der Polizist hatte nur angerufen, um mir mitzuteilen, dass ich natürlich verhaftet sei und wann ich abgeholt würde.

Wie froh war ich, als ich mich anziehen konnte, das Haus verlassen, zur Neubaugasse gehen, in die Mondscheingasse biegen, mein Institut aufsperren. Und wie froh erst, als Herr Nemeth an diesem Dienstag im Vorzimmer wartete. Entweder hatte er mir verziehen oder der letzte Rest verdorbener Klopse hatte seinen Körper verlassen. Wie beruhigend war dieser mir so bekannte Anzug, wie vertraut dieses Gesicht, wie sympathisch dieser Gang. »Alter Freund«, wollte ich rufen, »wie schön, dich zu sehen! Ist es dir gut ergangen in letzter Zeit? Fabelhaft, dass du mir wieder vertraust! Wie geht es deinem Vater? Wollen wir nicht einmal auf einen Kaffee gehen? Oder ein Achtel?«

»Schön, Sie zu sehen. Wie geht's?«

Ich schüttelte seine Hand länger als gewöhnlich. Er sollte spüren, dass das keine Floskel war. Herr Nemeth schüttelte meine Hand auch inniger als sonst.

»Gut, danke. Mein Vater ist, ja, gestorben.«

»Tut mir leid.«

»Muss es Ihnen nicht. Es ist, ja, besser so. Nicht nur für ihn.«

»Sagten Sie nicht, er sei gesund?«

»Ein unglücklicher, ja, nein, ein Sturz.«

»Wegen letztens –«

Er winkte ab. Ich schloss die Tür hinter Herrn Nemeth. Er setzte sich auf das Sofa, hinter ihm hing die Blaue Lagune des glücklichen Menschen, dem ich irgendwann nicht mehr zurückgeschrieben hatte. Ich legte Paganini auf, sehr leise, aber so, dass die Geigen zu hören waren, scheinbar von weither kommend. Sie sollten mit mir Herrn Nemeth streicheln. Ich streichelte ihn statt seines Vaters. Allein bis zu diesem Dienstag war dieser Vater oder das Wesen, dessen Physiognomie bisweilen noch an seinen Vater erinnerte, dagewesen, auf der Welt. »Mein lieber Freund«, sagte ich in mir, »wir können nichts tun, mir fehlen die Worte; *mein Beileid* klingt so falsch, *tut mir leid* ist besser, mehr kann ich nicht sagen, ich kannte ihn nicht.«

Herr Nemeth hatte die Augen geschlossen, ich setzte mich neben ihn. In diesem Moment, wir zwei in dieser unüberschaubaren Welt, die wir beide wahrscheinlich grundfalsch sahen, spürte ich seine Anwesenheit wie nie zuvor. Ich legte meinen Arm um seine Schulter und strich ihm über den Kopf.

Dann brach etwas aus mir, das ich bis dahin verschlossen hatte. Ich explodierte, bekam kaum Luft; das Wasser rann mir aus den Augen, wie ich es nicht für möglich gehalten hätte. Es trübte meinen Blick, brannte in den Augen, ich versuchte, »Entschuldigung« zu sagen, »tut mir leid«, aber die Worte blieben in mir stecken, wurden im Kehlkopf angehalten. Ich weinte, wie ich noch nie geweint hatte. Im Hintergrund Paganini, Bach wäre passender gewesen. *Ach Gott, wie manches Herzeleid / Begegnet mir zu dieser Zeit!*

Herr Nemeth sagte nichts. Er umarmte mich, während ich meinen Kopf in den Händen vergrub. Er streichelte meinen Rücken, meinen Kopf, während ich sabberte und schluckte und mich zu fangen versuchte. Er nahm ein Taschentuch und trocknete meine Wangen, wischte Tränen ab, die sofort nachquollen. Es war so anders, als ich es mir vorgestellt hatte. Ich hatte mir stets vorgestellt gehabt, eines Tages werde etwas Schreckliches geschehen, ein geliebter Mensch sterben, und ich würde weinen, heulen, schluchzen, während in mir Bilder schöner Zeiten mit dem tobten, der nicht mehr war. Aber nichts dergleichen. Keine Gedanken, keine Worte, kein Kopftheater. Nur Körper, Schmerz, Flüssigkeit.

Ich schluchzte, atmete tief durch, hob den Kopf, riss die Augen auf. Ich drehte mich nach rechts und versuchte, Herrn Nemeth zuzulächeln. Er nickte. Dann blickte ich auf die Uhr und musste lachen.

»Ich glaube, die Stunde ist um. Drei Minuten drüber.«

Herr Nemeth stand auf, fischte nach seinem Portemonnaie, ich sagte »Um Himmels willen, nein«, er schüttelte den Kopf, oder nickte er?, und drückte mir zwei Scheine in die Hand, die ich schnell in meine Hosentasche steckte. Dann schüttelte ich ihm die Hand.

»Danke.«

»Keine Ursache.«

Herr Nemeth hatte mir zweihundert Euro gegeben.

»Alter Freund«, sagte ich in mir, »du bist ein Engel.« Im Vorzimmer wartete die junge Tänzerin. Ich streichelte sie, als wäre nichts geschehen. Sie erschrak nur mehr leicht, wenn sich meine Hand ihrem Nacken näherte.

3 Thermidor

Natürlich hätte ich zur Besinnung und inneren Einkehr in ein Kloster gehen können, ein paar Wochen lang nicht sprechen, auf die Felder und in die Wälder gehen, auf einem harten Bett schlafen und von der Hand in den Mund leben. Ich hätte mein Geld einer wohltätigen Organisation spenden können, um die Wale zu retten, Blinden das Augenlicht zurückzugeben, die Abholzung der Regenwälder zu hintertreiben oder verunglückten Unterprivilegierten Hauttransplantationen zu ermöglichen. Ich hätte über die Alpen bis ans Mittelmeer wandern können und im Einklang mit der Natur mein wahres Ich finden. Ich hätte als Entwicklungshelfer nach Afrika oder als ziviles Schutzschild in einen von der Weltöffentlichkeit überwachten sogenannten bewaffneten Konflikt gehen können. Ich hätte meine christlichen Wurzeln und Gott wieder entdecken können, als verinnerlichtes Wesen mit entrücktem Blick durch meine Zeit gehen, es ist alles Windhauch. Ich hätte mich auch einer Psychotherapie unterziehen und tatsächlich zu einem nützlichen Mitglied des menschlichen Marktes werden können.

Als ich stattdessen um die Mittagszeit im Hof des Museumsquartiers die Zentrale eines eher vertrottelten Privatsenders betrat und mich beim Empfang anmeldete, fürchtete ich, man könnte mich nicht besonders freundlich begrüßen, weil Irene Fischer mich in das beliebte *stadt.gespraech* reklamiert hatte. Andererseits vertraute ich der Umsicht meiner stillen Teilhaberin, wenn es um ihre Angelegenheiten ging, zu denen ich mittlerweile auch zu zählen war.

Ich war spät, man erwartete mich bereits. Ein junger Mann mit blauem Halstuch führte mich durch einen schmalen Gang in ein kleines Zimmer, in dem mich eine junge Frau mit gelbem Halstuch vor einer Spiegelfront Platz zu nehmen bat. Wie auf Kornfelds an Parmigianino angelehntem Foto trug ich den leichten grauen Anzug und mein schönstes weißes Hemd, um wiedererkennbar zu sein, wie Irene mir geraten hatte. Während mich die junge Frau frisierte, schminkte und mir zu meiner Beschämung die Nasenhaare trimmte, wiederholte ich in mir die Antworten, die ich mit Anna und Irene zu wahrscheinlichen und unwahrscheinlichen Fragen improvisiert hatte. Ich solle aufrecht sitzen, hatte Irene gemeint, gleichzeitig locker, die Augen nicht zusammenkneifen und den Kopf nicht so stark hin- und herbewegen wie im wirklichen Leben. Ansonsten solle ich reden, wie mir der Schnabel gewachsen sei, um neben meinem Zielpublikum auch sogenannte Verführbare anzusprechen, die, wie sie einst, auch einmal *so etwas* versuchen könnten. Dann hatte Irene grinsend hinzugefügt: »Und lass dich nicht einschüchtern!«

Weder Anna noch ich besaßen ein Fernsehgerät. Nur im Fitnessstudio, wenn ich mit Stöpseln in den Ohren bei zehn Kilometern pro Stunde auf dem Laufband schwitzte und die Mondscheingasse lobte oder verfluchte, sah ich Dokumentationen, Nachrichten und immer öfter Musikvideos mit halbnackten Frauen an. Warum einschüchtern? Die Moderatorin sei sehr weiblich, hatte Irene gemeint, die Zunge schnalzen lassen und nicht mich, sondern Anna angeblickt. Unlängst habe sie einen für seine sexuellen Eskapaden berüchtigten Rockstar zum Verstummen gebracht, indem sie mit ihrer tiefen, rauchigen Stimme in die Kamera gesagt habe, er werde ihr und dem werten Publikum in der kommenden Viertelstunde sicher nicht sein Glied zeigen – wobei sie den wienerischen Ausdruck in all seiner Derbheit verwendet habe, der Dr. Irene Fischers Meinung zufolge doch eher den Hodensack bezeichnete.

Außerdem sei sie genauso, wie sie auftrete, was wiederum heiße, ich solle mich auf mein Thema und nicht auf meine Phantasie konzentrieren.

Wenn das so einfach gewesen wäre! Sun Sirio, die außer Anna und mir jeder einigermaßen in der Gegenwart lebende Wiener zu kennen schien, war um wenige Zentimeter kleiner als ich. Sie trug ein kurzes blaues Kleid, hatte volle Lippen, große Augen und ihr dunkelblondes Haar lose im Nacken zusammengebunden. Klackend schritt sie ins Studio, in das mich der junge Mann mit dem blauen Halstuch geleitet hatte, und strahlte mir schon von Weitem entgegen, als hätte sie monatelang darauf gewartet, mich endlich zum *stadt.gespraech* begrüßen zu dürfen. Sie kam mit einem Schwung und einer Energie auf mich zu, die mich schwindeln ließen. Ich versuchte, mich nicht zu fragen, ob ihr Irene Fischer als Gegenleistung für die Einladung eine Sonnenmassage in der Mondscheingasse versprochen habe; woran sich allerdings die Frage hätte knüpfen müssen, wessen Hände Irene ihr versprochen hätte.

»Du bist also der Severin«, sagte die Moderatorin und streckte mir die Hand entgegen.

»So, wie du Sun bist.«

Sie zwinkerte mir zu, bevor sie kurz und bündig erklärte, wo ich wie zu sitzen hätte. Ich solle es mir bequem machen, nicht in die Kamera, sondern zu ihr blicken (ich verstand Irenes Warnung), und wenn sie mit dem Nagel des Zeigefingers ihren Hals kratze, müsse ich zu einem Ende gelangen. Ansonsten natürlich sein (bitte nicht), wenn ich mich verhedderte oder irgendetwas Unvorhergesehenes geschehe (Kreislaufkollaps), sei das nicht weiter tragisch, das Gespräch werde nicht in Echtzeit übertragen. Aber je schneller, desto besser, Faustregel. Sun lachte, ich nickte. Was hatten mir meine Medientrainerinnen noch geraten?

Nachdem ich verkabelt worden war und ein dünnes Mikrofon hinters rechte Ohr geklemmt bekommen hatte, setzte ich mich auf ein breites schwarzes Sofa, ehe die tatsächlich sehr weibliche Moderatorin ins Studio zurück kam und sich knapp neben mich setzte. Ich atmete tief ein, ich war alles andere als eingeschüchtert – ich lobte die Mondscheingasse. Sun wandte sich mir zu und schlug die langen nackten Beine übereinander, dass ich ihre muskulösen Waden vor mir hatte. »Nicht auf die Beine starren«, hörte ich Irene sagen, »zumindest nicht während der Aufnahme.« Ich hielt meinen Kopf oben. Ich hatte ganz allgemein zu bleiben. Zum Glück konnte man nicht in ihn hineinsehen.

»Sodala.«

Sun klopfte sich kurz und energisch auf die Schenkel, auf einmal strahlte ihr Gesicht wieder, stärker noch als bei der Begrüßung. Mit einer dadaistisch klingenden Tonfolge brachte sie ihre Stimmbänder in Schwung, bevor sie sich räusperte, mir zunickte, sich zur Kamera drehte und lächelnd salutierte.

»Die einen pilgern den Jakobsweg entlang, andere unterziehen sich einer Psychotherapie, manche lassen sich aber auch von dem Mann neben mir – streicheln. Heute zu Gast im *stadt.gespraech*: Severin Horvath, der wahrscheinlich erste Berufsstreichler der Welt.«

»Grüß dich, Severin, sag,«, sagte Sun und wandte sich mir zu, »bist du tatsächlich der Erste deiner Art?«

»Schau mal, Sun …«

Ich redete, wie mir der Schnabel gewachsen war; erst im Nachhinein fragte ich mich, ob ich mit Carina Müller nicht ebenso freundlich, ironisch und zugetan gesprochen hätte, wenn sie ein wenig mehr von Suns reizendem Wesen gehabt hätte. Die stellte gewitzte Fragen, hatte alles über mich gelesen, selbst die kurzen Artikel und Hinweise in den bunten Beilagen der sogenannten Qualitätsblätter, die nach Carina Müllers Titelgeschichte in losem Abstand zu erscheinen begonnen hatten, waren ihr nicht verborgen geblieben. Und wenn Sun dann mit angehaltenem Atem nickte, die Augen weit, den Mund leicht geöffnet, um mich zum Weitersprechen anzuspornen, musste sie mich nicht anspornen. Beinahe hätte ich den roten Zeigefingernagel übersehen, der ihren Hals zusehends auffälliger kratzte.

Als Sun Sirio abmoderierte, wie man sagt, lehnte ich mich zurück und rieb mir die Augen. Was war das gewesen? Ich hatte nicht die leiseste Ahnung, worüber wir gesprochen hatten. Ich hatte bloß ein überaus angenehmes Gefühl.

»Wunderbar!« Sun wandte sich wieder mir zu. »Das können wir ungeschnitten senden.«

»Hat mir Spaß gemacht.«

»Vielleicht gibt's ja bald einen Weltstreicheltag. Dann laden wir dich wieder ein. Alles Gute für die Neueröffnung. Grüß mir Irene.«

»Würde mich freuen, wenn du vorbei kämst.«

Sun lachte und hustete, als hätte ich einen schlechten Scherz gemacht. Ich hatte keinen Scherz gemacht. Mir war durchaus bewusst, dass sie kein Geld ausgeben musste, um gestreichelt zu werden – wenn sie denn überhaupt Wert darauf legte, gestreichelt zu werden.

Die Rechtsanwältin, bei der ich mit Irene Fischer zur Unterzeichnung des Vertrags über die neue Gesellschaftsform von *Caress_Caress* verabredet war, blickte mich etwas pikiert an. Ich war ja auch geschminkt – vom Händeschütteln mit Sun Sirio direkt in die Innere Stadt geeilt. Vom Eingang, dessen Portal von barbusigen Kariatyden getragen wurde, war ich in eine Säulenhalle getreten, eine breite Treppe ins erste Stockwerk gestiegen, nun saß ich an einem stählernen Tisch in einem riesigen, hohen Zimmer, dessen Decken mit Stuckaturen verziert waren, Putti und Lorbeerkränze. Was man mit Streicheln in Fragen gesellschaftlichen Aufstiegs nicht alles erreichen konnte! Kurz fragte ich mich, ob ich der Rechtsanwältin von dem Fernsehgespräch erzählen sollte, sah aber an ihrem Blick, dass sie, wenn überhaupt, nur kurz irritiert gewesen war –

erstens saß ihr ein Bekannter Irene Fischers gegenüber, und zweitens verdiente dieser seinen Lebensunterhalt mit Streicheln.

Als Irene Fischer ohne anzuklopfen durch die weißen Flügeltüren den Raum betrat, die Tür sachte hinter sich zuzog, die Rechtsanwältin aufstand und Irene mit einem Küsschen auf die Wangen begrüßte, wurde mir schlagartig bewusst, dass ich dieser Frau nicht einmal böse sein könnte, wenn sie mich dem Henker auslieferte. Über engen blauen Jeans trug sie hohe schwarze Stiefel, deren Absätze auf poliertem Parkett besonders gut zu hören waren, entledigte sich einer hellbraunen Jacke mit Pelzbeschlägen, unter der sie eine schwarze Bluse anhatte. Allein ihr breiter schwarzer Ledergürtel ließ mich augenblicklich zumindest die Hälfte meiner Anklage niederlegen. Ich stand auf, sie küsste mich auf den Mund, was die Rechtsanwältin interesselos beobachtete. Wahrscheinlich war es Usus, schwule Freunde so zu begrüßen.

»Das ist der Grandseigneur des Streichelns«, sagte Irene, als sie sich mir gegenüber setzte. Die Rechtsanwältin saß am Kopf des Tisches, hinter ihrem Rücken fiel ein fahles Licht durch hohe Fenster, Irene grinste. »Streicheltermine kann man nur mehr vor der Vertragsunterzeichnung buchen, ab dann ist Sebastian ausschließlich für exklusives Publikum zuhanden.«

»Danke«, sagte die Rechtsanwältin, »ich bin sozusagen gestreichelt.«

Irene Fischer verschränkte die Hände hinterm Kopf, lehnte sich zurück, ihre Bluse dehnte sich. Arme Männlichkeit! Simple Natur! Dumme Maschine! Was konnte ich dafür, dass ich allein dieser Stiefel wegen nicht ernst, nicht böse, nicht einmal wissen wollend sein konnte? Irene Fischer und Anna – das war doch zuallererst eine reizende Vorstellung, wenn ich die Kränkung hintanstellte, nicht mitmischen zu dürfen. Andererseits war tatsächlich nichts Weltbewegendes geschehen. Irene hatte die Geschichte begonnen. Sie hatte mir die DVD gebracht, sie hatte alles ins Werk gesetzt, das Recht auf die Sonnenmassage – das wurde mir in diesem Hohen Raum klar – lag gleichsam bei ihr. Hätte ich Sun erzählt, ich wüsste nicht, wie ich mich Irene Fischer gegenüber verhalten sollte, weil sie meine Freundin verführt hätte, hätte sie mich ausgelacht und einen Wünschelrutengeher zum *stadt.gespraech* geladen.

Die Rechtsanwältin erklärte uns noch einmal den Vertrag, Irene lauschte aufmerksam, ich dachte an Sun und das Studio und daran, wie mir Irene erzählt hatte, Sun schneidere nicht nur ihre eigenen Kleider, sie singe, kreische, röhre überdies in einer schrägen Elektro-Rock-Formation. Mir fiel ein, dass ich im Studio des Privatsenders die Meinung vertreten hatte, Paganinis Streichkonzerte passten am besten zum Streicheln: Instrumentalmusik ja, Stimmen nein. Streichen und streicheln, die Geige, die Violine, die Bratsche, das sei doch offenkundig.

Ich leistete vier Unterschriften auf vier identischen Verträgen, welche die Rechtsanwältin bereits unterzeichnet hatte, zuletzt nahm Irene Fischer den schweren Kugelschreiber in die Linke. Jetzt war mir alles klar. Mit einem Mal wunderte mich nichts mehr. Ich hatte nicht gewusst, dass sie Linkshänderin war; bei der nicht gerade originalgetreuen Lingam-Massage hatte ich nicht *darauf* geachtet. Nicht umsonst waren linke Stürmer als Exzentriker verschrien – Alex war einer von ihnen gewesen, bevor Judit ihn gebändigt hatte. Als diese Überlegungen einigermaßen ernsthaft durch meinen Kopf zogen, fragte ich mich, wie verblödet ich mittlerweile sei.

»Darf ich noch mal sehen?«, fragte ich, nachdem Irene ihren Namen viermal unter die Dokumente gesetzt hatte.

Die Rechtsanwältin schob mir die Papiere über den Tisch, ich tat, als läse ich einen Punkt nach. In Wirklichkeit interessierte mich Irenes Unterschrift. Eine schwungvolle Schreibschrift, der Name in einem Zug, das große F kam direkt aus dem kleinen e, das abschließende r bog nach rechts oben und zog einen Halbkreis bis knapp unters Anfangsinitial – eine energische Wolke.

Zur Feier des Tages, wie sie meinte, lud mich Irene in ein feines Lokal nahe dem Judenplatz. Wir stiegen treppenabwärts in ein gotisches Gewölbe und saßen einander mit Rotwein und weißen Stoffservietten auf den Schößen gegenüber. Obwohl sich der Kellner äußerst diskret verhielt, war nicht zu übersehen, dass er die Dame öfter bediente. Ich aß, als hätte ich monatelang von Wasser und Brot gelebt. Mir gefiel, was (keine Schonkost) und wie (mit sichtlichem Appetit) Irene aß.

Ich erzählte vom Gespräch im Studio, dass ich mich an so gut wie gar nichts erinnern könne, aber immerhin der Meinung sei, keinen allzu großen Unfug von mir gegeben zu haben – selbstverständlich unter der Voraussetzung, dass ich von mir spräche. Irene hob die Brauen und grinste. Unsere Idee werde aufgehen, ich solle unbesorgt sein, die Ungestreichelten vermehrten sich mit rasanter Geschwindigkeit. Alles könne, nichts müsse sein – außer Gewinn.

Dann unterhielten wir uns über die bevorstehende Neueröffnung und die Werbekampagne, die eine Freundin Irenes lanciert hatte. »Lassen Sie sich nicht streicheln!«, »Bleiben Sie ungestreichelt!«, »Lassen Sie sich nicht berühren!« Das waren die Sprüche, die auf Plakaten und Inseraten über meine ausgestreckte Hand gedruckt waren, rote Buchstaben auf olivgrünem Hintergrund. Darunter war in kleinen Lettern »*Caress_Caress.* Streicheleinheiten in der Mondscheingasse.« zu lesen. Die Probleme, die von den Handwerkern verursacht worden waren, hatten sich gelegt, die Renovierung war beinahe abgeschlossen, ein paar Wasseranschlüsse waren noch zu überprüfen. Irene wünschte, dass ich mich um DJ, Catering und Bar kümmerte, während sie Einladungen verschicken und Medienmenschen zum Kommen bewegen würde.

»Wen würdest du nehmen, Sebastian? Von den Frauen?«

»Marion.«

»Marion? Ich dachte an Kim oder Lili.«

»Ich würde mich am liebsten von Marion streicheln lassen. Als Sebastian, aber auch, wenn ich, sagen wir, Herr Nemeth wäre.«

»Also Marion. Einverstanden.«

Ich stieß mit Irene an, der Kellner brachte die Nachspeise. Mousse au chocolat zu Mittag und trotzdem. Halleluja! Mir saß ein glücklicher Mensch gegenüber. Ja, Anna, du hast es von Anfang an gewusst. Wir würden sehr reich werden. Das Geld kam bekanntlich dorthin zurück, wo es ohnehin war – hieß es zumindest.

»Welcher Mann, Frau Doktor?«

»Zuerst der Profi!«

»Peter oder Michael, eher Michael.«

»Warum?«

»Der hat etwas Sanftes, aber auch etwas Zupackendes. Nicht auf den Kopf gefallen, aber auch nicht zu intelligent. Außerdem ist er ambitioniert.«

»Ambitioniert? Wie der mich angestarrt hat, das geht gar nicht. Da bekommt jede Zweite eine Gänsehaut.«

»Also Peter?«

»Zu langweilig. Ich bin für Justus.«

»Aber dann benötigt er einen Streichlernamen, Justus geht gar nicht.«

»Er kann sich Sebastian nennen.«

Ich räusperte mich auffällig.

»Warum Justus?«

»Er ist süß, er sieht gut aus, er hat eine äußerst angenehme Stimme – und sehr gepflegte Hände. Hast du Michaels Hände gesehen? Zupackend ist das richtige Wort. Bei Justus wäre ich auch geblieben.«

»Hättest du ihm auch die DVD mitgebracht?«

»Streicheln ist keine Kunst der Konjunktive.«

»Also Justus. Einverstanden.«

Irene versprach, die beiden anzurufen, dann nickte sie

den Kellner herbei. Als sie ihre Kreditkarte und zehn Euro in das Rechnungsbuch legte, wünschte ich mir, diese Karte für einen Tag zu besitzen. Ihre Unterschrift war nicht schwer zu fälschen. Die Frage war nur, ob Anna mit mir als Irene Fischer einen Tag lang Luxusleben spielen würde.

Am späten Nachmittag zog ich meine goldene Mitgliederkarte über den Laser des Fitnessstudios, das Türchen sprang auf, ich grüßte Ivana und schlug mit Ray ein, auf dessen Frage, wie es mir gehe, ich »fine« antwortete, »thanks.« In der Umkleidekabine zog ich mich aus, hängte meinen Anzug in den Spind, schon hatte ich meine Sportbekleidung an, die Trinkflasche mit isotonischer Flüssigkeit gefüllt, und stand auf dem Laufband.

Es war ein schneller Tag gewesen; nach dem Essen hatte ich einem Journalisten des Bezirksblattes ein wenig über unser neues Institut ins Diktiergerät gesprochen, wozu er eifrig genickt hatte, dann hatte ich ein paar Kleinigkeiten für Anna besorgt, bevor ich nach Hause geeilt war, um meine Sporttasche zu holen und mit schnellen Schritten ins Studio zu gehen, *Die Arbeiter von Wien* auf den Lippen. *Wir, die Armee, die die Zukunft erschafft, sprengen der Fesseln engende Haft.*

Ich spürte einen Blick auf mir. Nebenan lief eine lange hagere Frau, die oft zur gleichen Zeit wie ich trainierte; ich hatte noch nie mit ihr gesprochen. Als ich meinen Körper zu ertüchtigen begonnen hatte, nicht immer frisch, ein wenig fromm, oft fröhlich, aber zusehends weniger frei, war sie stundenlang auf einem Radtrainer gesessen, ein Tuch über den Kopf gebunden, das Gesicht schmal, die Wangen hohl, jeder einzelne Knochen schien aus der Haut zu treten. Irgendwann hatte sie nur noch ein Stirnband auf dem von ersten Stoppeln übersäten Kopf gehabt; mittlerweile fiel glattes schwarzes Haar über ihre Ohren, vom Radfahren hatte sie zum Laufen gewechselt – auf einem Band, mit Stöpseln im Ohr, die Augen auf den Bildschirm vor sich gerichtet.

Ich war auf dem Bildschirm vor ihr. Mein gemeiner Zwilling Severin Horvath absolvierte auf einer breiten schwarzen Couch einen Sympathiewerbeauftritt neben Sun Sirio. Meine Nachbarin blickte mich an und lächelte, ich blähte die Backen und lächelte zurück. Während ich mit zunehmender Anteilnahme beobachtet hatte, wie sie die Krankheit besiegte, hatten wir einander noch nie angesehen. Es waren auch nicht alle schön und wohlgeformt, die ihre Zeit in diesem Studio verbrachten. Unten lachte, während ich mit Sun Sirio scherzte, ein Trainer neben dem Blinden, einem etwa Fünfzigjährigen, der von einem Tag auf den nächsten das Licht des einen, ein halbes Jahr später das des anderen Auges verloren hatte. Mehr wusste ich nicht; der Trainer hatte mir bloß verraten, wie schwer es dem Mann gefallen sei, überhaupt weiterzuleben. Der Trainer holte ihn jedes Mal vom Eingang ab, hakte ihn unter, geleitete ihn treppenaufwärts in die Umkleidekabine und führte ihn an der Hand die Treppen wieder hinunter an die Geräte. Bisweilen lag der Blinde auf einer Bank, während sein Brustkorb bebte; aber nicht, weil er sich mit Sit-Ups verausgabt hätte, sondern weil er wie ein Halbverrückter kicherte.

Während des Laufens schielte ich immer wieder nach rechts. Ich saß in Suns Richtung gebeugt, holte weit mit den Armen aus, bewegte dazu munter meine Hände (immer die Hände zeigen, hatte Irene gesagt, Erste Lehre aus dem Coverfoto) und vergaß niemals, die Finger spielen zu lassen. Wenn das Gesicht der Moderatorin in der Totalen zu sehen war, lächelte und nickte es freudig – wahrscheinlich freute sich Sun, dass und wie sich der Halbverrückte neben ihr um Kopf und Kragen redete. Nicht, dass ich mir nicht gefallen hätte, wenn mein Gesicht in die Totale kam. Ich leuchtete auch ohne Schamanen, Suns Stimme und Augenaufschlag genügten.

Als ich vom Laufband hinunter in den großen Saal ging, war beinahe alles voll; die meisten Büros hatten geschlossen, die Arbeit an sich ging weiter, die Zurüstung des Ich für und gegen die alltäglichen Zumutungten. Ich dehnte ein wenig, machte ein paar Übungen, kämpfte mit einigen Geräten, aber es war mir höchst unangenehm, wie man mich, den ersten Berufsstreichler der Welt, ansah. Ich kam mir beobachtet vor, begafft, ausgestellt. Wenn ich einen Blick auf mir spürte und zurückblickte, sahen die meisten sogleich wieder weg, als hätte ich sie bei etwas Unanständigem beobachtet. Ich war doch ein normaler Mensch. Ich war nicht der Schwimmeuropameister und Weltrekordaufsteller über Zweihundertmeterrücken, der wöchentlich mit einem Kamerateam zum Training erschien. Ich hatte auch klein begonnen. Wie konnte man Bundeskanzler werden wollen?

Vorm Spiegel in der Umkleidekabine verstand ich die Blicke. Es lag nicht daran, dass alle beim Laufen oder Radfahren das *stadt.gespraech* gesehen oder sich plötzlich an das Coverbild der Sozialfaschisten erinnert hätten. Meine Schminke war zerronnen. Um die Augen war ich schwarz, eine rostfarbene Spur schlängelte sich meine linke Wange hinab, meine Nase glänzte in mehreren Farben, unter denen bisweilen sogar meine Hautfarbe durchschimmerte. Dem älteren Herrn, der sich neben mir die Haare fönte und mich aus den Augenwinkeln beim Abschminken beobachtete, sagte ich, das komme davon, wenn man eine Rechtsanwältin verunsichern wolle. Er antwortete nicht.

In der Biosauna schwitzte eine ältere Dame, die eher zum Saunieren denn zum Trainieren kam. Ich grüßte pflichtbewusst, sie grüßte zurück, schon ließ sie mich nicht mehr aus den Augen. Als ich mein Handtuch zum Drauflegen ausbreitete, räusperte sie sich.

»Sagen Sie, junger Mann, sind Sie –«

»Ja, der bin ich.«

»Ich finde das traurig.«

Ich setzte mich aufs Handtuch.

»Das Gespräch mit Sun Sirio?«

»Ihren Beruf.«

Ich seufzte.

»Sagen wir so: die Beweggründe, zu Ihnen zu kommen.«

»Sind Sie Kommunistin?«

Sie blickte mich verdattert an.

»Weil sie die Beweggründe traurig finden.«

Sie schüttelte den Kopf, bevor sie sich noch einmal räusperte.

»Ich finde auch, dass diese Sun eine furchtbar ordinäre Person ist.«

(Wollen Sie einen Termin bei Justus?)

»Ich finde die toll. Die hat eine Energie, einen Auftritt –«

»Ich seh schon, mit Ihnen ist nicht viel los.«

Ich legte mich aufs Handtuch und schloss die Augen. Ich musste nicht immer das letzte Wort haben. Ich war jemand geworden.

Anna und Irene kamen gemeinsam, als ich Donnerstagabend meine letzte Klientin verabschiedete. Mir knurrte der Magen, seit dem hastigen Frühstück hatte ich nichts zu mir genommen: die Gemeinheit des Erfolgs, der Preis der Zivilisation. Ich fragte die beiden nicht, ob das Zufall gewesen sei.

»Zeit wird's, dass die Kinder übernehmen.«

»Das kommt mit dem Ruhm!« Irene lachte und fuhr sich durchs Haar. »Die Arbeit sollen die anderen tun. Für unseren Antikapitalisten.«

Anna und Irene setzten sich ins Warte-, ich holte meinen Laptop aus dem Streichelzimmer und schaltete mein Mobiltelefon wieder ein.

»Sieben versäumte Anrufe! Ich pack's nicht mehr!«

»Vielleicht hättest du dir ein Institutshandy anschaffen sollen«, rief Irene, »das ist wie mit dem Leintuch.«

»Leintücher, Frau Doktor!«

»Also rein damit«, sagte Anna, »ich bin gespannt.«

Ich setzte mich zu ihnen, streckte die Beine aus, Irene kramte eine DVD aus ihrer Handtasche. Es war nicht das Yoni-und-Lingam-Massage-Lehrvideo, sondern das *stadt. gespraech*, das Suns Diener geschickt hatte. Während mich Anna einen bedenklichen Schauspieler nannte, benutzte Irene lieber mit einem gewissen Unterton das Wort »Profi«. Mein gemeiner Zwilling gefiel mir. Er war souverän, aber bei weitem nicht so abgehoben, wie die schlagfertige Tierrechtlerin gemeint hatte. Irene sagte »Sebastian«, als mein Blick einmal doch kurz zu Suns Beinen abschweifte, Anna seufzte kopfschüttelnd, mir war tatsächlich nicht zu helfen. Ich musste helllaut lachen, als ich auf Suns Frage, ob das nicht schwierig sei mit der ersten Regel, sie stelle sich vor, da komme zum Beispiel eine elegante, attraktive Dame, naja –, »*Ich* habe meine Finger gut im Griff« antwortete. Irene war angetan von meinem Auftritt, Anna blickte mich skeptisch an. »Liebling«, wollte ich sagen, »unsere Phantasie geht weiter, unsere Idee hat sich vergrößert, verändert, von Quantität in Qualität umgeschlagen.«

In Wirklichkeit ging meine Phantasie mit mir durch, als Annas und Irenes Augen auf dem Bildschirm hafteten. Während ich launisch auf Suns launische Fragen antwortete und gleich verblüfft wie erschrocken feststellte, beides tatsächlich wie zum ersten Mal zu hören, sah ich unser gemeinsames Leben vor mir, wenn wir Fischplatten für drei bestellen, ein speziell auf unsere speziellen Bedürfnisse zugeschnittenes Bett kaufen und Dreierzimmer für den Urlaub buchen würden. Gab es zum Radfahren tatsächlich nur Tandems? Das wäre eine Neubauer Novität, das urbane Dreierrad (UDR)! Ganz neue Marktlücken, die sich da auftaten! Trios, Triples wurden entsetzlich diskriminiert. Nicht nur vorm Gesetz, nicht nur von der Gesellschaft, schlimmer noch – vom Markt, vom Konsumangebot, vom Tourismus. Gab es dreieckige Tische in Lokalen? Dreisitzige Geisterbahnen? Mobilfunkpartnertarife für drei Nummern? Dreierschlepplifte in den Alpen? Drei Gesetzeshüter auf Streife? Nichts von alledem! Der Konsum der Romantik war blind für nicht-binäre Devianzen! Alles war auf Pärchen zugeschnitten! Die durften mittlerweile auch gleichgeschlechtlich sein, bloß wahrhaftig diskriminiert wurde die Drei! Um die Eins kümmerte man sich, die Einsamkeit war ein florierendes Geschäft, aber die Dreisamkeit? (Wird vom Rechtschreibprogramm sofort rot unterwellt!) Die Dreifaltigkeit, die sich noch immer zu verstecken hatte? Der Zwang der Binarität! Der Terror der Duos! Die Herrschaft der Zwei! Der müsste man sich widersetzen.

»Happy Triple!«

»Wie bitte?«, fragte Anna.

»Wo bist du jetzt?«, fragte Irene.

»Wartet, bis Sun salutiert.«

Den Salut hatte ich nicht vergessen, Anfang und Ende, dazwischen tat sich eine klaffende Lücke auf. Als ich den sechzigsten Geburtstag ihres Vaters vergessen hatte, hatte Anna geschrien, ich hätte das Gedächtnis eines Goldfisches. Ich wusste nicht viel von Goldfischen.

Um neunzehn Uhr läutete es an der Gegensprechanlage. Die Kinder, wie Irene und ich die neuen sanften Hände der Mondscheingasse nannten, waren zur letzten Begutachtung bestellt. Zwei frische Gesichter, vier neue Hände, Krankenstandsgefahr.

»Habt ihr schon mal von einer sechshändigen Klavierpartitur gehört?«

»Nein«, sagte Anna.

»Spinner«, sagte Irene.

Ich öffnete die Eingangstür, Marion und Justus standen einträchtig nebeneinander. Die nächste Verschwörung der Zwei!

»Wir kamen zufällig gleichzeitig an.« Justus kicherte.

»Was für ein Zufall!«

Ich schüttelte beiden die Hand, bevor ich sie weiterzugehen bat, vorbei an dem Zitat aus *Dantons Tod*, vorbei an

Platens Versen, hinein in das angenehme Wartezimmer, in dem, gut beobachtet, Redakteurin Müller, tatsächlich nichts zuviel herumstand.

»Ihr Kinderlein kommet!«

Irenes Stimme vibrierte im Wartezimmer; wahrscheinlich hatte sie meine kurze Abwesenheit genutzt, um Anna zu küssen und die Regentschaft der Zwei aufrecht zu halten.

»Das ist Anna, meine Freundin.«

Ich stockte kurz. Anna reichte beiden die Hand, wobei sie sitzen blieb. Ich bot Marion und dem etwas eingeschüchtert wirkenden Justus Stühle an.

»Nächsten Donnerstag geht's los!« Irene Fischer streichelte die Luft. »Ich hoffe, das geht?«

»Klar«, sagte Marion, Justus nickte.

»Dann lasst uns keine Zeit verschwenden, Kinder.« Irene klatschte in die Hände. »Das Wichtigste wissen wir noch gar nicht.«

Auch daran hatte ich nicht gedacht gehabt. Wir wussten tatsächlich nicht, ob sie streicheln konnten; und wenn sie noch nicht streicheln konnten, ob sie überhaupt Talent dazu besaßen. Ich hatte mein Talent nicht vergraben. Ich war dabei, es zu vermehren. Ich hatte dazugelernt. Mein gemeiner Zwilling hatte dazugelernt.

Marion machte große Augen.

»Wie sich eure Hände an-füh-len«, sagte Irene.

Justus errötete. Ich bezweifelte, dass er der Richtige sei; andererseits war mir auch bewusst, dass ich Vorurteile gegenüber Männern hegte.

»Das ist natürlich dein Zimmer.« Irene deutete nach nebenan. »Husch, husch. Der junge Mann wird mich hier streicheln.«

»Ich glaub, ich seh zu«, sagte Anna.

»Das würde mich ablenken.«

Anna lachte.

»Ich meine das ernst«, sagte Irene.

Anna schluckte und stand auf.

»Wartest du im Sapa auf uns? Wir kommen bald nach, um zu feiern – um hoffentlich zu feiern.«

Irene blickte zuerst Marion an, die nickte, dann Justus, der noch stärker errötete. Michael wäre besser gewesen. Mit dem Streicheln verhielt es sich wie mit dem Kochen. Die meisten Männer waren unfähig, einige wenige außerordentlich begabt.

Als Anna verschwunden war, lächelte mir Irene zu. Ich ging mit Marion ins Streichelzimmer und setzte mich auf die Couch. Marion nahm auf meinem Stuhl Platz.

»Schön, dass das funktioniert hat«, flüsterte sie, »danke.«

Ich stand auf und legte die Goldbergvariationen auf.

»Wir Sonnenländer müssen ja zusammenhalten.«

Marion kam aus der Stadt, in der ich aufgewachsen war. Ich hatte mich hin und wieder mit ihr unterhalten, weil sie in einer Klasse mit meinem Bruder gewesen war. Vor ein paar Wochen war sie mir über den Weg gelaufen, wir hatten eine Kleinigkeit gegessen und ein wenig getrunken, wobei sie mir erzählt hatte, sie suche seit einer halben Ewigkeit Arbeit, aber wenn man nicht drei Studien abgeschlossen habe und laut Lebenslauf nicht mindestens fünf Sprachen spreche, naja. Ich kannte Marion so gut wie gar nicht. Aber sie war aus dem Land der Sonne – pflegeleicht, natürlich; ob sie bescheiden war, konnte ich nicht sagen. An der pannonischen Krankheit litt sie allem Anschein nach nicht; als ich noch mehr Wein hatte bestellen wollen, hatte sie abgewinkt. Sie lächelte meist, schien sehr bei sich zu sein, ich mochte ihre Frohnatur – zumindest kam sie mir so vor. Ich nannte sie *unsere pannonische Streichlerin*.

»Was ist Irene für eine?«

»Wenn ich das so genau wüsste.«

»Ist sie streng?«

»Ich glaub, sie kann sehr unangenehm sein.«

»Und das war deine Freundin?«

»Glaub schon.«

»Was heißt glaub schon?«

»Doch, ja. Aber ich hab das Gefühl, Irene will sie an sich reißen.«

»Irene?«

»Die hatten was miteinander.« Ich blickte mich um. »Hier, in diesem Zimmer.«

Marion nickte, dann grinste sie.

»So geht es also zu bei euch.«

»Bei uns.«

»Männer mögen das doch.«

Ich nickte.

»Wo ist dann das Problem?«

»Dass ich ausgeschlossen bleibe.«

»So ist das also bei dir.«

Ich nickte noch einmal. Was sollte ich sonst tun? Nebenan wurde Irene Fischer von einem Dreißigjährigen gestreichelt. Nur mich streichelte niemand. Was für eine Gemeinheit meinen zerebralen Verbindungen gegenüber!

»Ich will dir nur eins sagen: Im Institut wird bloß gestreichelt – Intimbereich ausgenommen.«

»Ich hab einen Freund.«

Mir gefiel, wie bestimmt sie das sagte. Marion war siebenundzwanzig und sprach so. Obwohl oder weil sie so jung war? Oder weil sie sie war? Ich erzählte, was auf sie zukomme, zukommen könne, dass sie sich Heulen, Schneuzen und Jammern nicht zu sehr zu Herzen nehmen dürfe, dass sie so ungerührt wie möglich bleiben solle, eine Projektionsfläche für ihre Klienten, die in ihr die Ausgeglichene, Gestreichelte, Glückliche sähen, deren Leben sie sich ungemein aufregend, würdevoll und grundverschieden von den ihren ausmalten. Dass eine verschüttete Wut sie treffen, eine tief sitzende Angst auf sie übergehen könne, dass sie im Falle des Falles den Kopf oben behalten und ganz allgemein bleiben solle. Dass sie sich nicht verstören lassen dürfe, wenn die Fassaden auf einmal zu bröckeln begännen, einstürzten und einem Abgrund Platz machten, in dem sehr einsame Menschen säßen. Dass sie achtzig Prozent ihrer Klientinnen und Klienten auf der Straße niemals ansehen würden, wie sehr sie nach *so etwas* lechzten, ja, wie sehr sie sich nach *so etwas* verzehrten; höchstens um ein Uhr morgens in einem sogenannten Szenelokal, wenn der Alkohol die sanften Hände ersetze. Dass sie die tiefe Verzweiflung aber auch nicht zu verstehen versuchen solle. Dann erzählte ich ihr bruchstückhaft von Herrn Nemeth und der Tänzerin – und von einer Politikwissenschaftsstudentin aus Budapest, die immer, wenn sie zu mir komme, sage, *das* fehle *ihr* zum Beispiel. Die Existenz der Sonnenmassage ließ ich unerwähnt.

Auf dem Weg ins Sapa, durch die Mondscheingasse, die Kinderlein gingen beschwingt vor uns, teilte ich Irene mit, wie begeistert ich von Marion sei. Dass sie das außerordentlich gut mache, ein Naturtalent sozusagen; natürlich sähen Kim und Lili besser aus, aber ich fühlte mich nach der kurzen Streicheleinheit frei, leicht, sehr offen auf jeden Fall. Justus sei noch viel besser als ich, erwiderte Irene, und als sie mich für einen Augenblick auf dem falschen Fuß erwischte, brach sie in glucksendes Gelächter aus. Zurückhaltend sei er, habe aber sehr angenehme Hände, ausbaufähig auf jeden Fall.

Anna saß mit einem Glas Weißwein an einem Tisch und las Zeitung, wir setzten uns zu ihr. Ich bestellte vietnamesisches Fingerfood für alle und eine Brühe mit Reisnudeln, Rindfleisch und Koriander für mich. Als eine junge asiatische Kellnerin die Getränke brachte, blickte Justus sie an, dass ich ihm bedenklichen Oxytocinmangel unterstellen musste. Marion plauderte mit Anna, als wären sie alte Freundinnen, Irene versuchte, Justus aus der Reserve zu locken, aber wann immer er sich doch aufraffte, auf ihr Drängen hin etwas von sich preiszugeben, brach er auch schon wieder mitten im Erzählen ab, als sei nicht so wichtig, was er mitzuteilen habe. Warum hatte sie ausgerechnet ihn ausgesucht? Ich beruhigte mich mit dem Gedanken, dass auch ich nicht immer Recht hätte.

Wir aßen und tranken, die Streichelfamilie auf Institutsausflug, ich sprach nicht viel. Ich war müde. Mein gemeiner Zwilling hatte mich ermüdet. Das *stadt.gespraech*, das noch zweimal wiederholt worden war, hatte andere Kreise gezogen als die Titelgeschichte bei den Sozialfaschisten. Vor dem Privatsender saß ein anderes Publikum, das ich nicht unbedingt mein Zielpublikum genannt hätte. Ich hatte so viele Anrufe mit so vielen Terminanfragen entgegengenommen, dass ich zwei Wochen lang beinahe ununterbrochen gestreichelt hatte. Seltsamerweise litt ich noch immer nicht an Arthritis. Meine Handkasse war voll, mein Kopf leer, was nicht unbedingt unangenehm war. Viele Anrufer hatte ich auf die Zeit nach der Neueröffnung vertrösten müssen. Auf der Straße nickte man mir (beziehungsweise meinem streichelnden Zwilling) bisweilen zu, im Supermarkt hatte mich eine Verkäuferin an der Feinkosttheke gefragt, ob Biofleisch nicht nur von glücklichen, sondern möglicherweise sogar gestreichelten Tieren stamme.

Irene Fischer hatte das Gespräch an sich gerissen. Sie sprach in erster Linie zu Anna, die Zwischenfragen stellte oder energisch ihrem Unglauben über das eben Gehörte Ausdruck verlieh. Irene erzählte von ihren Reisen, packte den Geschichtenkoffer aus und war dabei so witzig und mitreißend, so wortgewandt und pointensicher, dass mir der Mund offen blieb. Manchmal streifte mich ihr Blick, der etwas von Verschworenheit anzudeuten schien. Die wievielte Irene war das? Wenn ich es so genau gewusst hätte.

Ich bestellte Gin Tonic und zog mich in mich zurück. Justus lachte, als habe er seit Monaten nicht mehr gelacht, Irene blies sich die Haare aus der Stirn, Marion saß aufmerksam daneben, und Anna lächelte, während sie mir bisweilen einen fragenden Blick zuwarf – vor allem wenn die Kellnerin, die Justus mittlerweile unverhohlen anhimmelte, den nächsten Gin Tonic brachte. Der mache glücklich, hatte mir ein unglücklicher Studienfreund vor Jahren auf der Bank vor einer Josefstädter Kirche erzählt und zum Beweis eine dreiviertel Flasche Gin und anderthalb Liter Tonic getrunken.

Kurz vor Mitternacht nahmen Anna und ich ein Taxi nach Penzing. Irene blieb noch auf ein letztes Gläschen mit den Kindern sitzen, wie sie sagte, um ihnen ein paar richtige und wichtige Sätze mit nach Hause zu geben.

Im Badezimmer schmiegte ich mich von hinten an Anna, die sie sich die Zähne putzte. Ich stützte meinen Kopf in ihren Nacken, rieb ihn an ihrem Hals; im Spiegel blickten wir einander an.

»Anna.«

»Hm?«

»Das is alles Wahn-sinn.«

»Ich weiß«, sagte sie mit schäumendem Mund, »ich weiß. Aber Marion ist lieb.«

Sie beugte sich zur Waschmuschel, ich lehnte mich an den Türstock. Anna spuckte den Schaum aus, spülte ihren Mund, mir fielen die Augen zu.

»Hast ein bisschen viel erwischt, was?«

»Du bist die beste Frau, Anna. Aber du magst mich nicht mehr.«

Es war nicht mehr einfach, mich zu verstehen.

Herr Nemeth lehnte an der Wand eines großen Zimmers, ein Stockwerk über der Wohnung, in der er jeden zweiten Dienstag gestreichelt worden war. Er trug den bekannten Anzug, hatte das Haar penibel gescheitelt, in der Hand hielt er ein Glas Prosecco. Irene Fischer wuselte durch den Raum, ein Küsschen hier, ein Scherzchen dort; wer auch immer von ihr begrüßt wurde, konnte sich erhoben fühlen, so herzlich Willkommen geheißen zu werden. Anna unterhielt sich mit Marion, die sich ein wenig scheu umblickte und an ihrer Sektflöte festhielt, Justus stand mit einer

Gruppe Freunde beisammen und lachte laut, um zu zeigen, dass er, der Streichler, selbst ein Gestreichelter sei.

Ich ließ meinen Blick herumschweifen, entdeckte die junge Tänzerin mit einer Freundin, Alex stand mit ein paar Kollegen vorm noch nicht eröffneten Buffet, Paul presste die Kopfhörer an die Ohren und legte alten Pop auf, bevor er den Gestreichelten und Ungestreichelten einheizen wollte. Ich prostete ihm zu. Ich hatte ihn gebeten, nicht zu laut über das zu lachen, was ich sagen würde.

Die Ecken des neuen Wartezimmers waren von Scheinwerfern ausgeleuchtet, drei Kameras wurden durch den Raum getragen, drei Stative standen bereit. Eine Kamera war auf Irene Fischers Gesicht gerichtet, das im hellen Licht noch einnehmender wirkte. Sie lachte ihr schönstes Lächeln und sprach, wie ihr der vornehme Mund gewachsen war – mit einer Bestimmtheit und Geläufigkeit, die mich mehr denn je faszinierten. Ich stellte mich zu Anna und Marion, prostete Herrn Nemeth zu und wunderte mich, woher all die Menschen kamen, die eine Wort- und Klangwolke durch den Raum trieben, die mich kurz die Augen schließen ließ – und eine Woche zuvor an den Nachbarwohnungen hatte klingeln lassen, um für die einmalige Störung am nächsten Mittwochabend eine Entschuldigung auszubitten. Anna küsste mich hinters Ohr, als Irene Fischer ein Löffelchen gegen ihre Sektflöte schlug. Ein paar Augenblicke später war es still, Paul hatte die Kopfhörer abgenommen.

»Meine sehr geehrten Damen und Herren, liebe Freundinnen und Freunde, liebe Streichler, liebe Gestreichelte, liebe zu Streichelnde …«

Man hing an ihren glänzenden Lippen, die Kameras waren auf sie gerichtet, Herrn Nemeth stand der Mund leicht offen, Alex lauschte andächtig. Ich hörte nicht, was Irene sagte; ich sah nur, dass die Anwesenden einverstanden waren, von ihren Worten erheitert, von ihrem Auftritt entzückt wurden. Einzig ein paar ältere Damen zogen die

Stirnen in Falten und seufzten leise, wenn sie einander flüchtig anblickten.

Anna stieß mich in die Seite, Irene Fischer sagte, jetzt aber, nun sei endlich der wahre Held des Abends an der Reihe, der Mann, der hier, ein Stockwerk tiefer, auf fünf-und-vierzig Quadratmetern eine Oase geschaffen habe, die ihresgleichen suche, nicht nur in Wien, nicht nur in Europa, aber was sage sie da, hier sei der Grandseigneur des Streichelns …

Ich setzte mein nachsichtigstes Lächeln auf, schritt Irene entgegen, ich küsste ihre Wangen, sagte mit nach außen gekehrten Handflächen, das sei doch zuviel der Ehre für einen schüchternen, zurückhaltenden Menschen wie mich – schon lachten und klatschten die Anwesenden.

Ich stand da, ich genoss den Moment, mein gemeiner Zwilling ergriff das Wort. Die alten Rhetoren hatten gelehrt, bestimmte Punkte im Raum imaginär mit jenen Stichworten zu besetzen, die man in seiner Rede ineinander weben wolle. Ich hatte mir vorgenommen, zu Anna zu sprechen, zu der Anna aus der Blauen Lagune, der Anna, die mir auf den Po geklatscht und die Erste Regel verkündet hatte, zu der Anna, mit der ich glücklich gewesen war, glücklicher als je zuvor.

Kurz hielt ich mich bei dem Aquarellpinselversuch der Schweden auf, sprach beiläufig die sogenannten taktilen C-Fasern an, bevor ich zu einer Frau in der Sauna kam, die gemeint habe, das seien traurige Beweggründe, die Menschen veranlassten, in dieses Institut zu kommen. Dabei hätte sie als Erste eine Streicheleinheit benötigt! Dabei benötigten wir alle Streicheleinheiten! Dabei gäbe es eine Schamgrenze, die heimtückisch, ungesund, ja glückshintertreibend sei! Ich verweilte scherzhaft beim Oxytocin, jenem wunderbaren Hormon der größtmöglichen Intimität, bevor ich auf die andere Seite wechselte, auf die Seite des Streichlers, dessen ungewöhnlicher, meinethalben noch unbekannter Beruf eine Berufung sei, die sich in den Dienst der emotional zu kurz Gekommenen stelle, was keine Schande sei, im Gegenteil. Diese Zeit!, diese Welt!, diese Rast- und Atemlosigkeit!, diese ständige Revolutionierung der Produktions- und der menschlichen Verhältnisse! zeitigten dieses Phänomen erst, und man müsse schon Kommunist sein, um die traurigen Beweggründe tatsächlich radikal kritisieren zu dürfen. Bloß wer von den Anwesenden sei schon Kommunist?

Paul hob die Hände, Anna lächelte, Irene hielt den Atem an.

Streicheln habe zuallererst die Haut zum Objekt, aber bei genauerem Hinsehen hätten Haut und Haus denselben Sprachstamm – und mit einem Augenzwinkern vermengte ich all das, was Anna mir zu lesen beschafft hatte, mit jenen Scherzen, die mir in mir so manch traurige Stunde vertrieben hatten. Von nun an gebe es allerdings zwei neue Gesichter, Marion und Justus, vier frische Hände, um dem Namen dieser verschlungenen Gasse weiterhin gerecht zu werden – ein bald schon, da sei ich mir sicher, sehr bald schon berühmtes Streichelquartett!

Applaus, ein prächtiger Blumenstrauß von Irene Fischer, ein Küsschen von Marion, eine Umarmung von Justus, Paul begann die Party mit Pulp. *I want to live like common people, I want to do whatever common people do.* Während gegessen, getrunken, gelacht und geredet wurde, musste ich noch dreimal vor Kameras meinen Zwilling vorführen, um in Zukunft wieder am Naschmarkt, auf dem Siebenstern- oder Franziskanerplatz Zeitung lesen und Touristen bestimmen zu können. *I want to sleep with common people like you.* So war das mit dem Proletariat: Es musste sich selbst abschaffen, um eine freie Welt zu ermöglichen.

Aber nur, wenn es Ersatz finde, meinte Anna, die noch immer neben Marion stand und mich abweisend anblickte.

»Manchmal kann man fast Angst vor dir haben.«

Unter anderen, also unseren Umständen, hätte ich gelacht. Jetzt aber kränkte es mich, dass Anna nicht einmal an diesem Abend näher zu mir rückte. Waren wir nur mehr aus Gewohnheit zusammen? Ganz zu Beginn, als wir stundenlang in meinem oder ihrem Bett gelegen waren und einander mit Händen und Worten abgetastet hatten, hatte mir Anna einen Satz vorgelesen, den sie in einem Roman Camus' gefunden hatte. Natürlich sei wahre Liebe eine Seltenheit, die kaum zwei oder drei Mal in einem Jahrhundert vorkomme – alles andere sei Eitelkeit oder Langeweile. Mit Eitelkeit hatte es etwas zu tun, mit Langeweile nichts, vielleicht war ich einer von zwei, drei in einem Jahrhundert. Bloß allein war das auch etwas dürftig.

Ich holte mir ein Glas Rotwein an der Bar. Es dauerte, bis ich endlich neben Herrn Nemeth zu stehen kam, ständig zupfte mich jemand am Ärmel, beglückwünschte mich, wollte mir nur schnell etwas sagen, noch rasch eine Kleinigkeit erzählen, kurz ein Lob aussprechen und dergleichen Nettigkeiten mehr. Ich schmunzelte, bedankte mich artig, schüttelte Hände.

»Schön, dass Sie gekommen sind.«

»Ist doch nicht der Rede wert. Ich werde wohl, ja, so bald nicht mehr herkommen. Ihre Neuen mögen begabt sein, aber das ist, ja, nicht dasselbe.«

Ich blickte Herrn Nemeth an, er blickte direkt zurück, mit seinen braunen Augen, die zu einem Drittel von den Lidern verdeckt waren; Romana hatte einen solchen Blick *untersichtig* genannt, ihr war er ein Depressionsindiz gewesen.

»Mir wurde das alles zuviel.«

»Und hier sind die Geister, die Sie riefen.«

»Da vorn, sehen Sie, ich glaube, Sie haben sie schon mal gesehen – die kommt auch zu mir, eine Tänzerin. Ansonsten kenne ich kaum jemanden.«

»Ihre Partnerin ist sehr ambitioniert.«

»Geschäftspartnerin. Da an der Bar, neben der Neuen, das ist Anna, meine Freundin.«

»Die Sie streichelt – im übertragenen Sinne?«

»Das ist schon eine Weile her. Wollen Sie sie kennenlernen?«

»Ich glaube, das wäre, ja, nicht so gut.«

Auf einmal wusste ich, dass ich die kleine Wohnung ein Stockwerk unter dem neuen *Caress_Caress* nicht kündigen würde.

»Ihr Dienstagstermin bleibt aufrecht – wenn Sie wollen.«

»Ich weiß nicht, ja, ob ich mich in diesen Räumen, ja, wohlfühlen würde.«

»Ich bleibe unten – für vier, fünf Klienten. Ich kann ja auch nicht nichts tun.«

Ein Wetterleuchten, das ich nicht so recht zu deuten vermochte, huschte über Herrn Nemeths Gesicht. Er trank sein Glas mit einem Schluck leer.

»Mein Vater ist vor fünfzehn Jahren gestorben. Ich muss jetzt, Herr Horvath, ich darf nicht trinken.«

Ich hätte auch nicht trinken sollen. Irene Fischer stieß mich in die Seite, ich solle aufpassen, mein Bild nicht zerstören, Anna verdrehte die Augen, wenn ich mir an der Bar ein weiteres Tonic mit Gin mischen ließ. Marion tanzte mit Justus, Irene Fischer drehte sich inmitten einer ständig größer werdenden Gruppe zu Pauls Elektronikattacke, Alex trank mit seinen Kollegen, Anna tanzte abseits, eher für sich. Ich gesellte mich zu ihr, tanzte sie an, nahm sie an den Hüften, lehnte meine Stirn gegen ihre. »Pass auf«, sagte Anna, »du steigst mir auf die Zehen.«

Ich küsste Paul, ich nickte der Tänzerin zu, die so sensibel in der Nackengegend war, ich verabschiedete mich unter einem fadenscheinigen Vorwand von Alex, winkte Marion und ging. An der Bar des spanischen Lokals bestellte ich ein Glas des besten Rotweins, der offen sei. Die Dame neben mir las die Zeitung, die Anna und ich eigentlich verachteten. Ich bat sie um eine Zigarette, sie gab mir Feuer, ich drehte mich zur Seite. Ich hatte meine Schuldigkeit getan. Ein Teil von mir war auch so gemein geworden.

Von Montag bis Freitag streichelten Marion und Justus ihre Rücken, Gesichter und Hände. Hin und wieder aßen wir gemeinsam zu Mittag, um unser mittlerweile etwas breiter definiertes Zielpublikum zu studieren, alle paar Tage kam der eine oder die andere mit einer Frage, die ich auch nicht beantworten konnte. Sie waren eifrig, sie bemühten sich, meine gar nicht so stille Teilhaberin und ich nannten sie nur noch Kinder, wenn sie etwas angestellt oder besonders gut gemacht hatten. Ich koordinierte die Termine, um alles andere kümmerte sich Irene Fischer. Sie telefonierte, sie warb, sie entwarf in einem fort neue Konzepte, um *Caress_Caress* noch anziehender zu machen. Sie plauderte mit Klientinnen und Klienten, sie sorgte für angenehme Stimmung, wenn sie in der Mondscheingasse war und den Menschen das Gefühl gab, aus keinen traurigen Beweggründen hierher zu kommen.

Zwar wurden Marion und Justus ein hinreichend beachtetes Streichelquartett, aber sie bereiteten uns zusehends Sorgen. Marion wurde als zu kühl, Justus als bisweilen zu aufdringlich empfunden. Das Institut in der Mondscheingasse war gut besucht, die Menschen wollten durchaus berührt werden – darüber konnten sich Irene Fischer und ich, wenn ich sie zweimal die Woche streichelte (was sie in den Vertrag hatte schreiben lassen, ein Passus, der erst unwirksam würde, wenn ich mich vom Institut verabschiedete), auch nicht beschweren. Allein es war in erster Linie Laufkundschaft, wie wir sagten, die zu uns kam. Waren wir gut gelaunt, bedeutete uns das Wort, dass Klientinnen und Klienten auf Nimmerwiedersehen davonliefen, sobald sie endlich auf die Mondscheingasse treten könnten; waren wir verstimmt, tauchte die Frage auf, wie viel Laufkundschaft es auf diesem Markt gebe, wie viel Prozent der sogenannten Verführbaren sich also schon von den Kindern hätten streicheln lassen. Ich hatte ebenfalls viel Laufkundschaft gehabt, vielleicht jede Zehnte war noch einmal gekommen. Bloß von denen, die regelmäßig aufgetaucht waren, kam nur noch eine Beamtin. Nicht, dass mir dieser Umstand nicht geschmeichelt hätte. Immer schön auf dem Boden bleiben, meinte Irene, der Mensch sei ein Erfahrungstier.

Dienstags streichelte ich Herrn Nemeth und die junge Tänzerin – das war mein Taschengeld und mit Irene so ausgemacht. Die junimondbegeisterten Damen hatte ich indes enttäuschen müssen. Ich sei dabei, mich beruflich umzuorientieren, eine andere Richtung einzuschlagen, man solle nicht auf der Stelle treten, ich könne sie leider nicht mehr empfangen. Ich deutete jedoch an, Irene Fischer sei im Besitz eines gewissen Lehrvideos.

Ansonsten versuchte ich, mein neues Leben zu genießen. Ich verbrachte so viel Zeit im Fitnessstudio, dass Anna mich fragte, ob ich auf dem Heumarkt zu ringen beginnen wolle; sie habe eine vage Erinnerung daran, dass ich einmal ein Intellektueller hätte sein wollen. Ich sagte ihr nicht, dass ich nicht zuletzt ihretwegen meine Energie lieber beim Sport verausgabte als bei irgendwelchen Abenteuern, auf die ich auch ohne Handkuss verzichten konnte. Irgendwie musste ich Endorphine ausschütten, wenn sie mich weiterhin auf Distanz hielt. Ich begann, an Oxytocinarmut zu leiden. Mich hätte man in einen Streichelzoo stellen müssen, durch den täglich mehrere Volksschulklassen gelotst wurden. Vielleicht war es noch nicht zu spät, der Freund des Bündnisobmanns zu werden.

»Kannst du mich auch mal anrufen, wenn du nicht todmüde und vielleicht etwas gesprächiger bist?«

»Du hast ja auch nichts zu tun, Idiot!«, schrie Anna und legte auf.

Zehn Minuten später rief sie zurück.

»Tut mir leid, Sebastian, ich hab das nicht so gemeint.«

»Ich würde halt gern wieder normal mit dir reden.«

Sie schluckte.

»Mein Vater hat was auf der Prostata.«

»Scheiße! Warum hast du nichts gesagt?«

»Weiß ich nicht.«

»Ist es schlimm?«

»Lustig jedenfalls nicht. Ich will nicht schon wieder darüber nachdenken. Ich will in die Badewanne. Ich ruf dich morgen an.«

Zehn Minuten später rief ich sie zurück.

»Ich liege in der Badewanne!«

»Na und?«

»Ich brauche Ruhe.«

»Anna, das ist alles – ich würde gern wieder mit dir lachen. Wir haben so lange nicht mehr gelacht.«

Stille.

»Liebst du mich noch?«

»Natürlich.« Sie seufzte. »Aber.«

»Was aber?«

»Anders vielleicht, ich weiß nicht, anders, glaube ich.«

»Was heißt anders?«

»Ach, Sebastian. Du bist so weit weg irgendwie.«

»Soll ich kommen?«

»In mir bist du so weit weg.« Ihre Stimme brach, Anna schluchzte. »In mir.«

»Willst du mich verlassen?«

»Ich weiß es nicht, Sebastian, ich weiß es nicht.«

»So oft hast du meinen Namen seit Ewigkeiten nicht mehr gesagt. Das ist ja schon etwas.«

»Lass mich, ein bisschen, bitte.«

Ich schaltete mein Mobiltelefon ab. Ich würde sie lassen, ein bisschen, bitte, danke. Ich würde sie nicht in zehn Minuten wieder anrufen, ich würde sie nicht mit Kurzmitteilungen emotional erpressen. Sie liegt allein in der Badewanne, sagte ich mir, hörst du, allein liegt sie in der Badewanne, mit keinem anderen, auch nicht mit deiner gar nicht so stillen Teilhaberin, ganz allein in der schönen Badewanne, in der du schon lange nicht mehr. Anna hat viel zu tun, sagte ich mir, sie verdient viel zu wenig dafür, ihr Vater ist krank, sie hat Angst, dass er stirbt, sie liebt dich – noch.

Bei Carl Schmitt heißt es, souverän sei, wer über den Ausnahmezustand entscheide. Anna und ich befanden uns im Ausnahmezustand. Ich hatte keine Ahnung, wer oder was ihn verhängt hatte, souverän war ich jedenfalls nicht. Ich konnte höchstens für mich entscheiden, wenn ich mit meinem schwarzen Notizbuch vor oder in einem Café saß und noch immer nicht dorthin fand, wo ich an eine Dissertation hätte denken können. Statt über meine Klientinnen und Klienten schrieb ich über Anna, versuchte, die Geschichte zu entwirren, unser Verhältnis zu analysieren, mir und ihr auf die Schliche zu kommen. Aber es gab keine Selbsttherapie, da hatte Anna Recht, auch keine Selbstanalyse. Ich strich das meiste wieder durch, bis es unleserlich war, und begann, in meinem Institut den Schlüssel zur Ausnahmesituation zu suchen.

Es ging Anna nicht gut, aber sie wollte mich auch nicht sehen. Ich rief sie nicht zu oft, aber auch nicht zu selten mit mulmigem Gefühl an, fragte nach ihrem Vater, erkundigte mich nach dem Seminar, aber da war eine Wand, durch die ich nicht kam. Anna kam mir einsam vor; das erschütterte mich. Ich versuchte, alle Gedanken an einen anderen Mann zu verscheuchen, ich führte mir vor Augen, dass ich eine Frau wie Anna, sollte es mit rechten Dingen zugehen, nie wieder finden würde. Einmal verteufelte ich Irene Fischer, dann wieder Anna, meistens aber mich selbst. Jaja, Danton, wir wissen wenig voneinander. Anna meldete sich kaum von sich aus, und wenn sie es tat, freute ich mich wie ein kleines Kind zu Weihnachten und beschwor mich, es sei gut, alles werde wieder, ja, alles, wieder. Wir würden mit dem Streichelgeld in eine größere Wohnung ziehen (mit gröberen Auseinandersetzungen über die Einrichtung), zusammen leben (und wegen zuviel Nähe heillos ins Streiten geraten), ein Kind bekommen (und unterschiedlichster Auffassung über dessen Erziehung sein), ein normales, beständiges, (langweiliges) Leben führen.

Aber Anna war außer sich. Ihr ging es nicht gut. Ich durfte sie nicht bedrängen, wozu sie mir andererseits nicht einmal die Möglichkeit gab. Also erzählte ich ihr auch nichts von den Kurzmitteilungen, die ich in regelmäßig unregelmäßigen Abständen wieder bekam, und in denen ich mir vage drohte. Ich denke an dich, hieß das, aber nicht im Guten. Dafür bekam ich mein Horoskop nicht mehr übermittelt.

In Wirklichkeit lief ich mit der unbestimmten Angst durchs Leben, dass es jemand auf mich abgesehen habe. Morgens blickte ich zuerst aus meinem Fenster auf die Straße, ob da jemand sei, der mir verdächtig vorkomme. In Lokalen blickte ich mich um, um etwaige Auffälligkeiten rechtzeitig zu entdecken. Wenn ich in die Mondscheingasse ging, schlug ich jedes Mal einen anderen Weg ein. Ich blickte mich immer öfter um, wurde fahrig, meine Augen wanderten viel zu schnell von einem Punkt zum nächsten. Aber ich durfte mir nichts anmerken lassen.

Ich saß mit meinem Notizbuch vor dem Palmenhaus, als es piepte. Ich fluchte so entnervt, dass sich der Mann am Nebentisch nach mir drehte. Sollte ich herausfinden, wer der Terrorist war, würde ich es mit George W. Bush halten, nachdem die Flugzeuge in die Zwillingstürme gekracht waren – *find them and smoke them out!* Ich zuckte mit den Schultern, der Mann am Nebentisch wandte sich wieder der Zeitung zu, die Kurzmitteilung war von Anna.

du solltest diss schreiben

Kein Kuss, kein Name, kein Satzzeichen.

vom nutzen und nachteil des streichelns fürs leben?

Ich wartete, es piepte, Anna hatte mir ein augenzwinkerndes gelbes Gesichtchen geschickt. Ich schloss die Augen und atmete durch.

»Zieh dich aus«, sagte Irene Fischer, »ganz.«

Sie hatte einen Glasflacon aus ihrer Handtasche gekramt und stellte ihn lächelnd auf den Boden. Ich verstand sie nicht.

»Ich muss das andere auch einmal versuchen. Ich muss üben.« Sie lachte. »Ich hab mich, glaub ich, verliebt.«

»Sag nicht in Justus, sonst springe ich aus dem Fenster.«

»Tu's nicht.«

Ich starrte sie an, dann schüttelte ich den Kopf. Sie war verrückt geworden. Meine stille Teilhaberin hatte den Verstand verloren. Irene Fischers guter Geschmack war nicht einmal mehr in Frage gestellt. Wenn sie gesagt hätte, dein Freund, dieser Alex, auf der Party, also ich muss schon sagen. Wenn es –

Irene Fischer prustete los.

»Justus!« Sie zeigte mir den Vogel. Ja, glücklicher Mensch, a rare and very exquisite bird. »Mach schon, mein indischer Katholik. Denk nicht so viel! Es geht nicht um Erregung, sondern um Entspannung – kannst du gebrauchen.«

»Irene, wie auf dem Video.«

Ich zog mich aus, Irene zog sich aus, ich schüttelte den Kopf, ich lachte, ich verstand die Welt nicht mehr. Ich wollte sie auch nicht mehr verstehen, als ich mich auf meiner Couch auf ein frisches weißes Leintuch legte und die Augen schloss. Irene Fischer legte eine CD mit Arien auf, Cecilia Bartoli sang, als verstünde zumindest sie die Welt, während Irene meine Oberschenkel einzuölen begann und ihre Brüste meine Unterschenkel berührten.

»Das geht aber schnell«, sagte Irene und grinste.

»Meine Frau will mich nicht mehr. Ich lebe seit Wochen wie ein Mönch.«

»Sei einfach nur hier, jetzt.«

Ich war. Nur hier. Nur jetzt. Während Irene Fischer meinen Lingam einölte, auf vielerlei Weisen knetete, streichelte, Yin und Yang, ganz sachte, sehr behutsam, tatsächlich ganzheitlich, während sie mit der Fingerkuppe die Öffnung der Eichel umkreiste und flüsterte, es gehe um tiefe Entspannung, Einssein mit sich, Tuchfühlung mit der eigenen Geschichte, was durchaus tiefe emotionale Reaktionen hervorrufen könne, biss ich die Zähne zusammen und mir schossen Tränen in die Augen. Wenn ich sie öffnete, blickte mich Irene streng an, »mach die Augen zu«, sagte sie, »aber schnell«, nur kurze Zeit später musste ich sie wieder aufschlagen. Wann würde ich dergleichen wieder zu sehen bekommen? Alte Kulturtechniken? Kein Wunder, dass Indien eine aufstrebende Weltmacht war! Ich wollte an etwas anderes denken, an feministische Geschlechtskonstruktionstheorien oder einen langen einsamen Spaziergang durch eine Winterlandschaft. Ich wollte nicht an Anna, nicht an Rache, nicht an irgendetwas in dieser Richtung denken. Ich wollte sein. Hier, jetzt. Mit meiner Geberin. Ich war da. Ich war nicht der Deutsche mit der Helmfrisur.

Als ich aus der Dusche kam, saß Irene Fischer im Wartezimmer meines ehemaligen Instituts, ihren Blick auf die Blaue Lagune gerichtet.

»Sie dürfen sich waschen, Frau Doktor. Auch wenn nur Ihre Hände bekleckert sind.«

»Wenn es dagegen eine Medizin gäbe, solltest du sie nehmen.«

Ich sah sie fragend an. Irene Fischer seufzte.

»Wenn du das sagst, erinnere ich mich wieder. Aber mir wäre das nicht mehr eingefallen – die Worte, meine ich.«

Ich nickte.

»Ich bin unglücklich, Irene. Ich würde gern mit dir reden.«

Als wir in das spanische Lokal traten, fühlte ich mich der Männerblicke wegen gleich um die Hälfte weniger unglücklich. Ich war ausgewählt charmant, half Irene aus dem Mantel, hängte ihn auf einen Haken und rückte ihr den hohen Stuhl zurecht. Sie bestellte Tapas und Wein, ich roch noch das Öl, das so tiefe emotionale Reaktionen in mir hervorgerufen hatte. Das Leben meinte es doch recht gut mit mir.

»Was ist das mit dir und Anna?«

»Mit mir und Anna?«

Ich nickte, Irene zog die Brauen hoch.

»Sonnenmassage, Neueröffnungsideen, du weißt schon.«

Irene Fischer nahm einen Schluck Wein und bat mich um eine Zigarette. Ich gab ihr Feuer, sie blickte zum Fenster hinaus.

»Ich hab damals gesagt, wenn ich sie massiere, muss ich dich auch massieren, da bin ich sehr demokratisch.« Sie lachte. »Aus Egoismus. Und wie du siehst, halte ich Wort.«

Ich schüttelte ungläubig den Kopf.

»Anna war einverstanden.«

»Was ist die Steigerung von die Welt nicht mehr verstehen?«

»Sprich nicht in Rätseln. Worum geht's?«

Ich erzählte Irene, die kleine Tintenfische und knusprige Hühnerspießchen verzehrte und mich belustigt beäugte, *ich* hätte all die Zeit über gedacht, *sie* hätte eine Affäre mit Anna, weil Anna Irene so anziehend gefunden (was verständlich sei), weil Anna Irene beim Gestreicheltwerden habe sehen wollen (Verletzung der Privatsphäre), weil sie beide mir so vertraut erschienen seien (Freundin des Geschäftspartners?), dass ich mich – ausgeschlossen gefühlt hätte (du Ärmster).

»Redet ihr auch manchmal miteinander?«

»*Sie* redet nicht mehr mit *mir*. Zumindest nicht richtig.«

»Außerdem wäre mir Anna viel zu sensibel. Ihr seid ja nett anzusehen, aber soll ich ehrlich sein?«

»Was sonst?«

»Ihr passt nicht zu einander.«

»Tut mir leid, Irene, das weiß ich schon besser. – Scheiße, was soll ich tun?«

Irene entschuldigte sich kurz und verschwand länger auf der Toilette. Der Grandseigneur des Streichelns hielt sich mit einem Mal für den größten lebenden Vollidioten zumindest der Mondscheingasse. Er nannte sich abwechselnd einen Dummkopf, Narren, Hysteriker und anderes, was er am liebsten unverzüglich wieder vergessen hätte – aber diese Medizin gab es noch nicht, zumindest wusste er nicht von ihr. Der Rosenverkäufer schwenkte seine Ware vor mir, ich kaufte den ganzen Strauß und ließ ihn in eine Weinkaraffe stellen. Als Irene an den Tisch kam, meinte sie mit in die Hüften gestemmten Armen, darauf schon lange gewartet zu haben. Sie bat um eine weitere Zigarette.

»Hattest du viele andere in der Zeit?«

»Nein, gar nicht. Eine.«

»Eine?«

»Und da war ich verliebt.«

»Ihr seid ja noch viel spießiger als ich dachte!« Irene Fischer schlug die Hände vorm Gesicht zusammen. »Aber große Phantasien!«

»Naja, zumindest eine war erfolgreich.«

»Darauf trinken wir auch!«

Irene stieß ihr Glas gegen meines. Die Kinder würden schon noch alles in den Griff bekommen. Das Institut sehe fabelhaft aus. Die Terminanfragen seien vielversprechend. Mit ihr schmeckte mir das Essen wieder. Mit ihr aß ich wieder und schluckte keine Nahrungsmittel, um meinen Magen zu füllen.

»Ich tu jetzt was, was ich sonst nicht tu, Sebastian. Aber ich kann dich so nicht mehr ansehen. Und – egal, nicht so wichtig jetzt.«

Anna hatte einen Freund. Zumindest gehabt. Sagte mir Irene Fischer in der Mondscheingasse, ein paar Häuser von der Blauen Lagune des Glücklichen Menschen entfernt. Eine Zeitlang habe Irene die Vorstellung mit uns gereizt, seit ich ihr erzählt hätte, Anna und ich seien auf der Suche nach einer zu uns Passenden. Als sie dann aber Annas Gewissensbisse habe mitbekommen müssen, wegen nichts und wieder nichts, habe sie gewusst, mit den beiden nichts anfangen zu können, niemals, zumindest nicht gemeinsam. Nach der Yoni-Massage sei Anna wie ein kleines Mädchen heulend dagesessen und habe mit sich gehadert, weil sie sich verliebt habe, aber ihren Freund, von dem sie sicher sei, er schlafe hin und wieder mit anderen, trotzdem liebe. Merkwürdige emotionale Reaktionen. Kindergarten! Moralkorsett! Spiegelfechterei!

Ich bestellte eine weitere Flasche Wein.

»Wann war das?«

»Im Sommer. Bevor du dein Institut eröffnet hast.«

»In *dem* Sommer?«

Irene nickte.

»Da waren wir doch glücklich.«

»Hat sie auch gesagt. Daher hat sie's nicht verstanden. Hast du's bemerkt?«

»Überhaupt nicht.«

»Siehst du.«

»Was?«

»Dann ist nichts geschehen.«

»Ich versteh's nicht, Irene, wirklich nicht.«

»Sollst du auch nicht. Kannst du auch nicht. Wirst du auch nicht.«

Wir tranken schweigend. Irene Fischer bat mich um eine weitere Zigarette. Ich hatte sie noch nie rauchen gesehen. Sie inhalierte tief, stieß den Rauch durch die Nase aus, ihre Finger glänzten noch. Wie war das noch mal, glücklicher Mensch? In der Gegenwart leben?

»Aber es geht nicht immer um mich. Also sag schon, wer ist der Glückliche?«

»Du.«

Ich blickte sie an, blies die Backen auf, zählte mit den Fingern und geschlossenen Augen bis drei.

»Wo bleibt das Lachen?«

»Ich hab auch gesagt: Ich *glaub*, ich hab mich verliebt.«

»Verarsch wen anders.«

Meine stille Teilhaberin lachte nicht.

»Du kennst mich doch gar nicht, Irene.«

Sie rief den Kellner und bezahlte. Mit einer halben Flasche Rotwein und kalten Tapas ließ sie mich wortlos zurück.

»Entschuldigen Sie meinen Aufzug.« Ich stand in einem weißen Leibchen und blauen Shorts vor Herrn Nemeth. »Der Himmel hat geheult.«

Ich war völlig durchnässt in die Mondscheingasse gekommen, hatte mich heiß geduscht und Tee gekocht. Zum Glück hatte ich meine Sporttasche auspacken können, während meine Kleider zum Trocknen auf dem Heizkörper hingen.

»Dafür gibt es diese Dinger.«

Herr Nemeth schwenkte einen Knirps vor mir. Natürlich hatte er einen Regenschirm dabei. Natürlich war er nicht nass. Natürlich rechnete er ständig mit allen Eventualitäten. Er lächelte.

»Gut waren Sie am Sonntag. Richtig gut. Auch wenn ich nicht unbedingt Ihrer Meinung bin.«

Herr Nemeth setzte sich auf den Rand des Sofas und schloss die Augen, ein Bild, das ich mir schon nicht mehr aus meinem Leben wegdenken wollte – so wie ich mir vor langer Zeit nicht mehr hatte vorstellen können, ohne Anna zu sein, deren *eigentlich* noch eigentlicher geworden zu sein schien.

Am Tag nach der seltsamen Lingam-Massage hatte ich einen Anruf bekommen, ob ich Sonntagabend Zeit hätte, im öffentlichen Fernsehen an einer Diskussion zum Thema *Gefühle im Zeitalter der Globalisierung* teilzunehmen, als Mann der Praxis sozusagen. Die männliche Stimme musste mir aber gleich dazusagen, nur um es zu sagen, man habe ursprünglich Frau Dr. Soundso (Anna) einladen wollen, die aber leider keine Zeit hätte und Herrn Horvath vorgeschlagen habe, der ihr in einem Seminar zu nämlichem Thema aufgefallen sei und hautnah mit Gefühlen der Jetztzeit zu tun habe. Ich hatte mich nach dem Honorar erkundigt und nach kurzer Bedenkzeit zugesagt, weil man das, wie ich dachte, so machte, bevor ich Annas Texte wiederzulesen begonnen hatte.

»Ich wusste gar nicht, dass Sie so böse sein können.«

»Danke, Herr Nemeth, ich arbeite an mir.«

Es war eine bizarre Runde gewesen, die da auf kreisförmig angeordneten Lederstühlen diskutiert hatte. Ein pragmatischer (und pragmatisierter) Politikwissenschafter, eine generell positiv eingestellte Emotionsforscherin, ein zugekokster Werbeguru, ein katholischer Bischof und meine Wenigkeit, Severin Horvath. Der Politikwissenschafter hatte von der Globalisierung der Sehnsucht nach Demokratie, Freiheit und sozialer Marktwirtschaft gesprochen (die französische Revolution!, die Deklaration der Menschenrechte!, die Menschen-rechte!, aber auch -pflichten!), die Emotionsforscherin vom menschlichen Wesen überhaupt, das sie mit ihrem gleichzusetzen schien, der Werbeguru hatte Einsichten auf die andere Seite eröffnet (Produktion von bereits vorhandenen, zu verstärkenden Lebensgefühlen, Verführen und Verführtwerden), der Bischof hatte einen Appell zur Rückbesinnung auf gesellschaftskohäsionsstärkende Werte lanciert (gegen den Individualismus!, gegen den Relativismus!, für das re-legere, also Rückbinden des Selbst an etwas Ewiges, Unergründbares, das in uns allen wirke), ich hatte mich mit Annas philosophischen Federn geschmückt und aus Trotz gegen das Insert »Severin Horvath, Streichler« kein Wort über sogenannte taktile C-Fasern, tiefe emotionale Reaktionen oder Bedürftigkeit der emotional zu kurz Gekommenen verloren.

Ich hatte mich lose mit dem zugekoksten Werbeguru verbündet, dessen aufgedrehte Verrücktheit und ausufernde Sätze mir gefallen hatten, wobei ich alles, was er ins Treffen geführt hatte, als Bestätigung meiner Theorie verwendet hatte, die seinen Anliegen diametral gegenüberstand. Mit dem Bischof hatte ich ähnliches versucht, seine Werterückbesinnung materialistisch gewendet, die ersten Christen gegen das Römische Reich, während ich mich über die Emotionsforscherin lustig gemacht und den Politikwissenschafter bloß kopfschüttelnd, augenverdrehend und backenblähend angesehen hatte. »Du kommst sehr unsympathisch rüber«, hatte mir meine Mutter noch während der Sendung geschrieben.

Ansonsten hatte ich das meiste wieder einmal vergessen. Ich wusste nur, dass ich den Kapitalismus attackiert hatte, indem ich das Vertrauensspiel der US-Wissenschafter in meinem Sinne zerpflückt und die Zentralität des Emotionalen im zeitgenössischen Produktionsparadigma in Annas Sinne herausgestrichen hatte, vom Intelligenz- zum emotionalen Quotienten. Der pragmatische Politikwissenschafter hatte mich einen weltfremden Obskuranten genannt, die Emotionsforscherin wiederholt einen typischen Macho, der Bischof hatte mir mitleidsvoll und etwas vergebend zugehört, während mir der zugekokste Medienguru tief in die Augen geblickt hatte.

»Ein bisschen schizophren vielleicht.«

Herr Nemeth deutete mit geschlossenen Augen zum Plafond.

»Kennen Sie den Wegweiser, der in die Richtung geht, die er weist?«

Irene Fischer hatte mir eine Kurzmitteilung mit dem Wort »Heuchler« inklusive Ausrufezeichen geschickt, Anna hatte »gelehrsamer schüler« getextet, auf meine wiederannäherungsbegierige Antwort allerdings nicht geantwortet. In der U-Bahn war mir wiederholt zugenickt worden, im Fitnessstudio hatte eine körperlich leicht einschüchternde Trainerin gemeint, mich ganz anders eingeschätzt zu haben. Ich hatte nicht nachgefragt, wie.

»Das mit den, ja, fünfzehn Jahren.«

Herr Nemeth hatte die Augen geöffnet, es war fünf vor Einheitsende. Ich zog die Brauen hoch.

»Ist jetzt, ja, nicht so wichtig. Aber mir war unlängst, ja, als sei er nun wirklich gestorben.«

Herr Nemeth tupfte seine Augenwinkel, bevor er seinen Blick durchs Streichelzimmer wandern ließ und mich belustigt ansah. Ich hatte nicht einmal Socken an.

»Was haben Sie da, Herr Horvath?«

Er deutete auf meine Wade.

»Ach, eine Wunde.«

»Was für eine Wunde?«

An einem lang vergangenen Tag eines lang vergangenen Sommers saß ich unter einem Baum im Freibad, als zwei junge Männer kamen. »Sebastian«, sagte der eine und betonte meinen Namen zuckersüß, »willst einen Zug?« Ich war gefangen, ich kannte die Situation schon, es gab keine richtige Antwort. Wie lange war es her, dass der andere mich an diesem Ort gefragt hatte, ob er ein Arschloch sei? Eine Woche, einen Sommer, ein paar Tage? Er hatte mir befohlen, ihn ein Arschloch zu nennen. Hätte ich es nicht getan, hätte er mich geschlagen, weil ich seinen Befehl missachtet hätte; so hatte er mich geschlagen, weil ich ihn ein Arschloch genannt hatte. Ich sagte, ja, ich wolle auch einen Zug. Nun hielt mir der eine die Zigarette vor den Mund, ich sog an ihr, er zog sie wieder an sich, drehte sie zwischen Daumen und Zeigefinger und betrachtete angewidert den Filter. »Angesabbert, das soll ich rauchen?« Dann dämpfte er die Zigarette langsam, die Glut drehend, knapp über meinem linken Fußknöchel an der Wade aus.

»Da hat mir jemand –«. Ich lachte. »– vor langer Zeit eine Zigarette ausgedämpft. Wollte wohl mit dem Rauchen aufhören.«

»Darum also.«

Ich verdrehte die Augen, Herr Nemeth schob den linken Ärmel seines Sakkos leicht hinauf, öffnete den Verschluss seiner breiten silbernen Armbanduhr und schob das Band nach oben. Quer über die Pulsader lief eine wulstige Narbe.

»Darum weine ich.« Er wiegte den Kopf. »Vielleicht.«

Meine Kleider waren noch nass, als die junge Tänzerin eintraf. Ich hoffte, sie möge mehr bei sich sein als Herr Nemeth. Ich hatte grässliche Hühneraugen auf den Zehen.

Als die Welt, wie wir sie kannten, tiefe Risse und Schründe bekam, als sich ein Schlund auftat, in den alle mit geweiteten Augen und verzerrten Gesichtern starrten, die Haare raufend und verzweifelt nach noch so verbrauchten Strohhalmen suchend, schwitzte ich auf dem Laufband und beobachtete die aufgebrachten Reporter, die beschwichtigenden Experten, die mahnenden Rufer vor den stürzenden Kursen nicht ohne Belustigung. Ihre Welt stürzte in sich zusammen, nicht meine. Ich war nicht ganz so gemein geworden.

Irene Fischer kam nun seltener in die Mondscheingasse, und es sah aus, als bliebe mit ihr und ihrer guten Laune auch nach und nach ein nicht unbeträchtlicher Teil unser Klientel aus. Sie war etwas durch den Wind, wie sie meinte, hatte viel zu erledigen, das alles sei nicht gerade angenehm für sie. Sie wache auf, und glaube es nicht. Mitten in der Nacht wache sie auf, und glaube es nicht. Sie sitze beim Frühstück, und glaube es nicht. Sie treffe eine Freundin, und glaube es nicht. Sie bezahle den Taxifahrer, und glaube das alles immer noch nicht.

Irenes Stimme klang brüchiger, bisweilen entwichen ihr unangenehm schrille Töne, verschluckte sie Laute, als überhole sie sich selbst beim Sprechen. Den Abend im spanischen Lokal hatte sie nie wieder erwähnt, mit keinem Wort und keinem Blick, aber da war auch nichts gewesen, was irgendeine Veränderung in unserem Verhältnis angedeutet hätte. Sie behandelte mich wie immer, sie sprach wie immer, sie sah aus wie immer. Bis zum Einsturz der Börsenkurse hatte sie wie immer gelächelt.

Ich saß im Café Prückel, als Anna zum Eingang hereinkam; Irene hatte geschrieben, sie werde sich verspäten. Ich freute mich, Anna zu sehen, umarmte, küsste sie. Anna sah aufgekratzt aus; »Sebastian«, sagte sie, als würde sie etwas beschwören. Seit dem Morgen, an dem wir erstmals nebeneinander aufgewacht waren, hatte ich sie noch nie für so lange Zeit nicht gesehen gehabt.

»Worum geht's? Was will Irene?«

»Dreimal darfst du raten, worum's geht.«

Auf die Titelblätter der Zeitungen und Magazine, die ringsum gelesen wurden, waren düstere Überschriften gedruckt, eine Schreckensmeldung jagte die andere – nur für Anna und mich waren es keine Schreckensmeldungen. Wir hatten das Gefühl, Luft holen zu können, einen Schimmer Anderswelt zu erhaschen, plötzlich waren lange unerhörte Töne wieder zu vernehmen. Wir freuten uns, dass der Große Gott, an den alle geglaubt hatten, weil alle anderen allem Anschein nach auch an ihn geglaubt hatten, der unverwundbar und naturgewollt erschienen war, auf einmal vor aller Augen zu wanken begann, ins Trudeln kam, taumelte – und mehr als das, wie Anna meinte. Auf einmal wusste niemand weiter, Ratlosigkeit und Untergangsprognosen wechselten einander ab, das beherrschende Bild war der rote, nach unten deutende Pfeil neben den Börsenindizes, und während jeder Experte jeder Expertin widersprach und umgekehrt, einigte man sich auf einen kleinsten gemeinsamen Nenner – alles würde noch viel schlimmer werden.

Es war Nachmittag, Anna und ich tranken weiße Spritzer, vor dem Fenster zogen die Ringtramways vorbei.

»Ich werde meine Ersparnisse der Börse überlassen«, sagte ich.

»Oder notleidenden Managern spenden«, sagte Anna.

Dass wir mit Blechbüchsen den Graben entlang spazieren sollten, aber nicht um Münzen fürs Rote Kreuz oder die Renovierung des Stephansdoms, sondern um Scheine für in Armut geratene Manager, nein, besser, die Börse insgesamt zu sammeln, was den Passanten allemal einleuchten müsste. Nichtscheppernde Blechdosen mit der Aufschrift *Rettet die Börse*, flehentliche Blicke, jeder müsse seinen Beitrag leisten. Und überhaupt: Was taten all die Menschen in einem Café? Wenn sie doch in den Büros und auf der Straße oder beim freiwilligen Ökonomieeinsatz sein sollten, um dem Kapitalismus aus der Patsche zu helfen? Stattdessen gingen sie müßig, lasen Zeitungen, tranken Kaffee, waren verzagt oder scheinbar gut gelaunt. Sie ließen sich gehen. Sie ließen sich treiben. Sie lebten, als ginge sie all das nichts an. Das war nicht die Einstellung, um aus dem Schlund zu kommen! Wo blieben die aufgekrempelten Ärmel? Wo die zu alles entschlossenen Mienen? In New York gab es bereits Selbsthilfegruppen für gefeuerte Manager und unbrauchbar gewordene Wirtschaftsgurus, die einander in vornehmen Clubs trafen, um sich bei Champagner und Kaviar mit ihrer Misere auseinanderzusetzen. In Wien saß man wie bei jeder Welterschütterung im Kaffeehaus.

»Geht's der Wirtschaft gut«, sagte Anna und hob den Zeigefinger, »geht's uns allen gut. Niemals vergessen.«

»Vielleicht war meine Arbeit doch revolutionär, und das erhöhte Oxytocin hat die Menschen auf andere Bahnen gelenkt.«

Ob ich denn überhaupt wisse, wer an all dem Schuld sei?, fragte Anna und hob die Brauen. Die Juden? Natürlich, antwortete Anna, aber offiziell? Die Amerikaner? Natürlich, antwortete Anna, aber welche genau? Die jüdischen? Natürlich, antwortete Anna, aber in den Augen der Experten? Ich riss die Augen auf, Anna klopfte ihren Zeigefinger auf den Tisch. Das gemeine Volk in Florida, die Putzfrau und der Elektriker, die Supermarktkassiererin und der Buschauffeur, die sich Kredite genommen hätten und auf einmal auch ein Haus, eine Küche, ein Auto und weiß der Teufel was noch gewollt hätten! Böse Menschen, die sich nicht mit ihrem angestammten Platz zufrieden gegeben hätten! Die auf einmal nicht mehr gewusst hätten, als was sie geboren worden waren! Die sich mit einem Traum von sich verwechselt hätten! Die mehr gewollt hätten und immer mehr und noch mehr, vielleicht sogar ein Stück Grün vorm Reihenhaus! Und auf einmal hätten sie die Kredite nicht zurückzahlen können, und auf einmal …

Ich lachte, wie ich lange nicht mehr gelacht hatte, als Irene Fischer zur Tür hereinkam. Sie küsste uns flüchtig, ich nahm ihr den Mantel ab, sie bestellte eine Melange.

»Und was feiert ihr?«

»Das Ende des Kapitalismus«, sagte Anna.

»Den Anfang vom Ende«, sagte ich.

»Scherzkeks.« Irene Fischer packte mich am Handgelenk. »Weißt du, was das für uns bedeutet?«

»Noch mehr Bedürftige«, sagte Anna und lachte.

»Wenn jemand nicht mehr aufsteht, geht er auch in kein Streichelinstitut. Und wenn er doch aufsteht, geht er zum Schmied und nicht zum Schmiedel.«

»Banküberfall?«, fragte ich.

»Aber da gibt es ja nichts mehr zu holen«, sagte Anna.

»Psychopharmaka, nicht taktile C-Fasern«, sagte Irene.

Es sei nicht ausgemacht, was *das alles* für uns bedeute. Das alles sei eine Katastrophe! Geboren aus der Untergangsausmallust! Angefacht von Horrorpropheten! Etwas zuckte im Gesicht meiner stillen Teilhaberin. Irene Fischer war davon überzeugt, dass *Caress_Caress* eher früher als später dem Untergang geweiht sein würde. Aber sie sah keine Möglichkeit, die Idee zu verkaufen oder die aufwendig renovierte Wohnung ohne dramatische Verluste zu veräußern, zumal, aber davon ein andermal. Einmal sei sie von etwas begeistert, und dann. Sie seufzte. Wir müssten weitermachen, uns etwas einfallen lassen, um die Kosten so niedrig und das Angebot so attraktiv wie möglich zu gestalten. Außerdem –

»Aus der Krise streicheln«, sagte ich, »vielleicht doch einen Bestseller schreiben.«

»Lach nur. Mir ist grade nicht zum Lachen zumute. Ich habe Geld verloren, was sage ich, viel Geld. Mein Mann, dieser Tölpel!«

Für einen Moment vergrub Irene Fischer das Gesicht in den Händen, bevor sie den Rücken durchdrückte und mit zittrigen Händen nach ihrer Kaffeetasse griff. Die Laufkundschaft würde ausbleiben, soviel sei sicher, noch dazu wo ringsum Panik verbreitet werde und jeder Viertelintellektuelle von Neunzehnhundertneunundzwanzig und dem

Schwarzen Freitag spreche und sich nicht entblöde, die europäischen, die deutschen Dreißiger herbeizuzitieren. Als marschierte die SA auf den Straßen! Als hätten die Menschen nichts zu essen! Als seien überall Kriegsversehrte! Da spare man die fünfundsiebzig Euro lieber und bleibe ungestreichelt, da koche man eher als essen zu gehen, da schaue man fern anstatt sich ins Kino zu setzen, da spaziere man nach Hause und rufe kein Taxi. Verkehrt, falsch, kontraproduktiv! Ihr könne es ja egal sein, sie habe noch immer genug, aber was man zu hören bekomme! Der letzte Rest Vernunft? Geopfert! Der gesunde Menschenverstand? Ausgeschaltet! Das Aufbäumen gegen die Widrigkeiten? Vergessen! Verrückte, Kopflose, Alarmisten, wohin man blicke, Krakeeler, wohin man höre.

Irenes Bekannte fürchteten sich vor der Inflation, wussten weder, welchen Banken sie vertrauen sollten, noch hatten sie eine Ahnung, wie viel sie noch besaßen und wie viel bereits verpufft war – als hätte es sich tatsächlich nur um Zahlen gehandelt, die täglich kleiner wurden. Mir hatte Alex erzählt, er frage sich, ob er mit dem Geld, das er (noch!) auf seinem Konto habe, nicht Gold kaufen solle, das sei zumindest etwas Greifbares, ein Wert irgendwie, aber was wisse er schon. Die junge Tänzerin hatte gemeint, am besten wäre wohl, ein kleines Grundstück zu bewirtschaften, Obst und Gemüse zu ziehen, um zumindest immer etwas zu essen zu haben. Herr Nemeth spielte mit dem Gedanken, eine Wohnung zu erwerben, dann hätte er wenigstens ein Dach über dem Kopf, egal, was kommen möge. Anna bemerkte, das seien Sätze, die sie hier noch nie ernsthaft ausgesprochen gehört habe, seit sie auf der Welt sei nicht, Sätze, die man am ehesten noch von unseren Großeltern erwartet hätte.

»Aber wenn man keine Schäfchen hat, die man ins Trockene bringen muss?« Anna grinste.

»Dann lass dir schwere Riegel in die Tür setzen, Schätzchen. Ich frage mich nur, wie sehr du mit den Armen sympathisieren wirst, wenn sie dir die Wohnung ausräumen.«

Irene Fischer bestellte auch einen weißen Spritzer, den sie so schnell leerte, dass sie der Kellner verdattert ansah, als sie den nächsten bestellte. Sie nahm eine Zigarette aus meiner Schachtel und rauchte gierig, während sie Kurzmitteilungen in ihr Mobiltelefon tippte und ihren Blick durchs Café wandern ließ. Mir fiel ein Gemälde von Neo Rauch ein, das ich einmal mit Anna in der Albertina gesehen hatte, auf dem ein schmutziger Fluss zu sehen ist, hinter dem eine scheibenlose, ausgehöhlte, rauchende Fabrik verfällt. Und während am Flussufer vergeblich gefischt wird, hat rechts unten ein Mann einen Riesenfisch geschultert, mit dem er nur noch aus dem Bild will.

»*Caress_Caress* ist ein kleiner Fisch. Und wohin sollen wir?« Irene seufzte. »Das ist doch alles eine Zumutung!«

»Krise heißt Entscheidung«, sagte ich und blickte Anna an.

Jetzt sei nicht die Krise, von der in allen Sprachen gesprochen werde, stellte Anna fest, schlug die Beine übereinander und lehnte sich zurück, sondern der Thermidor. Die Revolution fresse ihre eigenen Kinder, der Kapitalismus habe seine Fesseln gesprengt, die Menschen, die ihn geschaffen und lebendig gehalten hätten, könnten ihn nicht mehr verstehen und nicht mehr bändigen, das Ungetüm wende sich gegen die Gesellschaft. Sie blickte Irene an. Das Wettcafé neben ihrem Haus, das seine Existenz der Revolution verdanke, die den Menschen nur noch die Hoffnung auf einen unwahrscheinlichen Gewinn gelassen habe, mit dem sie sich aus den Zwängen der Jetztzeit befreien könnten, müsse nun schließen, weil die Menschen nicht einmal für diesen Einsatz mehr aufkommen könnten. Die Revolution fresse ihre Kinder, um die es nicht schade sei, im Gegenteil.

»Die Kinder«, wiederholte Irene, »die Kinder.«

Anna nickte.

»Wer wird Justus fressen wollen?«, fragte ich.

Als ein schlaksiger junger Mann mit buntem Seidenhalstuch das Café betrat, steuerte er geradewegs unseren Tisch an.

»Frau Doktor Fischer?«

Irene nickte.

»Herr Horvath?«

Ich nickte.

»Sehr erfreut. Bernd Falke.«

Er reichte zuerst Irene, dann mir die Hand, Anna sagte, sie heiße Anna, er könne sie ruhig so nennen. Der junge Mann stockte kurz, bevor er wieder sein Lächeln aufsetzte und Annas Hand schüttelte.

»Darf ich?« Er deutete auf einen freien Stuhl.

»Bitte.« Irene rückte etwas beiseite und massierte ihre Schläfen. »Jetzt bin ich gar nicht dazugekommen, euch von Herrn Falke zu erzählen.«

Nun ja, sagte Bernd Falke, nestelte an seinem Halstuch herum und zündete sich eine Zigarette an, indem er die hohle Hand vor die Flamme des Feuerzeugs hielt, als stürmte es im Prückel. Nun ja, also wenn das so sei, dann wolle er, nun ja, gleich mit der Tür ins Haus fallen (geht nicht mehr lange bei Anna, Sicherheitsschloss), er habe da, nun ja, eine Idee, eine einigermaßen grandiose Idee (kaum zu glauben), durchaus genial, wenn er sich selbst loben dürfe, etwas, das es, nun ja, noch nicht gebe (ihn selbst?) – und auch der Programmverantwortliche habe die Idee, nun ja, seine Idee großartig gefunden, wenn er das mal so sagen dürfe (eigentlich nicht). Worum es also gehe, Folgendes, die Krise, nun ja, nun wüssten wir doch alle, was das bedeute, Krise, für die Menschen, für die Wirtschaft, *downward spiral*, Arbeitslosigkeit, Armut, Verelendung, Zukunftsende, aber auch kein Honiglecken für kreative Unternehmungen wie die unsere.

Irene Fischer lächelte milde, Anna verdrehte die Augen, Bernd Falke zündete die nächste Zigarette an.

Er sei zwar von der Konkurrenz, nun ja, aber im *stadt. gespraech* hätte ich ihm gefallen (kein Journalistenrabatt), müsse er schon sagen, nicht wahr, auch in der Diskussion im Staatsfernsehen, wenn er, nun ja, auch nicht alles verstanden habe, aber – ich sei gut rübergekommen, könne man nichts einwenden: jung, witzig, unangepasst, mal was anderes. Worum es also, nun ja, gehe.

Bernd Falke räusperte sich.

Kochshows kennten wir ja, überall, nicht mehr auszuhalten, auf jedem Sender Kochshows, weiße Schürzen und brutzelndes Fett, damit die Leute lernten, wie man mit dem, was, nun ja, da sei, noch! da sei, kochen könne. Aber eine Streichelshow, nun ja, die gebe es auf der ganzen Welt noch nicht, nirgendwo, weder in Amerika noch in Japan (auch nicht auf Hawaii), das habe auch der Programmverantwortliche zugeben müssen!

Bernd Falke klopfte die Finger auf die Tischplatte.

Eine Streichelshow, nachmittags oder abends, das solle ihre Sorge sein, nicht wahr, aber die Vorstellung, nun ja, habe was, über kurz oder lang würden unweigerlich auch unsere Kunden ausbleiben, Geld, Krise, Furcht, über kurz oder lang würden aus unseren Mitmenschen lauter knauserige Sparefrohs. Bloß wenn einer im Fernsehen zeige, nun ja, wie man streichle und dazu auflockernde Geschichten erzähle, so nebenbei, das sei mir unbenommen, wäre das für unser Institut a) die beste Werbung, für die Menschen und die Gesellschaft als ganze b) etwas ungemein Wohltuendes, einmal ganz vom Senderinteresse c) abgesehen. Und die Menschen zuhause, nun ja, um die es doch gehe, die könnten sich, nicht wahr, um eine Streicheleinheit bewerben, mit Fotos, nun ja, und ein paar originellen Zeilen (Liebesbriefe), in denen sie, nun ja, darlegten, warum gerade sie dringend meine Hände benötigten, und dann könne man ja mal sehen, wer es verdiene, nicht wahr, gestreichelt zu werden, von einem Profi sozusagen (interessante Frage). Und somit sei allen geholfen, jetzt, nicht wahr, in der Krise. Nun ja, das sei, nun ja, die Idee.

Bernd Falke blickte in die Runde. Anna nickte, Irene

Fischer grinste, der schlaksige Mann mit dem bunten Seidenhalstuch zündete sich eine weitere Zigarette an, an der er hastig sog. Ich nahm einen Schluck und musste an mich halten. Ich konnte Anna nicht mehr ansehen, wie sie dasaß und den Kopf nachdenklich wiegte, während ihre Schultern zuckten und ihr Mund fest verschlossen war.

»Ich werde es mir überlegen.«

»Wunderbar«, rief Bernd Falke, »wunderbar, wunderbar!«

Er winkte den Kellner herbei, beglich die Rechnung für den Tisch, »Geschäftsbesprechung«, sagte er, bevor er eine Visitenkarte aus der Geldbörse zog und mir reichte. Er blickte mich fragend an. Ich schob ihm meine Visitenkarte über den Tisch, allerdings nicht ohne meine Telefonnummer auszustreichen und die neue Institutsnummer darüberzuschreiben. Ich bat ihn um Zeit zum Überlegen, er könne mir aber jederzeit eine E-Mail mit seinem Angebot schicken, in welcher er seine Idee vielleicht noch etwas ausführlicher und möglicherweise etwas konkreter darlegen möge.

Bernd Falke schüttelte Anna betont herzlich die Hand, bedankte sich bei Irene Fischer für den Termin, ehe er sich freundschaftlich von mir verabschiedete. Er habe noch zu tun, sagte er und nickte, noch habe er zu tun.

»Mit solchen Menschen ist halt kein Staat zu machen«, sagte Irene Fischer, nachdem Bernd Falke gegangen war und wir uns von einem dreistimmigen Lachkrampf erholt hatten.

»Wenn es nur das wäre«, sagte Anna.

»So sind, nun ja, die Zeiten«, sagte ich, »sozusagen, nicht wahr?«

Irene Fischer erhob sich, küsste Anna, küsste mich, nächste Woche sollten wir weiterreden, bevor uns das Wasser bis zum Hals stünde, ach was, bis zum Hals stünde es uns ohnehin, bis zu den Ohren, bis über beide Ohren. Sie lachte; es klang nicht fröhlich. Ich half ihr in den Mantel, beim Umdrehen flüsterte sie mir »Ich liebe und hasse euch, beide« ins Ohr.

Anna und ich bestellten noch einen Spritzer, draußen dämmerte es. Wir schwiegen, blickten einander an, ich rauchte, weil mir sonst nichts einfiel.

»Ich finde das nicht richtig von uns, Basilisk.«

»Was denn?«

»Dass wir feiern, während es dem Kapitalismus so schlecht geht.«

»Wir werden alle unsere Gürtel enger schnallen müssen.«

»Wir werden weitere Löcher in unsere Gürtel stanzen müssen.« Anna hob den Kopf. »Wer würde da nicht gern gestreichelt werden?«

Ich ließ meinen Blick von Annas beinahe leerem Glas zu ihren Augen pendeln, sie nickte, ich bestellte zwei weitere Spritzer. Ich stieß an meine Aktentasche, in der sich das schwarze Notizbuch befand, das ich mit Sätzen über die Geschichte meines Instituts zu füllen begonnen hatte. Auf einmal überkam mich das Gefühl, es um alles in der Welt vor ihr verstecken zu müssen. Mein Mobiltelefon piepte, ich hatte eine Nachricht von mir empfangen, die ich nicht gelesen haben wollte. Der Kellner brachte die Getränke, ich stieß mit Anna an und nickte. Sie hatte Recht, Anna hatte Recht:

Es war Zeit, in die Mondscheingasse zu gehen.

Mein Dank gilt dem Deutschen Literaturfonds e.V.

Bibliografische Information der Deutschen Nationalbibliothek
Die Deutsche Nationalbibliothek verzeichnet diese Publikation
in der Deutschen Nationalbibliografie;
detaillierte bibliografische Daten
sind im Internet über http://dnb.d-nb.de abrufbar.

www.wallstein-verlag.de
Vom Verlag gesetzt aus der Stempel Garamond
Umschlaggestaltung: Susanne Gerhards, Düsseldorf
unter Verwendung eines Fotos von David Hornback/
Agentur Voller Ernst
Druck: Friedrich Pustet, Regensburg
ISBN 978-3-8353-0619-6